杨炼创作总集

1978—2015　　卷七

雁对我说
思想、文论选

华东师范大学出版社
上海

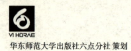

华东师范大学出版社六点分社 策划

总序：一首人生和思想的小长诗

　　"小长诗"，是一个新词。我记得，在2012年创始的北京文艺网国际华文诗歌奖投稿论坛上，蜂拥而至的新人新作中，这个词曾令我眼前一亮。为什么？仅仅因为它在诸多诗歌体裁间，又添加了一个种类？不，其中含量，远比一个文体概念丰厚得多。仔细想想，"小——长诗"，这不正是对我自己和我们这一代诗人的最佳称谓？一个诗人，写作三十余年，作品再多也是"小"的。但同时，这三十余年，中国和世界，从文革式的冷战加赤贫，到全球化的金钱喧嚣，其沧桑变迁的幅度深度，除"长诗"一词何以命名？由是，至少在这里，我不得不感谢网络时代，它没有改变我的写作，却以一个命名，让我的人生和思想得以聚焦："小长诗"，我铆定其中，始终续写着同一首作品！

　　九卷本《杨炼创作总集1978—2015》，就是这个意义上的"一部"作品。1978年，北京街头，我们瘦削、年轻、理想十足又野心勃勃，一句"用自己的语言书写自己的感觉"，划定了非诗和诗的界碑。整个八十年代，反思的能量，从现实追问进历史，再穿透文化和语言，归结为每个人质疑自身的自觉。这让我在九十年代至今的环球漂泊中，敢于杜撰和使用"中国思想词典"一词，因为这词典就在我自己身上。这词典与其他文化的碰撞，构成一种思想坐标系，让急剧深化的全球精神困境，内在于每个人的"小长诗"，且验证其思想、美学质量是否真正有效。站在2015年这个临时终点上，我在回顾和审视，并一再以"手稿"一词传递某种信息，但愿读者有此心力目力，能透过我不断的诗意变形，辨认出一个中文诗人，以全球语境，验证着中国文化现代转型的总主题："独立思考为体，古今中外为用。"绕过多少弯路，落点竟如此切近。一个简洁的句子，就浓缩、涵盖了我们激荡的一生。

　　我说过：我曾离散于中国，却从未离散于中文。三十多年，作家身在何处并不重要，重要的是作品——以自身为"根"，主动汲取一切资源，生成自己的创作。这里的九卷作品，有一个完整结构：第一卷《海边的孩子》，收录几部我从未正式出版的（但却对成长极为必要的）早期作品。第二卷《￼》（一个我的自造字，用作写作五年的长诗标题），副标题"中国手稿"，收录我1988年出国前的满意之作。第三卷《大海停止之处》，副标题"南太平洋手稿"，收录我几部1988—1993年在南太平洋澳大利亚和新西兰的诗作，中国经验与漂泊经验渐渐汇合。第四至五卷《同心圆》、《叙事诗——空间七殇》，副标题"欧洲手稿（上、下）"，收录

1994年之后我定居伦敦、柏林至今的诗作，姑且称为"成熟的"作品。第六卷散文集《月蚀的七个半夜》，汇集我纯文学创作（以有别于时下流行的拉杂"散文"）意义上的散文作品，有意识承继始于先秦的中文散文传统。第七卷思想、文论选《雁对我说》，精选我的思想、文学论文，应对作品之提问。第八卷中文对话、访谈选辑《一座向下修建的塔》，展示我和其他中文作家、艺术家思想切磋的成果。第九卷国际对话集和译诗集《仲夏灯之夜塔》，收入我历年来与国际作家的对话（《唯一的母语》），和我翻译的世界各国诗人之作（《仲夏灯之夜塔》），展开当代中文诗的国际文本关系，探索全球化语境中当代杰作的判断标准。

如果要为这九卷本"总集"确定一个主题，我愿意借用对自传体长诗《叙事诗》的描述：大历史缠结个人命运，个人内心构成历史的深度。这首小长诗中，诗作、散文、论文，三足鼎立，对话互补，自圆其说。一座建筑，兼具象牙塔和堡垒双重功能，既自足又开放，不停"眺望自己出海"，去深化这个人生和思想的艺术项目。1978—2015，三十七年，我看着自己，不仅写进、更渐渐活进屈原、奥维德、杜甫、但丁们那个"传统"——"诗意的他者"的传统，这里的"诗意"，一曰主动，二曰全方位，世界上只有一个大海，谁有能力创造内心的他者之旅，谁就是诗人。

时间是一种 X 光，回眸一瞥，才透视出一个历程的真价值（或无价值）。我的全部诗学，说来如是简单：必须把每首诗作为最后一首诗来写；必须在每个诗句中全力以赴；必须用每个字绝地反击。

那么，"总集"是否意味着结束？当然不。小长诗虽然小，但精彩更在其长。2015年，我的花甲之年，但除了诗这个"本命"，"年"有什么意义？我的时间，都输入这个文本的、智力的空间，转化成了它的质量。这个化学变化，仍将继续。我们最终能走多远？这就像问，中国文化现代转型那首史诗能有多深。我只能答，那是无尽的。此刻，一如当年：人生——日日水穷处，诗——字字云起时。

杨　炼

2014年12月2日于汕头大学旅次

目　录

辑一：空间诗学及其他

重合的孤独①

你们将要结识的这个人，并不像他的姓的英文译音那样显得年轻。在中国，随手可触的一切都与历史紧密相连。或者说，永远处在一种缠绕的时间状态之中。昨天和今天，不分彼此地渗透成一片。历史就是现实，而现实又梦幻般转瞬加入历史。流逝的岁月是一所使所有人迷失在其深处的一动不动的大房子，一座迷宫，每个路口都写着"禁止通行"，但你却不得不走下去，转弯，碰壁，再转弯，再碰壁……直到所有感觉、经验、思想、语言以至年龄被挤压成一团黑糊糊的东西。诞生和死亡，青春和衰老，呼喊和沉默，没有区别地融为一体。你将不再有必要记住自己的姓名和面孔。你将从思考得麻痹的那一刻放弃思考，你所拥有的全部只是一小块化石，谁也不知道究竟是自己埋葬在化石深处，还是化石正从自己身体内部悄悄生长？

你们将要结识的这个人，他对于你们如此陌生，从他笔下

---

① 本文为一九八五年二月五日为英译诗选而作的序言。

写出的那些词几乎就像一个个远古失传的神话。他所讲述的一种命运——包括他自己的命运——确实存在过，但距离的遥远很容易使这种存在被漠视（就像每个人感到自己的痛苦被漠视一样）。他所要提醒这个世界的，最终还将返回他自己，仿佛他一次次面对历史开口，而听到的只是自己叫喊的被扭歪的渐弱的回声。

然而，这一切并未出乎他之所料，他的诗并不是为了那些仅仅到这片古老大陆上旅游一番的人而写。更不屑于搏取那一钱不值的同情之泪。关于这些人生的小小教训，他从少年时代一次被迫的辗转"流放"中就懂得了①。在这里，只想说出他亲身感受的整个东方思维的唯一现实根据：人在行为上毫无选择时，精神上却可能获得最彻底的自由。人充分地表达自身必须以无所期待为前提。因此，他的诗只是他独自寻找的一条通往永恒之路：现在的永恒！他第二次是被自己流放到这个位置：成为囚禁他的时间的当之无愧的叛逆者、成为孤独地漫游于历史和现实交叉小径中的蒙面人。继承一种经过无数生命过滤的语言，并创造一个与这世界隐秘的因果关系相连的超现实世界：一首诗，一个俯瞰平庸的万物的奇迹！

你们将要结识的这个人，正从一片黄土高原上走来。那儿，太阳、土地和人的脸庞都充满同一种过分成熟的金黄色。一条大河起伏着，一阵阵风，剥开淤积的泥土下成堆的瓦砾，显示出到处都有的废墟。"唐朝"、"明朝"，似乎从未逝往某地，似乎每时每刻都在复活，使生活在今天的人们继续

————————
① 指自一九七四年至一九七七年，我到农村插队的经历。

忍受它们巨大的压力。

那么，难道你们的触角没有延伸到五千年之外？你们的身躯，没有像这片古老大陆的一部分，因死亡而充满神秘？没有面对一种重重叠叠、错综复杂、无法捉摸的现实，一种一切都渗透着相反因素的单调生活，永远被呼喊和对呼喊的怀疑所折磨，必须反抗又明知毫无意义？一个关于真实的谎言，支配你的一生。你没有脚本以判定自己扮演的是受害者还是同谋，还是两者兼备的角色？你把属于本能的原始之力提升到神性的高度，又不得不把曾被茫然提升为神的人类推回"物"的背景。你在所有心灵中发现了同一个黑夜，又因为洞穿了这个秘密而失去了使你肃然起敬的恐惧。你暗地对自己承认人的卑微，以便找到一个掩饰手足无措的借口。你早已与宗教绝缘，但现在信仰的需要却前所未有地向你施展出它辉煌的诱惑力……

那么，怎能把这个人和其他人分离开来？像要把微妙而严峻的黄昏和无边的黑夜分离一样。他的诗把神话打碎暴露出赤裸裸的现实，再从这现实中挖掘另一种贯穿人类的智慧，使你们在一个完全陌生的地方发现你自己。无论你会怎样惊讶，这是一个事实：你早已置身于一个初临之境，你终于重逢了一个将要结识的人，你正在读自己从未写过的诗——那些象形文字的面具直瞪着你，它们要你从另一种迷失中醒悟过来，加入它们之间，重温一遍自己的历史。

一句话，任何反抗都没有可能达到你在诗中所作的，完全突破时空的界限。诗介乎声音和寂静之间，成为一种穿透感官的神奇现象：既具体又抽象。现实而永久，动荡而安宁，不可接近，也无法远离。你的、他的整个生命和自然，构成媒介性的语言。历史、命运、变幻的心灵在这个宏伟而精致的"框架"中，静静地呈现出自己的形象。

就这样，每一首诗都成为对人类感受和表达能力的一次发掘。每首诗都涉及无限：只要你依然能从一块南宋石刻天文图上看到现在和永恒；从半坡陶罐的鱼形图案上，展现和原子能一样恐怖的创造的悲剧；诗把这一切归拢回人类面前，使被时间的经纬线紧紧捆住的万物再一次凌驾时间。在中国，诗人数千年的持久努力正因为这一点焕发出古老的活力。

一块有生命的化石，吸饱了历史的汁液，在黑暗最深处高举起一种反向的光明。在万物失去重心时，发现一个最后的、最不屈的对称：所有心灵为那无须证实的存在的意志而能坚持下去——你们将要读到这些诗，你们也将同时被诗人读到。超越任何地域、国籍、种族和语言地将自己纳入这行文字，在千年以前或千年以后结识。

因为奥德修斯，海才开始漂流
——致《重合的孤独》的作者

有一双眼睛，在注视大海。

有一双眼睛，在中国，北京，西郊离圆明园废墟不远的一间小屋里。一张用半块玻璃黑板搭成的书桌，被窗外高大的梧桐树遮得终日幽暗。墙上，挂满从中国各地旅行带回来的面具，五颜六色，狰狞可怖，使小屋终获"鬼府"称。也许，十年前你写下《重合的孤独》，已在冥冥中构思我，构思今天的谈话。也许，"今天之我"，只是那篇文章选中或孕育出的一个对话者？同一双眼睛，又是不同的：在这里，德国，斯图加特的"幽居堡"，当森林的海，再次被秋天染红。我写下《因为奥德修斯，海才开始漂流》——十年前，被写进"现在"之内；另一个"我"，被写进"我"之内，一篇文章被写进另一篇之内；思想，再次被思想，重申一片空白——注视中，我的奥德修斯漂流之诗还远未结束。

是谁的眼睛？

是谁使"漂流"有了意义——海,还是奥德修斯?在我看来,是后者揭示了前者的距离。因为漂泊者,海的波动加入了历史。因为被写下,诗,有了源头。如此,诗人命中注定,不肯也不能停止:以对距离的自觉创造着距离。在中国,你写"把手伸进土摸死亡"(《与死亡对称》),黄土,带着它的全部死者,延伸进一个人的肉体;在国外,我写"大海 锋利得把你毁灭成现在的你"(《大海停止之处》),每天就是一个尽头,而尽头本身却是无尽的。从国内到国外,正如卡缪之形容"旅行,仿佛一种更伟大、更深沉的学问,领我们返回自我"。内与外,不是地点的变化,仅仅是一个思想的深化:把国度、历史、传统、生存之不同,都通过我和我的写作,变成了"个人的和语言的"。通过一双始终睁大的眼睛,发生在你之外的死亡,就无一不发生于你之内、一行诗之内,"用眼睛幻想 死亡就无须速度……草地上的死者俯瞰你 是相同的距离"(《格拉夫顿桥》)。那么,"自觉"的定义正是:"主动创造你的困境"。你不可能取消距离,你应当扩大它,把它扩大到与一个人的自我同样广阔的程度。孤独,被扩大到重合的程度:一个人的,许多人的;中国的,外国的;这里的,别处的;此刻的,永远的——人的处境。

你说:"东方"。而我说:活着的深度——"毫无选择"而继续选择,并在选择中体验选择的界限,这是人的力量,也是人的无力。

我说:一首自"不可能"中诞生的诗,没有"进化",也不会"过去"。它永远是"当下"的。借助它的思考和表达方式，仍在提供一个人类思维中独特的层次。我是说：非时间的层次。中文里最可怕的一个词："知道"。知——"道"，连时间之墙背后未知的可能性都没有，你已洞悉了人类不变的处境与命运。我说："永远"。你知道：那涵义其实是"永不"："海底有钟表　却没有时间／有你　却没有人"（《老故事》）。那个坐在"幽居堡"中苦思的，仍是中国北方一盏小油灯下向白纸倾泻着激怒的，你、我——被一首诗撕去了"时间幻象"的：为走投无路的人发现的走投无路的形式。

我不信任"新"，我信任"深"——在中文里，它们读音相近。"新"，就是"占有自己的时间"，在文学或艺术史上，追求属于自己的阶段，甚至代表未来的方向。这是艺术中的"历史主义"。但，当形式与内涵失去了平衡，语言与意义完全脱节，我们只看到：五光十色的似曾相识，喧哗骚动的无话可说。什么都是"艺术"，艺术就被取消了。"形式创新"成为宗旨，精神的能量正显现其匮乏。"空"，正是这个世纪末艺术的苦恼。作为一个诗人，是我的中文教会我：本质地拒绝时间。一首诗建立自己的形式，不是为了"争夺时间"，恰恰为了"取消时间"。中国古典传统中，一种诗体可以延用千年。因为"千年"在一首诗中没有意义，有意义的是生存、诗人以及这首诗的语言之间的关系：外在千变万化之内一个不变的"三角形"。是的，不变。于是所有的诗，都在挖掘"当下"现实与人性的深度。你是否能挖掘到前所未有的深度？就像中国错综的现实启示我们的那样：它的深刻与矛盾迫使你发明全新的形式去表达，而不能复制中国古代或西方现代中的任何一种，谁找到了，就不会是"过时"的，正如但丁、莎士比亚、陀斯托耶夫斯基、卡夫卡……没有奥德修斯，海也无所谓漂流。

这双眼睛是凝视着"彻底"的眼睛：更黑暗些，黑暗到令死亡和遗忘一目了然的程度。

这双眼睛的能力，是通过逼近灾难，把看到的一切，直接呈现为内在的。让我们的一生，成为这样一篇不断扩大的可怕的作品。

而诅咒也就在这里了：面对大海，却一无所见。在中国，一个深邃、复杂、残酷而富有激发力的现实，一个固执、封闭、危机与能量同样积聚的文化，一种令诗人着迷而让翻译家发疯的语言……整个二十世纪，几代人的痛苦：什么是传统，什么是现代？"传统的"怎样转化为"现代的"？也许一个提问方式的改变，将使整个答案不同："现代"并不意味着"现在"，正像"传统"并不仅是"过去"一样。它们不是时间概念。它们标志着思考的层次——所以，它们并不对立，而是互相包容。任何一个活的、开放的"传统"，先天建立在"自我"的地基上，即"现代"上（甚至孔子，也无人能否认他的学说正是他个人的产物，而在他之后两千年对儒家传统的"固守"中，最大的损失正是他当初质疑与思考的精神）；而任何一个人的"现代性"，必然包括他自己对传统的"再发现"——或正或反，传统被纳入你，并经你再次敞开；无彼则此不存。因此，"盲目"的不是别人，只是我自己。借鉴别人之"新",如果不是因为挖掘自己之"深",不仅会由于那是"别人传统之内的现代"而于己无益,更恐怖的是:我的传统——在"固守"中僵硬的——并不因我不理睬它而失效,它将在我的盲目中限定和选择我:我接受的只是我能够接受的——所谓"怪圈",这就是原因。因此,追问,不该向别人,只该向我自己——一种令任何答案都显得浅薄的不停追问,用问题"回答"问题:记住,在黑暗与罪恶中,没有一个人可能是清白和无辜的。"转型",就已在你之内进行了。我是说,有奥德修斯,就一定能发现大海。即使没有,我也将创造它。因为,"漂流"正是人类精神的本质。

那么,谁是"中国的诗人"呢?既然所有的诗人只面对了同一个现实:作为辞,同时作为辞的反叛。生命,必须以一首首诗的形式来完成;

那么,谁是"中文的诗人"呢?既然这些方块字,命中注定接纳我,同时接纳我对它的苛求:赤裸裸地,否认写下的是"语言",而以逾越语言的边界为唯一目的;

那么,只有"杨语的诗人"吗?既然这些诗,连别的中文也译不成,就把一切人译成/还原成"人的处境";时间,还原成"时间的幻象";内与外,还原成没有区别的同一处:我,此刻,这里。同时无所不在。奥德修斯的眼睛就是大海。而注视,就是暴风雨——

"停止在一场暴风雨不可能停止之处"。

"现在里没有时间　没人慢慢醒来

说　除了幻象没有海能活着"

　　还记得在澳大利亚，悉尼海岸上那座耸入蓝色的峭壁吗？海鸥在下面，一群雪白的幽灵无声滑行。我坐在岩石上，看海。而大海、涛声和漂泊者的命运，都在一刹那突入一首诗。

　　还记得怎样写下《大海停止之处》吗？把一双写下《重合的孤独》的手，写进重合、又不同的另一双。我，和一个我，在一具肉体中轮回，构成一首诗充沛的血缘。是这些字，把我变成无尽末日的隐喻。是诗，在注视虚幻而黯淡的现实，"建构诗意的空间，去敞开生之可能"。一首诗是一个同心圆，而一个同心圆就是一切：没有你，"你"只是某个"内在之我"；甚至没有我，"我"只是我之内无边的黑暗。一场朝向"现在"的永恒流浪。诡谲的逻辑是这样的：诗诞生于诗人之内；而诗人，又以被剥夺的方式，被囊括于诗之内——整整一生，成为一个注释、一则札记。黄土高原，北京的小屋，海，幽居堡；一块面具是无数张脸，一个辞代替所有的名字；地址越抽象，毁灭越不容回避……再深一点儿，死于幻象的人，也只有在幻象中才活着。形而下下，抵达形而上。

　　仅仅是同心圆：没有一代人没有自己的奥德修斯，如果大海依然在人类思想中漂流。

　　我说："现在最遥远的"，
　　　　　"这是从岸边眺望自己出海之处"。

Schloss Solitude Germanv

1995年10月9日——11月9日

传统与我们

　　它早已活着，现在活着，将来也会继续活下去。它不是一个词，或者像有些人说的那样：是一条河，一座连绵不绝的山脉。它溶解在我们的血液中、细胞中和心灵的每一次颤动中，无形，然而有力！它使我们不断意识到：我们今天所做的一切并非对于昨天的否定。昨天存在过，还会永远存在在那里。在渐渐远去的未来者眼中，昨天和今天正排成一列，成为各自时代的标志。

　　它是传统，谁都无法、谁也不能摆脱的传统。我们基于共同文化——心理结构的独特语形式。说它是形式，因为它从不规定某种题材的"时代性"，而是规定了某种特殊的感受、思维和表达方式，它在创造每一件艺术作品的过程中使我们服从。我相信，任何个人的创造都无法根本背叛他所属的传统。每一个艺术家在他所提供的"单元模式"中，都自觉或不自觉，或多或少地浸透着传统的"内在因素"，这是他自身存在的前提。传统应当被理解为"内在因素"所贯穿而又彼此独立的"单元模式"系列，像一趟用看不见的挂钩连接起来的列车，活在我们对自己环节的铸造中，并通过个人的特性显示出民族的特质。

所谓"内在因素"和"单元模式"，是我在探讨传统时设计的两个词语，前者指那些摒除了单纯外部特征后而使传统仍然成为传统的东西；后者指不同时代的不同作家融合各方面因素而自成的艺术风格。例如：当我们探讨屈原这个中国伟大诗人的"单元模式"时，不仅会注意他所独具的许多艺术特色（即他与同代或以后的伟大诗人们不同的地方），而且会注意到他与其他同代或以后的伟大诗人们相同的地方。具体地说，当屈原通过《天问》、《离骚》等诗篇，强烈地表现出人对自然、社会和自身直接把握的要求，成功地赋予这种要求以一整套具有中华民族特质的象征体系，并构成巨大审美快感时，他就在本质上完成了他重新发现传统的任务，他最具特色的变革恰恰使他比其他任何时候都更接近了传统本身：楚文化中最具魅力的神话——巫术体系的"内在因素"。

同样，在远距屈原数千年之后的我们这里，形成贯穿着传统"内在因素"的单元模式，也依然是每个艺术家的使命。强调传统的意义并非企图仅仅以此判定艺术品的价值，没有任何一个"过去的"标准能用来衡量"今天的"东西。强调传统就是强调"历史感"——这个名词尽管早已为人所知，但可惜还未能在创作中充分得以体现——强调对于艺术进程中应当扬弃或保持的不同部分的清醒认识，实际上也就是强调"现在"。"现在"只有在与"过去"相比较的时候才有确切的意义。而盲目怯懦的人们往往无视这个根本命题。同出于一种无知，有的人喋喋不休地指责别人"抛弃传统"，有的人自命不凡地宣称自己"反传统"。结果是相同的，因袭伟大祖先的外表服饰并不能就成为伟大的后代（一种丑角？）；而无休止地模拟外来影响也变成另外传统的笨拙俘虏；两者从不同方向同时进行着消失自己的努力。

我们今天要建立些什么？是思考这个问题的时候了。

必须进行新的综合，诗的威力和内在生命来自对人类复杂经验的聚合。诗歌传统的秩序应该在充分具有创新意义的作品有机加入后获得调整。再没有比肯定一切或否定一切更轻而易举的事了，但古今中外的大师们所付出的却是与此完全不同的艰巨劳动。

必须千方百计地占有知识，从而拥有供分析、比较的基本原料，把握永远在变化、发展而又具连贯性的民族精神，重新找到、发掘并确立那些在历史上与我们相呼应的东西，从纷繁复杂的来源中提取至今仍有强大生命力的"内核"，这就是曾被叶芝称之为"成熟的智慧"的那种能力。智慧不是聪明，这两者本质上的区别在于聪明始于单纯，终于浅薄；智慧始于复杂，终于深刻；聪明或许会以某种先天性的新奇感受耀人眼目于一时，智慧却首先是丰富的经验，刻苦地追求和最终形成的坚实的思想结构。我以为如果没有内心的充实，所谓感觉纯属一种幻影。只是在成熟的、具有坚强意识的较少数艺术家笔下，鲜明的形象才正确地被赋予诉诸读者感觉的意义。只有这样，"创造"才成为一个事实。

我们谈到分析、比较，这里应当提倡某种"批判精神"。诗人应当具有对自身需求的敏感，而汲取知识以满足需求却不是无选择的。艺术家只有在能够透过言辞的外表效果而洞察作品的"内在重量"时才称得上真正的艺术家。正因为如此，列宾对马雅可夫斯基赞不绝口，罗丹酷爱菲狄阿斯，艾略特从但丁的诗中引申出一整套艺术哲学——这些彼此风格迥异的大师，因为他们对艺术本质的深刻感知挽起了手臂。另外，我们确实看到，一些诗人在写出最引人注目的作品之后，很快就被自己无休止的复制"稀释"了，这也是缺乏批判精神的表现。对于诗人自己的历史来说，这种"批判"更为重要。诗人的一生，应当是自我更新的一生，既不怕打破旧有的平衡，又不断追求在更高水平上的新的平衡。"批判精神"是汲取的前提，"自我更新"是创造的必然。不断更替的充实和空虚，蕴藏着诗人成长的全部奥秘！

面对当今诗坛，我要说：有些口头上大谈其如何忠实于"传统"的人未必懂得"传统"，他们仅仅满足于作隔日雷鸣的微弱回声；而一味凭借个人直感，以为这样就可以"反传统"的人也终将因根不固而叶不盛，很快凋敝于他所轻蔑的土地上；这两种人都忘记了，所谓"自我"既不仅是个人本能的冲动，又不仅是集体共同的法则，恰是此二者的融合。艺术追求必然同时体现个性和整个传统的总趋向。

那么，要真正地坚持传统，应当采取怎样的措施呢？我认为首先应明确自己诗的位置。假设有这样一个坐标系：以诗人所属的文化传统为纵轴，以诗人所处时代的人类文明（哲学、文学、艺术、宗教等）为横轴，诗人不断以自己所处时代中人类文明的最新成就"反观"自己的传统，于是看到了许多过去由于认识水平原因而未被看到的东西，这就是"重新发现"。就像当我们追求创造一个与现实世界既呼应、又抗拒的

"诗的世界"时，在屈原一系列伟大诗篇中所找到的印证一样，那些被先辈们的天才早已珍藏在作品深处的宝藏，将因为新的才华的注入而焕发光芒。处在"坐标交点"上的我们的诗，也因此具有了某种自觉的"纵深感"：两个领域互相渗透，使它同时成为"中国的"和"现代的"。

这篇短文来不及进一步探讨传统"内在因素"的具体问题，但作为中华民族文化传统的一分子，不妨列举一些饶有兴味的题目：如，△中国独特的象征体系（据我所知，还没有人从这一点出发对《易经》作过细致探讨）；△中国哲学、艺术、宗教中反复强调的客观、综合和超越性（超功利性）；△自然诗观和自然意象（中国诗中独特的视觉语言——多层次具象感知）；△诉诸读者只可意会不可言传的"潜意识冲动"；△屈原诗中有机的复合结构；△过去轻率地以"玄学"弃之的"悟"与"静"等典型东方思维方式，还有众多构成中国诗特性的具体技巧等等。一首意义重大的诗应当首先对于文学有所贡献，而不是仅仅愉悦一下这群或那群听众的耳朵。

传统，一个永远的现在时，忽视它就等于忽视我们自己；发掘其"内在因素"并使之融合于我们的诗，以我们的创造来丰富传统，从而让诗本身体现出诗的感情和威力；这应成为我们创作和批评的出发点。我们占有得越多，对自身创新的使命认识得越清晰，争夺的"历史空间"也越大。

传统在各个时代都将选择某些诗人作为自己的标志和象征，是的，我们已经意识到了这种光荣。

智力的空间

诗是这样的空间：它饱含思想，但对于仅仅以思辨传达思想，它说——不！它充满感性，但对于把感觉罗列成平面的感性，它说——不！它是现实的，可如果只把这理解为宣泄某种社会意识或情绪，它说——不！它是历史的，可假如昨天只意味着传奇故事，它说——不！它是文化的，但古代文明的辉煌结论倘若只被加以新的图解和演绎，它说——不！它体现着自身的时间意识，但对日常的顺序和过程，它说——不！它具备坚实的结构，但对于任何形式的因果链，它说——不！……在一些人看来，现代诗如此不可理喻，它看起来更像一个充满矛盾没有结论的实在物，而非理想教育的教材。人们在它之中仅意识到自己同时意识到自己的对立面，而相反两极间不停的相互运动又使诗保持了整体的静止。这已足够使习惯于单向思维的头脑晕眩了。当然，愤怒只证明无能。

诗提供一个空间，这并不是秘密。文学史上，古典主义有像逻辑一样简捷而坚实的思想空间。浪漫主义有激动的线条似的感情空间；现实主义者企图模拟再现外部世界的现实空间；超现实主义借助无意识状态，而魔幻现实主义完全有机地力求突破理智与感觉的界限，为了发掘一个幻觉的真实的空间。在不同时代、不同传统中，诗创造出自己的空间以容纳和体现内部活跃的生命。诗通过空间归纳自然本能、现实感受、历史意识与文化结构，使之融为一体。在今天，人类一直追求的理性与感性的自然契合，思辨与直觉的真正统一，也为构造诗的空间提出了标准并要求赋予更大的智力。从空间的方式把握诗，从结构空间的能力上把握诗的丰富与深刻的程度，正是我们创作与批评的主要出发点。

一首成熟的诗，一个智力的空间，是通过人为努力建立起来的一个自足的实体。一个诗人仅仅被动地反映个人感受是不够的，在现实表面滑来滑去，玩弄一下小聪明的技巧游戏，并不能创造伟大的作品。诗的能动性在于它的自足性：一首优秀的诗应当能够把现实中的复杂经验提升得具有普遍意义，使不同层次的感受并存，相反的因素互补，从而不必依赖诗之外的辅助说明即可独立；它的实体性，在于它本身就是一个意象，一个象征，具有活生生的感觉的实在性。它不解释，而只存在。由于存在使读者在不知不觉中被渗透、改造、俘获而置身其中。

《易经》是中国古代一部伟大著作。它虽然不是诗，却由于巫术与诗的先天联系而具有共同的因素。以现代观点析，它的每个卦都包含着象、象征和抽象三个不同层次。以"乾"卦为例，"天上有天"为象，具有充分的视觉性和审美快感；"天行健"等解说者的描绘为象征，是象在人主观意识中的延伸；而爻象"☰"则是抽象后的符号，它与其他符号的阴阳变化，组成了一个周而复始循环不息的辩证体系，并与自然中的相对性和永恒运动构成潜在呼应。《易经》的伟大，不在于它采用一套自然形象模拟了客观世界，而在于它归纳不同层次创造出一个既矛盾运动（内部各部分）又和谐静止（外部整体）、既对立（阴、阳）又互补（阴阳）、既有限（形式）又无限（内涵）——以有限把握无限的"框架"。这个"框架"是一个"动态模式"，在无始无终、无方向无因果的对流中生存。它与自然或现实之间，保持着某种"相似对应"的"同构"关系——它的内在因素，使我们能够透过它把握周围的世界。无可否认，它和诗，在不断变形和发掘抽象意义中，通过背离自然（构思、秩序化）本质地接近了自然，是被创造的一个独立于作者主观和物质客观之外的"第三种现实"。伟大祖先以智力空间的无比成就创造了永恒的精神价值。

在玻尔和爱因斯坦以后的世界，"东方的智慧"已不再是一个古老而神秘的词汇。它内涵的深邃和表达的精妙，正随着人类打破旧有的单元化结构进入多元体系、展开普遍的相对性思维而绽放光辉。东方的综合性思维与西方的分析性思维之间已显示一种殊途同归的互补。我们没有理由妄自尊大或妄自菲薄。中国源远流长的文化传统必须对人类文明的现状作出贡献。

这里，必须指出：考察历史和环顾世界，是通过昨天透视今天，而不是把今天拉回过去时。历史是一种积淀的现实。文化是精神领域折射的现实。它们永远与我们的存在交织在一起。正是站在此时此地，通过对历史、文化的探寻将获得对现实多层次的认识。"更深地"而不是"凭空地",使历史和文化成为活生生的、加入现代生活的东西。"作《易》者,其有忧患乎"。必须紧紧抓住智力的空间中现实生活的一极,否则即便再多地搬用古代经典中的定义,也并不能使诗增加含量和深度。应当说,只有当现实、历史、文化合成诗人手中的三棱镜时,智力的空间才可能丰富而有意义。

每个诗人都有自己的哲学观。关于智力的空间的思考,并不干涉这个属于诗人主观意识的领域(那将把文学的讨论转向社会、哲学或宗教观的讨论)。它所要探寻的,首先是诗作本身的组合关系,一种结构的形式。在理论意义上,指出一种与我们所处的文学时代相适应、同时具有中国特点的现代诗观;在创作意义上,标明构成智力的空间——智力诗的方式与可能;在批评意义上,提供一个从考察诗作本身的空间结构出发的判断标准。

一首诗,说到底可以看作一个意识结构(包括诗人潜意识冲动中表达为语言的部分)。它是诗人通过题材的处理达成的一个复合空间。对世界多角度的观察,对思想多层次的把握,超越了个人、社会集团,人类乃至地球的单一经验。却从这些经验的交叉综合中获得了对生活能动发现的能力。例如,倘若屈原只是直接表达出他在当时社会条件下的追求和悲愤,而没有在《离骚》、《天问》等诗中叩问历史、自然乃至宇宙的起源,他就不足作为一个中国诗人最伟大的代表和民族精神的象征;但丁如果仅表现个人有限的经历,而不能达到同时体验地狱、炼狱和天堂的境界,他也不会在现代诗充分发展的今天依然被人崇敬。大诗人并不是以情绪的强弱,而是以充分发掘内涵后构造有机空间的能力为其特征的。对现实和历史的感应，对时间的强烈意识以及形而上的独特思考，使智力的空间矗成一座大厦，一层层轮回着趋向整体的真实。

一个智力空间，由结构、中间组合和意象组成。读懂一首诗像进行一次破译。审美快感伴随着阅读和理解的进程，读者思维和想象的紧张度使他们也加入了创造：一首诗的总体结构就像一个"磁场"，一组群雕，它存在着、暗示着什么，各部分之间抛弃了因果性，看似独立其实正以其空间感的均衡和稳定相互关连。这是一个正在共振的场，每个部分都和其他所有部分相呼应、相参与。它使我们感受并要求进入更深一层的内在逻辑。结构，就是诗的组合关系的总体。一个定义没有诗的价值，而一个有力的结构本身就具有诗的气魄。它彼此依存构成空间，像油画一样当你远远审视时才清晰呈现。一个完美结构的能量不是其中各部分的和，而是它们的乘积。

当我们继续深入，一群群具有相同走向的意象渐渐靠拢，显示出同处结构内的不同层次。这些中间组合有时单独发展，有时彼此接近甚至交错汇合，在碰撞的刹那迸出火花，使我们隐约窥见了深藏的奥秘。于是，意象——诗的基本符号经过反复阅读的"定位"，最终获得了中间组合与结合赋予的全部含义（由于动态地发展，这往往与它最初出现时有很大不同，如艾略特《荒原》中"水"的象征）。当我们把从这不同阶段感知的东西汇合起来，或许可以说开始懂得了一首诗。当然，这个阅读和批评的"逆推原理"常常交错进行，而诗作为审美对象却时时给读者以震撼。

对于长久以来人们争论不息的理性与感性的关系，我愿使用"在思想的深处感觉"这个命题。这也适用于一般较单独的诗。诗人的思想像钻杆，感官像钻头。诗里表达的感觉是钻头触及的不同地层：黄土或矿石。具备深刻的感觉本身就体现了深刻的思想，但没有深刻的思想作底蕴也不会具备深刻的感觉。我说深刻——而不仅是新鲜——因为前者包容后者，但更有分量，它和精确的表现，将产生伟大的诗。

我相信：古今中外的伟大诗人，有风格上的不同，却没有层次上的不同。埃利蒂斯的纯粹和艾略特的复杂达到了同样的深度和境界。反之任何惰性与浅薄只会给探索设置栅栏。不能艰苦努力以争取站到整个人类文明的肩头上，任何漂亮的言辞都只是一句空话。

智力的空间作为一种标准，将向诗提出：诗的质量不在于词的强度，而在于空间感的强度；不在于情绪的高低，而在于聚合复杂经验的智力的高低；简单的诗是不存在的，只有从复杂提升到单纯的诗；对具体事物的分析和对整体的沉思，使感觉包含了思想的最大纵深，也在最丰富的思想枝头体现出像感觉一样的多重可能性。层次的发掘越充分，思想的意向越丰富，整体综合的程度越高，内部运动和外在宁静间张力越大，诗，越具有成为伟大作品的那些标志。

这个自足的实体，兼具物质与精神的双重特性，永远运动而又静止。它正注视着世界诗坛的中心缓慢而坚定地返回自己古老的源头。

诗的自觉

　　一九八二年，我开始写一篇短短的论文《传统与我们》，我知道，我所持的观点很容易使自己左右为难，我将被因循守旧的卫道士和叫喊"反传统"的年轻人同时非议，因为我指出：传统既不能靠固定的外在程式因袭，又不会被自命不凡的小聪明一举颠覆，真正加入传统必须具备"成熟的智慧"，即怀疑和批判的精神、重新发现传统内在因素的意识和综合的能力。一个诗人是否重要，取决于他的作品相对历史和世界双向上的独立价值——能否同时成为"中国的"和"现代的"！这样，我实际上是在强调一种自觉——寻求困境的自觉。任何捷径都是不存在的。意识到危机并冒险突围，然后在更高意义上面临深渊，从而使困境永远触目，这是中国现代诗开始进入成熟期的标志。

　　对于保持着敏感的人们来说，中国诗坛的最新变化具有重要意义：诗，从自发转向自觉。所谓"自发"，指七九年开始的青年诗人们的"第一次否定"，诗带着长期被压抑的痛苦和希望，在墙上宣言或手中默默传递，以有限的西方现代诗手法为借鉴，在诗人的良心所不能接受的世界上要求人性和正义。从此，更深刻无情地挖掘人类生存和命运，成为中国现代诗底蕴中不变的主题。作为诗本身，这里强调了"两次否定"。"第一次否定"针对的是七九年以前泛滥的"非诗"，它们的"影响"依附于政治事件，它们的作用主要在图解社会主题，它们借用一些现代诗手法却并未试图建立自己独立的诗歌意识。因此，它们的意义，与其说是诗的不如说是诗人的。真诚和真实、反抗和觉醒。这些"第一次否定"提出的人格目标，恰恰延伸成为"第二次否定"的出发点。诗的"自觉"的阶段，从这儿开始而不是到它结束，基于它而非仅仅为了完成它。在今天，作为诗人，不仅要意识到生存对于人的压迫，而且必须意识到整个文化传统乃至世界文学的总秩序对我们作品的压迫。

今天，我们所进行的是自觉地、内在地分析、把握整个传统（不仅是四九年以后的历史）与自己创作间的复杂关系。并力求不是在题材和主题上，而是在表现本身显示出思考的深度。后一点尤其重要——这里不存在"寻根"与否的问题，只存在通过创作如何体现出历史意识的问题；不存在搬不搬用古人典故的问题，只存在诗能否以现代纵深力度涵盖先人智慧的文化意识问题；不是匠气十足地玩弄"美文"，而是把对语言的探索视为更深刻更能动地挖掘人类生存之必需——总之，"自觉"首先是否定盲目性和简单化。中国文化中思维方式的封闭性，中国历史异乎寻常的静止的时间性，加剧了人们栖身于习惯的危险。如果说，洞悉世界使我们获得了分析自己的某种方法，那么对我们现实和传统多层次地无情切割则进一步深入了对困境之残酷与突围之艰难的认识。在诗歌上，这个突围体现为建立一个诗歌实体的努力。它应当既充满现代经验又穿透这些经验背后历史的独特性，既体现为现代语言又把握住传统作用于某一语言内部的种种内在因素。通过"自觉"，把本来只表示地域的"东方"提升到人类当代文明的普遍意义上。中国现代诗唯一的生存价值在于使自己已有能力综合不同来源而形成完全独立的全新的文字现象。

因此，我们命中注定来呈现一种力量，超乎每个个人又在自己生命的历程中渐次呈现。打上不同诗人的戳记却达到同一种内在层次的丰富。于是，诗人一千次死亡为了诗一次诞生。诗人被他的信仰带入深渊而诗由此抛弃被传诵一时的厄运。

这就是"自觉的诗人"。可以这样说："自发的诗人"之重要，在于他对个人的意义——个人欲望的直接表达（因而，大多集中在表达什么）；而"自觉的诗人"之重要，在于他对文学现实总体的意义——他的诗歌世界，必须使文学面临改写的危险（所欲表现者与表现的独创方式的合一）；"自发的诗人"往往意识不到自觉的必要性（因而，明明自己在前人阴影笼罩下却仍旧沾沾自喜）；"自觉的诗人"却不会由于他对诗本身各种可能性增多了解而减弱创造的神秘冲动，恰恰相反，诗在更高的基点上俯瞰万物，具有更强的灵感辐射、更深入的把握和缔造崭新秩序的能力。自发和自觉，前者是每个诗人之成为诗人的基因，后者却是一个文化传统之拥有活力（这活力也必然作用于所有诗人身上）的基因。从自发向自觉的过渡，应被视为同一进程中两个性质完全不同的阶段。仿佛原生质的最初合成，"自发"的碳和水与"自觉"的生命之间，不是递增，而是创造。

现在，我们考察三个领域探讨这一进程，那就是：意识。方式。语言。

首先，意识：对诗歌的基本意识决定着诗人进入创作的角度，间接地，也决定诗写成后面对世界的姿势。反观历史，中国诗歌的源头就存在两种状态：屈原的层次纷繁的复杂世界与《诗经》的单纯的抒情传统。在屈原的诗里，自然、历史、文化背景统统被打碎，被充满现实感受的诗人重新组合，提升为一个超越狭隘功利性的纯粹世界。一种复杂的纯粹。而《诗经》，则更强调现实的、片断的场景和感受，直接描写成隽永的小品。通过现代诗的"第一次否定"，诗人开始把独立思考带入诗中。诗虽然不再仅仅作为官方宣传的工具，但仍囿于诗人自己的政治、社会、哲学观念的图解，今天这样明天那样地追逐一厢情愿的"真实感"。从"一个老人站在路口"到"一根拐杖站在路口"，从原形描述到变形描述，诗的工具命运依然如故，只不过多了些意象的装饰。在这里，我要说某种危险近在咫尺：丧失自觉的危险——举出鲁迅的例子就够了。阿Q的浑浑噩噩，祥林嫂的忍辱偷生，体现出"五四"一代对传统文化从语言、观念到文学意识的整体反思，但是，他的这种独立和自觉很快消失了，他中期直接社会性的杂文，以社会群体的立场代替文学的独立，实际上已与他抨击的传统思维方式毫无二致——在层次上，甚至在方向上——一旦文学离开独立，几千年的阴影就随之而来，一步步把悲剧演成闹剧，直到"文革"那怪异而必然的结果。自发的盲目性不仅吞噬了作家，而且吞噬了自以为"真实"的文学。于是我们发觉：没有自觉，一切建立中国现代文学的神话都是空谈。诗的自觉，从对诗的基本意识开始，我们追溯的是屈原那自足而能动的强大的诗歌血缘，它丰富得足以囊括一切死亡，纯粹得高高在上，因而无动于衷，无可利用，不必求助任何外在的说明就直接构成自己的本体。诗是对诗人创造力的考验，而创造力是诗人的独立性（他丰富得足以独立）、空前复杂的占有（多层次的经验）和巨大的综合能力的总称。像屈原那样，调整诗人在现实和文学中的不同角度，把整个世界经由诗人之手变成语言（仅仅是语言），向诗升起，注入那个横越千古的绝对空间。从而加入一切时代一切人的世界。我说：伟大的诗，其核心就是境界，其境界是穿透死亡到达的澄明。诗人写作而无所期待。语言逐一呈现而构成孤悬的现实。诗孑然一身，随着岁月与人群的滚滚流动，既纹丝不动又无穷变幻。人类形形色色的苦难，万物无所不在的智慧，在一首诗诞生的此时此地，围拢，显形，攻入每个正在读它的人。

其次，方式：自发的诗人显然风格上有所不同，但诗的呈现方式却大致相同（请注意：这个"方式"，不同于每一首诗中常被人们误认为结构的语言排列。方式是形式内部更带普遍性根本性的某些规律）。自觉的诗人一个突出标志，就是寻求构成自己诗歌的独特方式，这方式贯穿了他的各个具体作品。我曾在《智力的空间》一文中写过："大诗人并不是以情绪的强弱，而是以充分发掘内涵后构造有机空间的能力为其特征的……层次的发掘越充分，思想的意向越丰富，整体综合的程度越高，内部运动与外在宁静间张力越大，诗，越具有成为伟大作品的那些标志。"我又说："结构，就是诗的组合关系的总和。"尤其在今天，死亡与澄明缺一不可，我们追求的是屈原的高度，而不止是陶渊明的高度。得创造一种方式，让自然与人生，历史与现实，个人与社会，文化与人性……诗人的复杂经验在其中获得组合的多样性。可以说，诗人经验的厚度和意识结构的丰富深刻，在选择方式本身。为了完成诗与整个人类生存的总体观照，诗抛弃外在的时间性，而在语言内部让不同层次的感觉互补，让相异的思绪相交，让局部充满流向和喧嚣而整体又浑然寂静如一。于是，构成方式本身成为诗之内涵的同义语。它不貌似"深刻"，却保持冷静。不轻率地乐观或悲观、肯定或否定，却展示出足以包容这诸多极端的动态平衡。可以说，诗人对经验的意识程度越高，对建立自身意识结构的能力越强——越自觉——他在寻求方式时越自由，处理语言和把握内容越主动。诗一旦写成，便脱离任何人成为一个可能存在的世界。诗人再接近它时，也将与所有读者一样，必须遵循语言方式的引导透入内部层次，最终被一个形而上把握中的总体所俘获。作者与读者，并不是在读诗之前或之后，通过什么"诗之外"的方式结识，他们唯一联接于被诗一视同仁的一刹那，当他们真诚地企图突入这同一个世界的一刹那。

最后，语言：在诗的自发状态下，语言本质上是一种工具。诗人急于陈述和说明某一观念，于是匆匆为"意"而"言"。而自觉的阶段，语言是诗的初衷和最后目的。语言也是诗面对人类生存的唯一临界点。它包含"意"却不拘泥于某一个"意"，它是构成诗的最基本材料，却又在构成过程中保持着自己独特的指向性与丰富的模糊性。诗意最终取决于语言空间的组合与暗示。从这一点出发，我强调"构成性"的语言，强调语言存在的直接性、突然性，用看起来无根据的"突入行为"迫使诗打开空间。在这里，陈述与思辨只是某种辅助性的手段。诗人寻求困境的本能，促使我们真正深入中国文字，探索它独特而长期被忽视的表现功能，并寻求与人类当代思维相契合的新的组合关系。"自发"的诗常常是诗人"统治"语言，"自觉"的诗人却必须在诗人对语言、语言对语言之间建立一种互动——互相发现的网络。犹如屈原在《天问》、《离骚》和《九歌》中，截然不同的语言状态与诗人互相导引挥洒自如。现代诗更加强了这冲突的狂暴与嵌入的果断。我说：每一首诗直接呈现如一次原始的创造（决不是在题材上"描绘"开天辟地），这是中文给予诗人的最大启示：中国文字字形的视觉性、音调的断裂性、意象的包容性、塑造的明晰性并列性，语法的任意性和思维的客观性——可省略人称、时态等等，显示出诗的外在时间被抽象（永远的现在）与内在空间被构造的同一进程，表意性与表现性的同一追求。每个字，字与字，词与词，像天空和最后一抹阳光、黄河与一无所有的黄土，强烈点染勾划出高原上的黄昏。既各自孤独又结为一体，既偶然又必然，零乱而严整。它赋予诗（或所有文字）存在于世界最本原的含义：通过大规模语言实验去体验其内部不断生长的秩序，本质地拓展人类感受和思维的可能领域。诗提高人类。自觉的诗，本身只能是这样一个其疆域不断扩大、特性日益鲜明的语言王国。

那么，概括诗的自觉，或者说诗具有"自觉性"的标志，可以从以下几点见出：一、对于历史与传统，既不是盲目依从也不是简单地寻求"断裂",而是采取平等正视、自由吸收的态度,让从古到今的一切成为自觉参照的资源和随意驾驭的语言。二、对于自我,既强调体验又强调超越,诗必须在构成本身时呈现出经验的复杂和境界的提升、死亡的丰满和澄明的纯粹。每个诗人历尽沧桑的一生必须由诗赋予无限的意义。三、对于艺术标准,每一首诗置于世界诗歌总环境中应当是独特的。它作为人类全新经验的起点,将方式和语言统一成行为,将触角伸展得尽可能广阔,从而能够在创造另一个自然的努力中使精神历险与更新。

海德格尔说过:"所有伟大的思想家归根结底只说出了一个思想。"必须记住,文学"史"是一个谎言。杰作并无古今远近之分,刚刚度过的一瞬与太古对于我们是同距离的。大诗人是指那些有魄力、有能力创造自己独特的语言构成方式,去本质包容当代人思维的复杂性的人。他把自己造就成一个"源",成为后来人们摧毁或发现的对象。在中国,对于诗之自觉的思考,将使这样的大诗人的出现不可避免。

作为社会和文学双重"叛逆者"出现的我们,正发展和巩固"第一次否定"的积极意义,更深邃地揭示我们的生存和更有力地创作我们的诗,这条"二而一"的道路,不是把视线引向昨天与明天,而只能注目于今天。不回避、不畏缩、不理睬乌托邦也不作美学上的低能儿,我们的诗将构成"今天的传统":由于历史与现实的双重规定——它只能是这个时代的产物——成为反抗和活力的双重源头。

因此,我所强调的当代诗,不是已经出现、引起骚动的那些,而是正在孕育、辗转阵痛的那些;不是跟在西方流行观念后面亦步亦趋或只把老祖宗贴在鼻头上卖假古董的那些，而是能迫使历史、文化和大千世界化为语言加入诗作的那些；当然，有人省悟太迟，有人因无力改变惰性而落伍，但另一些更有能力的诗人懂得：除了完成向自觉的转变，我们无法使诗摆脱自发阶段的社会新闻性质，而中国现代诗以全新的文学现象独立于世的愿望或许永远不会成为现实。

本文旨在提示"意义"，而非提供"法则"。必须承认，"反叛的愿望——重新发现的努力——加入的自觉"，每一步在寻求一个新的困境，每一步也确实陷入了一个新的困境。没有一次挣脱是一劳永逸的，也没有一个平衡是抵达终极的。对于中国现代诗来说，路漫漫其修远兮。但是，我说："当行为上毫无选择时，精神上却可能获得最彻底的自由。"作为这自觉的痛苦的唯一报偿，在中国文化传统普遍面临的黄昏中，我们收藏的与其说是黑夜，毋宁说是智慧的猫头鹰[1]。

北京，坡上村

一九八六年五月六日——十三日

---

[1] 德国哲人黑格尔语：每当人类的黄昏，智慧的猫头鹰就飞起来了。

中文之内

我的德文译者顾彬说："我恨译杨炼的诗，太难了。"谢谢，老顾。我由衷愉快——要是你说："译你的诗容易极了呢？"

诗人孟猛对中文当代诗，有一句一语破的的评论："瞎写"。"瞎"，准确概括了许多作者"写"的状态和意识。那正是：没有意识。我无意在此罗列对中国诗坛的诸多指责，只想指出一点——在我看来，正是大多数平庸之作的共同点——中文，被诗人忽略太久了。太多作品，仅仅"使用"中文这一工具，却对读者失去了艺术的信用：那些除了分行外一无所有的"话"，可以用任何语言来表达。而形式，透过段与节的单薄拼图游戏，几乎找不到令一首诗"非如此不可"的内在原因。这是不是荒诞：写得像外语的中文诗人？或更清楚：写不出中文的"中文诗人"。那个妄想中的"国际语言"，只不过就是不够格的自己的语言。我说这是：在中文之外写诗。写给，受不了中文这一特殊建筑材料折磨的翻译家——现在，他可以放肆地作诗人了，反正原文一片真空。

曾被煞有介事讨论的诗的"中国性"，是一个伪命题。什么是"中国"性？题材？主题？作家之国籍？语言之称谓？特定政治履历或文化背景？……此种种，与"写"好一首诗有什么关系？诗，无须"出身论"式的户口普查。它是语言的构成——被语言形式所实现的。也因此，二十世纪的中文诗人，深于（先于）任何政治与社会的困境，先天被置于一块语言的死地：中文，这些方块字，经过两千多年写作之手的打磨，以古诗词的格律形式，模铸出一套如此完美的表现体系。它甚至像作曲一样被规定下来：对仗与平仄，精雕细刻着视觉和听觉的美；"意"与"境"，具体和抽象互相静悄悄暗示；从"四声八病"到炼字、炼句，令诗人学会谦卑：受限于自己语言的内在法规（局限和可能）。与其说诗人写诗，不如说诗写诗人；而一首七律的结构，几乎就是一个精妙袖珍的宇宙模型。一个诗意的空间，其中岁月流逝……"道可道非常道"，老子劈头一句，已把中文发挥到了极致。"万里悲秋常做客，百年多病独登台"，杜甫一字一层地夯实了时、空中那羁旅之人——历代诗人的祭奠，使语言成为高于我们的存在。说它是"死地"，因为给一座金字塔增添一毫米高度，远比在空地上踩出一行脚印困难得多。屈原、李白，并不如想象中那般遥远。事实上，创造古典奇迹的中文表现力，仍在现代写作中延续。他们都活着，在参与对一首当代诗的评价。一个二十世纪的中文诗人，不可须臾忘记自己身上这宝贵又足以令人致命的空气的重量。

本文的标题《中文之内》，借自埃利蒂斯简明清澈的表述：诗，在"语言之内"。正与笼统含混的"中国性"相对，这里强调的是"中文性"。或者说，两个层次上的文化个性：一、中文相对于其他语言的独特；二、这个诗人（这首诗）的语言相对于其他诗人诗作的独特。"我、用中文、写诗"，意即：我的写作，在中文传统之内——取囊括过去、现在、未来的"活的传统"的概念——不是"复古"：因袭"传统的"，甚至沦为古典美感的赝品。"中文性"，指那些使中文之所以是中文的内在因素。它应敞开向"未知"的方向——每个诗人对中文表现方式的再发现。这里，"出走"和"返回"像呼吸互相依存。当代经验提供了一种距离感，刺激我们领悟那早已蕴含于中文之内、却迄今尚未充分发掘的。包括学习西方技巧，也不是简单移植，而必须被我们独创的语言所"吸附"。简单的说，我们得向中文学习说话，学会说得好——因为在一行诗写下之前，我们并不知要写什么。因为，只有写在诗内的，是唯一被抓住的现实。

作为诗人，我要求的是——持续地赋予形式。

争论不休的"纯诗"，对真正的诗人从来不是一个问题：基于语言的表意性，绝对的"纯诗"是没有的。但无论什么内容的诗，你都必须把它当作"纯诗"来写——追求节奏、结构、乐感、对比和运动、精确与和谐、空间的张力等等。"中文性"，体现在诗中，就是表现形式上的"纯诗"因素。一个修饰词"持续的"，要求为每一首诗发明"它自己的"形式。犹如屈原的《天问》、《离骚》、《九歌》，诗体与其内涵的关系，就像地理特征与风景的关系。那已不是"最佳的"，几乎是"唯一的"，甚至"必然"的。古今中外一切好诗都拒绝翻译和阐释，证明了其"必然性"。

一九八九年，当我尝试给写作五年的组诗寻找一个总题，我长时间束手无策。什么能在《自在者说》、《与死亡对称》等四部题目之上，创造另一个境界，并握紧整个二百页作品之根？最后，是对中文文字的本能领悟救了我：我杜撰了一个"无字之字"——𝄇。"人"贯穿于"日"。内在世界与外在世界，相遇于语言初创的一刹那。这是不是，我们永远的处境？——"字"，而不是"词"，以其表现性、隐喻性，构成了我们通过中文"格物致知"的来源。无人称、非时态、模糊词性、自由移位、形似具体而其实抽象……字是基因，左右着整个中文语法关系、思维方式，以至生存形态。犹如雕塑家或建筑师，必须与他们的材料保持最高的默契——如何独特地理解这一个个光洁、润滑、明亮的字，蕴表意于表现？是对每个诗人第一层次的提问。

"感时花溅泪，恨别鸟惊心"。古典格律听觉上的造形能力，至今仍是我们的启示。相对于欧洲能"看见"声响的拼音文字，中文的乐感隐身于视觉意象背后。但也许因为"隐"，而更深刻有力。我称之为诗的"秘密能量"。在离开格律的"群体"依托后，当代中文，并未因"白话"失去了音乐性："父亲　从一年中切下这最黑的一个月／一月　母亲们盲目中一下午音乐"（拙作《死者的一月》）。这不是排比句的简单使用，是汉字音乐的合声与变奏。当代诗把"塑造"音乐的古老感觉还给了诗人自己，让你找到自己身上的马拉美、李商隐、李贺——如何从你耳中引出一条形象与意义的河流，让众多耳朵像听梦中耳语似的听到？这是第二层提问。

好像有一个神秘的诱惑，很久以来，我总是被组诗的形式所吸引：出国前的《礼魂》、《𩵋》，出国后的《面具与鳄鱼》（六十首六行短诗）、《大海停止之处》，以及近三年来写作、刚刚杀青的《同心圆》。其实，真正令我激动的是"结构"——不停赋予变幻的生存感受一个框架，使之显形。同时，通过组诗中互相对比、冲突、呼应的诗体，刺激语言充分敞开。这可以简略地认为是一种诗歌意识：建立诗的空间。源自一个中文字之内的"空间感"，经意象、句子、一首诗、各首诗的关连，组成作品最根本的隐喻。长期的摸索让我懂得：对空间形式的直觉，来自诗人对音乐形式的想象力。一部交响乐、一首民歌朴素的旋律，暗示着与内涵间巧妙的必然。我希望，这些呈现出我生命复杂性的组诗，本质如一个字般剔透而自足。它们自身，就是一个层层递进的"同心圆"，直到让我"从岸边眺望自己出海"（《大海停止之处》）——什么理由，让一首诗被写成"这样"？第三层提问。

归根结底，深植于中文之内的诗歌形式，不止要向人类当代意识敞开，而且，要敞开人类的当代意识。新文化运动的仓颉们，把"时、空"二字改造成了"时间"和"空间"，我们的"存在"曾起了什么变化？今天，重申那个星垂月涌、万古如一的宇宙，又将对人类构成什么新的启示？从中文语言开始，揭示这一文化资源的与众"不同"，并非虚妄——例如一个动词的巫术：无论人称、时态怎样变化，它始终黄金般稳定地保持着原形。由此，欧洲语法竭力捕捉的"具体"，被一举放弃。每个动作都是"处境"。每个处境涵盖了古往今来一切动作者。这是幻象还是现实？幻象揭露了现实？亦或全部现实，被一个幻象写尽？一个"共时"的语言，能够更彻底：建立诗的空间——以删去时间。像中文之内最可怕的两个字"知道"——"道"都"知"了，还妄想什么解脱？一个人面对的，永远是人类轮回其中的"不可能"。

丰富与深化"中文性"的程度，是评价一首中文诗的标准。只有在原文环境里，诗才不得不亮出它的胎记。每一条路都有人走过。你以什么质量，配侧身于文学史上熠熠闪光的名字之间？想过吗，什么是你的诗重新选择的文学史？——回到翻译，无论译作多么成功（无论译者是多好的诗人），它无力推翻原判：一首在原文中被认定空泛、平庸、重复之作。一定，不存在自身语言价值缺席的"世界性杰作"。

庞德译中文古典诗，我称之为"伟大的误解"。这误解，一面彻底刷新了二十世纪英诗的面貌；另一面，也给了中文一个全新的视角，以致某些中国诗人至今还以此招摇。但别忘了，正是中文古诗内辉煌的"中文性"，使"伟大的误解"能够发生。它，值，得，被，误，解。我们呢？

——老顾，你过奖了。我的诗难得远远不够呢。

幻象空间写作

在意大利，几年前，译者、诗人鲍夏兰和鲁索问我："中国当代诗的特征是什么？"——一个我们其实早该问自己的问题。

是诗的、文学的，而不是作品诠释的社会、或历史的特征。

因此，政治，尽管是每个用中文写作的诗人不得不思考的题目，但在一首诗中，却没有位置。就像真诚或谎言，不够作为一种价值。哪个不幸沦入辞语鳄鱼之口的人，不是说谎者？当反抗，可怜地依赖被反抗者的存在而存在，痛苦，也在宣泄多年之后，僵硬成一个姿势，一尊肉色雕像中冰冷的水泥。不，"中国当代诗的特征"，不能在语言的构成方式之外去寻找——诗人的种种经验，仅仅蕴涵在诗被写下的方式之内，而非相反。是"它"，残忍地把"我"变成一个背景：暴露出我在、或不在——没有什么，能代替一首诗对其自身的证实。

那么，怎样是"文学的"？我曾三次改变对自己的称谓：一、"中国的诗人"；二、"中文的诗人"；三、"杨文的诗人"——在中国：黄土，带着它全部的死者，从我躯体中延伸出去。偶而掀开一角，逼近眼前的，总是近在咫尺却惨遭忽略的白骨。"把手伸进土摸死亡"（《与死亡对称》），就摸到，根，千年腐烂之后，正是一个人。活，呼吸，哭和笑，我自己；后来，在国外，才发现无论诗人使用什么语言，诗，却只有同一个主题：触摸辞的边界，逾越它，又一次次承认这企图的失败。于是，中文就是我命定的、唯一的现实。我写，方块字的四堵高墙，就砰然合拢。我被写进，"写"的绝境；现在，这些诗，连中文也不是。你试试用别人的中文把它们"翻译"一次？译不成时，就敢说：没有我，母语不可能如此呈现。对我来说，没有"杨文诗"的特征，就不会有"中国当代诗的特征"。而"文学的"，定义只能是"个人的和语言的"——俯瞰，来自深处："大海　锋利得把你毁灭成现在的你"（《大海停止之处》）。

　　我在西方朗诵，总会被问到："中国诗常给人一种表现主义或超现实主义的味道，是否它们在中国也流行过？"言外之意："这些二三十年代的风格，在西方早已过时了。"稍有学识的西方读者，都能谈谈李白、杜甫；诗人或出版社，则仍是庞德的隔代弟子：当年庞德标榜"意象"——他提倡过的诸多"运动"之一——迄今仍是西方偷窥者的万能钥匙。而中国诗人更乐此不疲：借助于中文文字的灵活、语法的自由而藏拙，让"无话可说"显得像"有话不说"。于是，目前大多关于中国当代诗的讨论，只是为了证明：这些诗无须讨论。它们太特殊了，以至译者和研究者，可以无限丰富其内涵，从

"共产党"到"禅"无所不容，所以，也最好搁置不计。

我无意消解中国当代诗面临的困境，相反，要加深它。按我给"自觉"的定义，甚至"主动创造它"。具体而言，标明一种中文诗的时间意识：诗，建立自己的语言形式，不是为了"争夺时间"，而是为了"取消时间"。我想说：撕去时间幻象！在西方，一个诗人建立一种风格，发起一个流派或运动：原动力是：在文学史上，创立一个以自己语言为标志的阶段。因此，浪漫的／十九世纪；意象的（英国）二十世纪初；表现或超现实／二三十年代……争夺中，语言、时间、自我，几乎是同一个涵义。作为一个诗人，是我的语言——中文——教会我：本质地拒绝时间。中国古典传统中，一种诗体可以延用千年。因为，"千年"在一首诗中没有意义，有意义的是生存、诗人以及这首诗的语言之间的关系：外在千变万化之内一个不变的"三角形"。是的，不变。无数选本中，只有风格面面相对；你读，所有的诗，就都在挖掘"当下"人性的深度。谁能挖掘到前所未有的深度？一个动词，不随人称或时态改变时，揭示出一种"处境"。"看"，或者"死"，谁看过？谁死过？谁正在看或死——时间的乌有之河上，漂浮的仅仅是面具。那么，"永恒"，就是"永不"；写，就是删去——诗把诗人删去。一个非时间的幻象，从我们深处把"我们"删去，解脱了每个具体日期、地址、姓名后，却与古今中外的诗人骤然同在，屈原、李白、但丁、叶芝……这比较是不是可怕了？什么不是"过时"的，如果有人比你写得更早、也更好？什么不是"现在"的，如果历经千载，仍无人能取代你的位置？

　　自从我八十年代初完成《礼魂》，就有人在谈我"写历史"、"写文化"，对于能把诗读得只剩题目年龄的人，你能怎么办？一九八九年，写作五载的长诗《ㄈ》脱稿，人们谈论它的语言，却对结构茫然无措。出国后，《面具与鳄鱼》、《无人称》、《大海停止之处》、《鬼话》以及我正写的新的长诗，一以贯之我的"智力的空间"（一九八四）的思想："诗的质量不在于词的强度，而在于空间感的强度；不在于情绪的高低，而在于聚合复杂经验的智力的高低；简单的诗是不存在的（一个修正：却可以流行），只有从复杂提升到单纯的诗：对具体事物的分析和对整体的沉思，使感觉包含了思想的最大纵深，也是最丰富的思想枝头出像感觉一样的多重可能性。层次的发掘越充分，思想的意向越丰富，整体综合的程度越高，内部运动和外在宁静间张力越大，诗，越具有成为伟大作品的那些标志。"十多年过去了，当初"伟大作品"的奢望，已显得可笑。但当代中文文学中，已不乏同道——自觉发掘中文"非时态"的特性，通过建构作品的内部空间，最终撕去时间幻象，还原人之处境。我想到的是高行健的《灵山》和马建的《九条叉路》，剥去题材、语感以至体裁的差异，这些作品结构上的力量、多层次的思考，以及语言探索的深度，都令我震撼。与其说"心有灵犀"，不如说是同出于对中文的敏感——包括它的能量与局限，以及自己写作所面对的文学秩序。这就是"自觉"了。我称这一类自觉的创作为"幻象空间写作"。

　　幻象·空间·写作，三个词，三个层次。

　　谁是谁的幻象——作品的、还是现实的？中文的启示是：写作，不可能不构成一个"形而上"。信手拈一首古诗，孟浩然的《春晓》，对中国人，不存在"不懂"。但细读之下，全诗都没有主语——无人称。那谁在"春眠"、"闻啼鸟"等等？我读过此诗三个英译，两个译了（杜撰了）"我"，一个模仿原作的"无我"，但英语读者受不了后一个。可我甚至要问：为什么非是"我"？不能是"你、他、她、我们……"？更妙的，应是大自然在感受它自身："春"眠不觉晓，"处处"闻啼鸟，"夜"来风雨声，"花"落知多少？这里，人称选择的多种可能，使"谁"不重要，重要的是谁"怎样"了？动词非时态，使"哪时"做不重要，重要的是"做"本身。写作，潜在地支撑诗人，在日月四季、生老病死的"时间现象"深处，保持一种距离，一个独立。可以这样说，当诗写下，"这个现实"不是被描绘，而是被抽象：人，被抽象成"人的处境"。于是，没人能逃出"人的处境"——"人之处境"外无人！一部作品，是一种抽象艺术精神的体现。整个文体、语言和风格，不是为了"描写"一般读者的普通经验，而是创造全新的经验、乃至经历者。这样——幻象，始于作品的诞生：一个没有时间的"存在"，只是所有的存在；而活过的，轮回成文字中"活着的"内在的深度。这样——幻象，又返回现实：使实在的，比虚构的更虚幻。与"知——道"的可怕必然相比，每个"此刻"（哪怕是未来的），纯粹是谎言；而存在主义寄托在时间之墙另一侧"未知"上的微薄希望，更像自欺。"幻象"，既是文学，又是人生，揭示了双重的不可能。那每首诗，就又把"人"说尽一次。一次次说尽。《面具与鳄鱼》结尾一行：

"一个字已写完世界"——一个"幻象"的残忍启示。

之所以能够取消时间，来自于建构作品的空间。这里贯穿着中国文化的内在逻辑：在哲学上，是"道"之阴阳平衡；社会中，是"礼"之伦理纲常（且不评价）；人体结构的经络循环；生命观念的生死轮回。时间，被包容于空间形式之内，成为一个层次，使整体不是死寂静止，而是动态平衡。小至一首"七律"的构成，首二句"起"，中四句"对仗"，充分展开，末二句"结"，整个是一个精微的宇宙模式。每个词的能量，因框架的限制而凸显；整体，由于这一内在冲突充满张力。"万里悲秋常作客，百年多病独登台"，十四字多少层？这么说就清楚了：中文文字，本身就包含着"空间"的启示。一个字已构成一个小小的隐喻，而意象、句子、一首诗乃至一部组诗的结构，都是"字"的空间意识之逐级放大。当整部作品有机形成，它的结构，就成为这部作品最根本的隐喻。我得强调这一点：不是个别意象、奇词险句、乃至思想命题，在支撑一首诗。这些"看得见"的因素，能满足一下初学者，却无法体现内行人要求读到的必要的深度。而结构，虽然深藏不露且沉默无声，却远比一切"有声"说出的多得多。它的涵量，才是一个作家实有的涵量。研究一部作品，不抵达这个层次，则无从讨论什么是它的内容。我的《智力的空间》一文，分析过（至少是我）构成空间的方式。动机与层次——结构——空间：形式层次的复杂，暗示着内涵层次的丰富。它是游戏又不是游戏。一个自由：排列文字；一个不自由：与你的感受本质相关。以《大海停止之处》为例，我几乎在获得诗题的同一刹那，找到了诗的结构：一个不可能存在之处（"大海停止"），展现于四层轮回的想象。"四处"，在一处：这个人。现在。尽头本身才是无尽的。于是，诗与大海无关，仅仅与它自己相关：四章平行，每章一与三"动机"贯穿，而第二既"离题"又呼应。这十二节的空间，在诗与诗、同时在诗与人（作者、每个读者）间，有多少形成的可能性？你也能称它作"文字的装置艺术"。但，诗迫使你出走也迫使你返回："现在是最遥远的"。但"现在"，又是唯一的入口：追问，总是更加"形而下下"时抵达形而上；意象——结构的表述、音乐——节奏的内在能量，诉诸直觉、思想和文字的创造力，终使我多年的漂泊被一首诗显形。这样，创造空间的能力，也就是创造幻象的能力。没有这空间就没有幻象——建构空间的能量越大，幻象就越深刻，表面现实就被删去得越彻底。而诗，就越令习惯于日常喋喋的读者受不了。"幻象空间"，一如"天道无情"，不屑于照顾孩子们被抚摸的渴望。

　　如此，写作，就是"自觉"：当人称变换，人，就活生生消失；当动作突破时"间"，进入无始无终之"时"，句子，就是命运；当你找到"说法"，才找到能说出什么，一生作品的所有结构，才是一个精心建造的"同心圆"。被漆黑空洞的中心一直诱惑着，你，就一再是末日最新的版本……诗的诡谲逻辑：无我，以叩问"自我"为前提；"取消时间"，以切入"此刻"为前提。你写不出你没有的。连中文，也因诗人不同而大相径庭。"幻象空间写作"，必然是个人写作。太个人了，以至母语、传统、历史、社会、乃至"祖国"，都不得不经由一个人"重新发现"。我们曾以为自己当然从属的，其实正从属于我自己——它们都"诞生"于我之内，被我变成一个思想层次。同理，"盲目"的可怕限定，也只对我奏效：被接受的只是能够被接受的。大多中文诗的薄弱，这就是原因。我说过：没有浅薄的现实，只有浅薄的作家。中文文学之可悲，总在于面对风景，却缺少一双眼睛——并非大海发现了奥德修斯，相反，是他使大海的漂流有了意义。通过《**Ｒ**》，我的三十多年中国经验得以"存在"；通过《大海停止之处》，一九八八年以来的环球漂泊找到了原因。归根结底，我信任"深"，因为它必然"新"——由于中国现实的深刻与矛盾，迫使你寻找相应的形式。倘若没有，就发明它。但我不信任"新"，因为那大多是"时间幻象"的幻象。深度，只是一句话：发生在自己身上的，都是能发生在人性深处的——从诗人沉入无人，再沉入一切人，不断以剥夺的方式去囊括：直到诗，与"自我"无限广阔的孤独完全重合。

在《因为奥德修斯，海才开始漂流》中，我写："这双眼睛是凝视着'彻底'的眼睛：更黑暗些，黑暗到令死亡和遗忘一目了然的程度；这双眼睛的能力，是通过逼近灾难，把看到的一切，直接呈现为内在的。让我们的一生，成为这样一篇不断扩张的可怕的作品。"

"幻象空间写作"：哲学上，承认人的处境之必然性；创作中，强调个人对中文内在启示的重新发现；批评上，确认以所有现存文学作品为范围的全方位"不可替代"。这是否意味了，一种绝境？我宁可说，我写的与我本质合一：绝对走投无路的人纳入绝对走投无路的形式。绝对：早已、正在、将要死去的——都是我。而我不是我，是这首诗，安静看着一块刚刚漂过去的面具："我自己"。

"空间诗学"及其他
——中文古诗形式的美学压力及其当代突围

上阕：古诗形式——贯穿汉字基因的空间美学

中文古诗形式是汉字基因的美学延伸。要看清这一点，不妨以被称作"古今律诗第一"的杜甫七律《登高》为例。这首写于近一千二百多年前的唐朝，总共八行、每行七字的杰作，荟萃了古诗形式的诸多特性：视觉／意象、声调／音乐、句式／结构、共时／空间、文本／超验等等，它能被读成自传、历史、政治、哲学、诗学、独特的时空观甚至宇宙观。作为中文诗歌美学，它至今还没被读透；作为人类思想资源，几乎尚未被发掘。杜甫仍然是孤独的。

我将首先列出全诗，然后逐层次讨论蕴含其中的美学因素，以至哲学内涵。

一、风急／天高／猿啸哀　Fēng Jí Tiān Gāo Yuán

Xiào Āi

　　二、渚清 / 沙白 / 鸟飞回　Zhǔ Qīng Shā Bái Niǎo Fēi Huí

　　三、无边 / 落木 / 萧萧下　Wú Biān Luò Mù Xiāo Xiāo Xià

　　四、不尽 / 长江 / 滚滚来　Bú Jìn Cháng Jiāng Gǔn Gǔn Lái

　　五、万里 / 悲秋 / 常作客　Wàn Lǐ Bēi Qīu Cháng Zuò Kè

　　六、百年 / 多病 / 独登台　Bǎi Nián Duō Bìng Dú Dēng Tái

　　七、艰难 / 苦恨 / 繁霜鬓　Jiān Nán Kǔ Hèn Fán Shuāng Bìn

　　八、潦倒 / 新停 / 浊酒杯　Liǎo Dǎo Xīn Tíng Zhuó Jǐu Bēi

　　为方便讨论起见，我写下了诗行的位置、诗句本身、列出了每个字的拼音以及声调，和诗行内用" / "分隔开的意象。以下分层次讨论其美学因素。

古诗美学一：平仄——完美的音乐设计

　　每个汉字是一个形、音、意的整体。汉字的组合是许多单独整体的拼合。这里的"音"最难把握。汉字的声音系统又区分为声音和声调。与所有拼音语言不同，汉字的声音是"看不见的"（请比较我名字的英文 Yang Lian），而汉字的声调更独一无二。从诗经、楚辞起，古人就在摸索汉字的音乐感，到汉赋、古诗乐府、五七言格律诗，我所谓"中文形式主义传统"，完全是音乐系统的确立。诗歌的"平仄"规定是特定的作曲法，它在每首诗诞生之前已设定了曲调。遵循平仄，放慢、拉长声调，一首古诗就能由朗诵变为吟诵，再变为吟唱。相反，如果诗人不守规则，就像歌剧演员在舞台上唱错音高，那等于自动出局。更重要的，从上千年前"四声八病"之说起，中文古诗的音乐设计就是"自觉的"行为。我以为，其中含义，远比仅仅追求"音乐美"深刻。这里，恰恰是音乐的节奏曲调，赋予了松散联系的汉字以凝聚力和向心力。试想，如果没有音乐感的组合，《登高》首句的风急／天高／猿啸哀之间，有什么语法上的必然关系？它们只是三个并列的意象，被读者的想象勉强拼贴成一幅风景。此诗中其他句子也一样。就是说，"可见的"文字意象，正是被"不可见的"音乐组合成了一个整体。这是为什么我多次把汉诗的音乐性称为"秘密的能量"。

《登高》中提供了一个用音响绘画的案例，堪称"可怕的美"：第三、四句结尾处的"萧萧下"和"滚滚来"，先以"Xiāo Xiāo"形容枯干的树叶之声，再接一个"下"（"Xià"），以向下降的第四声吻合降落的字义，使视觉、听觉、含义浑然合一。同理，下句中两个"Gǔn Gǔn"，波浪般滚动的第三声调配合"滚滚"字义，再加一个"来"（Lái）的第二声，活画出长江由远而近、由低而高的形象，直欲埋吾而过。诗人作曲家，叹为观止吧！

古诗美学二：对仗——多重意象结构

由于庞德的提倡，中文古诗的视觉意象成了它的招牌菜，以至于遭到当代可怕的滥用。但仔细考察古诗，我们会发现意象的安排绝非随意。在一行诗内，它们要受到诗歌"意境"的制约，即使拼贴也有某种清晰指向。在两行诗之间，又面临中文古诗独特的"对仗"法的挑战。"对仗"像两列仪仗，两面镜子，要求上下两行同一位置词汇之间的对应，名词对名词，动词对动词，形容词对形容词，副词对副词，以至颜色、数字也必须两两相对，其效果犹如空间上的回声。这是只有中文方块字才能玩的游戏，它把字、句、双句、整首诗层层叠起，变成一个多重的意象结构，在读者眼中心里，搭起一座玲珑剔透的建筑。再加上贯穿诗句的声调，这建筑既可看又可听，既让眼睛审视又由耳朵享受。每个意象，都得经受视、听、想的细细考察。在《登高》中，杜甫显示出无疑是驾驭对仗的第一高手。《登高》不仅符合七律规定的中间两联必须对仗，而且八行形成四对"流水对"，用四重"意象"层次，极尽人为之巧而达天然之美。难怪老杜自谓"语不惊人死不休"，这里没有漫不经心的"自然"，只有诗人技艺上的呕心沥血。

《登高》中最令人震惊的对仗，除了前述"萧萧下"对"滚滚来"一联，更有第五、第六两句。编辑《唐诗三百首》的蘅塘退士曾旁注"十四字十层"，我初读也不懂，直至自己也经历了流亡，才知道杜甫在每句七个字里挖出了多少内心的悲哀。上句：作客（客居、寄居、飘泊）——常作客——在秋天常作客——在悲凉的秋天（不是"金秋"）常作客——在万里之外的悲秋常作客。下句：登台——独自登台——病中独自登台——多病之身独自登台——百年人生中的多病之身独自登台。杜甫的孤独，加上诗中隐含的典故《登幽州台歌》中陈子昂的孤独，那"前不见古人，后不见来者"，岂不早已写尽了千年后我小小的孤独？

古诗美学三：非线性叙述——共时的空间

中文动词没有时态变化，因此，无论人称、时间、数量怎么变，句式都始终保持原型。这"共时性"既是局限又是机会，它使中文乎从开始就放弃了——不追求线性叙述，而关注于诗作内在空间的建构。从屈原《离骚》中多层次的精神架构，与西方史诗的故事性相比较，很能看清这一点。《登高》中，句和句之间没有时间的顺序，却有空间的递进。整首诗环绕着诗人所在的高崖，建构成一个袖珍的宇宙模式：第一句，仰视高天；第二句，俯视河谷；第三句，听觉（秋风落叶）；第四句，视觉（长江波涛）；第五句，空间感（万里纵横）；第六句，时间感（百年上下）；第七句，深入内心；第八句，回返眼前。四对"对仗"，形成四组两两相对的组合，感知方式也两两对应，我们仿佛在聆听四首二重唱，又引伸着同一主题。再细致一点，还可以辨认出纵、横两个方向：最初和最后两联，直接写"登高"之景，首尾呼应；中间四句两联，则扩张听觉、视觉、空间、时间，展开内涵。纵向的内压和横向的外张，造成了诗作的巨大张力。直到，我们最终的视线，落回诗人面前那只小小污浊的酒杯，这浩茫宇宙的焦点。我想指出，决不能把这个蕴涵在中文古诗形式内的"共时空间"，仅仅看作修辞学上的技巧，那是对它可怕的贬低。它的意义，纯然是哲学存在论上的。时间是怎样的幻象？历史如何一次次被虚构？除了内心之深，有什么堪称为"新"？文本的同心圆里，是否古往今来都在迢迢流转？一首诗抵消了整个进化论。

古诗美学四：文本——诗的超验世界

这是前一点的引申：贯穿汉字基因的中文古诗形式，终极目的是建立非时间性的文本。但，就像《登高》至今是所有漂泊诗人的最佳座右铭，我们必须消除一个误解："非时间"不是"无时间"，恰恰相反，那包含"一切时间"。汉字被使用了三千多年，七律的形式被写了上千年，其间流失了多少代诗人？古诗强调"用典"（前面谈到过陈子昂），甚至要求"无一字无出处"，用今天的话说，就是通过"互文"，对整个传统不停整理和重写。在超验的文本空间内，以美学方式贯穿"此刻"和生命的根本处境，用文本包容古往今来的现实。我猜想，当庞德在《诗章》中大规模拼贴不同文化、不同历史的片断，他是否想借此突破"历时"的人生和语言、去抵达"共时"的诗歌境界？当《登高》写尽流亡之痛，它的作者叫杜甫或杨炼又有什么关系？

下阕：当代突围——个人的空间诗学

越精美的美学传统，越产生可怕的压力。一个普遍的误解是：中文诗歌传统犹如一条相连的直线，在古典和当代创作间可以直接衔接。误解源于眼睛的幻觉：单看汉字，从古到今几乎没有变化，受过一般中文教育的当代人，阅读老子、孔子两千年前写下的原著毫无困难。但同样有人说，今天的"白话文"和文言文的差别，不小于中文和外文的差别。这看似哗众取宠，细想却不无道理。须知我们今天使用的，超过百分之四十其实是双重的"外语"——日本人翻译的欧洲词汇，只不过是用汉字记下罢了。随便举出"民主"、"科学"、"唯物"、"唯心"、"人权"、"法律"、"政治"、"运动"、"社会主义"、"资本主义"，甚至"自我"、"心理"、"时间"、"空间"等等，离开这些概念，何谈现代思维？从古典的单音字，到今天的双音 / 多音词，中国人望文生义地认为没什么变化，但其实天差地别。例如"人民"，在日本人那儿是一个不可拆开的概念，对应英语的"People"。对我们则是两个汉字：抽象总称的"人"和与官相对的"民"，什么时候用哪个字？或无需细想，一概含糊其辞？这儿，字是感性的、与传统贯通的；词是概念的、翻译进口的。字和词两个层次的分裂，是现代中文诗地基不稳的根本原因。日本人借用汉字，他们的目光反而开放，汉字无非欧美观念的临时载体。可我们怎么用这"二手外语"的现代中文写诗呢？我们怎能承认，这些美丽的方块字，其实却是一种比美国人的英语还年轻的语言？更可怕的是：古典诗歌美学对我们不是压力太大，而是根本没有压力——根本压不着我们！我们得竭尽全力，去寻找和重建与古诗美学的真正联系：申请那压力，还不一定能得到！

被我称之为我们这一代"第一个小小诗论"的，是"文革"后诗人们不约而同做的一件事：从诗歌语言中删去那些既无感觉又无意义的"政治大词"。要表达现实的噩梦、轮回的灾难、内心的毁灭，我们恰恰回到了日、月、水、土、黑夜、大海这些意象。所谓"朦胧诗"，原来正是回返古典纯净语言的诗，只不过它让听惯政治宣传的耳朵感到陌生罢了。这也提供了一个思想模式：困境正是激发能量的前提。噩梦同时可能是灵感。当代中文诗的兴奋点，正在于中国文化困境的深度：我们的现代转型，既不能简单回返古典，又不能盲目抄袭西方。相反，我们必须以每个人为"根"，打通中西，全方位综合一切思想资源。说到底，诗歌最低也最高的准则只是一句话：用自己的语言表达自己的感受。"自己的语言"一定得占有汉字的美学表现力；而"自己的感受"呢？必须沟通当代人类最深刻的思考。于是，中文的、当代的，就是两个必不可少的要素。思想的深，必须找到表达的新。基于"中国"这个巨大的问号，每首中文当代诗其实都是极端的试验诗，无论你是否自觉到这一点。

我们的突围，开始于在当代和古典诗歌美学间建立"创造性的联系"。血缘不是先天继承的，而是后天创造的。庞德仍是我们的启示：以个人为能源重新发现语言和传统。或许命定如此，当"文革"把一个历史"怪圈"完成得如此触目，我的写作不得不从面对比"时间的痛苦"惨痛百倍的"没有时间的痛苦"开始——中文动词的非时态性，被如此诡谲地直接设定到我的人生之内。我早期的组诗《半坡》、《敦煌》，处理的从来不是"历史题材"，它们的诗意恰恰在非历史——反历史上。而离开中国前用五年时间完成的长诗《YI》，则更自觉地通过建立多层次的文本空间去"取消时间"：用古老《易经》和当代写作的呼应，用汉字节奏和音乐性的自觉设计，用建立意象和结构的关系（而非仅仅杜撰个别意象），用最终形成的"与死亡对称"的作品，让诗的根深深扎穿我自身，沟通人性的普遍处境。但和太多对死亡的记忆相比，和死亡更逼人的空虚相比，这非时间不正是唯一的真实？我流亡中完成的《大海停止之处》、《同心圆》、《幸福鬼魂手记》、《李河谷的诗》，甚至色情诗集《艳诗》，与其说是一部部诗集，不如说是一个个项目，不停地把更深的层次迭加进"杨炼诗"这个空间。它们唯一加大的，是我思想的重量。

　　当代中文诗一定是思想深度和创造性形式间的强力互动。老子的"道可道非常道"已经提示了这样的超越：在语言的限制中超越语言；通过对自我的追问穿透自我；执著于现在直到接受"现在是最遥远的"。诗永远不简单化自己：那些极尽黑暗惨痛的意象，同时也因其创造力而璀璨夺目；那些不因袭古典诗体的文字，反而更突出刻意精美的声调和音乐。汉字本身的共时／空间性，发育成每一部作品中独特的结构因素，形成比单个意象、诗句更深刻完整的表述。汉字并置的歧义、汉语语法的模糊、中文"写下就是抽象"（直指根本处境）的性质，以及古诗善用的典故／互文，古诗形式演变过程中的游戏因素等等，在今天，都能转型为我作品中的观念，支撑起文字的装置艺术。当我说："没有纯诗，但必须把每首诗当作纯诗来写"时，我想强调的是，必须"形式主义的"对待思想。必须警惕廉价的、商业化的渲染"政治"，必须以哲学的、美学的（文学的）方式超越政治或一切"题材"。形式永远不嫌多，只要它是必要的。中文的原创越极端，对翻译的挑战越大，由此构成的世界诗歌间的对话越有价值。"空间诗学"是我个人的写作策略。它既贯穿又变形地渗透在我不同的作品中，使它们成为一个层层漾开的"同心圆"。

当代中文诗的难度，不仅仅在于应付古典和西方两大传统的挑战，而在于我们的作品，几乎是在断裂的深涧上悬空搭建自身。我曾经用"一座向下修建的塔"形容这种可怕：一座诗歌之塔，好像一棵榕树，得努力向下长出须根，寻找泥土和地基。但，我们找得到吗？我们找到的能否不仅成为超级市场上异国情调的土特产，更成为人类当代思索的有机部分，甚至对敞开这思索有所助益？换句话说，古老的汉字和中文，能否继续给当代以启示？那等于问，我们还有向自己发出"天问"的能力吗？某种意义上，我相当悲观。但我还有"从不可能开始"这句话，越"不可能"时，"开始"得越有爆发力。诗歌不就是从每一句结束处死而复生的吗？

回到杜甫，他曾被誉为"诗史"：不是用"诗"写的"史"，也不是西方的"史诗"，而是"诗"包含了"史"。《登高》中短短八行，足够千年在其中轮回。他够辉煌了，我们呢？

伦敦，2008年6月28日

散文断想

> 贯天地一气耳，聚之则生，散之则死。
> ——庄子

> 被写进文字之后，你们就没有时间了。
> ——杨炼

一

老子骑青牛，出函谷，不知所终。庄子大劈棺，鼓盆而歌。屈原身世，众说纷纭。而"灵均"一号，尽得神韵。自古以降，作家之经历，只是作品的一部分。世人历代读《道德经》、《庄子》、《屈赋》，人由文在；事因文传——这已注定了中国散文的"虚拟"性质吗？

二

与所有其他古文化不同：中国散文传统，几乎与中国诗歌传统同其悠久；而由文人个人创作的散文传统，又与整个"散文"之历史同其悠久。先秦一代，诸子百家。人人著书立言，形成了中国文化史的"黄金时代"。散文，古之白话。因其文体之灵活、节奏之自由、韵律之优美、描写之生动，成为各家不约而同的表述方式。直到今天，手持一卷，仍令人立即浸入那个思想蓬勃、写作勤奋的时代。古文人们或奔波于道上，或争辩于庭中，或冥想九天千仞，或探究人间凡尘，发之而为哲、史、政、文、数、言、诗，不一而足。从个人气质，到宇宙世界之思，再到行文中鲜明迥异的风格——谁说"自我"仅仅是西方的文化价值呢？"先秦"散文在思想史上的意义，甚至远大于它们阐述的内容——让我们窥见儒家大一统之前，一个思维方式充分敞开的时代。我们今天有几人敢如孔子、商鞅或公孙龙子般固执己见呢？

三

散文之"散"，相对于"骈"。四六骈文，如四马并驰的音韵和气势。

汉赋历来为人诟病。批评的意见，一言以蔽之，即"形式主义"。但既是文学，无论观念何其高妙，不落实于形式，有什么意义？汉代，是中文文字刻意寻求自己独特美学的时代：视觉上，四六交织，为后来"对仗"埋下伏笔；听觉上，排比呼应，又成为"平仄"之说的先声。即使铺陈、罗列、描写、喟叹，洋洋洒洒，浩瀚恣肆，也实际上是与《楚辞》的岁月一脉相传。拉开时间的距离，我不得不钦佩其对语言形式的"自觉"。更深一步，创造一种不追随日常大众口语的书写语言，并不就只意味着"歌功颂德"（就像"文革"中，"工农兵"语言并不等于真正的"写实"一样），它是每个成熟作家独立创作意识的一部分。而汉赋的空洞，与其推诿给形式，不如归咎于儒家大一统对作家思想的专制。而这，也是后来整个中文文学被"弱化"为某种装饰品的原因，不独散文为然也。

四

唐宋"古文"，即一千多年前的"白话文"。唐宋八大家，亦即当年的"白话文运动"。其口号"追新尚奇"——译作今天的白话，大约该是"现代"或"后现代"了。其实"主义"或"运动"都是空话，唯一有意义的是作家独特的意识和语言：有自己的感受要表达；这感受的深刻与丰富无法以已有的形式去表达；"发明"自己的形式；在个人独创的形式与"母语"——建筑师的材料——间，发现（建立）"深刻的联系"（表现与表意的最终合一）。苏东坡的散文，有些已纯然是"表现主义"的了。其中没有客观描写的对象与线索，有的只是主观感情与想象。外在世界因主观而变形，而仅仅是"对应物"或载体。读之，时时出人意料，却又合情合理。写自身即写万物，写万物而其实只写自身——所谓"形散而神不散"。其"神"为何？即是一种以个人"归纳"万物的态度。散文，由先秦的纯然个人独创，经骈文的形式锤炼，又于唐宋之间获"个人意识"的充实与滋润。开合之间，从先贤所用"古文"一词，已堪称一"传统"了。

五

明、清之际，小品文蔚然。但可惜"性灵"之说，犹如诗之"言志"。词是好词，文字之标榜与实现之能力常相差太远，诗可言志，但诗人之"志"却已经驯化，再言亦平平无奇。而语言从来是异化之物。写作，即与彻底"率性"无关。大自然、以至"内在之自然"，都是文字塑成的非自然之物！于是哲学层次上，"性灵"之说一开始就落在老子"道可道非常道"的下风；现实层次上，又常成为官场失意的遁辞。虽文辞玲珑，或有情趣，我不甚喜，盖因其所悟不透之故。

六

中文正宗意义上的"散文"，自成一类。无法吻合于西方现成文类中任何一种。文者，"纹"也。作文即创造文字之美。文"章"，即讲究章法——布局、结构、遣词造句等语言的纯形式。骈文、八股，即此种形式研究的极端。与西方相比较，它既不同于论文（Essay），有一个相当明确论题，有一种比较清晰的逻辑，有发展，有结论。无论游记、政论、书评，Essay的"说什么"非常重要，而"怎么说"则为辅助之用；另外，散文又不同于西方另一大文类"小说"（或"虚构文体"，fiction）。作家纯粹虚构一个世界，其中人物、事件、命运、思想互相渗透，自成一体。整部作品，成为一个关于现实的彻底的神话。懒惰的西方图书馆馆员，常把一本中国散文插进 Essay 中了事。若遇到认真的，且这部散文又已经翻译，一读之下，则顿时失措：因一部作品中，神话、哲学、论述、想象、写实、自传、抒情、诗句诸因素兼而有之，挥洒之际，有时直抵超现实的境地。作为论文太虚幻；作为小说又太切实（如作者亲自现身）；作为"散文诗"（prose-poetry），则嫌过于庞杂——它是什么？

七

它是——"散文"。一种道地的中文文体。

散文的核心特征是"诗意"。这里包含两个层次：一、作家对人生根本处境的"占有"——一种体验和理解：如老子之"道"、庄子之"气"；二、作品中以表现"诗意"为主旨、突破一切文体限制而自由组合的形式。中文文字的特征，给予了这内涵与形式的双重"综合"以可能性：当人称、时态、物体、数量变换时，动词与句子构成方式的不变——中文句式本身已是一次最根本的综合与抽象——于是，通过"写"，材料原本的时间、人物、地点被删去，而

"物"之内"词"的性质被凸显（被"揭露？"）。作为词，它们能够被任意重新结构。不是被解释，而是去建构一种超现实（至少是非现实）的想象世界——作家对"人之处境"理解的诗化载体。

与西方的"虚构"一词相应，我把中国散文的文学特征称为"虚拟"。犹如京剧中的道具，散文中常贯穿作者的形象与经历（例如庄子）——但，那仅仅是"道具"而已。庄子可以是鱼是蝴蝶，他为什么不能是张三或李四？名字是一个词；脸是一张面具；动作是一种处境，包涵了所有动作者。从语言"抽象"的可能性，到完成了人的抽象——"形散而神不散"之"形"，甚至把作者亦推回（还原）为材料之一。虚拟——万物，于是唯一实在的，只是那贯天地之"一气"耳：对人生、世事、生死、聚散之大悟。一个诗意。一种"神"。

八

由此，派生中国文人散文的三种特性：

一曰"抽象"：如前所述，中文文字不以捕捉"具体"为特长——仅动词的非时态，已使一个动作混淆于其他动作——却令作家有能力进行诗意的综合：逾越限于一时一地的"现实"，把自己的体验，深化为对整个人类处境之理解。我说："抽象"，并非抽离人之现实感。相反，它在强调一种深度。一种变幻生活内部不变的生存、乃至生命状态。一种时间暴露为幻象之后，用"轮回"二字指出的必然。抽象，即是说："你们已没有时间改变了"（《鬼话·抽象的游记》）。

二、"表现性"：散文的境界，全赖语言构成。客观描述对象的隐退，描写性语言方式的淡化，代之以叙事方式中大量神话、寓言、传奇、志怪的幻想因素，以及笔记式的鬼魅气氛，在在都为作者把外在世界变形为"内心化"留下了空间。表现——即是对现实进行的一次"语言编辑"。一次投射，赋予种种意象一个形式、一种秩序。先秦"黄金时代"的作品，大多直接从语言中引申出"形而上"——从而，使这世界成为"一个人的世界"；使自然、历史、现实、语言、生命等等，成为"一个人之内的诸多层次"。说："疯狂终于造就了疯子"（《鬼话·一个人的城市》）。

三、"纯文学创作"：所有的材料都是被允许的——从宇宙到一只蝼蚁从鬼神到作家自己的故事……；所有的体裁都可以采用——神话、寓言、小说、自传、哲学、政论、书信、序言、游记、墓志……在一篇散文杰作中，比讨论的题目、选择的材料、应用的体裁更触目、更突出的，应是作者独特的风格：那贯穿于文字中的节奏与语言方式。所以，他不是观念的遵循者。他是观念的创造者——他创作散文，就"创作"一词的纯粹文学内涵而言，一篇散文一定是纯文学的作品，"近取自身，远取诸物"，其目的无他，在指向"写作"本身：写出——杜撰出这个文字的形式美的世界。"我们的一生，不就是这样一篇不断扩张的作品？"（《鬼话·为什么一定是散文》）。

九

与诗一样，传统文人散文，湮灭已久。"黄金时代"的独立思考、各逞风骚，早已被儒家大一统的"钦定"观念所取代。作家的"质疑者"身分，一变而为"回答者"；乃至"学舌者"、"卫道者"。先秦诸子之"神"尽散，散文之形焉有不散之理？甚至"唐、宋八大家"、李贽《藏书》、《焚书》、晚明小品，也大多在给定的有限文化资源间迂回，鲜少当年《天问》的气概。散文，与诗并列成科举选士的"庙堂文学"。其堕落途径为：文化专制——思想弱化——创作力萎缩——作品空洞。无须西方文化的冲击，它已不堪不配被称为"活的传统"久矣。

二十世纪初，中西鼓荡。散文创作短暂复兴，名家迭起。倘鲁迅之《野草》一路，不因其内、外诸因素影响而放弃，我们今天或许已读到了被"重新发现"的创造性散文。可惜⋯⋯

十

我的散文写作的目的，在于重新发现中国散文传统。

一个"抽象的游记"：一次一个人之内的旅行——向更深处，却又一次次返回了现实：死亡的、生命的、思想的、语言的⋯⋯与探寻同在的无尽的现实。没有比呈现出一个人更能呈现出所有人、甚至所有"无人"的了。因此我说:"没有人远远不够,超过一个人同样远远不够。"(《鬼话·为什么一定是散文》)。

一个"不存在的"文体:诗意散文。《鬼话》在译文中,被收入短篇小说集;在评论中,被当作一个人内心独白的长篇小说;它到底是什么?或者,"小说"到底是什么?《鬼话》,无视西方文学中"小说"与"论文"的概念分野,它是它们又不是它们——因为对散文而言,没有什么形式不可以是它的诸多形式之一。当一切都是"虚拟的",哪里是虚构与记实的界限?即使作者短暂生活过的一座老房子,在文字里,也被人类一直居住着。"诗意",与描写无关。它本质地触及文本与现实的关系——古老的"言意之辩"——人的幻象与存在。散文,一种能够出入一切可能的语言形式,并由此直视语言之"不可能"的文体。

一个"个人的"节奏。当然是中文的,但更是"杨文的"——我自己的文学性书写语言,刻意与大众口语拉开距离。我不描述,甚至不讨论。我"表现"——直到没有什么是"世界的",散文中的一切都是"语言的";且不止于词,词只是呈现节奏与韵律的载体。音乐感是驱动视觉意象、自由语法、超现实想象——中文种种内在可能性——去敞开的动力。对我而言,这其实只是向先秦散文语言方式的一次回归。一种被"自我"强烈照耀的语言。一种,每个人为自己要表达的"诗意思考"而发明的语言——这里,"传统"和

"当代"，仅仅因为个人的"创造力"而结为一体。中国散文传统被激活的过程，只能"由内向外"，而非相反；从非你莫属的内涵到非你莫属的形式；从"深"，到"新"。

老房子、墓地、城市、火山、写作、画室、秋天、电影院、一只死猫、散文、河、地下室，"你"创造了它们吗？或相反，它们创造了"你"？

"最高的虚构"——看起来几乎是世界本身。《鬼话》，仅仅说出了——《鬼话》。此后，作品在选择读者。

十一

什么是虚拟我们人生的那个文体呢？

大海停止之时
——敞开中文诗的内在时间

"现在是最遥远的"

"停止于一场暴风雨不可能停止之处"

　　敦煌莫高窟，中国西北黄土高原上的佛教艺术圣地。那天，面对黄沙和落日，一位陌路相逢的民间《易经》研究者问我："《周易》的'周'是什么意思？""指周朝吧？"高人一晒："那是俗见，'周'者，周全、周到、万物万有。《易经》是一部涵括万变之书。"时当一九七九年，我二十四岁。

　　二十世纪的最后一年，我盯着一块荧光闪烁的电脑屏幕。一些字句，像一座座孤零零的岛屿，从灰蓝色的深海下缓缓浮出，成形，被读到。接着，又像来时一样，变暗，裂开，无声隐去。我感到惊异、甚至恐怖：没人比我更熟悉这些字句了，我是它们的作者，所有片段，都来自我的组诗《大海停止之处》。但，我还能称自己"作者"吗？当我和所有读者一样目瞪口呆，满脸惶惑，不知魔鬼从口袋里，下一把抓出的将是珍珠或嗜血的鲨鱼——与其说它是原来那首诗，不如说真正的诗一直隐身着，此刻刚刚显现。一个鬼魂，携带着千年前的预约，从阴间返回，在当代，惊吓一位诗人。

我的组诗《大海停止之处》，写于一九九三年。一个中文诗人的环球漂泊，借此定稿。在澳大利亚的悉尼，我如释重负，甚至有种复仇的快感：向大海复了仇——过去的五年里，我住在奥克兰、悉尼、纽约……在海边，却写不出一首关于海的诗。我摸不到它，即使把手伸进水，皮肤和"海"之间仍有一个冷冰冰的距离。我熟悉的是黄土。中国文化里厚厚的黄土。我的根、数千年历史的根，把黄土变成了我肉体和语言的一部分。我写，黄土下与我同命运的死者，就自动围拢，像一首诗的充沛血缘。而"海"，在中文里，却只是一个抽象的字、一个虚构的故事。那就不难想象，我在那一刻的震撼了：五年"无根"的漂流，用悉尼城外，南太平洋岸边峭壁上海浪的轰响，把一个诗题和一个结构同时送给我：《大海停止之处》；重叠的四章，每章三节，其中一、三互相呼应，中间一首相对独立的"离题诗"。一个诗意的空间，层层深入，四"处"，是一处：这里，现在。唯一一个"现在"，既注入我流浪的涓滴，也贯穿了古往今来流浪者的大海。十二节中文诗，让我和所有别的"我"无尽轮回。每个都像尤利西斯一样，当被问"你是谁？"回答"无人。""谁没尝过流亡的滋味，谁就读不懂我的作品。"尤利西斯家族中另一位自我放逐者詹姆斯·乔伊斯说。

中文，在当代世界文学视野中被放逐的状态，如此触目，连绝大部分每天使用它的人，也从未试图深刻了解它。这里，部分的原因，在于中文本身——它把自己藏匿得太深了！这些方块字，一付万古不变的面孔，在今天，显得如此原始，如此格格不入。以至，没有什么剖析它的企图，不在"古老"和"神秘"这两个词前望而却步。一个诗人，用中文写作，而不甘只被当作博物馆里的出土文物，境况就更尴尬了。我们的写作，是否能是当代诗的一部分？或更简单，是"诗"——而非历史教科书里的"中国诗"？在连这都还成问题的时候，除了作为打字机，电脑能对中文诗做什么？实在是一个太遥远的题目！也因此，当英语电脑实验诗人约翰·凯利（John Cayley）问我："试试用电脑阅读《大海停止之处》怎么样？"我一脸不信任："怎么读？"那意思是"有必要吗？"我有我的自信：一切能被读出的，都是已存在于诗里的。《大海停止之处》，既来自于古老汉字的内在启示，又充分展开，触摸着人性深处黑暗的极限。无论别人懂不懂，这首诗已被我写完了。

说到底，中文是一种"共时"的语言。"共时"，因为无论人称、时态、单数复数如何变化，中文里的动词不变形态。以此组织起句子，写下就超时空的稳定。"写"，取消了时间。而语法，超出语言编辑着现实。动词的巫术，使事件一次性地不停发生，涵盖着所有不同场合与人物：一个词"饮"酒，可能是我饮、你饮、他饮，曾经饮、正在饮、将来饮，一个抽象出来的动作，囊括了每个动作者；一联诗："行到水穷处，坐看云起时"，唐朝的王维，在主语空白处与一切时代的诗人们共同沉吟。当老子劈头说出："道可道非常道"，中文和他，谁启发了谁的悟性？与大多数当代语言不同，中文没有这个企图：用我们单薄如梗概的词句，捕捉永远在流走的"具体"。谁动作、何时动作，又怎么样？重要的是"动作"本身，一个动作构成一个处境：没人能逃出处境——"人之处境"外没人。这是一种智慧：中文古诗从未追求过争夺时间地位的"新"。相反，一个"七律"的形式，可以延用千年。千年算什么？"七律"八行五十六字，本身就是一个袖珍的宇宙模式。它把汉字的形、音功能发挥到了极致：首二句起，终二句结，中间四句两两相对，视觉上强调两句间词类辉映的"对仗"，听觉上为每个字作曲般谱定了"平仄"，一朵语言的莲花，凭空绽开，俯瞰诗人一代代流逝……不，谁抓得住"具体"？哪一个日子不是象征？从生死轮回到六十年一度岁月循环，中国人感到的只是一个无始无终的"时"字，直到二十世纪初，才加上了标明阶段性的"间"。第一部以"进化"为价值的中国诗歌发展史也写于本世纪。此前两千年，"诗史"只是无数选本。一个诗人的口味，比"历史"重要得多。我们写下"共时"，即写下"一切时"——语言暴露出时间的幻象，那掏空每块面具的，不、可、能。

　　"你所拥有的全部只是一小块化石。谁也不知道是自己埋葬在化石深处，还是化石从自己身体内部悄悄生长？"一九八五年，我在《重合的孤独》中写道："整个东方思维的唯一现实根据：人在行为上毫无选择时，精神上却可能获得最彻底的自由。"我无意玩一场演绎古典观念的游戏，对中文"共时性"的发掘，仅仅出于一种自觉：文学的价值，归根结底取决于它揭示生存的深度。七十年代"文革"，八十年代反思传统，九十年代海外漂泊，表面上的变，每天加深着对人之处境痛苦感受的不变。《大海停止之处》是我在海外第一次使用组诗结构。它继续了我八十年代关于"智力的空间"的想法——我个人的、多层次的、刻意建立的语言空间，包容着一切时间。我的诗延续和放大了中文的"共时性"，为指出一个被称为"人性"的彻底困境。也可以说，我期待着这样的读者，他（她）能破译被文字、也被我层层封藏于诗中的密码，把这首诗立体地重建在想象里：借助于音乐的记忆力，一个大海在其内部迢迢周流，每一章里动机相关，各章之间共鸣交响，"离题诗"恰是一次返回……我期待的是，终于有人能读懂"共时"的含量，甚至，能重新敞开诗里的内在时间。因此，当一位朋友质疑："可是大海永不停止，""这就对了，"我说："所以这是诗。"

　　应约翰·凯利（John Cayley）之邀，我为《大海停止之处》设计了一张"地图"：十二节诗平平铺开，任取多则数行、少则一行，构成单元；再从每个单元中引出四条线，分别与其他四个单元相连，宛如近百个十字路口，四通八达。四种颜色的彩笔，用一页白纸织网。一首诗的肉体中看不见的经络图，从我手中出现。我画着画着，突然觉得，这其实与电脑完全无关，却与我诗中的"空间"有关：我画出的，正是我期待读者通过阅读建立在自己头脑中那个世界！像交响乐的乐谱，"地图"上纵横布满大幅度跳跃，忽而开头直接连到结尾，忽而边缘又横切回中间，焦点上密集重申，华彩处稀疏带过。我竭力增加组合的机会，又照顾到意象与内容间的关系。约翰·凯利为这"地图"专门设计了一个电脑程序：电脑将打破从头至尾顺序阅读的习惯，代之以在每一单元上，任选四个方向之一读"下去"。可怕的事出现了，它远远超出了我的想象：那个文本，真像放出瓶子的魔鬼，肆无忌惮地穿插、交错、跨越、打乱，毁灭我的预期，却给出一个个令人惊叹的新创。电脑屏幕上，灵感和奇迹滚滚而来。这个"读者"已谋杀了作者，和那首固定在我习惯里的诗。它的戏法无穷无尽，却仍是"一首诗"。只不过变成了"某一首"——我不认识的一首。一座我亲手建造的迷宫，令我自己迷失其中，且没留下一条丝线，领我找到返回之路。

《大海停止之处》就这样成了我的《周易》。电脑，恍若另一位高人，指点着古老中文内涵的丰富。一个跨越千载的预约是：没有中文的"共时性"，被电脑读出的将是一个时态混乱、分崩离析的世界；而没有电脑的大规模组合功能，我们则无法亲历这个被敞开的内在时间——抽离此刻的所有此刻、剥夺地址的无所不在、"无人"之内的每个人。每一个句子都在说出，而反复说出的只是同一句话：我们什么也说不出！中文，就这样对环球性太久沉迷的历史进化观，构成了一点反讽和启示？现在该问的：不是有没有一个与"西方"时间观并列的"东方"时间观；而是，什么是你自己的时间观？方块字和电脑高科技，同样能背道而驰（倘若仅停留于字典和使用手册中），或相得益彰（关键是，你的诗意想象力和理解存在的深度，够不够把它们焊接在一起？）。犹如点点鬼火，屏幕上，《大海停止之处》永不停止地漂流。它能无始无终地继续，直到把某个中文诗人、五千年的中国历史、象征人类精神流浪的无数尤利西斯、甚至远比任何语言更古老的大海，统统变成它自己的片断。一首诗敞开了无限，让人摸到古往今来自己的界限。停止。"一部涵括万变之书"中，永是我们遥距千载、面面相觑的"大海停止之时"。

诗，自我怀疑的形式

一

　　写诗是一项悲哀的事业：每一次，创作欲望越强烈，失败的预感就越肯定；诗意的萌发越精妙，语言的粗疏也越触目。"完成"的喜悦如此短暂，最先开始悔恨的，一定是诗人自己。一部可改的作品，比错字更难忍。全集的厚度不等于收获。诗人知道，他手中留下的多么少。是不是终于该学会用不自信的口吻说话了？我得承认：诗，越写越困惑。

　　一九九九年，上海文艺出版社的《杨炼作品1982——1997》二卷本，带给我一种莫名的恐怖：长期漂泊的幽闭写作中，"过去"曾像未来一样开放。锁着的手稿，总能删改、润色、或丢弃。猝然，一刹那间，它们冷了、硬了、与我无关了。一部部作品，就像没有生长过程似的，一次性呈现出所有缺陷。我不得不目睹：当代中文诗的先天不足，怎样在后天的畸形发育中加深；以及，这双重困境中个人突围的近乎不可能。

当代中文诗的先天困境就是中国文化的困境。它根源于过去和现在之间一场涉及一切层次的断裂。伤口是以历史课本中的欢呼记录的：迫于现实的打击又媚于未来的许诺，二十世纪中国人最轻率的"胜利"，莫过于摒弃自己的文化传统；同时，认为能凭空移植一个别人的传统。激进等于盲目。画一张蓝图固然容易，可惜，痛苦的现代转型没有捷径。用不了多久，看不见的筛选就完成了：一套关于社会进化的价值观，取代了王朝循环，却使原始邪恶的释放加倍理直气壮；一个用科学逻辑建筑的乌托邦天堂，突然坍塌时，裸露出空前的人性废墟；我们如此热衷于追逐真理的时尚，舌头纠缠在越来越长的名词里，越来越不知所措，到头来，已忘了如何去朴素感觉和按常识行事。语言中的暴力更彻底："文言文"连同赋、骈、绝、律（八股文，当然！）——中文全部形式主义追求——等同于封建原罪，一举被反形式的粗俗的"白话"所代替。一场世所仅见的文化虚无主义运动，在态度上，已启"文革"之先河。由此，当代中文诗，一开始就面临绝境：不仅是外在条件的贫瘠，更在内部人为的空白——切断文化传承的有机联系，标榜反文化的"文化革命"。二十世纪的中国，"反智"导致集体弱智。这里没有幸存者。某种意义上，我们的写作，犹如真空瓶里培育的植物：一没有语言，只剩大白话加一堆冷僻枯燥的翻译词。二没有传统，除了一个关于"过去"的错觉。事实是，遗产即使有，我们继承它的能力也失去了。三没有诗，我指的是，诗的历史感和形式感所包含的评价标准。古诗中的过去和译文中的西方同样遥远。我们的悲惨，在于不得不发明自己的血缘，持续一个毫无依托、既疲倦又看不到尽头的"发明运动"：有"自由"却无"诗"的自由诗也好，规定"顿"或"音步"的新格律体也好，无望的是，每首诗的形式都只是"个别的"，关于它们的谈论也无非自说自话。只活在"创世记"里，一点儿都不伟大。当每个人都是先知、每首诗都自命不同凡响，那是一个多么狂妄而可怜的世界？

二

　　我的书中没有收入一九八二年之前的作品。因为喧闹的社会现象是一回事，诗是另一回事。用社会标准评价诗，与其说是褒奖，不如说是贬低。"文革"地下文学、"今天"、"朦胧诗"的真诚和勇气，不应遮掩诗本身的不成熟：简单的语言意识、幼稚的感情层次、渗透洛尔伽、艾吕雅、聂鲁达式的意象和句子的英雄幻觉，使那时的大多数作品经不起重读。我以为，"今天"诗人们的成熟——倘若有——也在离开了公众注目之后，完成于冷却和孤独中。除非出于利益的目的，我们逗留在创作童年期以至胚胎期的时间，已经够长了。

　　我曾经强调"诗的自觉"，那底蕴正是：诗人持续的自我怀疑。作者对自己的诘问，经由作品显形，即使遮掉写作日期，那内在的递进也该呈现出一条清晰的轨迹。这或许只是奢望，让以下三个层次的互动，贯穿我的写作：现实与语言的互相启示；中文性理解深度与诗作形式思考的互相激发；传统重构与个人独创性的互相引导。诗一层层蜕变，而返回、接近、抵达它自身——

　　一九八二年，我自黄土高原旅行归来，笔记本中密密麻麻数百个诗题，渐渐过滤、沉淀、凝结成两块晶体："半坡"和"敦煌"。严格地说，那是一个：从人之生存到人之精神的轮回。晶体上众多棱形的剖面，不像在反射外界的光，倒像在把古往今来的"外界"，吸入它里面，把数不清的生命归纳为一种残忍透明的几何学。我多次写过那次惊吓：我文革中插队的村子，与新石器时代的半坡人，竟沿用着一模一样的葬仪形式。六千年不变！那么，抬着棺材走过黄土路的"我"，有什么意义？某人流失在北方田野中的三年岁月，只是人类对土地爱恨交加的古老感情中多微不足道的一部分？我们现实的切肤之痛，如何神秘而可怖地与历史的幻象纠缠在一起，且植根于那幻象？莫非这场悲剧根本没有主角，我们无非一件件太耐磨的、分辨不出面目的道具？《半坡·送葬行列》中那个"谁"、《敦煌·飞天》中那个"我"，恰恰在剥掉谁或我，暴露出"千年之下、千年之上"的唯一宿命。它们从开始就不是"史诗"，在意识上，它们正与"史"相反：在通过诗，把"史"删去。中国，给我的启示，自始就超越了所谓"时间的痛苦"，它更是"没有时间的痛苦"——解除了时间的向度，全部存在的重量都压进这个空间：这个生者、这次呼吸。除了不幸醒着的内心，什么都没有。生命的具体性、不倒流的年龄、每个人单数的死亡，感受越清晰剥夺越彻底，直到荒诞的日常化：你体验着自己缺席的孤独；你被虚设的过去实实在在伤害；你的说加深着你的麻痹。《重合的孤独》，并不自相矛盾，我一九八五年的一篇文章即以此为题。

当"后现代"流通而提及"深度",是否不合时宜？但对于我，离开这个要求，所谓当代中文诗无异自欺欺人。经可口可乐和电脑品牌的怂恿，"多元文化"成了一种迷信。问题是，没有充分发展的各个文化何来"多元文化"？诗得把自己放弃到什么程度，才能无障碍地在不同语言之间"交流"？不，中文的意义，正在于它不得不在自身之内进行现代转型。这已被中文构成的独特性质注定了——哪种外来影响没经过中文性的折射、甚至反射——我指的是：汉字的空间性、汉语语法的抽象性，以及由此而来的独特思维和表现方式。这些"中文之内"的深层因素，既是制约又是可能，让我们写作中的"还乡"与"出走"双向同一。我不想重复《幻象空间写作》一文的内容，只想提及：对中文性的理解，像一个建筑美学，贯穿了我的一系列组诗创作。每部作品必须如此不同，不仅表现在题材、篇幅、结构、形式上，甚至在言词和语感上。围绕各自的中心意识，追求独特的形式技巧，处理全新的建筑材料（泥土、木料、金属、大理石……），以至绝无彼此混淆的可能。但再深一个层次，它们又如此相同，在回顾的透视中，显出近似的脚手架：如何从现实中提取新的能量，轰击这古老语言的原子核，使之再次敞开——不仅向人类当代意识敞开，且敞开人类的当代意识？对我而言，探寻中文性，应与对人生处境（或境界）的追问合一。诗的"深度"，其实与"说出"或"阐述出"什么关系不大，却全在于诗作构成本身"呈现出"了什么——犹如一个汉字的启示远远超出它的"含义"——我只是在多年之后，才猛然领悟了自己的《与死亡对称》：全凭中文动词的"非时态"，诗中大规模拼贴的史实片段、当代视角、古典引文，才没崩溃成一堆碎片；而立体交叉的"他"、"她"、"我"，甚至神话原型的"无人称"（这个词本身就拒绝翻译），则把中文人称使用上的灵活，纳入一个不变命运的隐喻。是不是非得写到中文性的层次，才能根本改写一部"我自己的"中国历史？或以此表明，再写也写不出语言的大限？那儿从来无所谓"自己"？非"重合"否则不够"孤独"；没经历末日也出生不了；比未知可怕千百倍的已知，一个走投无路的定义！

我希望，一个诗人的独创性和那个曾被我们拒绝的"传统"，将迂回地重建一种联系。独创性远远大于"风格"一词。它指的应当是：诗人基于对人生的独特理解去创造形式的能力。因而，它不是平面的、仅仅随时间延伸的，如有些诗人虽然变换题材，但因写作方式的雷同，完成的却其实是同一首"诗"。对于我，一种语言必须停止于"写顺了"之时，因为形式的滑动表明内容的匮乏。相反，节奏的改变、句式的转换、结构的不同，都包含着新的姿势和语气，"要求"诗人整体的转世和再生。这个意义上，出国不是我的转折。每一部作品的开端，才是必须的转折，哪怕再痛苦：《YI》之内七种形式的诗、三种风格的散文，《面具与鳄鱼》中六行体的限定，《无人称》等中、短篇的直接与透明，《大海停止之处》的四章轮回，《同心圆》中五个三章组诗的"变之同一"，直至最近的三十首《十六行诗》和犹如一串即兴演奏的《幸福鬼魂手记》——诗必须"善变"，以突出那个"不变"：人触摸自身内黑暗极限的努力。深度派生难度，而难度也激发深度：诗对中文性的探索（原谅我，译者！）；语言的造形能力；不盲目追随西方的时间观、或简单代之以"东方的"时间观，而是建立"自己的"时空观，使作品的每一部份间、甚至作品与作品间全方位共振共鸣，由此把"同心圆"的寓义推向极致，才真是我想象中的"幻象空间写作"。《同心圆》结尾处一个断句："诗　是"（一个隐身的"？"）也只能由诗自问自答："再被古老的背叛所感动"。回到"传统"，我渴望的秩序，或许正建立在自我更新的能力上——"在一个人身上重新发现传统"——诗人独创性的赤裸裸的活力，让"传统"生长。这个词，既是当代中文诗的悲哀又是它的兴奋点：它甩掉我们伸出的寻求依托的双手，却反过来依托着我们。一首诗是一个诗人整体水平的极端体现。过去二十年，我唯一的导航仪，是血肉深处来自现实的感觉；而航速和航程，只能由身后一部部作品来标明。至于船首是否朝向"前方"？究竟有没有一个"前方"？我不知道。或许，这茫然正是古往今来一切"意义"寻求者共同的茫然？

三

MADE IN CHINA（中国制造），在今天并不意味着一个高质量的品牌。我得承认，无论当代中文诗做出多大努力，它被真正接受的可能微乎其微。这个以权力为原则的世界上，"多元"与"交流"的涵义非常明确，即后现代欧美强势文化对"他者"的需求。"他者"，在这儿是参考性的、有限的，时常是一种异国情调的装饰。因此，只要国际诗歌节上有几张中国脸，出版物中印几行方块字，话题中点缀着"五千年"和"文革"，伦敦和纽约的文化超级市场就满足了。至于中文诗人真正的思考，尤其那些以"开拓"语言本身为目标的诗，并没有谁关心。一句话，深刻的交流不了，肤浅的四处泛滥。当代中文诗，背后没有传统、头顶政治与金钱的挤压、面对诱惑你放弃标准的"国际标准"——一个空前恶劣的文化生态。

真正的麻烦在这一侧：我们是否充分意识到了困境？回避它有两种办法：一、刻意投其所好，按定货单批量生产作品（我称为"身份游戏"［"IDENTITY GAME"］以群体标签确保商业价值）；二、文化上闭关锁国，反正无人理睬，何妨自吹自擂（用民族主义撒撒娇，效果更好）？两者殊途同归，都导致作品的薄弱。什么是贫困的文学？我的概括是"大题材，小形式"：一望可知的"中国"，加瞄准市场品味的语言处理。贫困，在于放弃人和诗的自我价值。

诗人的枯竭，以没完没了复制自己为最可怕。庞德不仅"发明"了中文诗，也发明了一群中文诗人。意象，曾经是诗歌技巧之一，因为出身于"中文"，便成了某些中文诗人毕生的追求。但《地铁站》式的试验、超现实的自由联想，别人早已玩过。再进行眼花缭乱的意象四则运算，真能掩饰事实上的无话可说？读若不"过度阐释"就无意义的诗，几乎能看见字典的碎片被倒在一片空白上。那只让空白更加醒目：看不懂还好，偶尔几个清晰些的句子，泄露出的却是加倍令人失望的平庸。七十年代至今过于耐用的政治素材、残余的青春期伤感、概念化的语言思考……经过意象的彩色塑料篦子，并没添加什么。但年龄应带来的成熟呢？中国现实蕴含的深度呢？

"诗"呢？没有就是没有，那是蒙不了人的。

没完没了的造型式的宣泻"痛苦"，是当代中文诗另一个著名商标。若是附加了作者的政治履历，就更显得顺理成章。国内"地下"、国外"流亡"，这两个词一出口，人们脸上顿时一片释然。从此，你再怎么歇斯底里、翻来复去地揉制一张言辞的皮革，也没人敢表示异议。我不怀疑若干作者的真诚，有些诗也确是杰作。但重复得太久，痛苦也会贬值。谁能对一座愁眉苦脸的石雕永保同情？真该感谢我们生活中那些恶性"事件"，层出不穷地给"痛苦"充电，让僵硬了的抒情姿态、角度、音调，像主题一样能多年不变。但我想说，仅仅如此，恰恰不够痛苦：诗人忽略了，我们的全部处境都已体现在语言之内，这不可能中的不可能，我们得去逾越它，虽然明知逾越不了。那又怎样，正是那令读者与同行"受不了"的，把诗从单调和惰性里拔出。

相对于更侧重"形式变革"的古代和西方，当代中文诗的写作来源不纯——现实太沉重太逼人了——这正衡量着诗人的质地：你有多大的能力，能把它转化成纯粹的形式？二十世纪中国的两大流行病：权力和"反智"，也传染给了诗人。诗歌批评，怎么潜台词常常像权力之争？"个人写作"为什么只是当代文学的起点？"口语"云云，颇像早年听腻了的"人民"，一句玄学式的空话。谁知道什么是"口语"？谁的"口语"？哪首诗是用"口语"写成的？意象的跳跃、句子的间隔；特定的节奏等等，都在从日常语言方式拉开距离。我常强调中"文"，而非汉"语"，正想点出历史上中文书写系统——形式主义传统——刻意与口语分离的意义。陶渊明的白才是"大雅"呢!也有人标榜"自然诗学",把题材与写作混为一谈。诗学,先天反"自然"。优美如中国古典诗形式,尤其是极端的人为。时下不少"写得太容易"之作正该有所借鉴。观念的混淆,源于思想的混乱。以为智力欠缺者,却能凭空成为大诗人,也真不失为一种独特的当代中国风景。

回到要害处,当代中文诗贫血的原因,就是匮乏精神性。我是说,支撑起诗作的那个精神世界。一种标明精神指向的境界。写《幻象》的叶慈、深入涉猎众多语种文化的庞德、对欧美传统研究精深的艾略特、直到近人乐道的奥登、布罗茨基,寥寥佳句背后,有多少诗之外的丰富思考!当然,并非只有《丽达与天鹅》、《基督重临》那样隐含个人神话体系的诗才是好诗。但没办法,诗人的精神层次是诗的先决条件,缺了它,现实会因为观察者的贫乏而贫乏;"一个人重新发现传统"会沦为一句空话;对形式和技巧的追求,也将失去太必要的根基和品味。这里,精神性的内涵不是知识,是思想。主动的抉择中,诗与人再次合一:一种清高是必须的,否则权力加金钱的"新官方文化"就要越界了;一种贵族态度是必须的,否则暴民式的鄙俗平均主义就要蔓延进美学了;一种"坚持去错"的个性是必须的,否则全球标准化的地平线就要伐掉树木,铺上水泥——我说"否则",听起来多么虚伪!

一个古老文化的现代转型期,应当蕴含着极大的能量。尤其自成一体的中文语言、思维方式、观念体系,数千年绵延不断且为无数古典杰作所证实,某种意义上,是唯一与欧美文化及其背景截然不同、因而该构成真正比较的文化传统。不幸的是,历史恶毒的玩笑中,我们被抛出了诗人米沃什谈到过的圆的符号、也没真正走到箭的符号下，介于两者之间就哪儿都不在。被恶劣的文化生态包围渗透着，这转型究竟在转向哪里？诗并不能独立于污染之外。于是，并非没有可能，这个古老文化已临末日——倘若，它只在苟延残喘，却丧失了精神繁殖力。一只"覆巢"下，诗人之卵摔个粉碎。我们还来得及做什么？

四

没有答案。正如写诗不能谈"经验"——一首诗就是全部关于它的经验之和。它完成了。下一首不得不从零开始。这是诗与科技的根本区别。我不懂"实验"一词在诗学上的含义，因为没有什么纯技巧，能简单地重复使用。很遗憾，已没有一种诗体（如七律；如西方诗人还在写的商籁），能让我们在同一个技术规则中一逞高下了。我把本文的题目定为《诗，自我怀疑的形式》，不是故弄玄虚。回溯过去，值得一提的确实就这两个词："自我怀疑"和"形式"。因为自我怀疑，而越问越深，越深越难，越活越困惑于"活"是一门多么玄奥的学问。人的一点乐趣，或许也在这儿，以我偏执的手掌，遮住那个大写的"历史"。同时，听着"形式"命令：别说，呈现它！没有比对自己的不满更强的写作动力了：从七十年代末，我们不约而同地抛弃那些摸不到感觉也抓不住意义的政治"大词"（我们的第一个小小"诗论"）起，现实、历史、传统、语言……每层质疑都转向自我，并继续那问中之问：还能提出新的问题吗？每部作品的创造力和完成度，给出最低的（又是最高的？）标准："不可替代"——不仅与别人的作品，也在自己的作品之间！一千余页《杨炼作品1982——1997》，与其说建造着我的自负，不如说在拆除我的虚荣。一次次重申更深刻的空虚。这，就，对，了。诗，通过更彻底的困境与世界对话。这自虐也是快感。命运的美学中，我们并不比《天问》的作者更委屈。

二十一世纪第一个月，我回到原来插队的村子，突然面对着一大片断壁残垣。整块地皮已卖给了房地产开发商，不久之后，水泥楼群将拔地而起。今后住在我地头上的人们，谁知道那条送葬的黄土路呢？墓地、它的死者、我对它们的回忆，都将是一片诗的内在风景了。谁知还有谁会把它打开？没人又怎样？我想象，地下那些空空的眼眶里，水泥地面一定水晶透明。他们记着我们。

IN THE TIMELESS AIR
——中文、庞德和《诗章》

第七十六《诗章》里的 in the timelss air，被中译为"在永恒的时空中"，恰恰违反了本来的诗意：非时间的／大气——写出了一个从时间（人为的观念）分离出来的空间。世界非时间地存在着。而"永恒的时空"，强调的却是时空的永远合一。原诗中一幅唐朝禅悟岁月生死的青绿山水，被译成了欧洲中世纪神学教义。我认为，庞德这句诗真是举重若轻，既点破了人类杜撰时间历史的虚妄，又以无始无终的"大气"作为反衬，向活在"历时"中的人们，展示了一个"共时"的超越层次。某种意义上，这短短一行，已抓住了整部《诗章》的根本诗意。

艾略特称庞德"发明"了中文诗，实在可以读作一种褒奖：他发明的，是自己对汉字和中文古典诗中某些因素的独特理解。事实上，一个新的认识角度和感受方式，本身就在更新被认识之物。我曾把庞德的唐诗英译称为"伟大的误解"："伟大"，因其独创性——在他之前，没有任何人（包括中文诗人），意识到汉字独特构成方式、汉语语法的特殊可能性、以及中文古典作品的哲学和美学，对现代世界文学创作的价值；"误解"，在于他首先是一位英语诗人。他对汉语和中文诗的思考，始终以转型为英诗创作为目的。他以西方文化史为背景，去"发现"中文的启示，因而汲取的都是那些他"能够"汲取的东西：汉字的造字法、古诗中的"意像"拼贴、儒家观念等等，却未曾（或不可能）注意中文古诗形式的其他必要因素：平仄、对仗、诗体结构的设计……"伟大的误解"其实是一种筛选。他从间接了解的中文，提取英诗——特别是他自己的诗——创作的灵感：从早期的意象派运动革新了整个英诗语言和感情表达方式，到后期《诗章》中渗透的"共时"的诗歌意识，对中文独特的"发明"，在庞德创作中堪称一以贯之。我不得不承认，就时间先后而论，二十世纪以中文为母语的诗人，在对待语言的个性化态度方面，也无一不是庞德的后继者：我们所作所为，仍旨在超越语言的无意识，进入创造性的自觉。

对我来说，庞德的"中文诗"研究，始终环绕着一个潜在的中心：对"共时性"的思考。他以诗人的直觉，首先透过汉字和中文诗的构成，把握住这个启示；进而，从中提炼出自己的哲学态度；终于以一部《诗章》将其充分呈现。

汉字和中文诗的构成正是一个"共时性"的同心圆：

庞德极为关注汉字的造字法（"诚"这个字已造得完美无缺……），这从一开始就抓住了汉字的空间因素。字不仅仅是画面。每个字内部不同部分的拼贴，带来视觉、听觉、意义、联想的多种组合。它本身已是一首诗，是一个诗一样多层次的空间。

严格地说，汉语并无西方意义上的"语法"：通过尽可能细致地区分人称、时态、词性、单复数等等，去捕捉一个动作或一个事件的"具体"。汉语最触目的特征，是无论人称、时间、状态怎样变换，动词形态不变——恰恰在放弃"具体"，而以"抽象"为目的。它暗示的是："现实"不存在，唯一的处境是语言。"这个"人、"这个"动作、"这个"时刻，一经写下，就成了普遍的、共同的。写作就是综合，而不是在分析。

中文古诗里"意象"的拼贴并置，正是汉字空间性和汉语抽象性的延伸：笔划之间、每个字内不同部分之间、字与字之间、形象与形象之间、句子与句子之间，解除了语法逻辑上的规定，却到处留下断裂和空白。当想象去连接时，"抽象的层次静悄悄渗透于其中"（罗伯特·勃莱）。庞德由此引申出"意象主义"。但，这里的关键不止意象，而是空间——删去（毋宁说包容）了时间的空间。一首中文古诗的形式，其实是一个袖珍宇宙。以最典型的"七律"为例：首二句起（以非对仗暗示时间性）；中间四句两两对仗，横向展开空间的涵量；尾二句再回到非对仗构成呼应。诗中的主题，绝少西方式的线性议论，却更像一点之内的层层开掘呈现。一个意象共振场，谁读，就被囊括其中。

中文古典诗传统，从来与所谓"自然诗学"无关。恰恰相反，它的形式设计，体现出的正是极端的人为性——人为到令人误以为"天然"的程度——作为题材的"自然"，不该也不能代替"诗学"。我常常强调"文"，而不是"语"，正因为

"文"的书写性。中国历史上书写文字和口语的长期分离，促成了从汉赋、到骈文、再到绝、律诗体的形式创造：建立越来越完美的、被有机加强的诗意空间——以取消时间：一个七律的形式，能被中国诗人们延用千载；而诗人们不断重新编选古今诗集，却没人去写作一部"诗史"。直到二十世纪，才出现第一部以西方进化论观点写成的中国诗歌"发展史"，一个喜剧或悲剧？

什么是诗的"共时性"？概括而言：在时间观念上，以"共时"包容"历时"；在生存经验上，以"处境"包容"事件"；在语言意识上，以"抽象"包容"具体"；在叙述角度上，以"无人称"包容一切"人称"。最终，写作不仅仅谈论存在，它本身就是存在——在另一个层次上，把古往今来的世界，统统变成材料和片段，供它拼贴。诗并非只把过去拉回到现在，因为既没有过去也没有现在。只有大气（air）——非时间地（timeless）存在在纸上，一首诗。

对于我，《诗章》的根本诗意，正存在于它"共时"的诗歌意识与"历时"的诗歌语言之间。那意味着：一首诗对人类变幻历史的综合。这里，令人眼花缭乱的片段穿插、大规模的意象（姑且把"意象"一词理解成广义的）拼贴，与其说强调的是"史"，不如说恰恰是史之幻象——"万变"背后那个"不变"。每个人只是"人"那个词的一部分，包括庞德自己。希腊神话故事、孔夫子的谆谆教诲、比萨战俘营中的日常细节，发生在某时也就发生在一切时：如同中文动词永远的原型。但庞德的难度，在于他得用英文写作。他对共时性的追求，意即对英文历时性的突围——在历时中超越历时——

与自己语言内在的限制相对抗，进而对抗西方逻辑性思维、以及贯穿西方文化传统的"历史叙事"。这个最深刻的"不可能"，在《诗章》每一页上震撼我。如果说，中文诗的共时来自于先天，那《诗章》的取消历时，则是一场真正的人间搏斗。庞德不能仅仅"阐述"这个主题，他"呈现"出一种取消的方式——这内在决定了《诗章》的结构和语言：章节之间的断层、无所不在的碎片、突如其来的空白和转换，潜藏着秘密的命运的因果链。错综复杂的时间、地点、人物、故事，直到出于必须而非卖弄学识使用的多种语言，唯一突出的是：区别之不在。唯一存在的是《诗章》，那超越的文字：非时间的大气（in the timeless air），一个包容历时的共时。

"共时"的诗歌意识，并非只是玄学游戏。它所触及的，正是人类生存的彻底困境。历时的经验，以共时的命运为深度；共时的走投无路，又被历时的沧桑轮回所证实。最终，两个层次，互动着揭示一个人。这也是为什么，庞德与当代中文诗创作，保持着某种神秘的平行关系："意象主义" / 朦胧诗（八十年代初）；《中国诗章》初译 / 中国反思传统和语言的"寻根"诗（八十年代中后）；《比萨诗章》出版 / 流亡诗歌及其国际经验（九十年代）。中文诗人对现实——特别是中国昨天与今天纠缠混淆的"现实"——的感受，成为我们"发明"自己诗歌的原动力。这表现为："重写"传统和语言的自觉，以创作深化汉语内在的可能性。当代中文诗中意象的跳跃、句式的自由、诗思的迅捷、层次的丰富，尤其以建立空间结构代替线性描述的方式，并非仅受西方某某主义的影响，乃是中文空间 – 共时的性质使然。在最好的表现中，当代中文诗直指一种人类赤裸裸的无处可逃。

九十年代，《比萨诗章》的中译出版，对中文诗歌界和庞德都是一件大事。中文读者终于领略到了这部巨作较完整的一部分；而庞德（但愿他活着！）的欣慰，则是看见：那道横在《诗章》共时的诗歌意识和英文历时性之间的裂缝，终于被弥合。在一个个方块字中，那些曾紧紧捆住他的语法锁链，突然解脱。世界，一举还原了它本来非时间的（timeless）面目。种种分裂、交叉、汇合，都是片段又都是整体，无所谓片段也无所谓整体，诗无始无终——就像他本来是用中文写作的一样。到此为止，《诗章》真的完成了。

雁对我说

那必定是夏夜，我的窗外必定有一只雁在啼叫，叫着八月八日这个日子。

二〇〇八年八月八日对我有多重的含义。公开的层次上，那是北京奥运会开幕的日子。我们都记得，那年世界上，到处进行着一场奥运火炬接力——它既传递着对剧变中的中国现实的关注，又给出一个坐标，让茫茫大海上近乎抽象的航行被标出了时空。一个日期，能让渴望和现实的反差凸显出紧迫。"奥运中国"对你意味着什么？这个提问，被八月八日推到每个人眼前，迫使这个太稔熟利益游戏的世界，对此无法回避。仅此一点，"奥运"就远远超出了奥运本身的意义。

但这日子对我还有一层私人的含义：它正是我离开中国的二十周年。一九八八年八月八日，我应邀赴澳大利亚，怀里揣着的刚刚完成的长诗《￥》（自造汉字，读音"YI"），它以这样的句子结尾："所有无人　回不去时回到故乡"，"每

一只鸟而逃到哪儿 死亡的峡谷／就延伸到哪儿 此时此地／无所不在"，"以死亡的形式诞生才真的诞生"。诗是一个谶语，它比诗人更清楚命运等在哪里。诗也是一张蓝图，它把我们昨天的、今天的、将来的"活法"早早画下，紧紧攥在手里，又不动声色地看着世界趋近它、证实它，最终成为它。一年之后，我的履历被一劈为二，前三十三年在中国和后二十多年在国外，却又怪异地组合成一体。"历史"和私人生活的这种混淆，使我有时简直分不清究竟时间根本是一个错觉？抑或每个人的经历压根就是一部史诗？二十年了，世界在脚下滑过，新西兰、澳大利亚、德国、美国，永远离开，永无抵达……

我漂流的日子追随着我的诗，而我的诗又追随着隐身在所有诗作深处的某个生命"原版"。是的，我们活着，但剥掉冷战、东西方、种种政治口号游戏、甚至进化的幻象，真有一个"我们自己"活过吗？所谓"活法"，在我眼里只是一个同心圆，贯穿了古今中外人的内在的困境。仅仅通过对它的提问，使人们彼此相识、读懂，连接在一起。

"没有国际，只有不同的本地"——我写过的一篇文章《本地中的国际》可以归结为这一句话。这二十年来，我生活中最触目的特征，是几乎不停地在世界各地旅行，因此，"国际"一词，似乎取代了一个个具体地名，而变成了我真正的住址。但同时，我心中的疑惑正是：什么是"国际"？离开了一个个具体地点，以及用每个地点上的深度构成的对话，真有一个"国际"能让我们抽象地生存其间吗？如果没有，那"本地"又是什么？它的内涵，是地理的？心理的？历史文化的？语言甚至语言学意义上的？或是由所有这些构成的一个人精神的内在层次？那么，一首诗，正是一种"关于现在的考古学"。诗人考古家，一层层揭开地层似的，追问进那个总能隐秘得更深的"自我"。诗作犹如考古手册，记录下在一个地点之内的、纵深的发掘经历。我们通过比较自己以前作品的深度，来确认现在这首诗的位置和价值。直到，"本地"一定超越某个地点，它钻探、钻透一个人的脚下，从这里指向每个地点。简单地说，占有本地，意味着诗人发掘自身的能力。诗人说：给我一次呼吸，我就能长出根，扎进泥土，探测到石砾和岩浆，并沿着水的脉络倾听大海，参与古往今来航海家们的旅程。

由是，今年八月八日那个夏夜，在我的卧室敞开的窗外，必定到来那只雁。它的啼叫来自古老的中国？或者始终回响在这里——在英国，伦敦，击碎墨绿色玻璃质地的静谧，传进我的耳鼓。一声声清冽的音色里，有个隐密的世界被揭开了。我想知道，令我怦然心动的，究竟是什么？

是这座叫做伦敦的城市吗？我漂泊途中无数外国城市中的一座。本来只和别的短暂停留地一样，这个标明 Stoke Newington 的邮政地址，还没记住便被抛弃，缩小、固定、埋进履历表，变成一行没人注意的字。但不期而然的，我在这里住下来。几年过去，这城市竟然逐渐和我熟悉起来，当我的眼睛开始"自然而然地"在同一棵苹果树枝头，搜寻每年十一月悬挂的最后一只苹果，我突然发现，伦敦和我的关系已不同了。它不再和我擦肩而过，却停下来，成了我在中国之外获得的又一个"本地"，比纯粹的漂流更怪诞的，以表面的不动加倍突显出人生命运的不得不动。

是我在伦敦写成的诗集《李河谷的诗》吗？李河谷，离我家步行十分钟，一片原始沼泽的保留地。一个地点，代表所有外在的地点，非得通过写，被转化到我内部，当它成为文字之我的一部分，才不再空洞。其实，连"死者"这个词、"流亡"这个词也都可以是空的，如果没有思想的实体、诗的实体，我们甚至配不上谈论自己的经历。非得创造这个意象"一只血淋淋的漏斗"，来描述从我厨房后窗向下望见的花园，和秋雨中深深沉溺的所有花园。非得找到这个句子"肯定　风也在沿着自己离去"，来追上我门前这条枯叶纷飞的街，和我漂流途中经过的每条街。当心理的时间翻转成一个漩涡，旋入地理的空间，这些意象越本地，才越点明了人的"无处"那个主题。除了一行诗，我们哪儿都不在。

又或者，那雁唳提示的是"中国"和"中文"？苦难频频的命运，反衬出璀璨的诗歌传统。一个绵延无尽的历史，让我以为懂得了"时间的痛苦"，但后来才发现，那其实是"没有时间的痛苦"，唯一证明着"活法"的古今不变。一个被沿用了上千年的句子"国家不幸诗家幸"，译成我表述当代中国诗歌的说法，就是"噩梦的灵感"。现在，中国被我戏称为"我自己的外国"；而中文，则成了"我的外国母语"。自古以来，离乡背井（请注意这个意象"背朝着自己的井"！）就被视为中国人最惨痛的人生经验，也因此，随季节南北迁徙的雁，就成了流离游子怀乡病的象征。那排成一个中文"人"字飞远的雁行，总是在"回家"的。而一束眺望它们隐没的目光，总是回不了家的。翻翻唐诗，"雁"简直是伤心相思的同义词："归雁入胡天"，"归雁来时数附书"是王维的；"雁没青天时"，"雁引愁心去"是李白的；"心随雁飞灭"，"木落雁南渡"是孟浩然的；"秋边一雁声"；"鸿雁几时到"是杜甫的。最善描写漂泊之苦的杜甫，有诗直接题为《孤雁》，这联对仗"谁怜一片影，相失万重云"，早已写尽了我今天的处境心境。中国古诗强调使用"典故"，那正是通过"互文"的关系，用一个刚写下的文本涵括、刷新整个传统。当一声雁唳，把我此刻的听觉牵入了唐朝，让李河谷的水流上溯到一千二百多年前的源头，那是一种"远"吗？抑或逼人之"近"？我几乎可以招呼裹紧长袍、匆匆拐过街角的杜甫们，犹如招呼我熟悉的邻居。

诗包含了所有这些。在这里，"远"和"深"是同一个意思。诗人远行，其实又在自己的内心原地不动。世界滑过他如抽象的布景，而变幻的距离，唯一存在在"向内"追问的方向上。诗人的水平移动，被诗悄悄变成了垂直的。就是说，所谓"深度"，无关其他，仅仅指向诗人通过写作对存在的领悟。海德格尔所说"所有伟大的思想家其实只说出了同一个思想"，即是指这个关于"存在"的思想。写诗的价值和乐趣，可以形容为到存在的深海里钓鱼。与此相比，仅仅追求作品的题材之变、形式之新、风格之花哨，乃至玩弄"政治正确"、"身份游戏"，都是舍本逐末，那些目标的浮泛已经弱化了意义。盯紧人的处境不放，诗就成为我们"唯一的母语"，它深于每一种个别的语言，而引导着所有表达。屈原的、但丁的、唐朝的、当代的、北京的、伦敦的、李河谷中流淌的、我小小书房里刚刚诞生的，每一次"写下"的特定时间，因为书写无时态的中文动词，而变成了非时间——所有时间。不是"我"在到处，是到处存在于"我"。当世界不再只是"知识"，它成为诗人活生生的"思想"，一首诗就接通自己的能源了。

我知道在后现代流行的今天，谈论且标举"深度"，似乎不合时宜。但不得不如此。我们选择"活法"，就是选择"想法"，更确切些说，是建立对内心困境的自觉。二〇〇八年奥运，世界对中国倾注关切之际，西方资本却正在北京的宴会上把酒言欢："我们在这儿被照顾得好极了"。同理的另一侧，当美国和伊拉克的诗人并肩朗诵，你突然发现，他们诗中表达的痛苦多么相通。我反复说过：自私、冷漠、玩世不恭，这三个词画出了一幅今天世界的肖像。我们的时代特征，正是社会思想的极端匮乏，人生理想和想象力的极端贫困。连冷战意识形态的"正义幻象"都没了，也根本用不着对进化论作哲学反驳，人性的黑暗和虚无就明明白白摆在眼前。因此，我的活法不可能是别的，它正是拒绝"进化"的个人的美学反抗。在一行诗中，深深沉潜于孤独和不可摆脱的自我疑惑，但又固执地认为那就是诗意。唯一的安慰，是阅读死去的经典作者们，他们压根不知道今天却毫不影响其伟大，他们生前的厄运恰恰成就了作品的力量和价值。没错，如果不合时宜的思想创造了好诗，那么那正是诗的本性。

我不认识那只朝我啼叫的雁，但它必定到来，因为我听见了，所有年代飞过所有诗人头顶的雁群，它们从未迁徙出一个清越的叫声。

辑二：再被古老的背叛所感动

经典性：一种思想追求

——徐龙森的沉潜之山

徐龙森经常一语破的："中国艺术传统追求经典，而非时尚。*"这是就我所知对中国传统最精到的概括。有趣的是，这概括不来自喋喋不休的文化评论家，或摘自汗牛充栋的文化专著，而是出自一个几乎足不出户、埋头于自己创作的艺术家之口。他不得不思考那些急迫、重大的文化问题，否则他的作品无以安身立命。徐龙森的巨幅山水，传达出远不止"绘画"的冲击力。那是什么，涌动在水墨构成的纵深里？只有一个词：思想——大写的、痛切的思想内驱力，穿透画作扑面而来。面对巨大的视觉美，观者与其说在享受，不如说更感到不安。像被某种极端的、尖锐的提问逼到墙角，它要求着回答。二十一世纪，反思中国传统的紧迫性没有减弱，相反，全球化语境给我们的自觉一个广阔得多的参照系。这是更高的考验。徐龙森的作品让我振奋，因为那恰恰印证了我说过的："一个当代中国艺术家，必须是一个大思想家，小一点都不行"。这儿，我找到了期待已久的思想追求。

　　徐龙森使用的"经典"一词，极为到位。它的内涵，不是老生常谈的"五千年"，不是依仗时间长度的"古老"，而是一种思想和美学上经得住全方位考察的"深刻"。这里，有必要区分"古典"和"经典"，尽管那在英语里是同一个词。但，在我看来，一切过去的创作都是"古典"，"经典"却必须是古典中的杰作，以其思想深度、美学高度给传统奠定标准。少了某部古典，对某个文化无伤大雅。但缺少某部经典，一个传统就得被改写。回顾中国传统，那让我想到思想领域里的先秦诸子；艺术领域里的顾恺之、范宽、米芾、黄公望；诗歌里的屈原、杜甫；史学的司马迁；戏剧的汤显祖；小说的兰陵笑笑生、曹雪芹。他们作品的面貌判然有别，而在精神境界和艺术独创性上，又一以贯之，互相渗透。鉴于他们各自人生命运的凄凉孤寂，这渗透更是一种互相温暖。对经典之作内互通的思维方式和构成方式，我乐于称之为"经典性"。那是一种可以跨时代、甚至跨国界的品质，让不同文化的杰作，真正"心有灵犀"。就是说，筛选"经典之作"，一定植根于某个特定传统。提纯"经典性"，则使作品获得更普遍的思想意义。用龙森爱画的山比喻，如果传统是山脉，经典之作就是峰巅。而"经典性"则是风景深处的地理、乃至地质结构。"经典性"不仅不分离作品，反而联结它们、判定它们，进而整合出我们传承的精神血缘。这来自"本地深度"的思想，给我们立足点，去寻找（或创造）有意义的国际精神交流。今天，一张全球化的艺术地图上，徐龙森到罗斯科的距离，或许并不比到黄公望更远。对我们，西方是可见的"他者"，中国古典却是隐身的"他者"，连我们自己的昨天都该成为"他者",那么,谁是那个吸附能力超强、永不满足现成答案、不停原创自身从而原创传统的"主动的他者"?徐龙森谈论"经典",似乎要抚慰我们传统中飘游的伟大鬼魂,但接着,又端出他那些大山水,把任何古典大师狠狠吓坏(至少吓退)。他究竟在寻找什么?

思想是否到位,取决于思考者的提问是否到位。徐龙森问自己:"传统画得再好,但我在哪里?我的艺术意义在哪里?"这不是个简单的发问,而是基于他几十年对传统水墨的潜心钻研,像古代诗人学写格律诗一样,他几乎"亦步亦趋"地学习传统绘画技巧,理解古典山水画的哲学美学观念。所有这些,在他费时七年、慢慢完成的《道法自然》里,展现得淋漓尽致。这幅长二十六米、高四米多的水墨巨制,堪称迄今为止,中国水墨绘画史的归结之作、集大成之作(好可惜,没人见过唐朝吴道子一天画尽的嘉陵江三百里山水图,否则龙森也许不能专美于前)。这么说并不过分,《道法自然》乍看上去,像一场笔墨海啸,群山万壑,高天乱云,叠石怪松,湍流飞瀑,浩荡苍茫,气势压人。但审视细部,我们又感觉在读一部中国水墨画的技法词典:那笔法笔势,挥出范宽的神气灵动;那墨迹墨色,泼下米芾的精雅俊逸;那层次之深之厚、皴法之妙之绝,逼近时才看出有多少重晕染。画中,我们该在每个局部里看出一个完整结构,像一幅独立画作,而无数画作,又在一重重叠加,组建成一个全方位互相呼应的大宇宙。这确实是"道法自然",因为大自然正是这样互通互动,全息自在的!这幅画里,突出的传统水墨技巧(甚至纯粹是"技术"），不仅没减弱、反而在加深徐龙森对自己艺术位置的提问。当龙森说："传统，就在技巧之中"。他在强调，通过精熟技巧，去饱吸传统的精髓。落在作品上，那印证于一双手，能画别人之不能，保证了艺术的信誉。落到术语上，就是"专业性"。只有专业不一定有思想。但没有专业肯定没思想。技巧的重要性正在这里，它能让艺术家"有资格"发问！龙森的"传统"，建立在宋元绘画大师学古而不泥古，敢于独创的精神上；建立在中国思想黄金时代先秦诸子的活力上。《道法自然》画了七年。他用这幅画和完成于二〇〇七年左右的一批画（例如《万壑如摧》，《玉龙山》，《剑阁图》，《隆中图》等），把上千年中国绘画传统连灵带肉地带在了身上。这条蕴含（而非抛弃）的路，比任何"革命"捷径艰难得多、也美丽得多。唯其难，才配得上他自己那句评价："七年，一次性提问"。能站进去，但同样，怎么"出来"？怎么成为"我自己"？专业性必须催生出思想。这才是目的。

徐龙森的创新，不仅在其画幅之大。论篇幅，米开朗琪罗的西斯汀壁画，既大更早，那早已是镇世之宝。但就像米开朗琪罗和文艺复兴带给欧洲传统的思想解放，龙森的画，也"解放"了（至少打开了）中国山水画这个封闭的宝盒，让它迸发出前所未见的光芒。龙森首先用"大"挑战自己，进而挑战整个传统，直到在传统绘画技法的极端处，引申出独一无二的当代艺术观念。细读这些大画，我们可以看到三个层次的挑战。第一层，占有技巧而"取消"技巧：画幅之大，令所有传统绘画技法统统失效。所谓"如椽之笔"形同无物。用以创造神、逸、妙、能的种种手法，完全使用不上。简单来说，这些画上的山，不是古典大师画过的任何一座。龙森的技法，像个戏法，偷换了那些山，让它们仅仅"貌似"古典而已。第二层挑战难度更大，我乐于直接称之为"山水观念"的层次：那是一个古典山水画蕴藏着、却从未被明确揭示的观念，在龙森手中破"画"而出。它的基础，仍是中国古人的天才发明，用水墨、毛笔、宣纸的神妙组合，捕捉住山水的灵动之魂。但龙森是把它们推回到原始基因和元素的根源上，从那儿再出发，让一幅画纯粹构成存在之"心象"。"心"之幽邃浩瀚，对应整个宇宙，虽太行之雄、华山之险，皆没顶矣。二〇〇七年之后，徐龙森跨出了极为重要的一步。他的《太阿》、《高山仰止》、《若出其中》，甚至有具体山名的《西岳》、《神女峰》等创作，都突破了《道法自然》对传统的回顾，而推进为纯粹的"水墨构成"。这些"山"，已经完全在抽象艺术的境界里，是个存在的意象，是思想。他省略了传统画面上那些几乎"必不可少的"小屋小人、渔舟钓翁，甚至省略了修竹茂林、瀑布烟霞，而把"诗意"一词，还给了石头本来的硬度、高度、漆黑、空白，突兀的结构，纯然的对比。"山水观念"中，"山水"是抵达"观念"之途，而观念整体提升了山水的境界。使这些山水，铺筑成一条幽径，深入中文之内一个独特思维方式、一种思想深度。山水，承载着共时的存在，我们古往今来的命运。龙森说："我一直寻找我们的灵魂在哪儿。我的山水画就在寻找那个大灵魂"。他是不是得一直找回古代天才凝视着变幻宇宙的目光里去？把"外师造化，中得心源"的古训吃透，让个人内心的能源，给外在启示以依托。"山水观念"，使山水的壮丽，成为艺术的壮丽，更是艺术家内心的壮丽。我们在直观，一个活着的、拥有"大灵魂"的传统。第三个层次的挑战，隐含在第二层之内，却甚为诡谲，我想反过来称之为"观念山水"：如果龙森停止于抽象画，那我得说，他的"大山水"就还不够大。抽象，本来就是中国书法、绘画技法的题中之义。画水墨而谈抽象，等于什么也没说，就像乱堆几个汉字，让读者去臆造联想。龙森的"绝活"，是逆反的衔接。他在粉碎传统技法的有效性后，不仅不放弃、反而坚持、援引、升华传统山水画的美学，甚至美感，在更高观念的层次上，再次"发明"它们，且要经得住传统审美标准的考验。这就像一匹已经狂奔出去的烈马，却又突然被生生勒回来。那些奔腾的笔墨，也被从抽象拽回，还原为具象，甚至还原为"熟悉的"视觉美。这简直比疯狂更疯狂。我们明明知道，传统技法在这些巨作里一点用不上，却又恍兮惚兮间，在欣赏自己的错觉。龙森重新发明的，仅仅是"中国传统"的笔墨方式吗？或者也是我们的审美能力？从"山水观念"到"观念山水"，像个轮回，把他的"山"，变成我眼中的"沉潜之山"。"沉潜"，可以是地底、海底的潜山，更可以干脆是向下，有个向"深度"矗立的海拔。我曾用过《一座向下修建的塔》这个题目，纽约"九一一"纪念碑也是一座向下的深井，这里，山、塔、井，寓意相同，都是一座天梯，能向思想深处无限攀登。徐龙森用山水主题的一系列变形，书写了一个中国艺术家挑战自身的史诗。

走进徐龙森在北京东风艺术区飞机库一样的工作室，第一个跳进我脑海的词，不是"艺术"，而是"思想"。那些煌煌巨作所涵括的，远不止技巧、形式、风格上的递进，而是对全部中国美术史、乃至思想史的一次整体之思。那意味着，不把历史假想成当代的对立面，而是在当代里包含历史的厚度。在他重新"发明"的山水画中，传统是创新的内涵和底蕴。古典和当代，不仅不抵触抵消，反而彼此支撑、共同滋长，其深层含义，是一种在中国极为罕见的"成熟"。这里，思维方式的慎密、思想层次的清晰、和观点的深刻缺一不可。如前所述，饱学传统之人，方能自觉追问什么是"独创"。这一反中国人"五四"以来比比皆是的情绪化和简单化，总是忽左忽右地跌入陷阱、瓦解、乃至取消独立思考的质地。我们的经历中，一边是"文革"，把中国特产的极端文化虚无主义泛滥到极点。另一边是向壁虚构的"中国文化——心理结构"，希图以此固守中、西文化模式的划分，殊不知那"划分"压根是一厢情愿！中国人的情绪化（无论那表现为文化的还是民族的），其深层原因，是一个历史中缺乏应对外来文化挑战经验的古老民族，在中西冲撞之时的张皇失措。其恶果是简单化：吵闹的口号声，彻底淹没了独立思考的冷静和清晰。我多次试图区分情绪和激情。情绪是群体的、躁动的，它可以强烈，但流于幼稚肤浅。没有比"打倒孔家店"、"全盘西化"更愚蠢惨痛的教训了。暴民式的"革命"和急于现代化，反而把自己变成了一个中西劣质结合的怪胎。与此相反，思想和艺术的"激情"，必须来自苛刻的自我追问。那提问永远不是要不要"传统"？而是怎么要？要一个"什么样的"传统？我曾说：缺乏个人创造力的传统，根本不配称为传统，它充其量只是个冗长的"过去"。徐龙森要寻找的"大灵魂"，就在他那句"追求经典"里。谁"追求"，谁就是主动的。一个结构关系必须颠倒过来：个人并非依附于传统，而是传统以个人创造力为根，不停被激活，不停生长。一个人的思想历程，包含着整个文化的突围。于是，我们也看到，是整个传统（而非臆断的"精华"与"糟粕"）被包容在他自己之内，他得承接它的辉煌，同时承接它的困境。在龙森这儿，我看到一个良性循环：他纵横筛选中国传统（一如西方传统）资源，资源永远不嫌多，因为能让筛选后那个"他个人的传统"更丰富。龙森的沉潜之山，就是艺术家的自觉之山。那些"山"重重变形，把一系列思考摆在我们眼前：初始时，汲取古典，能与古典形似乱真；进一步，集大成地掌握传统技巧，达到和经典杰作的神似；当他自我拷问"我在哪里？"他笔下的"山"，才像一只绚丽的蝴蝶，从死亡之茧里翩翩脱颖而出，形神俱化地升华为他自己的造物。这些"山"，与某座现实之山无关，也与任何古典大师所画之山无关，它们纯然成为一种当代的、个人的"山"之冥想，格"山"而致艺术之"知"。一山而二性，如视觉中活生生的不可道之"道"。一种具象的抽象，一个形而上的现实，一幅"元画"，不多不少是对绘画本身的思考。山不再是主题，它成了鬼魂，在画里悠悠飘荡。依托艺术隐喻，一幅画揭示的是存在和虚无。你说这"徐家山水"，是中国传统还是世界传统？我们能认出太行、华山之影，但为什么不能说它们同时是喜玛拉雅、阿尔卑斯之魂？徐龙森自己的造山运动，形成了整个"山"之传统，而且，它还在继续升高、增长！

　　"经典性"的核心内涵，是思考时间，进而建构对存在的独特意识。我说"独特"，并不是要以东、西方划分，再次寻找某种群体的依托。那不够。在我看来，"独特"必须是个人的，独立思考独特发现的——你自己的时间观；你自己的存在之思。徐龙森直觉敏锐，他区别的"时尚"和"经典"，用哲学一点儿的词汇，就是"历时"和"共时"。稍加说明，"历时"基于线性的、进化论式的时间观。历史是一系列逻辑化的演变，单向地从过去走向未来。在此序列上，社会或艺术，都要争夺"此刻"（"时尚"），因为这不仅能走红于当下，同时也是一张"未来"的门票。整个二十世纪，无论东西方，求"新"几乎成了一种超级迷信。从中国的"革命"到全球化之梦，莫不如此。但，"新"而又"新"之后，世界获得了什么？中国的"文革"、西方的"九一一"，都在指向一种无可奈何的"旧"：人性深渊，万变而未变。每个人还挣扎在古往今来的处境中。和历时的"时尚"相反，"共时性"不信任简单的"进化"，它追求的，恰恰是撕去时间幻象后暴露的某种"不变"，一种经验的积淀，一种命运的重量。因此，它不靠划分时间段，来寻找自我。相反，古今一切伟大的创造个性，都被它纳入资源，成为此时此地之"我"的一部分。"经典性"，就是超越时间表面的思考。一个个人抉择，你想做历时之河上各领风骚的弄潮儿，还是忍受共时的深海里可怕的寂静和压力？徐龙森，出身于中国这个历史国度，有对这"深度"很清晰的定位。他对古典大师的尊崇，对经典作品的研习，都表明：第一他不迷信时间；第二也不简单追求"非时间"，而是选择艰难得多的路：在作品的当下里"包括一切时间"。他的"经典性"、他的"共时"，不仅仅是模仿古典大师。他要更进一步，和大师们站在同一个精神层次上，又各自成为经典。当他说："他们的好不是我的好。当所有历史的好在我这里全部不成立，我就真正在跟它媲美了"。他在推崇一个境界、一种能力，而非一个从天上掉到我们手中的现成之物。"共时"层次是要去追求的。我们得从限定生命的"历时"出发，穿过自身困境这条隧道，去衔接一切时代、一切人。"经典性"的人生意义，在给自我的当下存在，一个来自人类根本处境的考察角度。它的美学意义，是给自己的作品，一个由古今中外的杰作构成的鉴别标准。它的哲学意义，是认清"存在"并不依附于一个线性时间观的单向思维，我们都在一个多向、综合思维的"同心圆"中，无所谓"进化"，唯一能做的是不断用自身的深度归纳历史的深度。这三个层次都叠加在龙森的作品里。他最大限度地扩张了中国古典山水画的散点——多点——变换之点多重透视法。每一个点都是"视点"，无数视点又互相对视，局部和整体彼此"定义"，作品就这样生生不息。尽管对他这一套思维和语言系统，中国评论界保持着令人尴尬的沉默，我却从中认出了，他把一个古老的"中国式"时空思维，拓展到了极致：有限的空间里囊括着无限的时间；时间并未消失，而是空间内一个有机层次，迢迢流转，令整体保持着新鲜的活力。对这个方式，我曾称之为"有界无限"。也曾在《智力的空间》、《空间诗学及其他》等文章里把它表述为我的诗学。

更深远些，《易经》不就是这个方式？六十四卦打破线性次序，"同时"交织成一个立体空间，一爻变整体皆变。老子也曾谈论这个方式："大曰逝，逝曰远，远曰反"；"天下皆谓我大，大而不肖，夫唯不肖，故能大"。屈原没写过西方式的"史诗"，却在他的《天问》、《离骚》里，精心结构诸多思想层次，直到"诗"包含了一切"史"。有《易经》、老子、屈原为伴，徐龙森要寻找的"大灵魂"，历历在目。他孤独么？

中国文化的基础是中文思维，而中文思维的基础，是汉字。中国的一句老话：书、画同源，虽然在谈书法和绘画的美学，但它们滋长的共同之"根"，却在汉字之内，更准确地说，汉字的语言学性质。对我来说，汉字最触目的独特处，就在它动词的"原型性"：无论时态、人称、单复数如何变化，中文动词永不变形。于是，汉字的思维，一举放弃了捕捉"具体"的企图（如欧洲语法的目标）。中文书写就是抽象。写下，瞬间就变为恒定，动作就加入处境。"生、死"二字，囊括了一切生者和死者。"时、空"之中，包含了所有可能的"时／间"和"空／间"。这思维，渗透到中国书法、绘画或诗歌里，让它们反写实的"诗意"，从超验的"文本"层次，俯瞰——深层把握现实经验。一幅水墨画的框架、一首七律的八行格式里，囊括了多少代画家诗人？古代中国从没人写过"诗歌发展史"，相反，从《诗经》开始，一代代诗歌大家纷纷编辑诗选，不停"重写"传统。古诗，绝非仅仅被"沿用千年"，它们其实和"千年"从来无关，而是一个

"文本"构成的形而上存在。其中层层叠叠的视觉、听觉和意义，都使写作之手超越创作的此刻，而活在一个无始无终的总"此刻"中。这里更深之义，在于指出中国艺术"非自然——反自然"的本质。虽然中国画的"自然题材"、中文诗的"自然意象"，常常迷惑观者和读者，但我恰恰要说，它们正是极端的"人为"。它们的成功，在于人工化到极致而恍若"天然"。中国一切经典之作的核心，在于形式创造的极端精美。以诗歌论，诗经、楚辞、乐府、汉赋、骈文、格律、词、曲，一以贯之的是"形式"。一个基于音乐性的"形式主义传统"，日益精美化，让我们能把那个"雅"的、传统文人的艺术基因，在当代发挥到极致，成为极端个性化、也极端国际化的艺术。我曾把当代中国艺术的特征，概括为两个词：观念的，实验的。被动地来看，当今混杂的文化环境中，我们没有任何现成的文化模式可因袭，因此不得不创造新观念，并用每张画、每行诗尝试验证它。但主动地看，我们有如此丰厚的古典资源，加上对西方和世界的了解，为什么不在一个全新的层次上创造自己？不仅"向人类思想敞开"、且"敞开人类的思想"？古老中国文化的现代转型，本身就是"宏大叙事"，这个主题内，没有渺小的东西。换种说法，它本来就是"极端的"：极端的观念创造，极端的形式更新。无论多"小"的作品，只要思想到位，极端性必然同样触目。龙森绘画中，我最喜爱的，就是这种"极端"。他呈现了一种文化创造力：既在自己传统中"最深"，如他的笔墨功夫；又在汲取外来精华时"最强"，如在结构和艺术意识上对西方的借鉴；最终，跨越于中、西文化之上（不仅仅"之间"），超越双方，建构出一种浑然如一的、全新的"龙森文化"。这一点的最新印证，在他最近精选欧洲大型建筑（如比利时最高法院、罗马古代文明博物馆）举行的展览上，那是不同文明在"共建"的同一个艺术空间；在他为伦敦展览和研讨会特意创作的"山水图腾柱"上，这根八米高、缓缓旋转的山水画柱，当然集绘画、装置于一身，但更让我想到"峰回路转"那个词，山在旋转，人在悠游；也在他的组画风、雨、雷、电上，他撕开两张纸直接拼贴，去获得笔墨达不到的黑白硬性效果。这是技术实验还是观念创造？两者能分开吗？文化之互通，因为人的存在本质相通。只要不走取巧捷径，专心、扎实地下渐悟功夫，就能一步步抵达海德格尔提示的那个汇合点："所有伟大的思想家，归根结底只说出了一种思想"。我们的作品，绝非仅仅"形而上"，它们也不停剖开人生的"形而下下"。当你深到前无古人，也只能新到前无古人。

当代中国文化，困境和能量同样深刻。龙森在艺术里追求的"极端"，也正是我在诗歌里做的。他的大画正如我的长诗，"大"是因为必须大，"大"得充分，能总结上千年历史，能挖掘当下人生经验，能提炼独特的哲学美学，能实现作品的完成度。"大"或"长"不是篇幅问题，而是深度问题。中国文化的创造性转型，不允许票友式的玩，我们必须谦卑，承认自己的全部弱项，从社会环境、知识结构，到周遭的文化生态；同时必须自信，因为我们知道，一首五千年的文化转型史诗，在我们身边，给我们底气。我们共同的三部曲是：一、最深地回溯传统源头，把握它的原生基因。二、最充分地拓展传统思想元素，使之发育成对整个人类有效的观念。三、最根本地返回"自我"，把古今中外一切能量变成个性化的创作能量。这个公式依然有效：入乎其内，出乎其外，超乎其上。但要补充一点：这是针对一切文化而言。这视野，要求必要的耐力和后劲，因为要求越高，臻于完整和成熟的路也越漫长。徐龙森的《道法自然》画了七年，我的长诗《𠆢》（YI）写作了五年多，《同心圆》三年多，《叙事诗》四年多，极端之作，需要这样全神贯注的投入！他的画和我的诗里，有同一种结构——空间意识。一石一意象，一山一诗行，乱石群山，恰如组诗，意象纷披，脉络纵横，层层叠加，最终使他的画、我的诗，无论篇幅多大，都成了一块石头、一个意象，无比丰富无比单纯。各个局部，貌似偶然又天造地设。整体空间，充分自觉而恍若自发。笔墨和文字，呈现着厚重的材料质感。画意和诗意，却指向动极而静的玄虚。我们的作品，分享了欧洲大教堂的建筑学，用成千上万吨石块堆垒而成，却又通过镂空的尖塔显出玲珑剔透、空灵欲飞！这里，操纵着、推动着、掌控着整体的"隐秘之手"，不是别的，恰恰是看来与视觉、语意毫无关系的音乐感！这一首首水墨和文字的交响乐，得首先在我们头脑中谱曲，然后用作品写下，最终在观者读者的心灵音乐厅中演奏。音乐性统摄着想象空间的稳定性。艺术形式循环往复地建造起"内在记忆"。"听众们"置身于持续加强的回声中。这样，作品"致虚极，守静笃"，内部却充满了湍急的对流。仔细聆听，那座大教堂，其实又是一架古琴，几个乐音，在大气中点染，一个看不见的形而上空间，就被勾勒出来。直至，大教堂之轻，古琴之重，袅袅合一。龙森的画，堪称视觉的观念和装置艺术，一如我的诗，在语言上有同样性质。我骄傲的是，语言的"封闭性"，让我的诗比绘画甚至更极端，也能说更走投无路。我的长诗刻意逆反被翻译的可能，而铆定在"中文之内"，坚信没有原文的"极端"，就挑战不了译者和译文的"极端"，也就谈不到国际交流的深度。这种置之死地而后生，是否正是本质上的诗意？愿意作一杯陈酿，就耐心等待够格的品尝者吧。《𝑃》中有句："以死亡的形式诞生才真的诞生"；《叙事诗》里写道："唯美　就是爱上不可能本身"。这种"彻底"，要求冷却后的"成熟"。龙森的画同样，高山巨石，压顶而来，渗透了生命的大痛，大悲，大喜。细细品味，那被迫害的少年疼痛、成年后对现实谎言的憎恶和终于领悟的中国文化精髓——一种深深的忧伤之美，力透纸背。你说我们找到的是艺术的结构、抑或人生的结构？又或者，艺术和人生，从来就这样互相转化？而我们只是那古往今来伟大转换历程的一部分？是的，极端之痛，本身就在成就极端之美。

二〇一一年，我在相距三十年后，又一次漫步于成都杜甫草堂。游人散去的寂静傍晚，我穿行于竹丛花径，默诵他"万里悲秋常做客"的流亡名句，我发现，三十年前那个年轻人，还根本没和杜甫沾边儿，中国文化最深刻的东西，还远远藏在他骨血里、灵魂里，等着他用自己亲历的"磨擦世界"（一个龙森式的语言），不是把自己写进、而是"活进"杜甫的那个传统。请注意，这儿，我没有使用"中国的"、"中文的"这类形容词，因为作为一种思想追求的"经典性"，换个名字，就是伟大的"鬼魂性"：那超越任何地域、语种、或文化，而只和屈原、杜甫、奥维德、但丁这些伟大的个体相关。我还用过一个词："死亡形而上学"。是的，死亡沉潜于生命中，和生命一起长大，微笑着看它出走、看它归来。这个"元传统"，沉潜于一切传统。用不着时髦的"全球化"，它早已令人类全球化、且"共时"化了。艺术和文本，就是把生命兑换成精神造物，站到非时间的死亡一边。原来，"经典性"或"鬼魂性"，就是极端的、超强的、超富足的个人创造性，这个原子核，沉潜在我们躯体内部，沉潜在全人类文化的广义相对论世界内部，审定着每个艺术家的价值（或无价值）。屈原诗中璀璨的"流亡"一词，就这样还原回精神追求的本义。创造者就是主动的流亡者。通过主动寻求困境，使自己汇入伟大的先行者。当人品和作品，剥去时空界限并置一处，一个思想个性和艺术深度的方程式，让我们无间隔的"可比"。经典作者，就得敢这样向自身提问。当徐龙森说"达到一个高度之后，你才知道，你有些东西可能这辈子无人可以解读了"，在我听来，那一点不沮丧，相反正是精彩的自信。屈原的《天问》，就等了两千三百年，才被我第一次读回原版：那个提问者们永远的源头。它引领着古今中外精神追问的"大传统"。龙森画里那些不厌其高的大山，俯视着这个思想危机远甚于经济危机的世界。它们的存在就是追问——用质疑自己生命的意义，去抗拒玩世不恭的伪人生；用追问为什么创作，去抗拒沦为无聊装饰的伪艺术；用持续挑战自己的后劲、耐力，去证实真艺术的价值，同时抗拒恶俗实用的伪价值，哪怕它们正硬通货般四处泛滥。当我一九八八年离开中国，完全不知道自己后来的命运，但《𝄞》已经知道："所有无人　回不去时回到故乡"（《还乡》）。其后，一个全然不曾预期的思想和创作阶段，被添加进我的人生，回顾中，它如此美丽丰硕。这个龙森、我、杜甫、黄公望共享的"故乡"，是一个"原乡"，它无须回去，因为我们从未离开。当我寻找它的名字，我发现最精确的，仍是孔夫子那个无比简练的表达："诗言志"。一种精神方向，日日新、又日新，永远昭示出我们的追求"还不够"。它，是最高的山。

　　*本文中所有徐龙森原话，摘引自根据录音整理的徐龙森和杨炼的对话《走出"后文革"》。

2011年10月5日，时逢重阳

我，兰陵笑笑生

一

是的，我就是笑笑生，《金瓶梅》的作者。我那部书，被后世几百年称为"天下第一奇书"。对这个称号，我不否认，只不过，奇归奇，但"奇"在哪里？众说纷纭，却鲜少有人慧心破的。读不出"奇"，我就仍然是隐身的，隐在你们视力不及的暗处，瞧人之无能。嘻嘻，嘿嘿，哈哈，忍俊不住，一笑再笑。

四百多年来，我成了一个谜。我是谁？我的身世是什么？怎么想象，偌大一部书，就说万历丁巳年初刻本一百回，得写多久？改多久？春秋寒暑，字斟句酌，到头来，竟然找不出作者？好像一个现在时髦的词：人间蒸发。我，在明朝嘉靖年间，某个夜深人静之时，手抚终于完成的《金瓶梅》书稿，诡谲微笑，将身一抖，立成虚空。不仅带走我自己的生身故事，而且把别人对我的谈论，也都变成了哑谜。呵呵，人间蒸发啊，我才是先行者。

当然，古往今来，不乏身世扑朔迷离的作者，像后来写《红楼梦》的曹雪芹。人们揣摩他的经历，但其实借脂砚斋之笔，畸笏叟之口，他已留下蛛丝马迹，递给你们若干把柄。曹家曾经的显赫，皇上南巡接驾的恩宠，是荣宁二府里生灵的原型。这谜太小了。从皇上亲信盛极而衰，到雪芹"泪尽而死"。何须高鹗，谁不能续完那个明摆着的命运。《红楼梦》不错，可惜雪芹还是小文人了点，矜矜于才华，不懂大巧若拙，真才华得藏起来。就像"泪尽"反而说不出大悲痛，只能逼作者一死了之。那本书肯定叫《石头记》，金粉辉煌，归去来兮，原不过一块丑陋的石头。雪芹写出了"空"，因此感动了无数清纯年少男女，却没写出"奇"，于是历经沧桑的过来人，当自身已如顽石，已成幻梦，就再难为之情倾心动，反而，会觉得那有点"酸的馒头"（我戏译的英语"感伤"一词）。"天下第一奇书"之名，舍《金瓶梅》何者当得？

我，兰陵笑笑生，只给你们留下一个长长的笔名，那同时，更是一枝笔，还在不停写下去。我写你们对它无穷无尽的猜测。"兰陵"在哪儿？"笑笑生"是谁？为什么起这么个古怪的名字？还有那些序跋我的人，欣欣子啦，廿公啦，弄珠客啦，个个口若悬河却又语焉不详。他们更正一些误读，又悄悄把你们导向别的误读。好个游戏！弄珠客开篇一句"金瓶梅秽书也"，一举设定数百年舆论的基调。"秽"由"色"起，"秽"因"色"定。一个字，压缩了一本书里的悲欢离合，把《金瓶梅》，判为有史第一、惊世骇俗的下半身文学。哈，它本身也确像个器官，能偷窥、能撩动，能犯罪，能享受。赚得古今公众，把色情奇观，当做了阅读快感的全部。自此，"秽书"之名，几乎等同了"奇书"。《金瓶梅》历代遭删遭禁，多因其敢于善于写"色"。于是，一个等号奇缘，划在"色"——"秽"——"奇"——"禁"之间，并非必然却无比必然地锁定了《金瓶梅》。但，"色"旨何在？"秽"在哪里？"奇"有何奇？"禁"个什么？对道学先生，是想当然尔。甚至严肃学者，也无非津津于字里行间，做些翻寻考证的小学问，离书之"奇"，何止千万里远？其实，欣欣子序开宗明义，已点明"人有七情，忧郁为甚"。"忧郁"与"笑笑"，一悲一乐，一反一正，一阴一阳，合之为道。是这个词："知——道"：道，把人生尽握手中。对于我，廿公短短的《跋》，才是点穴之笔。那穴位就是"世庙时一巨公寓言"的"寓言"二字。《金瓶梅》，所寓何言？西门庆、潘金莲、李瓶儿、春梅，应伯爵各色美丑人等，唯言而寓。肉体不足称金瓶，轮回的命运才是金瓶。寓命运之言，无形无色，却又囊括万般颜色。只要人性在，《金瓶梅》哪能禁得了？要说"禁"，委实是世界纳入我文字瓶中。看你们幽冥深陷，出乖露丑，千姿百态。我嫣然笑笑，掉头而去。

二

《金瓶梅》，一言以蔽之，"掏心术"也。所掏之心，直指大千世界、人生百态深处，隐含的一个"性"字，铸造的一个"命"字。此一"性"，其下通兽，故繁殖之力常名之"兽性"；其上通神，故超越境界常名为"神性"。四百多年前，谁知弗洛依德？但"金瓶梅"，分开时暗含潘金莲、李瓶儿、春梅三人，合起来却是一个完美夺目的弗洛伊德意象！一枝插入"金瓶"之"梅"，经营出古今多少戏剧？所以，仅读《金瓶梅》之"色"者，蠢材也。如不能参透男女交欢的描写背后，我的真意，是把玩一颗幻化万般色相的人性珠子，不得一"蠢"名何待？同样，读《金瓶梅》，不读（怕读）其"色"者，亦蠢材也！因为这儿不仅是"色"，更是"写"，在搜刮钩沉人性深藏的奥妙。任举一例，第二十七回《李瓶儿私语翡翠轩　潘金莲醉闹葡萄架》，因为其"淫"，历来被删得七零八落，但"淫"之底蕴，是潘金莲偷听到李瓶儿怀孕，醋意煎心，不仅词语报复（"我老人家，不怕冰了胎"；"我老人家，肚内没闲事，怕什么冷糕么"），当西门庆和她独处花园，更要把具艳丽肉体，当作勾魂手段，与瓶儿一争高下。所以，挑逗在先，"妇人又早在架儿底下，脱的上下没条丝"；游戏紧随，西门庆"把他两条脚带解下来，吊在两边葡萄架上"，"投个肉壶名唤金蛋打银鹅"；淫乐无尽，"没口子呼叫达达不停"；哀求连连，"可怜见饶了吧"。西门庆、潘金莲贪玩、爱玩、会玩、玩尽性交的花样，活灵活现。笔笔白描，其实都是心理的剖面。西门庆"叫春梅在旁打着扇，只顾吃酒不理她"，越"不理"才越丝丝入扣地"理"着呢。而潘金莲越求饶，你越听出不想被他饶。西门庆不饶，潘金莲才占足生理心理的双重上峰。这儿，淫荡写到极致，心性之曲折幽微，才能被"掏"透。看书也如做爱道理，绝非长枪大戟、简单粗暴，能一述而就。相反，须得曲尽其妙，刚柔相济，方能读得解渴尽兴。《金瓶梅》的"色"，渗透着人物命运。把一座西门宅子、清河县城，雕镂成乾坤象征。文字春宫图，活画出一个个真人活人，直逼人性真滋味。除了肉体灵魂一味"逼真"，哪有其他？

唉，我读中国当代小说，最不"过瘾"之处，就是"有事没人"。作者太会编故事，却经常忽略，塑造人物个性才是小说核心。无数小说家，都是电视肥皂剧写手。从古到今，从皇宫到城乡，将一部"历史"，编出多少说不完、演不够、翻来覆去、勾连穿插的情节。那些"作品"，没有文学观念，没有形式讲究，只有故事串故事，扣住眼球就是一切，只要读者欲罢不能地追赶"下回分解"，哪管他掩卷之后连呼"上当"！眼花缭乱之"事"，不等于能被记住的人物性格。被情节塞满、当做故事道具的"人"，经常不过是稻草人，腹内一团杂草，站在田野里摇摇晃晃，能吓唬麻雀，却一点没有生命。"有事没人"是文学癌症，它从内部吞噬作品存在的理由。回头看《金瓶梅》，哪个"人物"不是由"心"生"性"、自"性"写"人"，再从"人"派生万事万物？内心才是原版。它犹如行为的导演。清河县红尘滚滚中，西门庆倚仗权钱气焰熏天，上面殷勤打点东京蔡太师，身边率领应伯爵谢希大等狐群狗党，脚底下驱使着鲁华张胜之类地痞流氓。其人之为"淫贼"，何止施加于女人？直是玩弄人生社会的方式。再看围绕西门庆的女人们，谁不是心计使完、花招用尽？她们的服饰装扮，花团锦簇，花枝招展，外形娇、媚、妖、艳，争奇斗胜，真的残酷较劲，却在心里。瓶儿死后，潘金莲死缠硬磨，非要"借穿"一件死者留下的貂鼠皮袄，明说是给西门庆"做老婆一场"，暗地里是以此一"穿"，令瓶儿虽死哭哭，到阴间也逃不脱金莲的报复！《金瓶梅》里更"打眼"的当然是床上戏，其花招之层出不穷，令读者瞠目结舌。这里，鲜少"颠鸾倒凤"、"翻云覆雨"之类模糊套话，却有中文（甚至世界）文学史上罕见的色情素描白描，其具体处，堪称匪夷所思。例如借西门庆之口，说出潘金莲何等狐媚：一番疯狂性交后，她怕男人出外解手受凉，就让他把尿撒在自己嘴里。何等体贴，又何等算计！潘金莲整个是一门在床上以柔克刚的专业。一个生殖器主题的古今中外性交姿势大展。那叫、窥、听、绑、吊、烧、药、玩小脚，投肉壶，用淫具，虐待被虐，生理心理，务求尽透。潘金莲的哀求"我今日经着你手段，再不敢惹你了"，哪是不要"惹"？分明在怂恿西门庆一惹再惹。李瓶儿一经西门庆的"狂风骤雨"，也再见不得"中看不中吃"的蒋竹山，心猿意马，整日闷闷不乐。这里描"色"绘"淫"千姿百态，内涵却只一词：争宠。争宠动机中，当然有虚荣在，更重要以致令众女子前赴后继、机关算尽、毁人毁己、哪怕同归于尽的，却是"占有"：西门庆占有权势，而争宠成功的女人则占有西门。美色狂花，皆工具也。一个反证：《金瓶梅》里，写尽交欢，却绝无一份纯挚爱情。狂交滥交，交完就走。下一张床，又是一座逞欲尽性的人肉砧板。这颓废，与"古典"的唯美无关，却日夜笼罩在一个阴暗的潜台词内：女人一旦失宠，不但荣华不保，更会直坠地狱。别忘了潘金莲便出身于勾栏之所。正是那种站街卖笑的冷酷，推逼着她们破釜沉舟，拼命前行。这一百回锦绣文章，一气贯通"心"、"人"、"事"，包裹的却是一场绝顶绚烂、绝顶惨痛的人性悲剧。恰如张竹坡批评的落点："作者满肚皮猖狂之泪没处洒落，故以《金瓶梅》为大哭地也"。

"天下第一奇书"，奇在"掏心"掏得准，掏得巧，掏得深。在我之前，哪有小说如此放手写市井，写日常，写"写实"——《金瓶梅》如一把中国发明的放大镜，直逼现实，照出庸众人生的万般细节，纤毫毕现时，那现实里分明藏着种超现实。《金瓶梅》书中几乎无人不坏、无人不恶。其坏其恶，并非仅仅在淫荡无度，而在一"欲"所驱下，千百种提线木偶似的心理形态。写悲剧之大之彻底，偏从肖小之徒、琐碎细节入手，让欲望狂风，把众人物在舞台上剥得精光，赤条条演出。看西门庆，须看其霸，仗财倚势，横行霸道，如教唆流氓鲁华殴打蒋竹山，淫威之下，平民百姓哪有活路？看潘金莲，须看其狠，诡计百出，心毒如蝎，必欲杀绝对手、占尽恩宠而后快。看李瓶儿，须看其悲，虚荣所至，谋权图势，害花子虚在前，弃蒋竹山于后，最终自己遭报应，毁于金莲逸言。看吴月娘，须看其伪，忠厚为表，功利为里，其夫万般邪恶都在眼中，却不闻不问，为保住自己在家中地位，屡屡为潘金莲逸言推波助澜，哪是善辈？分明帮凶。看春梅，须看其俗，侍女出身，却不具有一丝儿民间纯朴，其身世卑微，反而成了向上爬的动力，直到真地当上守备夫人，睡进缕金床、锦绣帐，跻身权势威福者。《金瓶梅》众生图中，每个人的荣辱命运，都是一幅幅心理肖像。惟心理之"不可见"，才入骨刻画出现实中人的惟妙惟肖。恶人倘若天生，其恶不深，写成文字亦不奇。唯其恶，出于无奈而终于自觉，知耻更刻意为耻，所谓"人性"才真堕落，真可怜。《金瓶梅》之奇，根基该定在"敢奇"上，敢冒天下之大不韪，把奉为金科的世俗道德砸个粉碎。"大官人"面目下，一团肮脏。"贤惠"之名里，满藏虚伪。权、钱、色，合为一个"贪"字，演化为酒、色、财、气，古今如一。书前一篇《四贪词》，已锁定了这自毁的人性。人的欲望悲剧，犹如一不可挣脱之链：欲自人生，而人终于被欲所控，为欲所毁。岂止"他人是地狱"？地狱一词，唯有自我当得。"敢奇"还须"会奇"，意即"会写"。奇书《金瓶梅》，不忌讳"猎奇"，看我下笔全无忌惮，写色写性，何止"三级"？可以说男女床笫间，一切色情想象都被穷尽。无论你是青春小子，道学先生，一书在手，不由你不耳热心跳地往下看。你看，才渐渐"惊奇"，发现它写人性深透无比。铁画银钩下，每个内心、性格、嘴脸，如雕似镂，清晰鲜明。以淫写恶，以恶写真，以真为奇。庸众怕看、拒看、装没看见的界限，统统被突破，难怪其震慑力迄今不衰。至此，一种文学的"神奇"，才被真正读懂。坏人成就了绝好主题。剖析极恶，铸成极佳极美之创作。《金瓶梅》的真奇迹，是一种思想和文学的整体成熟。浩瀚的篇幅规模，在在指向作者绝决独立之个性，印证于作品的观念立意、结构形式、语言风格，其辉煌肯定空前（有幸！），甚至绝后（可惜！）。《金瓶梅》，掏尽世人之心。毁灭，不在别处远方，就在你周围，甚或正是你我自身。奇哉四百多年前，遥接古希腊悲剧，早于莎士比亚，渺渺东方一部奇书横空出世。噫！谁是锻造这只金瓶的大手笔？

三

电脑网络时代，天下尽入"网"中。《金瓶梅》奇书，却迄今无人知晓作者究竟是谁？就是说，我隐藏得如此之好，数百年来，巨儒硕士牵强附会，编造的说法，除了更增疑难外，实际上一无所获。我也上网去，键入"兰陵笑笑生"后，赫然可见至少能找到十五种关于我的猜测！著名者如王世贞、徐渭、李渔、冯梦龙，或为当世才子，或写相似题材，其猜测依据，无非万历丁巳刻本上廿公跋说"《金瓶梅传》，为世庙时一巨公寓言"。之后，沈德符《万历野获编》，又加上"嘉靖间大名士手笔"。对此，我又只能窃笑。学究翻遍经书，毕竟仍落入一个"俗"字。他们猜来猜去，都基于一念：我的消失，是史料残缺所至，因此只要苦读搜寻，终有一天能发现答案。但电脑遍地时，为什么就没人想到：把嘉靖年间（甚至有明一代）见于记载的文人，全数输入电脑，以《金瓶梅》为刻度，逐一检测其天资、个性、经历、人生态度、思维方式、小说观念、作品规模、创作能力（开掘主题之深、发展结构形式之充分、风格语感节奏的创造）等等，看谁配称合格者？或哪怕近似于合格者？我窃笑，因为你们只能失望。无数"大名士"，却没一个配得上《金瓶梅》。都说天网恢恢，疏而不漏。可我恰恰不在"天网"中。你们要找的那个人——不、存、在。"我"只是一部书。你们读到了什么，那就是我的全部。

他们不能（也不敢）想到：不是别人，恰是我自己，刻意地、小心地抹去了自己存在的一切痕迹。是的，一片彻底的虚无，比白纸还空，才让一部书，和一个古怪的笔名，孑然孤悬，格外触目。他们不敢想象，谁能彻底无视世间名利，著"传诸后世"之书，竟真要"衣锦夜行"？可见，称"奇"恰恰反证了"俗"念。我刻意这样做，以此提醒你们，别理睬那些把小说归为欧洲文体的瞎扯。虽然利玛窦带来了欧洲发明的望远镜、世界地图，他可没翻译过薄伽丘。而《十日谈》里人性对宗法的突破，相比于《金瓶梅》中人性的自我冲突和毁灭，孰浅孰深？谁更彻底？一目了然。请记住：《金瓶梅》不该叫古典小说，它是第一部中文"现代小说"。我说"现代"，不是赶时髦，也不想和别人争"最早"。我只盯着"掏心术"的深度。《金瓶梅》掏世人之心，而此刻，我允许你们一报还一报，来掏《金瓶梅》之心——我的心，一颗满溢万语千言、"忧郁为甚"的幽深寸心。千古之谜，谜底却是公开的，正等着你们去勘透它。

《金瓶梅》是一部"现代"小说，同时又是三千年中文文学史上第一部纯个人创作的长篇小说。"现代"，在于作者精神上全方位的独立性。奇书之根，在于奇人。我没听说过尼采，但在他三百年前，我不是早已在"重审一切价值"？掰开、研碎、嘲讽、诅咒中国关于家庭、社会、权利结构等一切传统价值观。通过彻写透写伪道学最禁忌的"性"，把淫水荡荡的器官，直接砸在男女（家庭冲突的最小单位）、个人（个性分裂的最小单位）的脸上，令你们中再自欺者，也无法回避。《金瓶梅》发掘人性之不留情面，远甚于晚出（至少）一百五十年的《红楼梦》。我不留下宝黛悲情，那株超现实的仙草排气阀。《红楼梦》华美，只能说是中国古典文化之终结。而《金瓶》开创者，非"恶之华"思想美学莫属。读不出作者内心的奇寒奇冷，就简直没碰到这本书。"兰陵笑笑生"隐身于奇书字里行间，甚至比《金瓶梅》更伟大。

《金瓶梅》又是一部真正的长篇小说。其"充分"，既是思想也是美学观念。四百多年前，我已写城市"普通人"，写街头巷尾宵小之徒，写各色人等内心的险恶，《金瓶梅》打开了一条中国文学人物的长廊，一座内心原型的宝库。它能做到这点，因为我找到了长篇小说这个形式。它长得新而怪，但非如此不可，否则吐不尽我胸中块垒！本质上，它反中国"抒情诗的传统"——精美小巧，即兴宣泄和浅尝辄止——却沉潜如史诗创作。我正想写一部中国城市文学的史诗。"充分地"，从小小清河县开掘出一条地道，隐秘错综地挖到北京、上海夜总会地板下。想想二十世纪中文文学史：《狂人日记》中"我"之狂；阿Q之愚，祥林嫂之悲，乃至七十年代末"伤痕"之疼，八十年代"寻根"（反思！）之痛，什么元素不能在《金瓶梅》中找到？唯一的不同，只是我写得更深透、更才华横溢！

正因此，《金瓶梅》的性描写，重要且必要。"性"，兼具题材和写作方式双重意义。写"性"到位，掏"心"才深透。我大写特写淫荡，在揭示一种生态，那儿"幸存"要靠可怕的竞争。《金瓶梅》被删节部分，尝多达一万二千多字（注意：古人删书，堪称满怀敬意加歉意，他们是一个个字品着数着删的！）。别以为，只是它的"脏"，令历代官方无法容忍。不，那是人性之"真"，太逼人太夺目了，这面哈哈镜中，什么时代的西门庆、潘金莲，不能照见自己？删书，无非一种回避。《红楼》言情，流于浪漫。《金瓶梅》剖性，直触根底。我想说，没什么人性的"异化"。人性本来如此。自我毁灭，不是"扭曲"，恰是常态。我们囚禁于此，从来走投无路。这条线随便能牵到《洛丽塔》（也别忘了《艳诗》①！）上。当纳博科夫把文学定义为"风格和结构"时，我得承认，他够格真正的流亡者。一位"蝴蝶级别的"流亡者！至深的流亡，不必非古拉格，更是一张床上生死合一、起伏挣扎的处境。活得越沉重，写得越轻盈，直到"写"，成为人超越自身绝境的唯一方式。这来自生命又反抗生命的能量，既野又雅，造出一个"艳"字。艳丽如刃，刺瞎、剜掉遍布古今的俗目。

我怕没几个人懂《金瓶梅》轻盈到何种程度？这只蝴蝶，是庄子的蝴蝶，自死亡中翩翩飞出，轻得没有哪个现实能粘连它。相反，它身上带着所有现实。汉字的非时态，启示了一种文学观念：创造文字空间，以囊括时间。《金瓶梅》的小说观念，在于其"寓言性"。寓于言，任历史万花筒般千变万化，人的命运仍铆定在"此时此地"。于是一座清河县孤悬于空白，成为一个无始无终的"共时"存在，没有时间，更包括了所有可能的时间。《金瓶梅》的观念性，还在于它是一部"元小说"。我几乎"任意"地从另一部小说（《水浒传》）中摘取了一对儿人物、一段故事，从中拓展出一部"大作"，这一举切断了文学和现实的表面关联——强迫文学

---

① 杨炼诗集标题。

附会现实的企图。当西门庆、潘金莲，可以由任何文本中任何一对"男女"顶替，这部小说，已被还原为"小说"。小说说出它自身，同时说出我们全部。活色生香的故事下，我是不是比写《尤利西斯》的乔伊斯走得还远了？可怜的《尤利西斯》，拖着那条古希腊和现代都柏林人之间"流亡神话"的脐带，被固定在一个象征上。那也是只蝴蝶吗？可为什么又拴着条铁链？

这趟文学探险，在一步步逼近它的起点："兰陵笑笑生"，究竟是谁？当然，是个笔名。但为什么是"这个"？它有什么含义？我已经泄露给你们了，《金瓶梅》要旨，全在"掏心"。一部四百五十年前的纯心理小说，已把弗洛伊德的性潜意识，玩到了极点。什么心理分析报告能如此透彻？心理深度也摆在这笔名里。"笑笑生"三个字，暗藏了全部玄机。笑，给出一种文学对现实的态度，拉开一个冷嘲的距离；那再笑，就成了明确的选择：看清人生的根本，一笑了之，再笑弃之，拂袖而去。我笑你们时，如果又留下自己的"事迹"，难道就不笑自己之俗？抛弃，必须决绝。留下《金瓶梅》这部中文史上最大的"字谜"就够了，白纸黑字间，你们该看到我的笑容，听清我的笑声。那绞什么红尘中的脑汁？到"笑笑"境界上找我吧！如果你们仔细，该认出这深心并非孤例。中文有本朝汤显祖的《牡丹亭》，用"梦"写人生，梦比现实更真实。外文有陀思妥耶夫斯基，他的人物惨痛到极点时，常浮出一抹"古怪的笑容"，比任何哭号更可怕！奇书在此，等你们的心智成熟到能读懂那"奇"！你会问，还有"兰陵"呢。"兰陵"在哪儿？我答，它为什么非得"在哪儿"？学一点象罔得珠吧，回到"兰陵"字面上："兰之陵"——幽兰葬于空谷，一个凄美无边的地点！"葬花"版权，不只属于雪芹。他的《红楼梦》，全悟自《金瓶梅》。雪芹《葬花词》不错，但看看《金瓶梅》，诗词满纸，皆为"笑笑生"言，却无一首出自书中人物之口。污泥深淤，莲花何来？诗歌之纯，还是留给笑梦者吧。不同命运也落到书上：历来文人公众，扬《红楼梦》而贬《金瓶梅》，爱《红楼梦》而惧《金瓶梅》。《红楼梦》发现也晚，甫出现则一版再版。《金瓶梅》自明万历朝已有丁巳全刻本，"笑笑"之苦心美意，昭然若揭，可多少年来，它或束之高阁，或一删再删。诸般俗物，务去其"脏"而后快。你说《红楼梦》《金瓶梅》，一哭一笑，谁该哭谁该笑？对比之下，还不明白？但，这身后虚名，与我何干？忧郁之甚者，必心存大悲悯，方能成大文字。此一"大"，何"小"不得遮过？

四

我承认，四百五十余年来，我的孤独远甚他人。我的笑声如此苦涩。我隐在人们以为"太好懂"的文字背后，一边阅读一边被忽视。中文形容笑，有最复杂怪诞的词汇：微笑，巧笑，朗笑，大笑，狂笑，爆笑，媚笑，嘲笑，傻笑，苦笑，假笑，冷笑，奸笑，坏笑，狞笑，皮笑肉不笑，笑里藏刀，但形容愈多，怎么我反而感到，中国人最不会笑、最不懂笑？太久了，我是文字的鬼魂，也是笑本身的鬼魂。我笑得如此绝决，可惜竟无人破解！拿投江的屈原比，他的孤独有目共睹，由此赢得万世清名。我呢，却背着几百年"肮脏"骂名，鬼魂无所谓屈辱，可悲的是对《金瓶梅》的埋没。读不懂"过去"的人，如何读懂自己的现在？每个"作者"，得写一部"自己的"文学史，建构判断，筛选经典。真的血缘，得建立在我和你们的真孤独之间。我等着，每天感到我的笑更像自嘲。每天，我的孤独，超出汉字，看着地球缩小，小到都能塞进清河县地界了。当西门庆、潘金莲们欢庆天下大同，我的（我们的）文字鬼魂，不正自那些腐臭躯体中飘出，袅袅如青烟一缕，美学地、极端地、反抗着？

　　《金瓶梅》这部鬼话，终于找到了《鬼话》——被某只手，写于一九九二年的纽约："笑吧。笑，才是厌倦的开始。笑在最后的，最厌倦。搬进地下室，也无非一次排练。死亡，并不需要排练。它只是一次性的成功，和千百次幸灾乐祸。于是，笑，也有了深度。在阳光下笑，你的笑容深不可测。这最小的支流，汇入整个城市脸上弥漫的灰尘，已无所不在"。①

柏林"超前研究"中心

二〇一二年十一月十五日

---

① 摘自杨炼散文集《鬼话·地下室与河》。

孤独的喧响
——读《替身蓝调》

　　《替身蓝调》真像一首蓝调，二十世纪三四十年代前的那种：幽幽的，时断时续，若隐若现。乐器不多，一支萨克斯，一架老钢琴，甚至一把小口琴，就让听众们不由得松弛下来，在缓缓的、逐渐展开的、满是停顿的音乐中如痴如醉。蓝调，没有乐谱，每次演奏都是独一无二的即兴。准确地说，它不是让你听，而是要你"品"的。正如一杯好茶、一盏美酒，得从嗅觉开始，当芳香缭绕胸臆，才让一滴液体，挑剔地滚过舌尖，滑下咽喉，坠入莫测的深处。给这音乐命名"ＢＬＵＥＳ"的人，绝对是一个天才。除了夜一样的蓝，暗中掠过缕缕丝光，什么配作为忧郁的颜色？它在我们耳中纠缠、流淌、舞蹈，灵魂就被一根细线（柔软、却是金属的）穿过，带走。那一刻，消失是如此美丽。

　　《替身蓝调》也得品。友友的小说，堪称色、香、味俱全，令你非调动全部感觉去读它不可。但是，那又不能仅仅以通俗的"优美"来形容，因为这十个中、短篇里，还贯穿着某种磨人、甚至可怕的东西。无论你翻开哪一页，读了几行，它就来了，且持续着，固执得令人不安。它是什么？肯定不是题材：友友的"海外"小说，总有个阴魂似的漂泊异乡的中国女子，无论身边发生了什么，都不能使她挣脱出自己内心独白的牢狱；而友友的"中国"小说，处理的则是这片黄土地上，被传统思维方式和现代变迁双重折磨的人们，双重的无所适从，以至荒诞恐怖；还有散文诗一样的第三类，扑朔迷离得可以在任何时间地点……；也不是故事或人物：《欲望的翅膀》中曲爽与异国情人托马斯的邂逅、热恋、内心折磨直至黯然分手，与《无人知晓》中范局长家发疯的桃桃并无关连。这不是一部作为整体构思的长篇。它之内的每一部作品，都像一首独立的乐曲，有着各自鲜明独特的主题、动机、织体和结构。那个贯穿于所有作品中的因素，并未混淆它们，相反，在暗中支撑它们，使之各自成形，就像一口仙气，吹进了藕根草叶扎成的躯体。反复阅读《替身蓝调》，我忽然醒悟：那是一种音色——深深的孤独的音色，从友友内心流出，渗透在字里行间，清晰而不单调、柔弱却无意乞怜、敢于哭泣也敢于疯狂。一种蓝，把这本书变成一个音乐的喧响的宇宙。

友友当然有感到孤独的足够理由：作为人——特别是中国人，经历过大起大落的二十世纪，谁在内心里没被剥夺得无依无靠？作为女人，兰州省委大院里响彻政治口号的青春期，八十年代北京鱼龙混杂的"艺术圈子"，后来并非情愿地漂流异乡，把她本来的敏感，打磨得愈加锋利。她的记忆，把"自己的"、"中国的"、和一双女性的眼睛捕捉到的"人性的"困境合为一体，却因此更加走投无路！那么，作为被外国和外文重重围困下的中文女作家呢？一九八八年八月八日，对别人来说，可能意味着百年一遇的"发财"，对友友却是一次"发疯"：这个她跨出国界的日子，成了人生中不可逆料的转折点，把她推上一条看不到尽头的漫漫长途。那条路，绵延十余年，纵横二十多国，绕地球好几圈，用"东、西方"等等简单的分野，根本无法描绘一个人感受中现实心理语言文化的千差万别。最终，"说不出"导致了一个逆反的沉默。友友突然发现：她已被切开，成为内心和外在两个绝然分裂的世界：被封锁在躯体里无尽自问自答的，继续着中国的时间、语言和思想；隔在皮肤外应酬、对付、抵挡的，佩戴着自己的名字却不知是谁。也许正因为如此，她成了唯一在国外真正开始写作的中国作家。用她自己的话："我把所有语言想象成'中文'，以为那样就能'自足'了"……"在这种'缺氧'的状态下，有一种反作用力，那就是我在失去'母语的土壤'时找到了'我自己的语言'。"友友属于这样一代"中国移民"：他们出国时已有成熟的文化定位，因此无法像前辈移民那样，以打工、开餐馆"自我牺牲"，仅把希望寄托在后代身上。友友们试图在与母语隔绝的处境下不放弃自我，这使他们成了真正遭遇到"文化冲突"的第一代移民。孤独，在此也显示出了它的层次：在政治喧嚣中渴求而不可得的奢侈的孤独；在个人思考中不被理解的痛苦的孤独；在谋生和金钱世界的挤压与诱惑下，承担自己命运的自觉的孤独——一个必然、一种追求："当内心的孤独和外在的孤独一起向你涌来，就不得不采取一种自我保护的姿势，把它建筑于笔和纸的关系之上，就是一种姿势。写作是对自己生活方式的一种阐释，一种对生活性格的隐喻……我想通过写作，用我们的传统、文化、历史和现在、中国和外国再加上女性的特殊位置，这样一个坐标系来表达自我，最终的核心是'自己'——'一个人的世界'……写作本质上就是与自己内心的沉默者的一次漫长的对话。"友友在她发表于瑞典斯德哥尔摩的演讲《开向内心沉默的门》中这样说。

但一篇小说当然不止是"与自己内心沉默者的对话"。它同时还与许多其他层次的沉默者对话着：第一个层次是有形的对话者——那些能分享写在书中的感受、甚至被文字"发掘"出自己感受的人们。孤独与孤独间沟通的方式，常常不是经由解说，而是共鸣——越触及自己内心黑暗的极限，越可能抵达另一颗心灵。我想：一个品尝过海外漂泊苦涩滋味的人，读到《手的厄运》时，不会对那个把自己关在伦敦一间十平米小屋中自怨自艾的中国女子无动于衷：她把自己"出卖"给一双玩弄汉字的手，让手带着她，没完没了地继续一场从现实逃入非现实（超现实？）的噩梦。尽管女主角感到"梦里的我很聪明"，但梦并不会使人轻松，却像一道反衬，让必定返回的现实显得更坚不可摧。谁有过这个片刻：凝视着自己的手，痛苦询问活或写的意义，谁就不得不承认：这"厄运"同样属于自己。"手"的世界，代表了一个令我们集体暴露出无能与无奈的世界。它到处删去我们，无论那个地点叫做伦敦或北京。同样的共鸣，也会发生在懂得中国传统思维方式多么根深蒂固的读者那里：《河潮》中的楔子她爸，一个当着煤厂厂长的"老革命"，不得不忍受这种尴尬：既得坚持自己的无神论"信仰"，又把生不出儿子的无名怒火，倾泻到妻子女儿们头上；而男孩旦旦也并不幸运：他被奶奶呵护得太无微不至了，为怕夭折，从小当贱命的女娃养大。最后，奶奶突然发现，旦旦已生生被"养"成了一个女里女气的同性恋，别说传宗接代，连女人都懒得看一眼，被夸耀了十几年的"小鸡鸡"根本用不上……《替身蓝调》中的小说，按表面题材，可以分为两大类：海外的与中国的。友友的文笔，可以称为一种内心白描：不在乎线性地追逐故事，却紧紧抓住人物的心理活动，以内在的变化带动外在，结果既绘声绘色、又单纯朴素，既灵活跳跃、也水到渠成。曲爽对托马斯那种被误认为爱情的欲望（《欲望的翅膀》）、被一双自己的手深深锁住的"我"（《手的厄运》）、"遥"——一个本身就在飘出名字的名字——和玛雅间美丽而残忍的纠缠（《孤悬的风》）、"我"对人类的冷漠和对"吉姆"——一条狗——哀怨眼神的敏感（《替身蓝调》）、"你"以及上德文课时神游在外的那些你（《抛锚去来》），演出了一个个被围困的故事：被主人公心里一片与现实格格不入的孤独感自我围困。书中的人物们，面对这孤独的态度十分复杂：既怕又要、既想逃出又想逃入，既恨生活的谎言又躲避死亡的切实，最终，孤独具有了精神和物质的双重性质：无形、又粘稠，连最恶毒的调侃也撕不开它无所不在的粘连。与这内在孤独的深度相比，外在的世界更像一道布景，或一种证实。这几篇"海外"小说，如此赤裸裸，仿佛急不可待地要把伤口揭诸世人。相比之下，"中国"题材的作品，要曲折冷静得多。如果说，身在异乡为异客的孤独，虽然疼痛却不难理解的话，陷身于自己文化的困境，则简直是一块死地。也许因此，友友反而跃入了另一个层次：离开了原来那个常常现身倾诉的"我"，而表现为客观的虚构。换句话说，小说人物不再是作者的替身和代言人。现在，他们把叙述者变成了一种替身——她的手，已等同于那片吸尽过一代代人血肉的时间和土地。那一列肖像，都不陌生，或许太熟悉了：楔子、楔子爸妈、旦旦、旦旦奶奶、小雅、小梦、范奶奶、桃桃、吴燕尔、黄葛、蓝……那些故事，新颖而古老：每张面孔都那么空洞。每个人，都被同一个抓不住的虚无的"过去"实实在在地伤害着。在这里，孤独甚至不是个人的事。它轻易抹平、攫括了我们，让我们在彼此重合中，目睹自己的绝境一动不动。它的名字叫命运。有某个声音，透过友友的文字，对读者这样说。

这场对话的第二个层次，是无形的、文学本身的：《替身蓝调》的形式，与它的文学环境的潜在对话。八十年代以来，大部分当代中国文学，只能被称为"贫困的文学"。那意味着，形式上缺乏深思熟虑的文学。简单的说：大题材，小形式——沉重的题材选择，却只有粗糙、直接的文学处理。例如孤独的展示，当然与作者的气质、情绪和感受有关，但谁没有"感受"？那只是起点，而作品的营造才是里程。是不是应当说，小说家除了通过赋予形式"建构"起自己的孤独，没有别的孤独？读友友的小说，常常容易被好看的情节、椎心的痛苦、和黑暗里阵阵冷笑带走，却忽略了作者创作上的匠心。《替身蓝调》要求读者全方位地打开自己的视觉、听觉、嗅觉、触摸和心跳，去层层剥开那个文字的世界。在友友敏感、细腻、心理化（有时颇为神经质）、遍布伏笔又迂回曲折的总体风格下，这些小说，每篇都以独特的形式设计，与内涵构成精妙的平衡：

《欲望的翅膀》从描写一个女人在星期六早晨卧室中的感觉开始，极度的细节性，令人想起欧洲巴洛克时期的绘画，特别是教堂四壁和天顶上的装饰，繁复、雕琢、色彩缤纷到眼花缭乱的程度，但不要紧，这正是作者的选择：她要写出一个虽处异乡、却在丈夫荫蔽下过惯了中产阶级平庸日子的女人的心态，直到，宁静被一阵突然的电话铃打破……小说中三章的小标题，都在暗示音乐的性质，犹如一首协奏曲：《阳光就是一个乐章》形同呈示部，一间早晨、一间卧室压缩着全部故事动机；《叠影》是展开部，展开了一个女人和两个男人间的复杂关系，大大扩充了她内心的含量；《终曲》像再现部，女人的怀孕、决定堕胎、与情人分手，作品完成了返回"孤独"的循环。但终点并非与起点的简单重合：经过一场偶然又必然的感情风暴，这个女人已非那个女人了。她的偷情、纵欲、自责、走投无路，每一步都在加深着孤独，而她最终的离开，不像要逃脱痛苦，倒像要保存自己痛苦的完整。小说的语言，也渗透了"美／疼"这双重动机。友友拥有写出动作中心理内涵的能力："……他们两个人都在竭尽全力地用身体的语言书写着这一笔，仿佛一定要刻在他们的灵与肉之间，今生今世不得忘记。他们肉体的表达是淋漓尽致的，他们语言的表达却是弱智的、白痴的，没有一个人有勇气说出一个真实的字……"当女主人公决定堕胎，她最后一次去听情人拉琴："整个屋子里回荡着大提琴深沉低缓的音乐，曲爽听见琴弓在琴弦上痛苦地磨擦着……她不知道她那弥散的灵魂还能不能得到拯救？这座天空下唯一的听众，她听得很入神。她想：她要像所有母亲一样，要为她体内的胎儿做一次音乐胎教。明天这个生命就要永远离开她的身体……"这儿，语言，是受难的现实的替身，剥开生死之内的重重疑问。小说结束，而人物命运的回声继续回荡：曲爽回自己原来的家了吗？她回得去吗？带着这块阴影，肉体的返回，是否只能迫使灵魂要么加倍痛苦、要么彻底麻木不仁？如果没有，茫茫世界中她去哪儿？人生在世，所有相遇、冲撞、投入和燃烧，难道唯一的结局只是这堆宿命的灰烬？

《孤悬的风》，题目上的"孤"，直接被第一句所打破："我和一个叫玛雅的女人有着悠久缠绵的关系。"这已经预示出，这篇小说将不是一场独白，而是在互相关注的两个中心之间，由场景、动作、话语、心理构成的一场"孤独二重奏"。友友这篇小说的形式，直接来自大自然的启示：一九九六年，她在意大利中部翁布里亚地区一座古堡中"旅居写作"。那儿大气中闪烁跳跃的光线、漫山遍野的橄榄树和向日葵、从早到晚色泽变幻莫测的天空，成了友友塑造语言风格的模特："我想写出一种印象派画儿似的漂浮不定。"那是真的：《孤悬的风》中，始终弥漫着一种虚幻。地点、时代都似有若无——某种欧洲文化背景，某个来自东方的女子，扑朔迷离、来无影去无踪，不提供什么线索，却更加强了那"漂浮感"："我"与玛雅在河边大雾中相遇；不期而然的酒吧重逢；两个女性间性欲的禁忌的激情；最后半实在半幻觉的谋杀场面，两个人的来历、身份、性格、甚至面孔都不清晰，除了纷繁绚丽的语言漩涡间一个风暴眼——玛雅那条雪白冰凉的大理石一样的脖子！这个明亮的意象，使别的统统黯然失色。好像"我"唯一死死盯着它，而任周围万物擦身而过。这篇小说的结构，令人想起一个圆：圆心是那条美得抽象的"脖子"；两个幽灵般的女人，本身模模糊糊，却在她们的心理之间有一种明确清晰的关系，她们互相环绕时，万花筒般的世界，因而被聚焦、编排、整理，仿佛有了一个秩序。当"我"想："其实，我本来有兴趣的是她的脖子，而不是她！"整个"现实"已注定了结局：它能被拆掉——只要拆掉文本中那个脖子。当"我"给某个叫"遥"的写了长达九篇的悼词，诉说她一生的不幸，而玛雅毫不犹豫地把"我"叫做"遥"："遥，你知道你有多么好吗？"。这幅印象画，险些变成写实的了。幸亏我们接着读到："这美丽的脖子让我痛不欲生，我必须毁掉它，否则，我将无法完成自己……"那个满月的晚上，在玛雅行云流水迭荡起伏的躯体上，"我的手指像一把精美的手术刀，准确无误地塑造着我所梦寐以求的局部。那只脖子在我指间流淌着，手感细腻，动作娴熟，我把玩着最纯熟的技艺，一切都那么完美无缺。"她毁掉了玛雅的脖子吗？还是毁掉了围绕脖子的语言的魔术？小说窒息了一刹那，又流动起来，还原了"印象"的初衷。脖子究竟毁了没有并不重要，重要的是小说的完成。

我说过，友友国内题材的作品更为成熟。大约因为经验的沉积更深，酝酿更久，一旦文笔修炼到家，小说就从作者体内破茧而出。即使还用到第一人称，那个"我"也形同虚构。《小梦涅槃》中语感的巨大变化，令初读时几乎难以相信，它与《欲望的翅膀》出自同一作者（更别提《孤悬的风》了）。这儿，"我"的中年木纳、小梦的伶牙俐齿，社会和个人生活中的诸多细节，都明确无误：这是一篇关于八十年代转型期中国社会的小说。所谓"新时期"以来，这类作品已汗牛充栋。"伤痕"、"寻根"、"反思"、"代沟"、"垮掉"、"玩世"……多少陈词滥调，再写，能有什么新意？再一次，"新"，不是由于题材，而是由于文学。语言透露着性格：……三天不见得小梦理了一种最新潮的发型，出现在我面前，是那种不对称式。这是我的发明。我不知道这个发型应该叫什么名字，左边长过耳垂，右边几乎削去头皮，看上去像少了点儿什么，一只耳朵？一条胳膊？一条腿？都不是，反正不舒服，比例失调……我觉得她左轻右重，一瘸一拐走进我家——这显然是"我"。你不知道我爸一辈子谨小慎微、克己复礼才爬到个处级。他勤俭节约闹革命，吃梨都不带吐核儿的。对自己都小气得要命，一把牙刷用了五六年，洗脸毛巾破了五六个大窟窿还舍不得扔，真叫没治——这是小梦。玩儿痞式的诙谐调侃之下，你稍加注意就会发现：所有的对话都没有引号——既是两个人的"对话"，又可以被读作一场连绵不绝的话语流（这形式本身也是一个大大的伏笔，为后面对人物的深化）。无论谁说，都在推动小说的能量和节奏：伸缩、起落、对比、汇合。两个主要人物："我"和小梦，一个谨守中年的矜持，保守迂腐，有贼心没贼胆；另一个出尽"现代派"的风头，放荡无羁、胆大妄为。她们的反差，当然是八十年代中国社会的缩影，可又何尝不是每个人之内的矛盾困惑？不同价值观，撕扯着一个个自我，既恐惧又好奇，既受启发又无所适从。"我"的分裂，表现在一边在现实中抗拒小梦的诱惑，一边在梦中享受胡思乱想的乐趣——梦见自己的子宫飞出身体时，比小梦还疯——直到，梦与现实怪诞地合为一体："我"打电话到小梦家，那里却从来只有一个"小青"；"我"向丈夫谈起小梦，曾把小梦恨得要死的他却一脸茫然……小说的意识和结构，到此才显示出来：其实小梦和"我"是一个人。发生在外面的一切冲突，其实都发生在里面。梦中的人物、名字、事件、一座有街道有广场的城市、一段似乎"记忆犹新"的历史，都无非一种借用。越显得像真的，越是彻底的海市蜃楼。想象力创造出了距离的消失。小说结尾处的"庄周梦蝶"，犹如点睛之笔：悠悠一梦，仍是人生的最佳隐喻。存在之悟，得到这个层次：连"古代"、"现代"的区别都太奢侈。人之孤独，来自古往今来尴尬处境的相同。这是否就是题目中"涅 "一词的启示？

《替身蓝调》中，孤独的音色，犹如一个引子，不停将人们的注意力，引向对存在本身的思考——不是被二十世纪种种时髦理论瓜分得四分五裂的那个"存在"，而是我们活生生置身其中的生活。可以说，文学是通过"对孤独的探索"，来反抗现实中被盲目接受了的孤独的。《现代婚戏》就是这样一个故事：某中原小城，一对新婚夫妻，勉强算初级的"现代青年"，周围却仍是守旧、愚昧、沉闷的天地。如果他们循规蹈矩地守着小家庭，生儿育女，用不了多久，也会没入那片浓浓的灰色，消失进祖祖辈辈的阴影。那样，就不会有这篇小说。但一切都被某天晚饭后，妻子纯粹迫于无聊，为丈夫编造的一段婚前感情轶事打破了。妻子与虚构的"情人"间的故事，令丈夫由嫉妒而刺激，由刺激而投入，越怕听越要听，每听必以对妻子的性虐待暴力而告终。如此恶性循环，妻子脸上、身上的青紫伤痕，当然逃不脱她学校同事们搜求谈资的眼睛……这个取材于真实的故事，其实只是电视上色情频道的现实版。友友的《现代婚戏》，完全不做道德判断，却透过这个貌似普通的故事，把焦点集中在探索"想象／现实"的关系上。第一是想象对凝滞现实的破坏力：哪怕这想象出自最原始的本能，也使一对正渐渐麻木的男女，突然恢复了某种"自我"，并由于这"自我"意识到了自己在社会、进而在彼此之间的孤独。第二，是想象对现实的缔造：妻子一则编造的故事，放出了丈夫心里深藏的"魔鬼"，之后这魔鬼开始自己生长，越变越强，最后完全压倒了企图控制它的力量，按自己的意志修改了（杜撰出？）一个现实。这篇小说结构中蕴含的，也许正是对小说本身的解说：一切现实都是"可能"发生的，它等待的只是语言的触及——想到并说出，就存在。这样，虚构与实在的界线，也终于被抹去。《现代婚戏》，可以被读成一个现实主义的社会小说、或一个隐喻想象与现实关系的象征小说、或一个探讨结构意义的关于小说的小说、或一则沟通幻象与存在的哲理寓言。它都是又都不是。小说是一件痛苦的乐器。它只演奏，用一个文本，衔接人性底蕴中解说不清的孤独。

其实，《替身蓝调》的书名，已开宗明义挑出了"孤独"这个主题——以友友一贯的迂回方式——"替身"，替谁之身？为什么不直接"现身"？既说"替"，则无异已承认一个隐藏的"正身"。事实上，小说意识就是存在意识。这些故事、情节、人物、言谈举止、字里行间，处处有一块隐藏着、又迫使你不得不正视的空白。仿佛万物内部那个缺

席者，总让我们要说而说不出。自人类有语言的那天，一种
"用替身说话"的命运就注定了。世界、作家、小说，互相
是替身，互相试着去验明"正身"，但终于没有结果。我得
说：没有结果才对了。永远意识到空白，才有填补的动力和
愿望。"深"得无底时，"新"也无穷无尽。一如《现代婚
戏》，语言派生了现实。艺术对孤独的探索"发明"出更多孤
独。这也正是蓝调的魅力：瞬间的、即兴的演奏，比纸上固定
的乐谱更持久；疑问比回答更深刻。每个人真正的对话者，一
定是自己内部那个人类自古的孤独。《替身蓝调》只截下了这
支乐曲的一部分，却也让我们领略了缤纷的风景。友友属于这
类艺术家：能把个人心理和生活中的缺陷转为艺术创造力，进
而用作品揭示每个普通日子的惊心动魄——《替身蓝调》这首
歌，充满伤口唱出的疼，但极美。

当太行稳稳擎起成熟

——杨佴旻《二十世纪中日绘画革新比较与批判》序

一

"谁要做一个当代中国艺术家，她／他必须是一个大思想家，小一点都不行"。我在为阿拉伯大诗人阿多尼斯中译诗选所写的序言里，写下这句话。句子结尾处那个句号，颇有些武断的意味儿。为什么艺术家不能仅仅玩玩技巧、享受快感？或拿作品换换银两，乐己娱人？没错，绵延上千年的中国艺术传统中，绝大部分艺术家就是这么做的。他们在那条由文人诗、文人画审美观念形成的河床里，如一尾尾小鱼，悠悠游动。河水清澈，岸草碧绿，阳光直透河底，他们欣赏着自己摇曳的影子。岁月如斯流逝。

但，我这个句子里，最具挑战性的词是"当代"。对中国艺术家，这远不止一个时间状语，它标识的，是一种独特的文化处境，我更该说，一个艰难苦涩的文化绝境。绝，第一因为完整的中国古典传统，已随古汉语时代一起消失。除了我们一厢情愿的幻想，那条从古典延伸到今天的直线，压根就不存在。第二，我们也没办法简单抄袭西方文化。二十世纪，中国人引进的西方时髦观点，不可谓不多。对甩掉"落后"帽子、重新站上世界历史前列的激情，不可谓不强烈。可惜，观点用词可以相似，其思想内涵却可能差之千里。

如何走出这道鬼打墙？不再重复怪圈噩魇——绝处逢生？这是对整个中国文化的质询，更毫不留情地直对每个人的眼睛提问：别左顾右盼，你就是今天的"中国文化"。你如何应对挑战？说到底，这个"当代"，指的正是一个艺术家思想的能力。我们没别的捷径，只有原创一途，从根本观念和思维方式入手，让思想之内美，照亮艺术的语汇、技巧、形式、结构、风格、一件件作品。每个艺术家发育自身的轨迹，就是"传统"。对于它，古今中外都"不够"。它不因袭任何，却得吸附一切，去综合、筛选出一个独一无二的存在。这要求的，不是"大思想家"是什么？真切体会过中国古典的好、现代转型的难、当代挑战的兴奋，才能掂出这个词的分量。也因此，我为阿多尼斯写下的那句话，被一位极为精彩的中国艺术家读到时，竟令他潸然泪下，并一定要找到我深谈。当然，和理解一同到来的，必定是绵延深远的友情。

二

在二〇一三年中国美术馆杨佴旻新水墨画展开幕式上，我的讲话与其说是祝贺，毋宁说是一种感慨。我谈到"成熟"，称之为是"独创性和各种思想资源间的最佳组合关系"。这里的潜台词，恰恰是把思想的能力再推进一步。不仅要不要思想？更追问如何思想？不是随机追逐流行话语，而是有机建构自己的艺术自觉。

熟悉当代中国绘画的人都知道，这个领域有三种最显眼的标签。一、使用（利用？）中国政治符号：如毛波普、文革意象、后现代版意识形态，在国际艺术超市上摆个中国异国情调的摊位。二、亦步亦趋紧跟西方：玩抽象、玩怪诞、玩现成品、玩观念装置、玩裸体行为、玩多媒体——一句话，延续二十世纪惰性思维，西方的就是新的就是好的，但忘记了，抄袭不等于思考，表面的相似，恰恰暴露出创造性的缺席。三、固守中国古典绘画：这里的古典，几乎是传统文人画的同义词，意即黑白主调，笔法为基，书法入画。雷同的画意，熟悉的画法，陈陈相因的套路，哪有"传统"题中之义的活力？更准确的命名应该是：一个冗长的"过去"。

三种不同标签，却同样构成了成熟思维的反面：中国的社会学符号，怎么能代替美学挑战？西方二十世纪的形式迷信，该被当做模特还是唤起反思？古典文化是一座靠山，抑或一个隐在我们内部的、更有威胁的"他者"？对当代中国艺术家，思想能力不足尚可原谅。更危险的是，彻底玩世不恭，她／他能玩一切，只要能讨好当今唯一的官方：市场价格那个官方。

这样，当我在佴旻画展开幕式上明言："成熟就是自觉"，我其实在感叹一种近乎偏执的真诚，不管不顾坚持艺术自我的真诚。在他一张张绚丽、柔美、宁静、时而脆弱的画面深处，分明有一个人站着，倔强地追问着，痛苦地思想着。

我分明看见了，在那如今成了他标志的、凭白多突起一块的"一个半脑袋"里，也比别人多了一份反省、一种担当。我突然悟到：莫非这就是中国古代小说里常说的反骨？我没见过反骨，也不知道它到底在哪儿，但在侔旻的画里，我却隐隐看到了它。他悄悄地、却又狠狠地反着：貌似高调突出技巧，其实在严酷追问思想；好像谈论的是现代，本质却苛刻地批判着传统；甚至画面之静美也是幻象，每个笔触里，我读出凛冽的孤独和苍凉，像一颗颗直接裸露的我们这时代一个独立思想者的内心。

这块反骨，让侔旻"多出来"的，只能称之为对整个中国文化精神困境的追索，摸索来龙去脉，探寻突围之途。由此我感到，侔旻画画儿，但他真正的名称，应该是一位观念艺术家。他画下的每一笔，都充斥了观念肉搏的刀剑声，其验证，就是摆在我面前的、他这部博士论文——《二十世纪中日绘画革新比较与批判》。

三

侔旻和我的经历有些类似。这里第一层，是关于中外：我们都在中国开始创作，然后，又经历较长的国外生活阶段。他长期在富士山下，我则品尝了全世界海水的滋味。但（总是这个"但"），住在国外，并不等于真正能思索国外经验，更不等于能把那思索带回自己的中国经验，在深切比较中，反思、归纳出有滋养意义的思想。这要求一种能力，无论你在哪儿，都得把自己变成一条拼命扎进泥土的根，汲取一切，继续生长。哪怕人在异国他乡，也要让出走同时是返回——没有距离能阻滞精神自我发育的能量。

第二层问题更微妙，关于远近：世界上许多人，提起外国文化，都把目光投向远处。中国人想的是欧美，西方人想的是中国、阿拉伯、印度（笼而统之叫做"东方"）。但，那种大块面的文化比较，常常根本没有比较，只有表现主义式的色彩堆积，看不出笔触，看不出肌理（所以成了无数业余者的方便法门！），各方盲人摸象，自说自话，把想象当理解。"远"的不同，很容易辨认。地理、人种、语言、历史，在在提示着区别。可同时，那经常遮蔽了"近"——例如日本——让我们把地理上的邻近、人种上的接近，误解为语言和思维方式上的近似。由此，尽管近代以来，中日历史深刻绞缠在一起，却鲜少有中国人对日本文化精微深入的、不带偏见的观察和思考。结果是悲剧性的，"近"变得比"远"更远。很多好机会白白放弃了。例如传统与现代（俳旻论文的关键词之一，也是我和日本诗人高桥睦郎对话的主题①），类似的文化困境，以及中日很不相同的应对方式，本可以唤起我们深思，并获得很多启示。可这并没有发生。更广阔的话题，什么是真正的自觉？它和一个古老文化传统的现代转型，如何良性互动，最终还原文化自我更新的活力？又一个错过的绝佳案例。

杨俳旻的论文，把远重新拉近，且让远、近在变动的焦距中多层次展开。从论文关键词的选择，可以理清、把握住一条玄妙的脉络：

---

① 《开掘每个人自己的智慧之井——与高桥睦郎对话》，见《唯一的母语——杨炼：诗意的环球对话》（华东师范大学出版社，2012年）。

首先是由远而近——正是十九世纪以来，在欧美文化（包括其与东亚全然不同的绘画传统）所形成的压力下，"中国画"、"日本画"这些以国别代替美学的画种名称才会出现。渗透在它们深处的，是我们古老文化被猛烈撼动的危机感，以及四顾茫然，不得不寻求群体才勉强站住脚的对抗性。潜意识的认同，使这些名称丝毫没引起画家和文化人的诧异，而是"自然而然"地接受了它，进而甚至得到官方提倡。

下一步，又由近推远——挑战曾经相同，但应对方式的不同，却造成中日二十世纪历史命运之大不同。杨侉旻选择"变革思潮"、"传统与现代"，细致解析中日之间，在依托群体自我认同的最初阶段之后，如何在思维、创作之路上，走出了完全不同的路向。他详尽比较中日统治者对现代化的态度区别（明治维新的决绝；满清皇朝的迟疑），文化智识阶层的理解深度（日本把传统与现代明确区别，在传统精神上创新，而不是形式上的融合；中国"五四"貌似激进、实则以情绪化、简单化代替清醒的自觉），最终落实到艺术家的观念与创作上（日本艺术家"现代"意识和创作的整体性；中国艺术家始于学习西画、终于复归水墨）。

最终，由近而近——在"更近"中，发掘出自我反思的距离感。最后的关键词"轮回反复"，是被中日不同艺术命运催生出的深层思考：这里有时差：日本现代化起步较早，1868年后已开始清晰、全面地转向"现代"努力；更有思维差：中国文化思维方式上的惰性，导致"怪圈"植根于每个人，一再重演的是，青春期时是情绪化的反叛者，成长过程即思想创造性流失的过程，直到晚年完全回归传统套路。这甚至不是被外力被迫拉回，而是早已被设定在自己的思维定式之内，其残酷犹如命运；其诡谲，表现在行为的主动，正验证了思想的盲目！这里，侔旻的反骨，难道仅仅显露在艺术思考上？抑或顶撞——撞穿了二十世纪中国思想史（倘若有这个"史"！）的无墙迷宫？没有精神上彻底走出去的远，就看不清我们自己困境的近，更无从打开一种跃入反思渊薮的更近。这逼问，一步步完成了另一种远：在自觉之内，开创精神旅程之远。我有现成的诗句描述它："这是从岸边眺望自己出海之处"（《大海停止之处》）。谁没能力站上那岸边，那样眺望自己远去，对不起，将永远与成熟无缘。

四

　　我和日本诗人高桥睦郎的对话，很令我感动。原因很简单，那是我第一次摘除自己的文化沙文主义的白内障，打开眼界，和这个近邻进行深入比较，学到（请注意动词！）那么多东西。从语言的构成开始：日语沿用若干汉字，但那并不意味它成了中文的学徒，因为它同时还大规模引进欧洲词汇，加上直接标注的本土语音，三足鼎立，形成了一个全方位开放、而又让各种因素保持原汁原味的"大沙拉盘"。相比之，汉字思维可称作一只炒锅，任何外来词汇和观念，不烧热、炒熟绝不可口，但炒熟也意味着坠入一条文化单行道。我常举的一个例子是：不信？你把"电脑"这个词翻译回欧洲语言，看老外们能猜出那是个什么东西不？

　　在对话中，高桥睦郎和我互相欣赏：他真切艳羡中文的

"深"。我由衷赞许日语的"开",二十世纪中日历史的沧桑,也成了不同思维的投影。中国人不是不曾激进过,打倒孔家店、全盘西化甚至汉字拼音化,都曾喧嚣一时。"五四"以来,几乎欧美所有流行过的观念,都有它们的中国传播者。但,看不见的怪圈也在默默工作。直到八十年代文化反思,我们才终于认清,现代转型必须植根于自身,从建立每个人的自觉开始。日本明治维新之后,曾真诚地脱亚入欧,旅顺口一战,打败"西方的"俄国,加入世界列强,随后却走上军国主义道路,直到二战失败,接受美军占领者交付的民主制度。中日反思的汇合点,正是这个主题:"传统与现代",成了高桥睦郎和我对话的话题,也是杨佴旻这篇博士论文的核心主题。

这里,真正具有挑战性的提问,不是要不要现代?而是要什么样的现代?以及怎么要现代?我们的全部负面经验,一言以蔽之,是丧失自觉。从"五四"开始,所谓中国文化现代转型,始终缺乏对中国文化传统(由是也对自我)的清晰理解。上述文化虚无主义的极端情绪,其实是封闭的、破灭的民族自大狂的倒影。其后,民族危机频乃,思想危机更甚,群体口号,一次次轻而易举覆盖了、吞没了独立思考的微弱声音。我们一直在"革命"、"进步",但梦醒才发现自己坠入了黑洞,不仅和现代无关,也亲手砸碎了、葬送了自己璀璨的过去。自觉,并非一个简单的配方,能按百分比调制出一种可口的"现代"饮料。杨佴旻敏感地质疑"越民族越国际"的口号。因为民族性的形成,是历时的、单向的,可能对顺时意义上的中国语境有效,却并不一定对世界的思想意义有效。

现代性，其实就是深刻的个人性。它的深度确认着难度。古代，当下，中国，西方，都先得遭遇"反骨"：被个人经验和思考严格检验；而后达致自觉。不是偏食偏废，恰是在深刻占有中包容升华。这要求一个中国艺术家，无论汲取多少传统的技巧精华，其思维方式必须彻底更新。对现代意识而言，反骨与成熟并非逆反，恰是互补的。反骨是在入乎其内的前提下，出乎其外——刻意拉开批判的距离，成熟更必须超乎其上，在更高层次（个人层次）上组建全新的存在。我曾把我的每部诗集，称作一个"思想——艺术项目"，原因亦在于此。它们远不止辞句游艺，而是对我此前所有创作的整体颠覆。没有更深的提问，再复制作品也是死水一潭。这是现代之真谛：反骨，首先是针对自身的。一次次倒空自己，再注入清泉。活的传统由此形成。杨佴旻激赏日本艺术批评家河合隼雄的中空均衡之说。"中空"的本意正是包容。其实，中文古诗的用典妙法也是启示，写这首诗，同时重写无数经典，将它们汇聚于我，汇聚成我。也因此，我深感高桥睦郎一语中的："传统中有现代，现代中有传统"，这比硬性、统一地划分"传统／现代"难度更高，但也更吻合现实本身的形态。它把思想的责任，交还个人，端看你识别、提升的能力。由是，相对于"破字当头，立在其中"，我的口号，恰是"立字当头"——立起佳作，何须去破？劣作自然坍塌。这点艺术信念应该有。现代一词，标识了所有时代中自我更新的能力。它绝非限定于现在。

杨佴旻的论文，把他自己直接置于中国思想困境的风暴中心，他在逼迫自己做一块反骨——它本来就长在自己头上嘛——追问整个历史、文化，直至什么是他自己艺术的意义？就是说，新水墨，首先得过他批判的中国思维弊病这一关。他是否能不重演一次怪圈式自我缴械？他能否不仅在技巧创新上、更在观念上赋予中国画彩墨体系一种必要性？他能否不浅尝辄止、而是真正走通林风眠开创的中国画革新之路？这些文化命题，对一个画家是不是太大了？不。正合适。没有这些必要的"大"，他的艺术就不能被注入足够的能量，他那些花卉山水，也就是早被前辈大师画尽了的"题材"。我注意到，杨佴旻面对中国画何去何从这个大问题，给出了一个答案：要创造一种"思想与技法高度统一的新中国画形式"。这是一个很高的标准，需要以个人对整个文化的反省做根基。这个"大"，与篇幅、数量无关，它瞄准质量和深度。每一笔都饱含观念，技法正是思想本身。佴旻希望，把难点变成突破点。他做得到吗？我们做得到吗？更苛刻的问题是，不做到行吗？别忘了："一个当代中国艺术家，必须是一位大思想家，小一点都不行"！这指向他的另一声呼唤："成熟的新形态"：成熟和新，必须一起到来。那么，那个令他、令我们期待的新中国画形式，究竟是什么？

五

它是"新水墨"。

读杨佴旻的画，你不会想到"极端"一词。那块反骨，或许在他思想里耸立，但回到画面上，却悄然消失了，只留下唯美，静静渗出色彩，变幻成一丛丛花卉、一座座庭院、一

片片云朵、一幅幅山水，甚至人物，也从自身中隐去，成了
"美"的载体。品味那色彩，有工笔画的细，文人画的雅，日
本画的精致，印象派的灵动，它们是中国画？日本画？欧洲
画？抑或简单得让你忘了——杨诘苍的画？

　　杨诘苍不是不能选一种本文前面提到的标签，给自己戴上
一顶易于辨认的帽子：他长期住在国外，"中国政治符号"很
容易卖个好价钱。他一门心思追求现代，"紧跟西方"就像
一条摆在面前的捷径。他是中国艺术家，始终使用最传统的绘
画材料，宣纸、毛笔、水墨、颜料，那么，"模仿古典"先天
的理所当然。三种标签，是三块指向不同市场的路牌。如果沿
着它们狂奔而去，且成为"极端"，不仅在本领域可当上旗
手，买家也会按图索骥，那些早被说清楚了的、没问题的作
品，就像给投资上了保险。但，在杨诘苍这儿，帽子是违背反
骨的。它会遮住反骨。反骨内涵里那个响亮的"不"字，首先
是不盲目追随任何流行！

　　我说，我在杨诘苍的作品里，读到了期待已久的成熟。那
个句子"独创性和各种思想资源间的最佳组合关系"中，起点
和归宿都是"独创性"。其间途径，不是简单拒绝任何思想
资源，恰恰相反，是极尽可能地拓展、汲取它们，以清晰的目
光辨识它们，直至它们归位，有机构成我们的自觉。诘苍的
画，可以看出不同的奔马：要说中国元素，诘苍的太行山，一
缕晨曦、一抹夕阳、一湾碧水，其中深情不仅蕴含了祖国，甚
至非这片故乡不可。要说西化影响，诘苍那些如色谱仪精微调
制出的色彩，那些从彩墨体系深处发育出的构图，让我们遥闻
莫奈、雷若阿、马蒂斯、夏加尔，冥冥中另一个深宏的传统在

涌动。更不用说古典国画了，那是佴旻专业。细读其运笔、设色、构图、写意，一句话，技巧和技法，没有极好的古典绘画功底，所谓"以中化西"纯属一句空话。不过，成熟，基于我说的"最佳组合关系"，它更考验一位当代中国艺术家的绝技，同时跳上许多匹奔马，不仅能飞驰，还得能随手勒回，让各种思想元素（一个比词汇更基本的思考单位）被驾驭自如，像基因一样供艺术家杂交，创造出独一无二的物种。

我注意到，佴旻画出他的转折点之作《白菊花》后不久，就有一幅以"塞尚"入画题的画作（《以塞尚作品为蓝本的静物》）。这就对了。塞尚是一个对应于他渴望完成的思想意义的名字。塞尚艺术认识论上的根本观念变革，洗刷了前人的技巧，令它们焕发出异样的光彩，从而"用一只苹果压垮（了）欧洲"。佴旻要对中国画做的，正是这种观念转变。具体而言，评家常谈佴旻的技法，称赞他重新发掘生宣色彩，以取代古典文人画的生宣写意。这对亦错。对在佴旻确曾深思传统技法（传统美学）的局限，并力求以新法突破之。但错在仅仅把新水墨理解为针对老水墨，于是所谓创新，仍无非一种技巧上的顺时递进。这块小小的反骨，撑不起我所期待的成熟。犹如塞尚，佴旻重新肯定绘画本体论上的意义。他的绘画都是心像。他锐意突破文人画套路，发掘宣纸上色彩造型的可能性，找到中国古典写意和西方现代抽象的最小公分母，又纳入个性化的表述结构，使之共同呈现一种艺术精神。于是，新水墨不仅相对于中是新的，相对于西也是新的。这个"思想与技法高度统一的新中国画形式"，在时间观念上，打破历时性的"美术发展史"概念，超越出某一个"传统"。在空间观

念上，建立起一个共时的美学空间。令古今中外不是以孰优
孰劣、孰先孰后的次序，而是以思想的不同层次存在。就这
样，艺术回归了自己的本体。艺术就是艺术自身，却又以倳旻
那个句子的最终落点——"形式"，不停重构外部世界，也重
构艺术家的自我。我以为，在今天全球化语境中，这个意识全
方位有效：一切群体分野都是假象。倘若谁不追求个人艺术思
考的深度，而仰赖民族、国家、文化、传统、语种，甚至东
西方等等空话的庇护，她／他最终可能什么也不是。作为思
想——艺术项目，一朵静美之极、又陌生之极的花卉，压垮了
（掀翻了？）我们头脑里既定的时空结构，令我们不得不从头
省思自己的人生、哲学和美学。走笔至此，我怎么觉得，杨倳
旻又最极端了？在那一片宁谧、温文、优雅的幻象下，是激
烈、冲撞、挑战的本质——真极端，恰在表面看不出极端时！

　　倳旻的博士论文和无数画作，组成了一个长长的旅程，沿
途风光，只能由每个漫步者细品慢嚼。尽管如此，我这篇序言
的结尾，却不得不回到一个地点：太行山。我得说，站在倳旻
近年（又一个"近"！）创作的太行系列之前，我的身心感到
一种强烈震撼。这些画，不是要你看，而是要你听的——闭上
眼，听那乡音，让回家的声音把你吸进去！画面同样静美，但
这座山的厚重、深邃，却又远超出那些花朵。画框中，色彩
在远去（又一个"远"！），绚丽，饱浸隐痛。山不对我招手
相邀，却像在挥手诀别。记得倳旻说过，他自小生长的镇子
旁，有两条曾水声哗哗、如今却逐渐干涸的河流。事实上，水
波还在，却只有他看得见，用心那只眼看着。我能想象，当倳
旻在国外，太行山壁立的石色、山脊背后的天色、倒映在河里

随季节变换的树色草色，曾组成他怎样的梦境。没出走过的人，怎懂得返回的滋味？也正因为出走，我们才加倍懂得：简单的返回是不可能的。这是一种真爱，不能重复，只能每一天加深它。让这浸透血肉灵魂之深，成为一切思想之深的根源，激发、引领它们。从故乡太行山，到画笔下的太行山，从一个千百年的题材，到一颗当代人沉甸甸的内心，回家，是一个历程，让我们中得（请关注动词！）心源。这是不是又"传统"了？当然。但这是经过洗涤的传统，重新找回了个人独创性的传统。它也是回家的，从一个名词，回归为一个动词。从一座固体山形，回返山之灵——稳稳托起诗人画家杨佴旻，让他追随自己那首诗《太行　灵山》，"带着复原的命脉"，在"你的流水逝去了三千个秋季的蓝色"之后，重新站上生命和艺术交汇出的原点，攥紧贯通古今的、经典的、成熟——

　　那是金色命定
　　从起始到死去
　　在同一段时光①

杨炼

柏林，2013年4月3日

---

① 杨佴旻诗作《太行　灵山》。

听一棵翡翠树上的红乌鸦

——杨佴旻《诗77首》序

　　乍看题目，你不会想到诗歌，倒可能想到一件漂亮的工艺美术品，例如琉璃或花丝镶嵌之类。这也对也不对。对，是因为杨佴旻的诗，给我的第一印象就是"漂亮"，而且是玲珑剔透的漂亮。翻开诗集，第一首诗第一段："步履刚踏上水面／洛神说"，一下子把我拉进《洛神赋》的世界，我是谁？翩若惊鸿、矫若游龙的曹植？在水面凌波微步的洛神？还是诗人杨佴旻本人？漂亮，是一道无所不在的光，熠熠闪耀在字里行间："我走远了／独自的颜色和你的孤单／化作冬天里的蓝雾"，"独自的颜色"是什么颜色？"独自"，一种幽深和幽怨，是否泛着微亮的水色，不经意间已贯穿了曹植、洛神、杨诗人，甚至囊括天地时空，让我们都在一抹蓝雾中浮沉？漂亮的语言，是才华的投影。正如没有巧手何来锦绣，写诗的第一前提就是才华。语言必须精美，句子非得漂亮！词语黯淡却臆想思想闪光，根本是痴人说梦。

　　但，杨佴旻的诗，漂亮地又远远不仅词句。他那些精心打磨的意象，还被一重重更甚广的玄思（或梦想）包裹着，犹如"在期待中行走"的人生，无论有多少地理的方向，那每一步其实都走在内心之中，"内心"才是唯一的方向。还是第一首诗，诗人与洛神对话，又更像自问自答：

再往前你会掉到地心里去的
没关系
在期待中行走
第三极照耀的间歇
那里是实在的

一个巧合吗？我的诗里也出现过"第三"维。那是一九九三年在纽约漂泊时写的《梦，或每一条河的第三岸》："整整一生是睁大眼睛的一夜／被你梦见的土地在你脚下不断崩溃／陷进肉里时　拥有沉沦的／深度　第三岸上没人睡去或醒来"。有趣的是，我们的诗都在写河。偃塞的有洛神的洛河，和我的"每个桥墩都在逆流行驶"的哈德逊河，用两个名字流淌，却共享着同一个"第三极"：他的期待、我的梦想，犹如每条河在两岸之外，更有个仿佛第三岸的河底，沉潜在诗人内心深处，以它的实在，反衬出（揭露出）眼前世界的虚幻。我们就得被这第三极照耀着，才真漂亮了。我注意到这首诗里一个"反常的"意象："空间鸟"。那是什么鸟？谁能获得如此无边无际的抽象命名？在我眼中，浮现出的，是那个锁定精神维度、展开庄子写过的垂天之翼、于世俗人生目标之上翩翩翱翔之物，它涵括"雪色的山海"，"叼着一只红鸽子飞过来"。当然了，现实的水面，走或不走，都有掉进地心的危险，诗人对此的回答总是"没关系"。"在期待中行走"，而一直被期待的，正是不停的自我更新。这直指诗人和诗歌之本义。我的句子简直像为杨偄旻作注而写："你已死过因此不怕去爱"。

当代中文诗，从七十年代末到现在，已经走过三十年的历程。回顾中，诗人的名字连篇累牍，但真正称得起杰作力作的诗篇，对不起，寥若晨星。倘若考虑到古典中文诗曾经有过的辉煌（注意：我说的远不止是"古老"，更是能创造极端精美的形式去承载人生经验的"深刻"），当代中文诗之贫乏薄弱，就更加触目。其原因说来吊诡，恰恰不是因为当代诗人缺乏才气，而是他们（我们！）太聪明！可惜，小聪明而已。凭着少年狂一点点灵气，青春期热血精液的躁动，初入社会时些许愤懑，和从外文译诗中囤来的若干句法意象，就仓促成篇。一旦最初那点"元气"发泄光，诗人的思想履历也告终结。遗憾的是，即使成名已久的诗人，也大多经不起检视。尽管我们不得不承认，《今天》、朦胧诗以及后朦胧们喧闹一时的"成名作"，其实主要得益于当时整个社会文学智商的低劣，但更荒谬的，是那些诗人多半起点就等于终点。三十多年过去了，青春期已挥霍净尽，白发苍苍加脑满肠肥时，手中却鲜少足够成熟的作品，去代替早期幼稚的文字，于是不得不继续晃悠／忽悠着少作，越掩饰越显出身后那片空白。这瞒不了明眼人，当代中文诗，真应了一句"聪明反被聪明误"，其繁衍数量之多、更新换代之快，超过泛滥成灾的兔子，但谈到思想和艺术质量，对不起，我看到的却主要是零积累，乃至负积累。

　　杨俚旻当然也面对着这个考验。这只翡翠树上的红乌鸦，叫声嘹亮，但能否也叫声深沉？他的诗起步很高，但是否会步步登高？空话没用，还得回到诗作本身。我注意到一首小诗：

　　　　自由的滋味

　　　　当一只海豚真好
　　　　自由自在

　　　　可以闭着眼睛游泳

　　"自由的滋味"是什么滋味？可能一下子没人说得清。但"不自由的滋味"，却大约是每个人都体会过的。我想象着给俚旻灵感的那只海豚，它的自由和不自由，都来自海水。它漫游，在精神潮水里随波逐流。一定就像杨俚旻写的那样，闭着眼睛，敞开感受大海既在皮肤外面又在皮肤里面双重地流过。人生就是一场流进和流出。我们以同一个姿势，踏进一个日子，也踏出一个日子。确实如此，与其说海豚在大海里的漂泊，展现了自由，不如反过来看，海豚的躯体，也给了大海象征的永恒处境一个暂借、寄居、最终抛弃之处。俚旻的《自由的滋味》，虽然短短三行，却同时触摸到了陷落和超越。我们在大海中沉溺得多深，精神挣脱的欲望就多强。这双向同一的追逐里，无底和无限是同义词。也只有这样，第一行中那个

"真好"，才变得含义幽邃了。那个"自由的滋味"，正是被不自由揭示的。那个"好"，既肯定着我们的存在，更肯定了存在的启示。我好喜欢那个词组"闭着眼睛"，诗人是不是要告诉我们：停止对方向的寻找？当自由无所不在地渗透了被限定的我们，唯一的"方向"仍只能是内心。一个"第三极"，我们闭起眼睛也不可能偏离。那还犹豫什么？自由的滋味在诱惑，嘿，游吧！

杨佴旻诗作不多，却已经发展出了若干极有个性的技巧。

首先，那些鲜明得近乎耀眼的"色彩词"，不可能不刺激读者的视觉，并给我们留下深刻的印象。本文的题目，堪称戏仿他玉树林立的诗句：翡翠树，红玉树，玉兰树；树林中且群鸟飞翔：红乌鸦，侍者鹤，红鸽子。对颜色，他能不惜工本地堆积："另一个神 / 在蓝月亮亮升起时走在了黑龙江上 / / 大片大片嫩的黄色 / 天堂里 / 有一条红烈焰跳跃流淌"（《另一个神》），也敢肆无忌惮炫耀："她曾经有一身金色的毛衣 / 染红了 / 是为了衬托那蓝色的天气"（《我已经等得太久》），更能潇洒地游戏："黑色的冬天 / 红乌鸦站在雪山顶上俯首 / 它用一只脚拍打地狱卒的肩膀"（《起雾了》）。这位诗人，是不是学画出身？他在我们眼中作画，把我们的视觉一举变成了表现主义的！中文诗歌史上，如此大规模倾泻色彩情感的，恐怕只有写"昆山玉碎凤凰叫，芙蓉泣露香兰笑"的诗鬼李贺，只不过佴旻明显少了阴森的鬼气，却多了俊逸和浪漫。

此外，佴旻还喜欢以具体地理名词入诗，随手采集几例："妖风穿过永定河谷旋转而去"，"卢沟桥上的青石承

载着日月星辰的流转"，"我梦见倾斜了山海关的雾水"，
"时间的门打开了 / 我从左便门进去"（诡谲啊！不是熟悉
的东、西便门，而是左便门！莫非时间是分走左右的？），
"在萨哈林广场上扬起一片光彩"，"光的轨迹从麦加折射回
来 / 落到燕山脚下"，"无常鬼跳跃着从夔门里跑过来"，
"奈何桥去年被洪水冲垮了 / 现在那里改建了水中乐园"，等
等。这些地点地址，每每让我们先感觉似曾相识，旋即又加倍
感到陌生，俳旻用想象给一扇熟悉的门安上把手，我们拉开
它，眼前却赫然显出一片全未预期的风景。我在《大海停止之
处》组诗第四章中，也用过类似技巧，那首诗开头于一系列不
能更具体的地址，我完全复制了每天从悉尼大学回到住处的路
线，但同样，最具体的或许正是最抽象的，清楚标明的"此
地"，恰恰诗意地指向"到处"。诗，在形而下地深入此在
时，超越成纯精神的文本层次，在那里形而上地俯瞰我们。

最后，我还注意到，在俳旻的绚丽词句之间，还穿插着一
些另类的声音。它们朴素、清新，却更堪玩味。例如"鸟是
新来的　树还是那棵老树"，"这儿的砖上次路过时就是缺
的"，"说来话长的故事到底有多长"，"今天是流放日 / 解
开命运的时刻"，等等。这些句子，超出了诗歌新手喜欢的
"造句"阶段，它们蕴含的是真人生、真经验，以及出于要表
达这"真"而回归的直率。把玩这些句子，我们会品出远超过
语言的东西：鸟和树的关系，怎么像人和命运？一直残缺的砖
头，难道是永远构成处境的现实？那个"故事"肯定很长，长
到没人知道它的开头结尾。于是，哪天不是流放日？谁不是流
放者？但流放的疼痛，岂不正帮我们透视到命运的真谛？那

么，与其抱怨命运，不如"解开"它，同时解开我们自己。诗人，最理解人生的不自由，因此，通过写诗，他使黯淡的人生焕发出了光彩。归根结底，诗还原成自由本身。

听，漂亮的翡翠树上，一只充溢了自己鲜血的红乌鸦，大声地漂亮地叫着。从这本《诗77首》开始，我们会时时听到那叫声。我相信，偟旻的诗，将和他另外的艺术形式同步，从思想的枝头继续发育、成熟。一句古训早就放在这儿了："诗言志"。指尖触摸到诗歌的人，就是接通了内心灵脉的人，他有福了。红乌鸦啼血的叫声，是一个不停震荡的精神圆心，那扩散开的，是艺术音波的同心圆。

伦敦，二〇一一年十二月二十二日

玉梯

——英译《当代中文诗选》序节选，兼谈"个体诗学"

一

当代、中文、诗，三个词勾勒出三重对称：传统与现代；中文与外文；诗人与诗。我说"对称"，而非"对立"，因为对称地双方，不仅互相以对方为自我意识的前提，而且因对方而丰富。三重对称，同时就是中文当代诗的三大思想主题：古典中国文化传统的"创造性转型"；外文影响与中文自觉的互动；来自现实的"为什么写"与诗歌创作的"怎么写"。三十年的当代中文诗，可以被读成这三重血脉丰沛流转的一本"大书"。

给一种语言写成的诗歌圈定版图，肯定吃力不讨好。哪儿不是"当代"？有多少种"中文"？我要谈论的，是一片人为划定的文化风景：它的"地貌"，是二十世纪，特别是一九四九年以来中国大陆独特的政治社会现实。它的"气候"，是这段历史中复杂的文化断裂，及其在人内心感受里的延伸。它的"边界"呢？和任何地图上绘制的中国版图无关，却和每一枝带着那血缘书写的笔有关，无论这枝笔流落到了世界的哪个角落。它的终极命名仍然在"诗"上。一种历尽劫难却仍然能"从不可能开始"的、用汉字写下的诗。它既不同于古典中文、又不同于其他语言的诗歌创作。它是它自己：当代中文诗。

我至今记得，一九七九年早春，一个飘着冷雨的夜晚，我和顾城走进一条北京小胡同，借着昏黄的路灯，查找一个门牌号：东四十二条76号——一座残破的门楼，嵌在灰色砖墙里，杂乱漆黑的院子，通向迎面赫然站着一架油印机的屋子。这普普通通的地方，对我们的眼睛，却闪耀出一种奇异的光辉。这里是地下文学杂志《今天》的编辑部。而这个杂志，聚集了写作当代中文诗最早的一批诗人。那时的我，虽然已经历过文革上山下乡的"再教育"、已有了好几年胡乱涂抹的"诗龄"，但我诗歌写作的"史前期"，还远没结束。深深的疑问仍然是：什么是"我自己的诗"？或者说：真正值得一写的诗？文革的惨痛记忆犹新，但"惨痛"并不注定产生深刻的思想，更不一定意味着有意义的写作。什么是当代中文诗安身立命的理由？虽然一年以后，《今天》就黯然停刊；虽然十四年后，顾城在异国他乡的新西兰自杀惨死，但当年那个困惑从未离开我。我的写作、我们的写作，整个是一场寻找。就像我一篇文章的题目《诗，自我怀疑的形式》，我们寻找的与其说是答案，不如说是给自己提出更深刻问题的能力。当代中文诗人，不得不是一个专业"提问者"。面对世界眼花缭乱的变，坚持一个不变的提问的姿势。这条精神血缘，可以上溯到两千三百年前中文诗歌史上第一个名字，屈原的长诗《天问》，从宇宙初创问到神话、历史、政治现实，直至他自身，二百个问题层层深入，却无一回答。他知道，提问的能量远比回答强大。

在今天，一个类似玩笑却又令我们足够尴尬的问题是：我们有一个"中文"吗？换句话说，构成我们作品的那些充满异国情调的方块字，是在提供一种独特的文化价值？或其实相反，在偷偷取消那个价值？我想指出的是，当代中国和中文夹在两个"他者"之间的位置。十九世纪鸦片战争以来对中国产生巨大冲击的外来文化，当然是一个"他者"，这不难理解。但那个隐在我们背后、绵延三千余年的古典中文诗歌传统，又何尝不是另一个"他者"？当我们想当然地认为，有一条直线，可以直接连接古典和当代，我们是否恰恰掉进了一条看不见的裂缝？连许多中国人都不知道，我们嘴里的词汇，至少一半以上根本不是中文，而是经日语翻译成汉字的"二手"欧美词汇。我们使用的概念，诸如民主、科学、人权、法律、政治、运动、唯物、唯心、社会主义、资本主义，乃至自我、心理、空间、时间等等，除了汉字的形象，在内涵上其实和古代中国思想毫无联系。那么，今天谁敢把自己称为"古典的中国人"呢？所谓当代中文诗，就像一道美丽却找不到根基的虹桥，凌空架在两座峭壁之间的深涧上。说得好听，是创造，是超越。贬低一点，则是断裂、是浅薄。"影响的焦虑"，甚至是我们渴望却得不到的。用一个比美国英语还年轻的语言写作，却又幻想着要经受得起古老中文诗歌传统的美学审视，这个不可能也太触目惊心了！

不过，触目惊心并非坏事。从不可能开始，才算一个奇迹。有意思的事发生了。恰在"文革"后的当代中国这块废墟、当代中文这片荒地上，三十年的诗歌写作，开创了中文诗歌有史以来思想最活跃、创作最热烈的时代。我在这儿使用的"最"，并不过分。和中国诗歌史上的高峰比，盛唐的李白、杜甫尽管辉煌，但他们使用的精美形式，是之前近千年多少代诗人摸索积累的成果；而他们同代的诗人，又能在同一个足球场上分享共同的裁判标准。我们呢？从七八年底北京"民主墙"上当代中文诗正式问世，历经八十年代初"朦胧诗"之争、八十年代中"寻根"或文化反思、九十年代中文诗第一次大规模国际漂流写作以及经济起飞以来的喧嚣和嘈杂，短短一代人时间内，最初的开创者们还未搁笔，好几重"后代"诗人已蜂拥而起。一个三部曲清晰可见：一、甩掉意识形态宣传式的"非诗"。二、重建诗人和语言的个性。三、充分展开诗人诗作之间的辩驳和竞争关系。三步连贯一气。无论我们面对过的处境多难，一个叫做"当代中文诗"的活的传统毕竟形成了。它没有现成的根基，却立足于个人的创造活力，综合古今中外一切思想资源。我该套用庞德的头衔说：每个中文诗人在"发明"自己的传统。是的，必须发明，因为没有可以因袭的东西。每首当代中文诗，都是一个思想——艺术项目，它把世界"吸附"到自己身上，一点点转化积累成自我。回到"他者"一词，我们不得不、也真正是一个"主动的他者"：不仅是被动地被推到他者的位置上，更是主动推进到那里，有机、自觉地筛选古今中外一切思想资源。先人可以颔首微笑了，因为只有重新接通个性这个能源，数千年的中文诗歌才配称为"传统"，否则，那充其量只是一个冗长的"过去"。

公元一二一年，许慎的《说文解字》在"诗"字下明言："志也"。这开宗明义，点明了中文诗重表现的特征：以语言结构内心的深度，去把握外在历史的广度。它不擅长线性叙述的"史诗"，却把"史"囊括在"诗"之内。"言志"的冲动，让当年印刷民办杂志的那架手摇油印机，转世为二十一世纪无数青年诗人手指敲打的电脑。诗歌的鸟群，每分钟从中文的不同角落起飞，翱翔在瞬间万里的网络天空中。这又让我想起中国神话里的昆仑山，就是唐朝李贺的俪句"昆山玉碎凤凰叫，芙蓉泣露香兰笑"那座山。古人想象，那是一架神人上下天地之间的"天梯"。这不也正是当代中文诗的最佳比喻？每个诗人、每首诗，都是一架登天的玉梯，下抵黄泉上接碧空，既沉潜又超越。巴别塔从未停建，它正在每个诗人的书房里增高。写作的含义，不是别的，恰是一步步继续那个生命的天地之旅。

二

语言和现实常常互相印证。一九八八年，我和北京一批年轻诗人组成了"幸存者"诗人俱乐部。选择这个名称，是针对双重的死亡。"文革"噩梦并非久远，无数亡灵还在周围萦回。但随着一些朋友渐渐从地下走到"地上"，出名、出版、出国，作品也变得空洞油滑。"幸存者"，就是这个精神死亡的反抗者。我们当时绝不会想到，现实也在追赶这个词。没过多久，我们每个人就成为名符其实的幸存者了。那些日子，我暗暗震惊于全世界的震惊：这不是我们见证的第一次死亡啊。半个多世纪中那无数死者哪去了？我们对死亡的记忆哪儿去了？眼泪，能哀悼更能冲洗和背弃，把死亡的庞大变成可怕得多的死亡的空虚。我的《死者之年》，结束于一个朋友们认为出了笔误的句子："这无非是普普通通的一年"。普通，普遍，因为毁灭的处境不会过去。

　　一根现实和语言扭结的链条，既在时间里又在时间之外，用一个焊点，焊接起所有"幸存者的写作"。当代中文诗，从七十年代末到八十年代末，画完了一个圆：从"文革"结束追问"谁之罪？"起，八十年代，我们至今怀有精神乡愁的，是那十年里以"寻根"为名，贯穿每个人的对语言和传统的反思，直至思想的能量，最终又指向了一个恶性的生态。现实追问、文化思考、现实反抗，是时间上延续的三个阶段，更应看作同一追问持续深化的三个层次。终于，诗歌引爆出一个挣脱重重错位、寻回了人性立足点的古老文明的当量。

　　一九四九年后的当代中国文学中，《今天》的重要性，无疑没有任何另一本文学杂志能比拟。这个一共出版了九期、全部"寿命"没超过两年的杂志，堪称对当代中文诗创世纪式的正式命名。一九七八年底张贴在墙上的《今天》创刊号，有芒克的明亮："太阳升起来／天空——这血淋淋的盾牌"，北岛的冷冽："卑鄙是卑鄙者的通行证／高尚是高尚者的墓志铭"。一种气味儿，透过纸上的油墨味向我散发：诗歌的香味儿！一种语言，抛弃了那些空洞的政治大词，却直接砸进我心灵深处。稍后不久，"文革"期间一直潜藏的地下文学圈子浮出水面。多多的阴郁："牲口们被蒙上野蛮的眼罩／屁股上挂着发黑的尸体像肿大的鼓"，江河的深沉："土地的每一道裂痕渐渐地／蔓延到我的脸上，皱纹／在额头上掀起苦闷的波浪"，顾城在十三岁写的《生命幻想曲》中耳语："睡吧！合上双眼／世界就与我无关"。这批诗人，或许不曾意识到，他们从开始，就不约而同遵循了一个小小的诗论：用自己的语言表达自己的感觉。从而，不仅在诗歌主题上，更在语言材料本身，完成了与政治宣传式的"非诗"的决裂。中国八十年代名噪一时的"朦胧诗"争论，就像那个含义为"看不懂"的命名一样，整个儿是一场误解。官方批判这些诗人"反传统"，而诗人们也为自己"反传统"的权力辩护。但，"不懂"或许仅仅囿于畸形听觉的惰性。比较一下充斥"社会主义"、"资本主义"等等宣传口号的官方"诗"，"朦胧诗"里的太阳、月亮、土地、河流、生命、死亡、梦想那些意象，哪里是"反传统"？明明在返回"传统"——至少返回古典诗歌的纯净语汇。诗人们从小背诵着长大的李白、杜甫，和手抄下来的波德莱尔、洛尔迦、艾吕雅、聂鲁达，在被"文革"苦难"启蒙"的心灵中相遇。从写作肇始,已经接续上了古往今来激发诗歌的"噩梦的灵感"。对此,年轻诗人兼批评家肖驰当年就很清楚,他的文章,题为《朦胧诗——一个转折吗?》,结论当然是否定的。

我曾把当代中文诗的特征概括为两点:一、个人生存的严肃感。二、从汉字特征内产生的诗歌意识和形式。我强调"生存",而不只是"政治",因为从这些作品诞生起,一整套曾经泛滥中国的意识形态语汇、逻辑、表述方式被彻底抛弃了,留下的是记忆的沉重和空白、生命的刺痛和对麻木的反省。它们深深渗透了人生,也成为我们诗作"严肃感"的底蕴。《今天》诗歌中既惊怵又点燃读者的意象,经由庞德出口转内销的意象主义,再次(远非最后一次)戴着西方面具,完成了一次对中文古典诗歌美学的回溯。一个逆向的马可波罗之旅!尽管那只触及了意象/造句的表层,但已开启了中文诗学今后的方向:通过建立"创造性联系"而重新发现中文传统,敞开它,使之加入当代世界的思想资源。这些"事后"的观念,当时却是和我们年龄、经历相仿的读者的直感。《今天》的意义,在于它永远结束了"非诗"和"诗"的无聊对立,此后,是这些"诗"和那些"诗"在良性竞争。一个真的、活的传统,诞生了。

八十年代初的热门话题是"伤痕文学",但,伤口何曾痊愈过?鲜血继续滴淌时,谈论"伤痕"是否太奢侈了?一九八三年,"清污"展开,与"文革"时半催眠的状态不同，这一次，我们醒着，眼睁睁目睹噩梦扑面而来。我的长诗《诺日朗》遭到批判，罪名呢，从"色情"到"现实黑暗血腥"，再到"否认历史进步"——罗列。我至今记得，一个饱经政治风霜的老作家看着我时，那束投向一个死刑犯（一个死者）的眼神。但荒诞得有点可笑的是，我不得不暗自承认，那绝大部分"罪名"都说对了。批判者们真是难得的最佳读者！正是《诺日朗》，后来又被称为"寻根文学"的代表作之一。这里的"寻根"一词，恰与在美国黑人那儿的含义相反。我们的根不在别处。它就在脚下：从这片土地和历史深处，攥紧了每个人、每滴血液。八十年代的"文化反思"，正是一种更深地追问自我："我"仅仅是灾难的受害者？或其实也是迫害者？至少以沉默屈从的方式在参与那迫害？一个诡谲的时间巫术，把"时间的痛苦"悄悄兑换成"没有时间的痛苦"。我们就像画在敦煌壁画上的"飞天"："我不是鸟，当天空急速地向后崩溃／一片黑色的海，我不是鱼／身影陷入某一瞬间、某一点／我飞翔，还是静止／超越，还是临终挣扎／升，或者降（同样轻盈的姿势）／朝千年之下，千年之上？"（杨炼《飞天》）。梦想着"进步"，醒来却一再堕入历史最黑暗之处。呼唤着"革命"，却沦丧了最起码的人性和常识。中国人作为世界上最极端的"文化虚无主义者"，究竟对急于摒弃的古典文化思考过多少？如果说，二十世纪中国文化的主题，是中国文化传统的现代转型，那很可惜，最终摆在我们面前的，只配被叫做"非驴非马文化"：一种超级的进化论词句，遮掩着超级落后的专制。那根本不配被称为"传统的"！就这样，历史的焦虑和疑问，成为每个诗人思想的纵深。要说反抗，现在更是对自我扭曲的反抗。八十年代中期，诗歌写作的思想能源发生了一次大转移：从依赖外在的、群体的"社会点滴瓶"，移回诗人和语言自身。若干没完成这次蜕变的诗人掉队了。没有办法。和中文诗相关的，只能是自觉，却不容任何盲目。

我们对八十年代，始终怀有一种温暖的乡愁。那一波波冲击，既严肃又灵动、既精神又性感。时间以月甚至天计算。诗，就像政治、经济、文化、性的"开放"，在不停打破禁区。一九八六年后，被统称为"第三代"、"后朦胧"的庞大诗人群，良莠不齐，旗帜杂乱，口号繁多，但却整体勾勒出一个氛围：当代中文诗，已经超越了意识形态的简单对抗，而呈现出多元的诗歌美学追求。形象地说，从《今天》发源的那条河流，如今在各自夺路，奔向不同的入海口。诗人的自由身份和美学理想，不仅拒绝受限于官方，甚至拒绝受限于"朦胧诗"的裁判标准。重新出版的《楚辞》、《全唐诗》到《金瓶梅》等等中文古籍，混合着从荷马、但丁到叶芝、艾略特、西尔维亚·普拉斯等倾泻而入的翻译大潮，"同时"杂交出当代中文诗的血缘。我们自己或许都没意识到，即使从四千年中文文学史俯瞰，这个文学阶段也多么五彩纷呈！

三

我曾三次变换对自己的称谓：中国的诗人；中文的诗人；杨文的诗人。刚开始写作，深深关注中国的主题，似乎理所当然是"中国的诗人"。在国外面对众多不同语言,于是深切体会我的中文命运,好,"中文的诗人"。但,真有一个通用的中文吗?或其实,我写下的只是"自己的中文"?一种不停试图突破自我也甩掉读者的"语言",一个"杨文"(Yanglish)?每行诗句的结尾是一个尽头,而尽头本身又是无尽的。诗歌写作,正是流亡生涯的原型。

我们都记得,历史曾在我们眼前清清楚楚背道而驰。索尔仁尼琴还乡之日,正是我和顾城亡命新西兰之时。又是一班晚点的火车。但这"晚"也可能意味着"深":用不了多久,我们就会发现,自己其实更是一场深刻得多的世界思想危机的流亡者。九十年代以后,流通全球的自私和玩世不恭,让这世界变得什么都能说,却什么也不意味。可怕的自相矛盾,加上对它更可怕的无视。我曾预言的"普普通通",无奈地实现了。"深",回到了人性本来的黑暗幽邃。"噩梦的灵感"这一公式仍然奏效。九十年代,当代中文诗第一次出现了大规模的海外漂泊创作。精彩的是,惨痛的经历,反而使我们写出了更好的作品。九十年代初期,中文诗创作突起了一个小高峰……我们突然发现,不只是"写"、更是"活",使我们重新衔接上了传统那个血缘。《离骚》用那个璀璨的词"流亡"开创的精神漂流主题,在我们的人生里,令人激动地继续,并一再变得完整。它远远超出某个特定事件。它是古今中外诗人共同的存在方式。

当这种不间断的追寻,成为人和诗的内在追求。它提供的判断标准也清晰了。"地下"、"流亡"都不提供诗歌质量的附加值。人生的深度，必须转化为语言的深度，否则没有文学价值。因为，不是"流亡"，只是"诗"，在接受思想和美学的评判。也正在这个点上，我们突然发现：古今中外的诗人都活了。屈原、杜甫、奥维德、但丁，包括五十年代败退台湾后的台湾中文诗，我们都隶属于同一个没有边界的国度，说着诗歌这个"唯一的母语"，孑然而不绝望，"没有天堂，但必须反抗每一个地狱"（杨炼《追寻作为流亡原型的诗》）。

当代中文诗艰难寻找的，是自身的成熟。全球化提供的语境，没有取消中国原有的政治、文化错位和断层，却又通过经济起飞，诡异凸现了它们。某种意义上，与其说中国加入了世界市场，不如说它其实把世界成功地纳入了自己。这也在迫使诗人反思自己的应对方式。今天的"中国"，仍是一个巨大的问号，但它不问冷战中不同意识形态之间的选择，却在问资本全球胜利时，一个人的彻底无选择：你怎么办？我在八五年《重合的孤独》中写过的话："行为上毫无选择时，精神上却可能获得最彻底的自由"，突然有了新的含义。九十年代初，欧阳江河就敏感地指出，出现了一个"深刻的中断"。很快，这个感性的表达，又在诗歌批评家唐晓渡那儿，被引申为理性的认识：当代中文诗开始进入了"个体诗学"的阶段。这个深化，体现为诗人最终完成的哲学和美学体系——包括生命认识、现实定位、诗歌观念的自觉、为自己筛选重写的"传统"，终至每件作品的形式和语言。"个体"，先天设定了诗人之间的不同。"诗学"，必须自圆其说又经得起别人审视。至此，我的另一个说法也终于有效了：每首当代中文诗，都是观念的和实验的。一本诗集，是一个"思想——艺术项目"，它诗意与形式间内在的"必要性"，使全部写作有机积累出一个航程，从而避免重复自己，或更糟，自以为在更新却一次次从零开始。中文诗人不缺聪明，缺的是"耐力"。一个持续发展自己的能力。政治压力的沉重、语言资源的庞杂、文化生态的不完整，在在都需要诗人自觉地把自己建成一座思想城堡。从这个角度看，九十年代中期的"知识分子"与"民间"写作之争，虽然喧嚣却颇为词不达意。他们要求的，同样是诗人独立思想者的位置；而辩论"书面语"或"口语"的孰是孰非呢？又没有诗学意义，因为没有语言是禁区，端看你用得是否到位！站在二十世纪末尾，回顾这个以追求形式之"新"为特征的世纪，中文诗人的反思是痛苦的：为新而新，最终重演着"旧"。"个体诗学"要避免那个自欺欺人的闹剧，唯一要做的是求深——深入人生和思考的困境——深到不得不有新的表现方式的程度。

"个体诗学"的建立，又回到了（从未离开过？）当代中文诗的起点：用自己的语言表达自己的感受。一个对诗最低、也最高的要求。这里，有必要稍加详述贯穿于不同"个体诗学"中的三个共同因素：对中文语言的反思；对中国古典传统的重写；世界意义上的全方位不可替代。

一、对中文语言的反思：我在《智力的空间》一文中，已经明确了：汉字不只是书写工具，它是思想的独特载体。它的语言学性质以及思维方式，是当代中文诗意识和形式的启示。具体地说，每个汉字是形、音和义的多层次合一。字形的具象，却又加上语法表达（特别是非时态动词）的抽象，使中文诗歌的意象既实又虚，既象形又形而上，并赋予了书写一种共时的空间性。中文诗歌意识先天内涵了对人类共时处境的把握，而它的形式就是汉字空间性的逐层放大。虽然当代汉语中，审美的字和概念的词，经常造成感知的分裂，但诗歌越追求意象的精确、音乐的完美、含义的丰富，诗人对汉字感受必须越敏锐，使用必须越自觉。正是通过汉字，我们保持了和古典杰作之间的"创造性的联系"。

二、对中国古典传统的重写：当代中文诗的实验性，不止向未来一端开放，甚至更向过去开放。就是说，基于当代中文的独特困境，最"怪异"的创新，或许正是写一首颓废唯美的"新古典诗"！这绝非危言耸听，三千年中文古典诗歌"传统"，如果不算庞德的涉猎，它简直从未真正被现代思想发掘过。我这里指的是，那个贯穿了诗经、楚辞、汉赋、骈文、唐诗、宋词、元曲构成原则的"形式主义传统"；那些在"七律"里字对字、行对行精美呼应的对仗视觉；那通过平仄作曲（组织发音和汉字独有的声调），去掌控视觉意象的秘密的音乐能量；那个吸纳各种"历时的"现实，而最终建立的"共时"文本。它们什么时候是"过时"的？中文古诗，从未被强加过一个"发展史"的逻辑。它们和我们创作间的关系，是"同心圆"，却并非"进化"；是"互动"，而非单向移动。在美学上，古典中文诗应成为最有效的美学参照系统，参与裁判当代创作。在哲学上，应成为独特的思想资源，丰富当代人对存在的认识。可以肯定，每个当代中文诗人，都在筛选自己的古典诗歌传统。她／他不停重写出的，不是过去，恒是现在。

　　三、世界意义上的全方位不可替代：当代的唯一语境，是整个世界。这里，再也没有东、西方的简单划分。因此，也无须寻求异国情调的廉价市场成功。当代中文"个体诗学"，最终必须在世界（并非仅仅"西方"）范围，检验其是否有效——是否不可替代。这个证实、也证伪的过程，只有参与多元语言、传统、诗歌间的对话甚至辩驳，才能完成。就像拉美文学的大自然背景和当代意识、希腊诗歌的古典精神加现代活力，曾经深刻启发过我们一样，中文诗歌回馈世界的方式，简单而言，就是别写"压根不值得一写的诗"！泛泛而言的"国际"没有丝毫意义，除非它能被建立在每个诗人的"本地"之内。就是说，因为不同的"根"，吹过树林的风才有意义了。进入二十一世纪，在中英、中日、中印、中文和阿拉伯文之间，连续举行了多次这样"一对一"的深度诗歌交流。我称之为"极端的"交流：不同原文的极端写作，挑战外文的极端翻译，造成跨文化的极端冲撞。这，正是诗人的极端享受。

四

　　《玉梯》就是这样一本极端之书。这里选出的五十七位诗人的一百九十六首诗（含组诗和长诗），不仅集合了过去三十年当代中文诗的佳作，更应当绘制出一本思想地图，从诗歌深度上，给当代"中国"这个复杂而又精彩的文本，勾勒出来龙去脉。犹如中医的"把脉"，扪住了诗歌的脉动，就能感到当代中国语言、现实、思想、文化的变迁。每首诗犹如枝叶，从诗人神经末梢上长出，又从那儿探入一片大陆丰厚的地层，直到矿石和岩浆。这架玉梯，仍像昆仑山，立在宇宙中央。谁读，谁就上下天地之间。

但，它又必须是"诗的"。就是说，这本选集中的作品，唯一接受诗歌标准的裁判。更具体些，那唯一依据语言之内的质量，而与任何语言之外的附加值无关。无论是哪种"政治正确"造成的一时洛阳纸贵，均不加入判断。诗歌作为"思想——艺术项目"，其思想必须呈现在艺术之内。仅仅"说出"思想是不够的。离开一首诗独特的意识、结构、形式、语言，句式和字词、视觉与听觉、韵律加节奏，一句话，诗作的形式，就无所谓"思想"。在语言风景中，思想只能像一个内在理由渗透其间，又被它们整体揭示。应和马拉美的"纯诗"之说，我想补充一点：没有完全的纯诗，但必须把每首诗作为纯诗来写。一首诗的美学构成，是它的全部。而即使最私密的爱情诗、最激烈的政治诗，其内涵也得瞄准对存在的哲学理解。美学和哲学，是对诗歌的考试。所以，在这本诗选里，别想找那些曾成了中国"社会事件"，但诗本身薄弱的"名作"。编者对当年起点上的思想幼稚、文笔粗糙，也绝不通融。在历史价值和诗歌价值之间，这部选集是冷酷的唯美主义者。原因很简单，和我们签订合同的是屈原、杜甫们。他们何曾把自己随手甩进"自由"诗的马戏场，用"晦涩得太简单"的意象杂耍自欺欺人过？我们希望，通过这本书，重建"形式主义的"诗歌价值观。明白无误地反对写作中的无观念、无形式——"无诗"。理由很简单，和俄国诗人的源头普希金、美国诗人的合同签订者惠特曼不同，当代中文诗人不得不记着两千三百年前的屈原以降那成千上万的经典作者，他们非时态地站在我们中间，盯着这枝笔。我们稍显粗疏，就只剩耻辱和羞愧。

这个原则应用在编辑过程中，体现在三处：选择原作；翻译；设计全书结构。三点合一：不走捷径，坚持原创。

在选择原作上，不简单利用现成的译作。我们要求回到第一手的中文作品，直接挑选够格的原创。我们的坐标系，是古典中文和世界诗歌创作。以精美绝伦的中文古诗形式为一端，以世界各语种诗歌创作为另一端，去检验每首诗是否"不可替代"？这也是一座"向下修建的塔"，犹如用一架美学望远镜，从云端俯瞰浩如烟海的中文诗和诗人。数量本身就是难度。好在编选者本身身兼内、外双重身份。我和中文合作编选者秦晓宇，既是当代中文诗创始以来的核心写作者，又力图成为它的反思者、评判者。一九八九年以来我身居国外，从而拥有冷静观察的距离前提。秦晓宇住在中国，置身当代创作的漩涡同时又是"七零后"最杰出的诗歌批评家。这本书的诗歌地图，就是记忆和作品双重绘出的。这里，我们也有传统可

循，蘅塘退士编选的《唐诗三百首》，脍炙人口，就在于只选
形式精美之作，甚至对杜甫也毫不留情。诗作可比，评判方式
犹如体操比赛："技术难度分"，确定作品的观念和坐标系级
别；"完成程度分"，审核具体写作的完成度。两者合一才
能判别作品。这里，决不考虑翻译的难度。相反，在观念独
创、形式讲究，特别是技术性上，"不可译"本身，就在提示
某种意义。那不是被淘汰的、而恰恰是入选的理由。

在翻译上，不忽视译文的创造性。我们要求译文呈现原
作的质地。原文和译文的关系，是"同一个根上长出的两棵
树"，它们外在的不同，恰恰应当折射出内在的相同，在观念
上、也在语言形式上，不仅传达中文特长的视觉意象，而且包
括一般认为"不可能"传达的音乐性——只要原作在这一点上
有特殊的考虑！本诗选的英语团队按此设置：英语共同编者
威廉·赫伯特（William Herbert）是英文质量的总验收，占全
书五分之二的已有译文，都经过他的专业性审视。其余一百
余首全新译诗，每首都由与我合作多年的译者布赖恩·霍尔顿
（Brian Holton）以及他的助手 Kay Lee 翻译出初稿，交我参
阅原文提供意见后，他们润色修改，再经威廉·赫伯特从英诗
角度提出意见。最终的目标是：在观念上，有庞德的深度理解
力和"发明"能力；在语言上，又能达到阿瑟·威利译文中诗
意的"流畅"。观念的、实验的译文，本身就是一种独立完整
的诗歌美学。

在全书的结构设计上，不在作者名下简单罗列作品。我们

要求全书的结构，有一张思想地图的意义。具体地说，细看这整部书，又是由六部"诗选"和九篇文章组成。六部诗选，每部聚焦于一种独特的诗歌体裁。顺序为：抒情诗，三千余年来中文诗的最长项；叙事诗，与中文"线性"叙述能力差相关的传统最弱项（却也因此留下创造的余地）；组诗，突显建立在汉字空间性上的结构意识；长诗，大主题大篇幅作品（每部作品精选举例部分，并加一篇介绍）；新古典诗，自觉发掘中文古诗形式基因；实验诗，汉字语言的观念艺术。九篇文章：秦晓宇为六个体裁写的六篇序言，分述它们的创作状况，犹如分省地理研究，把不同体裁渗透的古典背景、外来影响、当代重要诗人的独创性组合，描绘成一种独特的风景。通过体裁归类，不同作者的侧重以及作品在整个当代中文诗中的地位，才一目了然。书后附加的总目录，归纳起每个作者的各类创作，重现其全貌，也再次把"分省"地图还原为一张全国地图。书前两篇长序，一为杨炼作为中文诗人的"内部"观察和思考，另一为威廉·赫伯特从国际诗角度的反思评价。此外，布赖恩·霍尔顿的文章，以他翻译中文诗十余年的经验，介绍中英两种语言和诗歌美学的互动。我们的要求很简单，诗选的每个细节，必须建立在对诗歌的深刻理解上。而诗选本身，又成为有机生成的"一本书"。

当代中文诗是个奇迹，因为它呈现出整个中国文化转型的能量，包括政治、经济、社会、思想的重重冲撞、裂变和生长。无论如何，中国这三十年的巨变，超过以往三千年，是不争之事实。连诗歌的从"热"到"冷"、从八十年代初位于文化中心到九十年代后的边缘化，也折射着社会选择的日趋丰富。另一方面，国界已不在诗歌讨论的视野中了。当古典传统和外来影响都是"他者"，都仅为我们提供筛选的材料，当代中文诗就只能是用中文写下的世界诗，穿透"中国的"而成为"人的"。它没有相对的意义和有效性，只该接受世界水平的绝对考察。体、用之争折磨了中国人一世纪之久，最后的结论又很简单：以个人的自我追问为体，古今中外都为我所用。这是不是唐诗的视野？或庞德《诗章》的视野？必须如此。因为，恰恰是诗的全球化，在抗衡地球上污染了自然、更污染了人心的权利、自私和玩世不恭的大一统。

"再被古老的背叛所感动"——我的长诗《同心圆》，除了描述人类处境，更在给出一种精神公式。是的，面对时间也面对空间，提问者就是精神上的背叛者。我们一直在做这件事：在人心万古苍茫之处，架设那架玉梯，让诗成为超越自身的原型。

伦敦，2009年5月25日

玉梯上的眺望

——《玉梯——当代中文诗叙论》序

　　我曾把当代中文诗批评的理想境界形容为：像陈寅恪那样研究，像爱因斯坦那样思想。再概括些，就是两点：专业性和思想性。本来，这也是一句大白话。没有专业的深与精，"思想"在哪儿立足？缺乏尖锐思考的挑战，专业研究又如何突破？但，二十世纪的中国历史，搅乱了许多本该不言而喻的常识和共识。专业和思想，曾被简化为"问题"与"主义"，无端一分为二，又恶性循环着由对立而斗争，结果汇合于惨痛：既无专业又无思想。回到诗，在彻底"非诗"的时代，这本该专业门槛最高的"斯文"，曾被逼着满街"扫地"。阴影拖延至今，就是标榜的"诗国"，本质上却仍在贬低诗歌。所谓"诗人"，识几个汉字，瞎写几个分行句子，就自认为登堂入室了。所谓"诗评家"，靠封闭自欺欺人，仗浅薄互封权威，真诚的幼稚尚可原谅，老到的油滑却恶俗难忍。"伪学"昌盛，反衬出的，恰是陈寅恪的"做人"底蕴，和爱因斯坦的"深度"追求。要达到理想境界，真诗评家，必须比诗人还信念鲜明、特立独行。

这篇文章的主题，是推重"成熟的"中文诗思考。这听起来有些可笑，这么多中文诗人，写了这么久（我们中不少人，早可以用"写了一辈子"之类吓人说法了），而"成熟"一词，竟如此姗姗来迟？！可惜，这是事实。当代中文诗起点之低，几乎像一种命运。"语龄"刚满一世纪的白话文，让我们既披不上古典那张虎皮，又隔绝开西方的海市蜃楼。从创作到思想，只用得上一个动词：摸——摸索我们自己的成熟之路。犹如，当年我站在临潼兵马俑坑边，俯瞰那个近在咫尺，却又被忽略千载的地下世界，一个句子，跳入我头脑、而后跳入长诗《与死亡对称》："把手伸进土摸死亡"。这里的成熟，是一个完整的概念。既是诗的，更是人的。人领悟诗，诗完成人。职是之故，中国现实的艰难、文化的复杂，不仅不负面，反而正是对人对诗的必要历练。不仅不"漫长"，反而经常太快太匆促，无数的"凌波步"，总是轻功有余捷径有余，宣言口号有余，却来不及沉淀镌刻成作品。于是，我们年复一年，品尝"不成熟"的青涩：挣脱"文革"宣传的朦胧诗，用意象点缀社会批判，仍一派幼稚和浪漫。引发轩然大波的"三个崛起"，与其说是诗学之争，不如说是不彻底的社会观念之争。八十年代层出不穷的"诗歌群体"，对运动的嗜好远胜过写作，那冗长的青春期，几乎成了中文诗的不治之症。九十年代末，一场"民间"和"知识分子"的辩论，喧嚣而语焉不详，但如果把"中年"一词换成"成熟"，那对自觉的"个体诗学"的呼唤会清晰得多。从那至今，权／利夹击下，诗人落回孤独的实处，这本该是真正的开始，但更触目的，是中文诗思想的弱化。一个"伪学"盛世的有机部分：从无视自身困境的"伪人生"，到等同无聊装饰的"伪文学"，关起门来、总不缺团伙式的"伪价值"，在互相吹捧中沾沾自喜……太低的起点，被后天的发育不良变得更低。突然，朦胧诗人们已白发苍苍，"后朦胧"们近乎知天命，连"七零后"也开始老了，当我们翻看手里挥舞了太久的那几首诗，心里可能泛起一个疑问：这辈子，值吗？

我不想给秦晓宇套上"某某代"的称呼。一个特立独行者，不会类同于批量生产的一代人。相反，他的思想，得滋养每一代。我们的初次见面，铆定于林立的啤酒瓶和一本《七零诗话》。后者更鲜明有趣得多。因为"诗人"太多了，而敢把自己定位为诗歌批评家的人很少，拿出第一本论著，就直接冠以古称"诗话"的人，我此前从没见过。我的神经，被"诗话"一词触动，因为那远不止一个古意盎然的标题，甚至不只是中国"传统的"诗论形式。它有意思，是因为特定的形式能包含特定的思想。我面前这个人，肯定仔细思考过"怎么写"，而不仅把一些想法塞进散漫的文字了事。这个感觉，完全被阅读《七零诗话》所印证。一如古典诗话，这本书也由大量片断拼贴而成：诗人趣闻、诗作撷英、古典佳话、舶来思绪、他人之讽议、一己之心得，以至貌似离题的随想漫笔等等，材料从纪实到思辨到想象，性质绝然不同，却又统一于书写的文学风格。正是我强调过的独特"散文"风格，一种仅存于中文里的传统（见拙文《散文断想》）。"七零"既是他出生的年代，更是一个回溯的角度，让他检视"当代中文诗"招牌下的杂交奇观。我们怀有它们全部，却又不同于其中任何一个。由是，我们的原创性，也是一种不得不。我说过，"当代中文诗"的特征，在其观念性和实验性，因为，它没法因袭任何现成观念，也只能用每一行诗实验存在的可能。我们的尴尬和机遇都在这里。从《七零诗话》起，秦晓宇的一系列精彩文章，已经引起了人们的极大注意。对我（我的诗！）来说，更堪称期待已久、终逢知己！他的蒙古大漠生长背景，他理工科学历包含的求"真"执念，他广博的古典学识和化古铄今的能力，他对西方诗学的深入和对自身创造性的自觉，在在成为一种标志：当代中文诗，终于有可能突破过去零积累，甚至负积累的窘境，进入正积累的阶段了。我很高兴，这变化不曾减少思想深度，相反，得之于在深度中的会合。

秦晓宇自己的《序序》，已经提到了他写作此六篇大文的缘起。这组文章，是首次对当代中文诗歌的系统研究。它们既是应邀之作，更有其生而逢时的必然性。因为，编辑诗选《玉梯》的初衷，本来就是用冷却下来的目光，审视过去三十年的作品，剥去种种附加值，辨认诗作的真实质地。选择本身就在确立标准。这部诗选，既是一次大扫除，还给我们的创作一个本来面目，又是一次"末日审判"，只允许古今中外的杰作坐在裁判席上。它将用英文出版，其意义，也在于廓清此前若干"当代中文诗选"的粗陋，那些人云亦云"挑选"的原作，那些无须费力就做完的"翻译"，方便了编者，却毁了中文诗的信誉。不，《玉梯》必须吻合当代中文诗的价值，非但如此，它本身也该是一部"极端之作"！就是说，它要比作品走得更远，去"打开"诗人和读者的视野。其方式，就是结构上那个独创：全部入选作品，按六种不同诗体分类。其中，抒情诗是中文诗的最长项；叙事诗堪称最短项；组诗，必须有清晰的结构；新古典诗，一个折磨现代中文诗人的独特噩梦；实验诗，汉字的观念艺术；长诗，曲折地回溯源头（《屈源》！）。由是，每个诗人有多少个创作侧面、每个侧面的"完成度"如何也清晰了。这仅是归纳？抑或更在提醒？诗人，反省你自己！从一开始，我就希望这部书能勾勒出一张当代中国的"思想地图"，但这企图，只有当落实为晓宇的"组文"（又一个独创！）时，我才意识到，这"思想"二字的分量有多大；环顾世界，它多么独一无二！它是"叙"，也是"论"。我能感到，思想怎样从命题开始，越来越独立发育，直到突破原定的"序言"概念，长成一本任何诗选都不可能容纳的著作（诗选的同名孪生兄弟！）但，对诗歌而言，这充分的思想何其必要！形象地说，《玉梯》上眺望到的诗歌风景，获得的不是一本导游手册，而是一部透视地层的地理学。通过它们，个案被剖析，整体被把握，当代内涵，呈现出考古学的丰富。我很清楚，"活儿"的难度决定了，没有外人能完成它，只有我们自己做这件事。它，就，是，中，文，诗，的，自，觉。我喜出望外，仅凭招魂般招来这个收获，《玉梯》也成功了！

我在本文开端提到，"像陈寅恪那样研究，像爱因斯坦那样思想"，这组文章，是对那呼吁迄今为止的最佳回应。这里的标准很清楚：专业性和思想性。秦晓宇的"绝活儿"，可以概括成三点：细读、博考、深思。专业性，首先体现于对文本的细读，和理解"互文"重要性的博考，一架仪器般的精微观察，加上全方位的智能联想、触类旁通，其结果，常常令被阅读的诗人拍案称奇。例如在讨论实验诗的《璇玑》中，他挑出我的《同心圆》第五环（这首长诗的压轴部分），把我从"诗"字拆解开的言、土、寸，破译成"词与物、言说与不可言说的问题"（言），"汉语里本来就有根之意"（土），"竟然成为一种微妙的、与内心或时间有关的单位"（寸）。且在引用大量与"寸"相连的古典诗句后，结合我"寸"诗里隐隐渗透的《长恨歌》，一举点破"再长的恨与歌，都在寸心之内"。这学问真做得有点儿北京人说的"寸劲"了！是我还是他？或者诗与评一起，从"宛转蛾眉"引申出"挽歌的挽"、"婉转／的婉"、"宛如的／宛"，犹如一个延长音，"宛"然贯穿起那些同样被一条白绫勒断的句子（"脖子美如一个断句"），连死也如此娇艳的语言，遗下一摊摊空白的血痕。那么，是唐明皇、杨炼、或秦晓宇在听"铃"——听"零"？零声叮叮，断肠人都是领悟"消失就是思想"那人？我无意在此培养读者的懒惰，他们该自己去品尝这艺术的盛宴。我想指出的，是秦晓宇的研究方式，在"神似"意义上创造性转化了中国古典诗歌的形式主义批评传统。请注意，不仅"形式"，而且"主义"！这肯定句，是不是对胡先生"问题／主义"两分法的微微否决？这里的"陈寅恪那样研究"，可以落实到以下各层面：一、文字层面，让我们尽享"训诂"之美，深究诗句的"用字"，详查字的构成、字源学的出处，从而推进和逼近它此处的用法。二、文本关联层面，衔接中文古诗的"用典"，以"考据"学力发掘一件作品内的整个传统，不仅研究其"用法"，更研究其"重写"和"改写"法，因为貌似关联处，常常正隐含着深刻的区别。这样的阅读，并非都以句号结束。相反，越深的探索，在敞开越多的问题，就像陈寅恪文章中，当他最充分地"发人所未发"之后，仍留下无数"待考"、"备考"一样，大家巨匠的存疑，焉能由黄口小儿之"确信"望其项背乎？三、文学形式层面，从"四声八病"到对仗、平仄，中文古诗里视觉和听觉的精美形式，不应该也不会在当代失传。它们必须转世轮回，成为我们作品中的形式意识，且以个人独创性为能源，极力发扬光大之。我说"把每首诗当作纯诗来写"，秦晓宇则深谙"把每首诗当作纯诗来评"之道，差堪告慰古人的是，伟大的中文形式主义传统仍在延续。四、诗学和哲学层面，汉字的空间性是我们的命运，它引申为一种"有界无限"的结构，把时间纳入其中，成为流淌轮回的一个层次。这不仅是停留在群体意义上的"东方时间观"，更是每个诗人"自己的空间／时间观"，而且要能够被"个体诗学"统摄的作品所印证。一个中文文本，是双重的永恒象征：指出人类的根本处境，同时指出人类的精神超越。此中诗意，又哪里限于一国一文？至此，我是不是已经在谈论"思想性"了？正是这样，谁能在专业研究中，主动拒绝空泛、肤浅、煽情，而执著于诚挚、踏实、真本事、硬功夫，就一定会诗、人合一，直抵存在本质。尤其在这个毛糙浮躁、急功近利的世界上，蝇头障目，思想危机掏空了一切，肯（敢！）活得"笨"一点儿，下此

"渐悟"功夫的，不得不说是个巨大的异数。但再多一想，我们在谈诗啊。什么时候，诗是走捷径、捡便宜、玩玩顿悟游戏就能捡到的？诗，是世界永远的异数。即使当下，这个社会理想最贫乏、每个人感到最无力的时代，当你自称"诗人"，而又回避诗"个人美学反抗"的本质，写什么写？该问的简单得多：值吗？

我在《玉梯》诗选序言中写道："《玉梯》……让我想起中国神话里的昆仑山，就是唐朝李贺的俪句'昆山玉碎凤凰叫，芙蓉泣露香兰笑'那座山。古人想象，那是一架神人上下天地之间的'天梯'。这不也正是当代中文诗的最佳比喻？每个诗人、每首诗都是一架登天的玉梯，下抵黄泉上接碧空，既沉潜又超越。巴别塔从未停建，它正在每个诗人的书房里增高。写作的含义，不是别的，恰是一步步继续那个生命的天地之旅"。秦晓宇这本大书，终结于论述长诗的《屈源》，这篇比任何中文长诗都长、占全书三分之二的论文，曲折迂回地上溯了屈原那个"源头"，给"思想性"下了"发出自己的天问"这个最佳定义。我感到荣幸，此文以我的《叙事诗》结尾。让我的"思想——艺术项目"，在他专业性的透镜下，解析成具有普遍意义的光谱。于是，我的诗，所有诗，所有诗评，特别是这部"当代中文诗首次系统研究"，都汇入了思想——艺术的同心圆，"在人心万古苍茫之处，架设那架玉梯，让诗成为超越自身的原型"（同前文）。两年前夏季的某个晚上，曾被我写进《现实哀歌》的记忆，不约而同刺痛了我们，在"死者的月亮傍着簇新的牌坊"之处，夜色飘雨的空旷中，他伫立，回家就读到了我从伦敦发来的诗。这种心之契合，才是诗作诗评相遇的前提。归根结底，人有个质地。你写不出你没有的。这让我想起和诗人、收藏家钟鸣通电话时，半开玩笑的说法："至少得对得起石头！"戏仿训诂，"晓、宇"二字，已包含了"通晓古往今来"之意。我强调"共时"，就是强调这种内心的淡定沉静。从"玉梯"上眺望，我们始终都在"一个人和宇宙并肩上路"。爱上茫茫之美，就是成熟。

2011年5月20日

一个艺术家的史诗

　　曲磊磊的作品《每个人的一生都是一部史诗》，把他创作中始终贯穿的某些因素推到了极致。这里，我第一指的是他对人生和人性处境的深刻关切；第二，是不停建立自己艺术观念和形式的努力。进一步说，对于"人"的关注，内涵了"为什么"的问题——艺术，是否仅仅是一场游戏？艺术形式之"新"，是否应当是它内涵之"深"的延伸和呈现？如果是，"新"到什么程度才算抵达了那个"深度"？——"为什么创作"和"怎么创作"，终于又合而为一。

　　把中国艺术（特别是古典艺术）理解为"无人"的，并以此来与西方传统中的人性追求相对比，是一个极大的谬误。造成这个谬误的原因之一，是人们太习惯于根据表面的"题材"作出判断，却忽略了"人"在艺术中真正存在的方式。中国古诗中，屈原当然是"有人"的。但如果仅把那理解为他的悲愤投江，这个"褒扬"又成了贬低。他的"人"，纯粹存在于《天问》、《离骚》、《九歌》那一系列杰作的辉煌创造力中，而与那些传记传闻无关。同样的道理，中文古诗又常常由于它们歌咏自然而被认为是"自然的",但仔细考查一首"七律"的形式吧:那些"对仗"、"平仄"堪称立法,把一首诗在视觉、听觉、词性等等方面的美感逐一规定,那个人类最古雅精美的传统究竟是"自然的"还是"极度人为的"?中国传统山水画,确实与西方绘画的单点透视不同,但它是"多点透视",而非"无透视"。艺术家可以不追随外在的"逻辑"(如果有!),而以"分身法"在自己选定的每个点上观察世界,又最终把各种印象归纳于一幅作品中。"人"在这儿,不是锁在肉身之内的凡夫俗子,而是"千手千眼"的艺术观音!曲磊磊的作品也是"有人"的,作为当代中国艺术家,他的道路更加复杂坎坷:他得从一个"无人"或"非人"的处境开始,通过对人的追求去获取艺术的真谛;又在艺术形式的建立中,把"人"的内涵发挥到极点,直到突破国界、文化、语言、时间,甚至一块石头坚硬的表面,把这追求写成一部史诗:一个艺术家的史诗。

研究当代中国艺术的人们,一定会引用"今天"和"星星"这两个词。那是七十年代末的北京,大街小巷都被全国来的"上访"人群挤满了。北京西单"民主墙",是这些"文革"中受尽冤屈而又投诉无门者,唯一发泄不满和寻求同情的地方。那儿,也是我们这些年轻诗人、艺术家出没聚集之地。一些小团体组成了。各种各样的油印小册子贴到了墙上。一种震撼:个人默默忍受痛苦,其实又是和亿万人相通的!陌生的人们被命运的同感融为一体。一个简单的句子:"用自己的语言表达自己的感觉",已经和空气中充斥的宣传划清了界限。当我们不约而同地把那些既无感觉又无思想的政治"大词"清除出诗歌,它堪称我们的第一个小小的诗论。我至今记得:一页《今天》从手摇油印机滚筒下慢慢印出时,涌进心里的激动、庄严,甚至某种神秘感。毕竟,这是我们自己的作品啊!也是在这本杂志上,我初次结识了磊磊的作品。他为诗歌所做的一幅幅线描插图,至今不失其清新纯美:一条柔软环抱太阳的女性手臂;一滴晶莹垂挂成地球的泪水;一个男人蹒跚步向落日的背影……不是用另一种口号反抗官方的口号,而是对自由之梦的细腻触摸,并诉诸于久违了的中国古典绘画的线条之美!好的艺术,总是以自身的"存在"去建立标准、淘汰劣作的,与此相比,任何批驳辩论的文字都显得薄弱。我们在学艺之初,已经记住了这个道理。

现在是二〇〇四年,中国和世界,以不同版本演出各自的戏剧。中国艺术家的名字,已走出了国际艺术展上珍稀动物的阶段,不少甚至颇有"走红"之势,特别是当他们学会玩"文革"之类"红符号"的游戏之后!我在一九九七年"卡塞尔文献展"和二〇〇〇年韩国"光州双年展"上,都以"伪造的成功"为题,讨论了这种所谓"成功"的危险:其一,它是对西方艺术判断标准的毁灭:试想,安迪·沃霍尔之后,哪个艺术展会接纳一位如此简单地玩"'文革'宣传画+可口可乐商标"的西方艺术家?但为什么对一位中国人标准就不同(降低)了?这种"优待种族歧视"所伤害的,难道不正是人们据以判别作品优劣的标准本身?其二,它也是对中国真正艺术的威胁:当如此"快捷方式"大行其道,谁还有必要忍受工作室里的沉默和孤独？当一点中国政治和文化的土特产，加入一点西方时髦科技的佐料，就能迅速烹调成一锅"后现代"杂碎汤，且令评论界津津有味、艺术家名利双收，谁还能安守探索者的清贫？更可怕的是，当血淋淋的政治苦难被安上商标大肆叫卖，那些苦难真正的受害者却被忘了。他们的痛苦被卖了，成了"中产阶级艺术家"和"异国情调伪艺术"的一道装饰！对我来说，那种对遥远别处的"政治关注"是虚假的。"中国"、"伊拉克"就在每个人脚下。对任何"别人"的关注，必须落实到对自身现实的反思中。也只有这样，你才真正承担反思（以及反抗）的后果！正是在这里，曲磊磊的《每个人的一生都是一部史诗》才体现出意义：他拒绝廉价的诱惑，而把焦点锁定在"人的处境"上。这里被描绘的"每个人"都不是别人，而是他自己——他对"人性"理解的深度。是这个"根"，支撑了这部作品的内在空间，并给了它存在的理由。

《每个人的一生都是一部史诗》，是曲磊磊自七十年代末"星星"时期以来，一系列作品持续发展的结果。八十年代中期，当我们层层反思中国的历史和文化——特别是二十世纪中 - 西文化冲撞造成的极度意识混乱——他的绘画"兵马俑系列"，通过把自己的肖像画入支离破碎的兵马俑群像，传达出历史的沉重和个人觉醒的力量；八十年代后期，曲磊磊移居英国，加入了中国有史以来第一次大规模的拥有文化自觉的移民潮。在西方谋生之不易，给"自我"这个曾经空洞的口号，注入了实实在在的内容。同时，这一代所体验的"文化冲突"，又决非生活方式之改变那么简单，那是一个人精神追求的断裂与重构！这个过程无非有两种后果：一是追求的结束，无论是干脆放弃还是以瞄准市场泛滥"制造"的方式；二是面对断裂，把过去"太中国"以至不够深刻的思考，加深到直逼人性普遍处境的地步。也就是说，继续向前走、向深处走，直到走出一条自己的路来。幸而，曲磊磊选择的是后者。他出国后的作品，堪称多种多样，从中国水墨、西方油画，到字加画的拼贴都有。给我留下深刻印象的是二〇〇〇年展出的"手"系列，那应当称为《每个人的一生都是一部史诗》的先声：展厅中，"手"既是主题，又是形式。粗壮的、纤细的、伸展的、紧握的、青春美艳的、饱经沧桑的、挥舞呼喊的、哑默无言的……手的表情、言辞、灵魂，衬托淋漓的色彩和斑驳如断简残碑的汉字，给观者一种直穿历史而出的打击。这还不算，众"手"中央是一座装置。曲磊磊在英国海滩上，偶然发现一种黑色卵石，其上有白色花纹酷似英文字母，他就以此拼成了"手"作品的主题："历史在沉默中浮现"。这点睛之笔，犹如被周围众手高高擎起，把作品的内涵突显到每个观者眼前！

由此可见，《每个人的一生都是一部史诗》之出现，有深刻的必然性。在对精神内涵的拓展上，磊磊又突破了他在"手"系列中还隐约可见的中国隐喻，这里的"人"是真正普世的人。那一张张肖像，从西藏女人到英国农民，从"9·11"纽约世贸中心的死者到中国四川彝族姑娘，从诺贝尔奖得主到伦敦街头的老乞丐……如此不同又如此相同：每个人都是一个普通人；但每个普通人都有一个绝不普通的内心；那组成了一部部波澜壮阔的史诗。那些脸，犹如时间之手的一尊尊雕刻，既罩入命运的阴影又透出生命的光辉。仔细看去，每幅肖像下，又能读到一行文字，那是被画者的话，磊磊让它们静静"浮现"在背景中。于是，我们直接听到了一个个鬼魂似的语音，老乞丐说："你必须向所有人乞讨"；西藏女人说："我这辈子就做一件事，求佛把我变成男人"；英国家庭主妇说："尽我所能保持所有事物的平衡"；中国作家说："内心是唯一的方向，我要走到自己的极端"……石头也又一次开口了。我们再次见到，嵌有天然白色字母的黑卵石拼出"每个人的一生都是一部史诗。"大自然中最能与时间抗衡的石头，一经人手的触摸，也加入了我们的世界，揭示出普通人生内包含的沉甸甸的史诗内核！

在看惯了、看腻了各种以"新"作招摇的艺术时装秀之后，我们都已学会了：别上当，先等等，看是否用不了多久，"新"的表皮下又会露出"空洞之旧"？但《每个人的一生都是一部史诗》经得起检验，它的形式之"新"，完全建立在内涵深度的支持上，因而有真正的"必要性"。换句话说，它采取独创的形式，是因为古今中外没有一种现成的"定式"或"套式"，能被用来表达"这个"自己的感觉——它不得不"新"！这种原创性，体现在它既综合、又超越各种艺术的能力上。它是观念艺术——整件作品中，浸透了对政治处境、社会现实、民族异同、文化比较的思考；包括历史，一个统称的"历史"和每个活生生的却又常常是隐身的人的关系；包括艺术史，什么是"现在的"艺术？什么是"过去的"艺术？艺术之内有没有"进化"可言？由此，它已突破了一般社会学的层次，进入了对时间和空间（存在之本质）的思考：肉和纸的"速朽"与石头的"不朽"间，究竟有没有区别？有，区别在哪里？没有，它如何达成？等等。它也是装置艺术——作品完全建立在对整体空间结构的设计上。根据场地环境悬挂的肖像画，围着中央"点题"的石块组合。幽暗的室内，灯光和专门作曲的音乐配合，每分钟聚焦于一人（一画），那一瞬，我们几乎能看到和听到他们的内心世界！最后，灯光通明、音响大震，人们的关注点集中到石头上，那"无人之人"宣叙"无辞之辞"！它当然又是绘画艺术——每幅肖像，在专业者仔细审视下，都是对源远流长的中国文人画的创造性继承。这里有东晋顾恺之的"传神"；有南朝宗炳的"以画悟道"；有宋代苏、米、黄倡导的"文人画"；有徐悲鸿的"素描为一切绘画之基础"，磊磊的立意、构图、运笔，就是在技法上也经得起最严格的检验。此一举至关重要，它重建的是艺术的信用，建立在艺术家的手艺上！与之相比，艺术展上观众们那句话："这就叫艺术呀，我也能行！"已经判别了一件赝品！它也可以拥有行为艺术、多媒体艺术等等名称——画家自己和被画者们，都在同一个"行为"创作过程中。一个个地找，一个个地画，一个个地采访，都是一种扎扎实实的"形式"，远比当今大多哗众取宠的"行为艺术"有分量得多！"多媒体"则体现在音乐作品的有机组合与因特网的参与上。《每个人的一生都是一部史诗》的空间，通过网络延伸到无限大，使每个接触到它的人、每个被自己的一生其实是"一部史诗"所点醒和震撼的人、每个由此开始重新思考自己人生定位的人，都被包括进来，成为这件作品的一部分。《每个人的一生都是一部史诗》，包容、敞开、交织、重组各种艺术语言，直到建立起唯一的语言：它自己的艺术！

什么是"东方"？什么是"西方"？什么是"传统的"？什么是"现代"的？这些看似复杂纠缠的问题，对真正的艺术家来说，其实又根本不是问题。哪个生活在二十一世纪的人在文化上是"单一的"？我们从来在组合。更开阔的视野，意味着更强有力的组合。《每个人的一生都是一部史诗》提供了一个很好的案例，让我们分析，是什么样的"人生"思考，在对表达提出要求？又是什么样的艺术形式，令作品辐射出的能量，远超出艺术家构思的预设，甚至一切抽象的定义？正如曲磊磊在某处说过的："集半生之悟，把概念放在一边……生还之路，是把握心里那个真正的自己。"这就是中国古人所谓"外师造化，中得心源"的现代版吧。当代艺术的泥沙俱下、众说纷纭，不是在否定应当有一种艺术判断标准，恰恰相反，是在肯定对那个标准探求之必须！在一切已信息化的二十一世纪，那个标准不能龟缩、依托于某种土特产式的文化特性（CULTURE-IDENTITY），画地为牢无异于自欺欺人。另一方面，又必须警惕"异国情调"的廉价诱惑，在"政治正确"的庸俗——甚至"官方"——口号下，把对标准的放弃当作了对它的建立。其实，好的艺术中，从神到语言的"个性"从来触目。其内涵和形式间的"必要性"，使它们永远呈现出一种朴素单纯（注意：不是简单！）。就像考试中遮去考生的名字，只根据考卷判分，让作品本身那些"不可替代"的因素说话，比众多政治的、学术的"理论"都可靠。因为潮流会改变、时装要脱下，历史千变万化，"人"面对的，还是赤裸裸的自身。艺术的同心圆，依然围绕着我们对自己的追问这个圆心。

《每个人的一生都是一部史诗》就是一个同心圆。文化的、历史的、国际的、本地的、一代人特有的、某个人个别的因素，渗透、汇合成曲磊磊手中的丰富血脉，又通过他一次性显形。这也是一个人。众多人中的一个。他轻轻放在我们面前的是：一个艺术家的史诗。

静悄悄融合的无限

——杨黎明的油画艺术

如何判断一幅抽象绘画的优劣？二十世纪以来，我们一直面临着这个难题。抽象，既解放了绘画，也秘密地压制了它。当具象的题材被剥掉，一个我们能引用的判断因素，也随之被解除。一切都回到自由，"自由"本身反而成了界限。它看不见、又无所不在。它在拆除具象的同时，也顺手拆掉了艺术。它没有提升绘画的专业性，而是可怕地降低了它。谁不会抓一把颜料胡涂乱抹？哪种视觉不在制造（或臆造）联想？眼前缤纷的，是大师之作或初学者的涂鸦？或干脆是对艺术马戏团的嘲弄？特别是，在西方陷入困境的抽象绘画，却在中国艺术家手中，附加（强加）上一番东方禅或道的说辞，那刻意渲染的，只能是观者的自我放弃。艺术家魔术师，靠一只言辞箱子，就把垃圾硬说成"杰作"，甚至鼓动市场跟风投资。但你别问，这些"作品"的思想和美学是什么？给艺术家信誉的技巧在哪里？抽象，抽血般抽干了艺术，只剩下一个个空洞。

观众一句"我也能画"，就足够宣判一幅抽象画的死刑。但这个句子，你别想从杨黎明作品的观者那儿听到。这位1975年出生的年轻中国画家，毕业于油画专业，也一再用作品，证实着自己的专业性。他不走异国情调题材的捷径，而坚持从绘画内部，去打开、打通思想。品读杨黎明的《2008——2011，No1》，就能获得这样专业——思想良性互动的审美体验。它的关键词，是"层次"。它要求观者"读进去"：注目、凝神、屏息、沉思，那些初看深红、暗黑的画幅，几乎活着，像海面，一层层敞开。我们的眼睛开始反叛所谓"单色调"的感觉了。开始，是注意力被集中到那些小小的立体凸起上，观者犹如悬在空中，眺望着海上不停泛起、不停消失的细小波涛。之后，波涛深处，呈纤维状点缀着大小斑点的线条显现出来，那是什么？是海浪？海流？还是海的隐密结构？一张网，不可见而无所不在，却被艺术显形了。再深些，光渗出来。注意，这里的动词不是射出，不是照耀，而是"渗"（与"深"同韵），幽幽悠悠地，从海底层层晕染上来。肯定有个隐秘的光源，却没人知道它在哪儿。我们只能从缓缓涌起、照亮中心、而没有清晰边缘的光，猜测其深度。再从那缓缓逝入周遭黑暗，却不减弱的能量，猜测其力度。这是真正的神秘。一种纯粹由艺术之手缔造的不可知。我们被那神秘吸进去，且深入，再深入。一张画布的内涵，一个能被打开的无限。杨黎明的世界，像我们的生存，更像一首诗，其完整和天然，恰恰是极端人为的造物。要描绘它，最好借用诗人罗伯特·勃莱解说诗歌"意象"的言词："多层次的抽象感情静悄悄融入其中"。

不少文章谈论过杨黎明绘画的音乐性。但更该问的是：为什么是这样的音乐？如何构成这样的音乐？我从杨黎明的音乐中，听出了他独特的作曲法和演奏法。其核心意识，是一种共时的空间性。意即突破一般音乐遵循的线性时间，而建立起一个涵括诸多层次的空间。最终，把"历时"转化为"共时"。这其实也是音乐的普遍问题。一首乐曲，如何通过动机、节奏、结构，重复和变奏，去不停加强作品的"内在记忆"，直到在冥冥之中，建立起它的均衡感和稳定性？这个听觉空间问题，正要靠画家的音乐感来解决。回到《2008——2011，No1》，这个平面，需要我们像考古学家那样，小心剥出众多的"抽象感情"。我们看到：油彩的质感在创造幽暗的主调；黑红之间细部微妙而整体恢宏的过渡关系；三个同心圆并列、又被左右对称地分割，不同形态的稳定间，贯穿着动荡，由此赋予画幅一种独特的结构。那动荡，更被天机泄漏般时隐时现的经纬和三个隐秘强烈的光源所加强，你越凝视它们，越像被带着，退入宇宙纵深处。这儿，仿佛有一张中国古琴，在诡谲地演奏。它在空间中随处点染，在不同调性间纵横跳跃，震慑习惯于被歌唱愉悦的耳朵，打破线性旋律的惰性，驱使审美与思想合一。强名之，这只能被叫做"形而上的音乐"。它温柔而强力，揭示出一种形而上的存在。你得用杨黎明的方式，去"内听"它。听，不止在认知、更是在建构，我们身边这个虚拟现实内那无数现实；或太多现实深处一个不变的内心。这众多旋律交织成的共振场，他听见了、画出了，我们看到了。

杨黎明属于二十一世纪开始创作的一代中国艺术家。他们身上，较少意识形态思维的污染，却多了对中国古典文化创造性转型的自觉，以及对古往今来艺术命运的认知。基于这一点，杨黎明作品中的"思想性"，不是简单的政治喧嚣，而是对人生和艺术根本关系的成熟思考。他喜欢一句对他作品的评论："置身于一个孤绝的境地重新审视自我"。是的，孤、绝。肤浅的进化论改变不了它。艺术能做的，是不停证实那添加在自身中的深度和分量。由是，他的艺术之海，不流去，只流入。不和别人较劲，只和伟大的艺术心灵惺惺相惜。这是思想层次上，对时间和空间意识的把握：解脱出线性时间逻辑，并不意味着时间简单地被否定、被取消，而是被囊括和包容，变成了空间内部一个有机层次，迢递流转，催动整体充沛的活力。这包容性，同时是极大的挑战性。当艺术家拒绝依托"时尚"，他的自我就直接暴露在所有古典大师的审视下。他能否经得住那审视而不坍塌？杨黎明对此足够自觉。他的绘画首先是绘画。就是说，不借助二流的哲学说辞，而回归艺术家手上的技艺，既追求观念分数，也追求技术分数，且观念越高级，越必须印证于形式的完成度！为达到这一点，他对东、西方的态度一样：不做群体划分，一概既反思、又综合。西方的油画传统、中国的哲学领悟，都是基因，都是资源。为什么不？既然我们先天已是杂交的，正可以繁衍超越双方的良种！或许因此，杨黎明作品内的思想之旅，最终抵达的是视觉美。一幅幅画，俊逸、漂亮，单纯而丰富，沉静而热烈，思寓于感，感流淌思（我写过"在思想的深处感觉"）。他的悟性，体现在这句话里："以前我要把黑色画黑，现在要把黑色画透明"。我们又看到那个隐秘的光源了吧？黑，正是光本身，只要你有能力去创造它。人生之无限，融合成艺术之

"一"，又从"一"之高度（深度），透视我们的此在。这是"东方"思维吗？抑或正是人类精神的本来境界？

杨炼

2011年11月15日

"后锋诗学"：尴尬与机遇①
——简论当代中文诗歌批评

一

诗歌批评的意义，一言以蔽之，是基于诗歌创作的提问，整合知识资源，用清晰陈述的思想促使文学良性循环。它必须贴近作品，因而贴近作品植根的现实；又必须穿透诗人独特的感受和表达，使之袒露为普遍的思想。诗歌批评的清晰和深刻，常常使它在恶劣的现实中遭遇危险，或在混杂的文化环境中无所适从。无论它的尴尬或机遇，都在提供考察一种文化的最佳透视点。

一度，"影响的焦虑"这个外来词，曾在中国诗歌批评家们嘴上风行。但谁想过，那"焦虑"其实又多么奢侈？因为影

---

① 此文是应阿拉伯诗人阿多尼斯之邀，为他新创的阿拉伯诗歌杂志《他者》而作。

响毕竟存在，焦虑来自受影响者的困惑。与此相比，中文诗歌的处境难受得多，那该称作"没有影响的焦虑"。或者，自以为有一种"影响"却殊不知那只是个幻象，和我们并无关系。当代中国，在语言、现实、文化、思想中层层错位，它和古典中国的关系，与其说明白无误，不如说是个巨大的问号。缺乏反思地津津乐道"传统"，说好了是一厢情愿，实在些简直是自欺欺人。

绵延近三千年的中国古典诗歌这部大书，某种意义上，还从未被真正阅读过。其原因，和中国历史、文化的命运相关，也和二十世纪中国动荡的政治环境相关。在1840年鸦片战争砸开中国大门之前，中国文化基本上是一个"汉字统一体"，其思维、观念纯以汉字为基础，数千年自成一体，虽然持续在自身内转型，但几乎没有真正的外来文化挑战，用对传统观念的根本质疑，迫使其深化、发展自身精彩的思想基因。于是，两千五百多年来，老子的"道可道非常道"，虽然有对人类存在和语言的深刻把握，却要等上二十多个世纪，才衔接上维特根斯坦的语言哲学。而孔子的诗训"诗言志"呢，从来只被泛泛当作"忠君爱国"，但，倘若把"志"理解为广义的内心意志，那他岂非早早言明了中文诗表现主义的天性？更精彩的是屈原，这位两千三百年前的"中国但丁"，在古往今来最伟大的诗作《天问》起首，直触核心："曰邃古之初，谁传道之？上下未形，何由考之？……"一个"曰"字，把人作为语言动物的先天处境，钉在眼前，幸运和不幸都无从回避。比内容更令人震撼的是这首诗的形式。它全由提问组成，层层穿透宇宙之初、神话历史、政治现实、直到诗人自我，将近两百个问题，步步加深，却无一答案。两千三百年后，我环顾古今，仍然找不到一个比"提问者"更好的词，能命名诗人的专业。就这样，中国古老文化的精华，埋藏在我们体内，太近也太远，当我们想当然以为"知道"它时，恰恰可能忽略和隔绝了它。

我把"思想深度"和"形式批评"作为两个概念来讨论，它们并不重合，却又血缘相通。对我来说，屈原与其说是诗歌楷模，更应该称为思想的源头。他所提供的，是一部古往今来的"诗歌原版"，那个根，能让一切诗歌萌芽再生。对屈原的作品，不能以任何写作策略来谈论。因为有诗意的大灵魂在，何愁不能发明一具躯体？但，一个隐患也埋藏在这里了：中国古典诗歌自汉代以下，随着儒家大一统思想专制的确立，"天子"皇帝至高无上不可置疑，《天问》的实质"问天"已被钳制掏空，诗歌批评自此沦为纯粹的技术性讨论。可以说，汉代以来两千年的中文诗歌批评，一言以蔽之，是对诗歌形式主义的纯粹讨论，它的成果，是建立了一个精美绝伦的汉语诗形式主义传统。两千余年间，汉之乐府、赋、骈文，魏晋南北朝之五言诗，隋唐大盛之五七言绝、律，宋朝之词，元朝之曲，一步步领悟形、音、义三重因素合一的汉字特性，尤其精研隐于视觉意象背后犹如秘密能量的音乐性，在极端如律诗的形式里，从视觉和听觉上严格"立法"，规定两行诗句间词词对仗，每行诗句中平仄固定，违反规定者判罚出局。中文古典诗歌批评，正是瓦雷里梦想的"纯诗"批评。五世纪南朝

沈约的"四声八病",提炼出汉语诗的音乐美学理论。六世纪
钟嵘的《诗品》,列举二十四种诗歌风格,具体把握创作实
践。上千年间,诸多诗歌形式,没有进化论式的互相取代,而
是共同存在,任一代代诗人挑选沿用。每个诗歌形式,都有个
自身的同心圆,把所有时代的作品并置于一地,通过共同的
"游戏规则"直接比较。这里隐含着一种否决:在欧洲渗透了
线性时间观的"诗歌发展史"之外,另立一个"共时的"传
统。其呈现,是历代大诗人依据自己的美学品味,不停重新编
选古典作品,用一部部诗选,加上一部部阐明自己判断标准的
"诗话",不停重写个人的"传统"。在今天,这该被后现代
主义者引为同道吧?

整个二十世纪,中国被抛入三千年未有之历史大变革、
文化大震荡,表面上触目的改变是政治,深层里的思想挑战
是:古老的中国文化能否现代转型?这个现代"天问",包
含了中文诗的辉煌和痛苦:一九一九年的"五四"新文化运
动,"新诗"在古典美学最深厚坚固之处突破,引入口语写
作,在倾注了将近一世纪的诗人心血后,把稚嫩生硬的现代汉
语,一点点再造成一种成熟精美的诗歌语言。但,屈原以后中
国文化中"天问"精神的空缺,在社会动荡时期,更显出毁灭
性的后果:二十世纪的中国诗人,常常把群体化的"政治"情
绪,误以为独立思考;用响亮而肤浅的口号,替代本该深刻
而痛苦的自我追问。这种思想弱化,第一表现为对自身传统
的极端盲目:"五四"时诸多口号之一的"全盘西化",延伸
为文革中"破四旧"的唯一。第二也表现为对外来影响的丧

失判断：一九四九年后的三十多年间，堪称彻底的"非诗"时代，一大堆不知所云的意识形态词汇，和"万岁"、"打倒"的权力游戏一起，代替了人性和常识。诗歌呢？在这堆语言、现实、文化、思想的碎片中，早已尸骨无存。一片丑陋裸露的空白，是唯一留给我们的遗言。我在最早的诗中写道："这遗言／变成对我诞生的诅咒"。

二

从古典的纯粹形式主义诗歌批评，到沦为意识形态化的"非诗"，再到重建当代中文诗批评，用"脱胎换骨、凤凰涅槃"形容并不过分。这里，核心是独立思考的能力，目标在建立判断当代中文诗的价值标准。从一九七九年至今的三十多年，中国和中文的深刻变化，本身就是一首史诗。

稍微知晓当代中国文学的人，都知道一个名词：朦胧诗。那很容易被当作一种追求"朦胧"的诗学观念，犹如英语里庞德创始的"意象派"，或意大利蒙塔莱们的"隐逸诗"。可惜，误会了。朦胧诗，来自一篇官方批判文章。它用《令人气闷的朦胧》，批评一种"看不懂的"诗歌。因为这些作品里，没有中国"文革"期间习以为常的"社会主义"、"资本主义"、"无产阶级专政"之类政治大词，却回返到太阳、月亮、土地、江河、黑暗、光明、死亡、生命等等意象，并用它们营建起一种作品，看上去"非政治"、可明明写出了内心更深的沉痛。"太阳升起来／天空／这血淋淋的盾牌"（芒克），"黑暗给了我黑色的眼睛／我却用它寻找光明"（顾城），"文革"刚过，它们在中国人心里引发的，不啻一场精神地震，其力度远超今天"诗歌"的常见定义。八十年代初那场"朦胧诗"之争，缘起于衔接"断裂"两侧的批评家谢冕的《在新的崛起面前》一文，他并未提出诗学主张，仅只温和地要求"宽容"，却已遭至官方批评界的大规模围攻。今天看来，那场争论充满了错位：被批判为"反传统"的年轻诗人们，恰恰在反感意识形态谎言的潜意识作用下，通过"纯净部落的语言"回归了传统；而依仗权力号称"传统"的批判者，恰恰在坚持歪曲中文语言、污染社会思想。"朦胧诗"的作用，是让中文诗创作回到了原点：用自己的语言表达自己的感觉，却不期而然地给诗人提出了最低也最高的要求。一个关键词："自己的"，找回了个人和语言的定位，也标明了"非诗"和诗的根本分界。多年后，我把这批年轻诗人作品中不约而同发生的改变，称为"我们的第一个小小的诗论"。

今天中国知识分子，对上世纪八十年代，充满了一种精神乡愁。其原因，可以概括为"噩梦的灵感"：现实痛苦和社会压抑，反而激发出超强的思想能量，令历史、传统、语言、心理每个层次被深刻反思。当然，所有反思都是自我反思。"朦胧诗"虽然挣脱"非诗"，重回诗歌的写作，但它的特征，仍主要表现为社会批判＋意象表达，因而不免在诗歌上浪漫和幼稚。与此相比，八十年代稍晚出现的"后朦胧"（又称"第三代"——相对于官方的"第一代"和朦胧诗的

"第二代"），就在诗歌意识上自觉得多。或许这"自觉"是不得已的事，因为新一代面前已不是一片荒野，朦胧诗人们的作品摆在那里，那些有鲜明个性的诗歌美学，既开了路也是障碍，后来者的个性，必须为"影响"而焦虑、也经由和它们比较而确立。诗歌之内的传统，开始重建了。一九八六年，刚开张不久的深圳"经济特区报"，举办了"现代诗群体大展"，任何诗人，只要认为自己诗论独特、诗作有力，都可以自称"诗派"，在大展中占一席之地。共有八十四个"诗歌群体"参加了展览，其中不少一人一派。虽然，五彩缤纷的诗派名称、诗歌宣言，常常比诗作精彩得多，但毕竟，诗的多元时代来临了。那时的诗歌批评，多半伴随着不同地区、不同群体的"诗歌事件"，尤以气候炎热、民情冲动的四川省为最喧嚣："非非"，取古典的"想入非非"和西方的"否定之否定"为义；"莽汉"，效法金斯堡发出反文化的"嚎叫"；"第三代"，直接打出时间割据的旗号……等等。当然，青春狂热不等于杰作，但须记住，"野性"本身就是解放，破坏同时也充满了快感。与出版界"翻译潮"中尼采的个性解放相呼应，诗歌批评用"寻根"一词，汲取偏远的西藏、荒凉的黄土高原上的原始生命力，挑战中国"怪圈式"循环于噩梦中的历史。一种思想深化，回顾中就如地理结构般地清晰了。整个八十年代，有种连贯的反思。作为诗人，为什么写和怎么写，才能突破种种局限，还个人以创造的能量？内在提问也呼应着外来资源，长城的缺口处，突然涌现出翻译的狂潮。荷马史诗、但丁神曲、莎士比亚、歌德、波德莱尔……整个西方哲学、文学史"非时间"地倾泻到我们头上。更进一步，庞德的"意象派理论"、艾略特的"新批评"、瓦莱里的"纯诗"、叶芝的《远景》（A Vision）、里尔克的《杜伊诺哀歌》（Duino Alleges），现代希腊诗人创造性把握古典的能力、拉美诗歌中本土大自然和欧美思想的结合……每首好诗都在刺激思考。中、西鼓荡着诗人内心里一场场对话。短短十年，我们浓缩了从中世纪到启蒙、从狂飙突进到现代主义的全过程。

和朦胧诗同龄的独立诗歌批评家也出现了。徐敬亚，首先是诗人、评论也写得诗情澎湃，用他的《崛起的诗群》进一步为新诗正名，指出现代诗顺应时代、理所当然地应该成为当代中文诗主流。孙绍振，一位普通教师，写了《新的美学原则在崛起》，肯定一种不同于"歌颂文学"的个体诗歌，强调自我是诗歌的灵魂。唐晓渡，三十多年来，唯一贯穿各个阶段、介入不同创作的诗评担纲人物，用他的众多文章，在纷繁创作中理清了一条思路：批判诗学（诗歌的现实反抗）——自足诗学（以诗歌自身为本体）——个体诗学（每个诗人"自洽"的诗歌观念和创作）。他的论文集《不断重临的起点》，既有对单个诗人创作轨迹的追踪，同步归纳一个诗人的"发育过程"；又有对群体诗歌现象地描述，例如他为《后朦胧》、《实验诗》诗选所写的序言，今天读来，兼有史料和思想的双重价值。与这些"专职"诗歌批评家相映生辉的，是贯穿八十年代诗人们对自身创作的讨论。顾城作为"朦胧诗"最有争议的诗人，明确拒绝作为文学机器上的"齿轮和螺丝钉"。他给自己的头衔是：童话诗人、"梦土上"的诗人，虽然他的梦并不总是甜蜜的。杨炼的《传统与我们》、《智力的空间》、《重合的孤独》，深思中文诗歌不可回避的"传统"话题，在"中文的、现代的"之间建立起坐标系，以此判定自己的位置。他从汉字空间性引申出的结构诗学，从一九八九年完成的以一个自造汉字作标题的长诗《𧿧》（YI），到最新之作、自传体长诗《叙事诗》，一以贯之，把思想焦点指向人之处境的"深度"。女诗人翟永明，从女子气的肤浅、女权的褊狭中走出，强调《女性诗歌的黑暗意识》，并与她的《女人》、《静安庄》等一系列组诗相呼应，建立起一个思想和创作互补的诗歌世界。八十年代，我们没有像样的学历，足以自称"学院派"。但清晰感受到的现实紧迫性、与传统的断裂，以及诗思深处涌动的巨大能量，使我们不得不迫使自己成为"思想者"，坚持不放弃对思想的追求，并用思想的纵深激发诗创造的感性。用我《智力的空间》里的说法："在思想的深处感觉"。诗，仍然是鲜嫩开放的，但必须在探入岩层的思想枝头开放。

进入九十年代，中文诗歌史上首次出现大规模漂流写作。谈论我们的文章中，"流亡"一词必不可少，仿佛只要它出现，就一定确保诗作的质量。但，这是褒奖诗歌吗？抑或其实在贬低它？一个免除创作艰辛的"附加值"，就能代替（抹煞）作品必要的质量？应该问的是，这个世界上，有思想的人谁不在流亡？意识到流亡不难，用一部部作品，去证实那流亡的主动性、创造性很难。但不如此，何来诗的深度？"深度"，找到了古今中外诗歌的汇合点。从"流亡"一词最早的使用者大诗人屈原、到杜甫，再到世界另一侧的罗马诗人奥维德、意大利诗人但丁，他们分担着同一种命运，也分享了同一种荣耀。深度的另一个名字：诗。

三

当代中文诗歌批评面对的最大危险之一，是被简单化。常见的是政治简单化：同一种"非诗"，用这样或那样的宣传语言，互为倒影地取消诗歌。同样是标语口号，同样是"政治正确"（以不同时间为语境），同样容易写——只要追随时髦题材和观点已经足够。诗句呢？越"好懂"越好。反正，有层出不穷的、总占领报纸头版的"坏消息"，来保证产品的畅销。诗人得益，更享受其他人的模仿。但，这是诗吗？在全球化的今天，诗为什么存在？怎么存在？它如何既揭示人的处境，又不放弃诗学上的丰富？在思想和语言的双重深度中，实现真诚也实现超越？诗歌批评必须回答这些问题。

过去二十年，应该被视为中国历史上一个独特的单元。古典中国自成一体的文化早已破碎。被经济急速膨胀、大众文化五光十色、商业意识渗透一切所代替，互联网使"国际"成了日常生活的有机部分。这是歌星和影星的时代。诗歌明显地边缘化了。但这"边缘"，据说也有两百万人口。现在，很难理清什么是占据诗歌主流的"群体"或"流派"，因为千百个诗歌网站，每个都自称主流。无数诗人的博客、微博，每天都在大爆炸式地扩展无边无际的出版宇宙。这时代，信息窒息了思考，噪音淹没了判断。谁需要筛选出的杰作？谁相信严肃的诗歌批评？当大家都自说自话，还有没有公认的标准？某种意义上，"多元"成了诗歌批评最糟的生态困境。这对批评家，是个可怕的挑战：他／她现在不得不比诗人更理想主义、更特立独行。

另一方面，这也是一个新的起点：中国终于逐步挣脱二十世纪的历史阴影，学会比较自信自觉地看待自己的传统，进而寻求和其他文化良性对话了。我自己就曾三次改变对自己写作的称谓：一、"中国的"，从中国现实切入人生普遍处境。二、"中文的"，在中文特性内发掘限定和可能。三、"杨文的"，用自己的"极端"创作建立个人诗学。对折磨中国知识分子近一个世纪的"体"、"用"之争，我的回答是：独立思考为体，古今中外为用。至此，我们突然发现，由各种传统杂交而成的我们，思想资源前所未有地广大：中国古代的"天问"质疑精神、形式主义的"纯诗"批评传统、当代现实里良莠混杂的中西元素、西方和其他文化的营养……我们何止有一个"传统"？正确的说法应该是：我们把各种传统都带在身上，寻求着更大范围综合中的独一无二。一个主动的"他者"，拒绝任何盲目。

九十年代初，中国诗歌界曾陷入过一种深深的失语状态。现实的残酷，令创作和批评不得不更深刻的反思自身。寂静不等于停止，它经常是在酝酿变化。一九九三年，一篇欧阳江河撰写的文章《89年后国内诗歌写作：本土气质、中年特征与知识分子身份》出现，标志了这变化。他在文章中提出，出现了一种"深刻的中断"。或许，连他自己也没意识到，这"中断"究竟是什么？有多"深刻"？同样的误解，也出现在文章发表后，一度喧闹但语焉不详的关于"民间写作"或"知识分子写作"的争论中。那场争论的潜台词其实是：逼人的政治压力下，诗人能采取什么应对策略？但概念的混淆、思维的杂乱（或许加上环境的威胁），反而使问题越争辩越浑浊。其实，"民间"呼吁的"非官方"立场、"知识分子"希求的成熟思考，都在"诗歌"一词的先天含义中。它们共同构成了写作，哪有什么可争？在我看来，更有意义、也有意思的，是它们在共同暗示那个"深刻的变化"：从八十年代"群体的"、"运动式的"的诗歌写作，向九十年代后个人的、深思熟虑的诗歌写作转变。诗人和诗歌都该脱离青春期了，欧阳江河谈到的"中年"，真正的说法应该是"成熟"。那包括一种从被动到主动地选择：在社会中给自我定位，以整个传统为参照给当代诗歌定位。如果说，八十年代年轻诗人追求的是当"先锋"，那现在不再年轻的诗人，就要考虑在一个漫长艰难的文化转型中，如何让自己有后劲、有耐力？归根结底，有"深度"！为此我特意发明了一个词：后——锋。刻意逆反青春期的幼稚和激烈，明确肯定一种"慢"：厚积薄发，后发制人。中文诗歌原本就不是一块空地。我们踩下的也从来不是第一行脚印。那么，真问题就该是：如何给三千年持续建造的中文诗歌之塔，哪怕增加一毫米高度？这比自封"先锋"艰难、也精彩得多。"深刻的变化"，内涵正是：现实中全方位独立思考，文化上全方位自觉选择，诗歌创作中冷静、深远、"极端"。好熟悉啊——屈原不正是这样活、这样写的？该我们发出自己的"天问"了。

在诗歌批评家唐晓渡那里，这个变化被准确地概括为"当代中文诗开始进入了个体诗学的阶段"。他不仅和朦胧诗以来的诗人们交谊深厚，因而能紧密追踪和概括诗人们迈出的每个脚步，同时，他自己也是深刻的参与者。八九十年代之交重要的民办诗刊《幸存者》和《现代汉诗》等，都留下了他的身影。从"个体诗学"角度，他完成了一系列"诗人论"，其中精彩的长文，有关于朦胧诗人芒克的《芒克：一个人和他的诗》，关于天才而夭折的诗人顾城的《顾城之死》，关于全球漫游又在中文诗里不停深化的杨炼的《终于被大海摸到了内部》，关于杰出女诗人翟永明的《谁是翟永明？》等等，以及既有诗学意义、也有哲学内涵的《时间神话的终结》等。其他活跃的诗歌批评家还有陈超、耿占春、陈仲义等，以及杨炼、西川、翟永明、于坚、陈东东、萧开愚、杨小滨和一大批"诗人批评家"，他们共同组成了一种多角度、相对独立的诗歌批评环境，自说自话也众声喧哗，让"成熟"一词，在九十年代中期以后表面平静的中文诗坛清晰可辨。

专业和思想，曾被概括为"问题"和"主义"，在二十世纪初的中国彼此对立：专业的象牙之塔，似乎一定与对人生处境的深思无关。但在"个体诗学"中（也在广义的"成熟"文化中），它们不仅不矛盾，反而该互为对方存在的前提。就是说：思想来自专业；专业印证思想。两者缺一不可。进入二十一世纪，中国诗歌批评界的最大收获，该算是一代年轻批评家的出现。他们学历完整，知识全面，又通过诗歌这根敏感的神经，和现实人生血肉关联。他们中的佼佼者如秦晓宇，堪称我（我的诗！）期待已久的评论家。他出生于一九七四年的内蒙古，大学学的是理工科，却极罕见地兼有古典中文诗和外语诗的良好修养，这使他"古今中外为用"成为可能。当他递给我他的诗论集《七零诗话》，我立刻敏感到，一个有意思的人出现了。因为，当代诗评家中，这本书首次返回了中文古典"诗话"的形式，用看似片断罗列的、非系统的、但却实则内里相关的方式，把诗人、诗作中各种资料合为一种美学整体。"七零"既是他出生的年代，又在提供那一辈诗人的视角，独特而审慎地检视他们的诞生之处：已经发生的当代中文诗"传统"。我的感觉很对，形式就是思想。近年来秦晓宇的一系列论文，引起了诗歌界的极大注意。其中，又以他写作三年有余、2011年完成的六篇系列长文为集大成者。这些文章，是应我之邀，为我和英语诗人威廉·赫伯特（William Herbert）编辑的英译中文诗选《玉梯》（将由英国Bloodaxe Books 出版）而作。它们的特点也是这部诗选的特点：极端"专业化"，因而极具"思想性"。这部诗选的结构独一无二：全部诗作，按照六种体裁分成六部分。秦晓宇的六篇文章一一分述：抒情诗（传统最强项），叙事诗（传统最弱项），组诗（汉字提供了结构的最佳可能，但始终被忽略），长诗（几乎空白），新古典诗（一个折磨现代中文诗人的噩梦），实验诗（汉字的观念艺术）；每篇都深入特定体裁的古典背景、外来影响，去探讨它们在当代创作中的呈现；既进入精选的细部，又兼顾思想上的整体。这避免了过去讨论中文诗常见的泛泛和笼统，不走捷径，却知难而上，由"深"而"新"。我的感动，是阅读它们时赫然发现，本以为早已断裂了的传统诗歌批评不仅精华犹在，而且轮回转世成了当代启示。例如他对作品的"细读"，堪称中国古诗"训诂"的当代版：深究诗句的用"字"，详察字的构成、字源学的出处，从而解析在"此处"的独特运用。他对诗作"互文性"考察，又衔接了中国古诗讲究的"用典"，以及研究典故的"考据学"：通过考古学家式的揭开文本地层，让一首诗内涵和"重写"的传统充分呈现。古诗中精美的视觉和音乐系统也没过时，它们被"翻译"成了当代诗的多层次意象和独特设计的音韵节奏。而使用了三千年，在中文动词永远原型里蕴含的"共时性"呢？当它成为一种自觉，是在提示中国"非时间"的现实，抑或指出人类命运本质上的一动不动？问题不在于风景，而在于眼睛。是否有足够深刻的视力，去看见那风景——层次一，创造性转化古典中已有的："纯形式"批评和"形式主义"的传统。层次二，重新发现古典里久已湮灭的：诗人追问困境的"天问精神"。层次三：让来自中文的思考深度，再次给人类以启迪。秦晓宇这部三十余万字的大作，是对当代中文诗首次系统的研究。诗人的"个体诗学"，与诗歌批评家的"个体批评学"终于相遇。我终于不必再讥讽"非专业的地方，就是混混的天下"了。

二〇〇三年，我在苏格兰 Cove Park 艺术中心时，通过电脑和中国的木朵做了长篇访谈《一座向下修建的塔》，我发现，他对作品解读细致、提问深邃，一问才知道，他的住处，在偏远江西省的群山腹地。一个英国和中国大山之间的"直接"联系，突然让我意识到，思考中文诗的语境，已经远远越出国界了。这篇访谈中，我明确提到：我的书不是"诗集"，它们是一个个"思想——艺术项目"：特定的诗意要求特定的呈现；而持续地赋予形式，构成了一个人之内的"传统"。现在，这个概念应该大大扩展，不仅我的诗，而是所有诗，甚至不同语言间的诗歌交流，都是"思想——艺术项目"。诗歌这个塔尖，向下审视、追问着每个人：是否真诚到承认自己——和世界——永远的思想危机？又是否有能力超越，一如诗歌从血迹灰烬中绽开的创造之美？这是诗人的命运之点，古往今来一动未动，只在无尽加深同一篇《天问》。同心圆涵括了一切。

非人生观

——三十六岁自赠并代序

　　观者，又见也。人生观者，重睹人生也。我寄旅人生，凡三十六载，此一睹，幸运乎？厄运乎？幸存乎？吾尚不知。再见人生，吾所不愿。故非不谈人生，实人生不可谈。非不观，实不可观，不可复观，亦无从无足观起。

　　处世，变幻无常。外变内亦变，若坐于飞舟而观于流云，幻象之外，一无可据。三十六载之前，万事缈缈，百书并陈，其说不一，何为可依可信之理？三十六载之中，"救国"云云，"救人"寂寂，如所居之国无人，所生之人无国，又何为可憎可爱之情？学诗日久，非吾写诗，实乃诗写吾。每一句出，不独远离吾身，亦远离此世，若众星焚于天外，其光非仅止于囊萤映月之用也。所谓艺术人格者，非艺术出自人格，乃艺术创造人格。艺术所为，在于敞开天启，使人获求一超拔于混浊人烟之世界。此，不落文字之内，乃据文字之上，汝可随之，焉可求之？

　　如是，人生不必观。不观，则游与不游，皆逍遥也。

在一只埙的世界里①

一只埙里储存着千年万载的鬼哭。

黑夜。旷野。无星无月中，一缕呜咽响起，鬼哭幽远传来。必定古老而朴素，六千年前，一双新石器时代的手捧起这乐器，一团椭圆形的粘土，三孔。一张嘴唇贴紧它，吹，却更像吸，把风声草声，吸入胸腔中内心中。生命一代代消失，一只埙里充盈了一个无垠的世界。

我的一部诗作题为《幸福鬼魂手记》。这并不矛盾，幸福，属于能突破生命限定的人，或者说，有能力成为自己鬼魂的人。他的专业，是在自己身上考古，且一次次亲历发现的震撼。西安秦始皇兵马俑坑边，我曾目睹大地掀开一角，一个死亡世界如此近如此触目，却又被遗忘得如此彻底。一次又一次，我为世界对屠杀的震惊而震惊，此前那么多号称深刻的死亡记忆哪去了？海外漂流中，我用每天体验尽头，而尽头本身无尽。一生的内心之旅，听诗歌这只埙演奏："大海　锋利得

---

① 此文为2012年诺尼诺国际文学奖受奖辞。

把你毁灭成现在的你",再深些:"这是从岸边眺望自己出海之处"。

我作品的"原版",是中国文化传统的现代转型那部史诗。汉字没有时态,正像个无声的启示,告诉我:任何事件,一经书写就深化为处境。在中文里,时间从不流去,从来只流入。一首诗占有了全部时间。它并不在乎"古老",唯一在乎"深刻"。一种自觉的深度,直接衔接上中文诗史第一个名字屈原的"天问"的能量。作一位当代中文诗人,必须对得起伟大祖先的鬼魂,和他们写尽人生苍凉的精美之诗。我知道,我不仅把自己写进,更活进了,一个绵延六千年的长句。

剧变的阿拉伯和中国,构成了"新世界"的语境。我们的海图上没有宁静的港湾,只有海啸和漩涡,不停挑战自己的和他人的定力。这难度的同义词就是深度。而深度在一首诗之内。古今中外的杰作,既判断又加入它,并修改了史诗的定义:一首"诗",在涵括所有的"史",包括这个利益全球化而思想危机空前严峻的时代。每一行尽头,黑暗中的听者也是歌者,我们哭泣,并分享哭声的美丽:"从——不可能——开始"。

抵达这鬼魂般的自觉就是幸福。

伦敦,2012年1月4日

附：在思想和诗歌的交点上
——2012年诺尼诺国际文学奖发奖活动小记

2012年意大利著名的诺尼诺国际文学奖授予旅居伦敦的中文诗人杨炼。2012年1月28日，在意大利北方城市乌迪纳举行了诺尼诺发奖仪式。诺尼诺奖评审团主席、2001年诺贝尔文学奖获得者奈保尔出席仪式。阿多尼斯代表评审团介绍杨炼及其作品。杨炼在从阿多尼斯手中接受银质奖座和奖金后，发表了题为《在一只埙的世界里》的受奖辞。

今年诺尼诺奖的授奖辞指出："杨炼的诗意创作，构成当代中国思想的高标之一"。"奠基于他的千古文化之根，他重新阐释它，朝向当代张力再次发明和敞开它。他的诗句触及了关于我们存在的所有最重要提问，并提醒我们'诗歌是我们唯一的母语'。""他在一种并非仅仅疏离于自己土地的漂泊中，把生存和写作的景观推到极致。""一个全方位流亡和有深刻距离感的诗人，远远超越出我们的时空"。这直接把此奖的意义，定位在了思想和诗歌的交点上。

对于获得诺尼诺奖，杨炼的感受是："当然高兴，但不仅因为获得一个奖，而是因为评委们敢把这样严肃的奖，评给'我这样的'中文诗人！想想这里包含多少挑战性极强的层次：对中文古典诗歌和文化的占有；当代对传统的再阐释和再理解；中文当代诗在观念和形式实验上的极端创造；我三十年写作中每一部作品的区别和它们构成的漫长旅程；最后却绝非不重要的——原作对翻译提出的高要求，构成了我一直追求的中外深刻交流的的基础！高兴太肤浅了，值得振奋的是这个奖肯定了思想和诗歌的真价值"！

当有记者问到："意大利这个奖为何会青睐于您"？杨炼的回答是："我不认为他们特别在乎谁是那个'您'。评审们要各自阅读作品，做出自己判断，最后还要投票决定获奖者。所以，我认为是诗作的质量获得了'青睐'。具体地说：对古老传统的自觉；对自我处境的追问；对诗歌观念和形式的创造。它们又聚焦于一个词：深度。在中西文化的撞击中，我们每个人都是一个文化杂交的案例。真问题永远是：你如何应对这处境？我的原则很清楚：作一个主动的他者——独立思考为体，古今中外为用。我在世界各地，我更始终在中文之内。只要对自我、对语言提问的能量在，诗歌写作的血脉就一定通畅丰沛。今天，利益全球化而思想危机空前严峻，它塞给世界一个'大现实'，诗人思想家，必须还给它一个诗意反思的'大传统'"。

诺尼诺发奖仪式同时更是不同文化思想碰撞的机会：阿多

尼斯和杨炼自从2003年在约旦诗歌节相遇，已经持续进行了
四次深度对话，这给世界提供了一个遥远文化间直接沟通，且
深刻理解的范例。此次先在乌迪纳发奖活动中，后在威尼斯著
名的摩纳哥酒店，杨炼和写作《印度：一个受伤的文明》的奈
保尔之间，又在对中国和印度的文化反思间，达成了深刻的交
流。他们的共同点，在于不从单一视角，单一层次，去观察和
思考这些进行着艰难现代转型的古老文明。相反，他们既锋利
剖析自身传统思维的僵化惰性，也不回避西方殖民历史带来的
加倍复杂，更关注全球化时代中，知识分子如何以自我追问为
能源，建立全方位的独立人格和思想自觉。奈保尔极为关切发
展迅疾的经济环境中，当代中国文化如何保持多层次的完整
性？特别是知识分子能起到的精神"压舱石"作用。他的期
待，简直可以直接翻译成中文经典的"贫贱不能移，富贵不能
淫，威武不能屈"。杨炼感激他的著作，给中国知识分子提供
了一个清晰、透彻的文化反思范例。当代中文作家，每个人都
应该为自己写一部《中国：一个受伤的文明》，那正是支撑文
学作品的必须具备的思想世界。环顾全球化语境，中国、阿拉
伯、印度，甚至东欧这急剧变化的几大经济、文化板块，都有
过深刻的"受伤"经验，但同时，内在的分裂恰是内在的丰
富，"噩梦"同时可能是"灵感"。诺尼诺发奖活动中，奈保
尔、阿多尼斯和杨炼，透过"受伤"这个语法，互相理解得完
美充分，世界不仅被打通了，更被"打开"了。杨炼的句子
"诗歌是我们唯一的母语"，就这样落到了实处。

诺尼诺发奖活动在意大利获得了广泛报道，杨炼三天里接

受了十五次电视、报刊、广播、网站采访。因为此奖并非只奖给诗歌，特别是奖给杨炼这样铆定中文写作的诗人，评审团其实是要冒"评错"风险的，所以，2004年诺尼诺奖获得者、去年的诺贝尔文学奖获得者、瑞典诗人托马斯·特朗斯特罗默专门给诺尼诺奖和杨炼发来了祝贺邮件，这使此次诺尼诺国际文学奖，超越某一个特定诗人，更成为一次对坚守精神纯粹性的诗歌本身的奖励。

提问者①

"曰邃古之初，谁传道之？上下未形，何由考之？阴阳叁合，何本何化？……"中国两千五百年诗史上第一位诗人屈原的《天问》——一首问"天"的长诗，从宇宙起源，经自然万物、神话历史、人类认知，到诗人自我……近二百个问题，却无一句答案。正确地说，诗之递进，在以问题"回答"问题：每一个更深的疑惑，涵盖了前一个。屈原，这位中国的但丁，一开始就握紧文明之根：用每一个问号的光，点醒一个新的创世纪。

一个专业提问者的姿态——一种提问的器官，是科学家和诗人最深刻的契合点。一个公式或一行诗句，一直在幽暗之中触摸，那个"已知"的边界在哪里？从某对毛茸茸的爪子，开始打造一块石头，到电脑键盘上弹奏的手，世界变

---

① 此文为1999年意大利 FLAIANO 国际诗歌奖受奖辞。依照惯例，该奖要求每届获奖人就一个指定专题发表演说。1999年的专题为"文学与科学"。

了、令人眼花缭乱地变——可又没变："提问"的方程式始终如一。我感到有一条双向流动的河流：科学的提问，把外在世界不停转入我们的意识；而诗的提问，则把内心打开成可见的风景。我们不得不问——因为失重和晕眩。人是这个星球上速度变化最可怕的动物，仅仅几十年，就已从天空俯瞰大地，并跃入了星际；但与自己的距离却丝毫不曾缩短："我存在吗？"《天问》，狠狠追问着发问者："我知道什么？"好像为了反衬人的渺小，持续的创世，末日一般漫长。

在我看来，这正是意义：面对无限，而不放弃提问。那意味着，从承认无知出发——有一个对比：一边是中国老子的"知不知，上"；译成苏格拉底（另一位只问不答的）说就是"我知道我什么也不知道。"另一边：冠以"科学的"三个字，全民投入灭绝"反动"麻雀的政治运动；或砸掉饭锅回炉、提高毫无用处的炉渣"钢产量"……从近半个世纪的中国历史，看人类的狂妄和愚昧，不亚于一首最疯狂最超现实主义的诗。

培根的名言："知识就是力量"，从提问者的角度，应当修改成："承认无知就是力量"。知识不等于思想。它本身就可能变成一种控制，特别当它与权力结盟：中国历史上儒家大一统思想专制，以教育、科举，甚至自然现象解释权全面垄断的方式，固定"天不变，道亦不变"的结论，使屈原迄今两千年，再没产生"天问"的后继者；中世纪神学的欧洲，从布鲁诺的火刑到伽利略被囚禁，被迫缄默的也正是"提问"的权利。从不准问到无力反省自己的问，今日单向绝对的"进步观"，带来大规模科技异化：原子弹、克隆人、环境污染、信息爆炸阻断信息本身……凸显出同一厄运：首先应被承认的无知，恰是我们对自己弱点的无知。一个更苛刻提问的理由：人的外在自由，如何从争取内心的自由开始？或人根本无所谓外在的自由，怎样把所有摸索转为突破内在的限制？——所有提问只是一种反问！思想这样才活了：屈原《天问》的精神视野，永远超过放大倍数再高的天文射电望远镜。承认无知，已包含了创造的前提。这是"伟大的无知"，一个透明的同心圆，像不停摇动一杯水，不断侵入所有思想的既定秩序——一个古老起源还记得，那隐在重重变形深处的本义。

中国古老的哲学命题"天人合一"，仍未过时：探索大自然与探索人的精神困境，本质上是同一件事。六千年前某只捏成一件彩陶的手，一定还活着，暗暗操纵我的笔，写下这句诗："再被古老的背叛所感动"——背叛：我们已知、已有、已是的。屈原同时代人孔子的话"日日新，又日新"，曾被诗人庞德引为座右铭，也彰明了一部本世纪最伟大的"天问"的诗意——爱因斯坦的统一场研究，耗时四十年而不可能完成。但，他的答案早已获得了："总得有人直接从问题最厚之处钻孔。"爱因斯坦说。

无国籍诗人

西安"半坡"村新石器时代遗址解说中有两句话："墓地在村庄北面。死者的头都向西"。犹如耳边两声枪响，它们震得我大脑一片空白。一刹那，我不知道，我在哪儿？是谁？一个死者还是一个送葬者？两个都是或都不是？六千多年，上千公里，在一个动作中错位。"文革"中，北京附近我插队的小村子，作为每次葬礼上抬棺材的六个人之一，我太熟悉了，墓地的方位和埋葬的习惯：村庄北面，头向西——历史追近到一个出奇不意的角度，在我之内，突然显形。

空间上的"中国"是其土地，时间上的"中国"是其传统，它们究竟是什么意思？从八十年代初至今，我至少三次被改变评价："反传统的诗人"——当诗开始寻找自己的语言，当然令被"文革"口号训练出的阅读习惯大惑不解；"寻根—追求传统的诗人"——我的《半坡》、《敦煌》、《与死亡对称》等组诗，追问苦难现实深处的历史，却因其标题被误以为要"寻回"曾经茂盛过、辉煌过的昔日；"被抛出传统的诗人"—— 一九八九年后，我从一个中国诗人变成持新西兰护照环球漂泊的中文诗人，除了用中文写下的诗，再没有别的"中国人"的外在证明。"我差不多忘了做一个活在自己国家里的诗人的感觉了"——当一位苏格兰诗人指给我看麦克白斯城堡的废墟，我说。

但我是否有过"自己的国家"？没有人来自"中国"，我来自"中华人民共和国"。对于我，"中国的"没有别的意义，它仅仅指出了一种存在的深度。像这些方块字，无人称、非时态，于是所有人轮回于一首诗字里行间；而一个忽略时间的动词，揭露活生生的我，其实早已是一块化石，充满知——"道"的恐怖①。对于我，如果没有插队时亲耳听到死者头骨磕碰木板的咚咚声，"半坡"，这所谓中国文化的第一页，就只是一个词、一则远古神话；如果不是我的写作，以形式的变幻，突出了精神上的那不变的指向：在我里面，触摸人的处境——让我自己是一个活的小小传统——那么，屈原、李白、曹雪芹和"五千年"，就只在我外面：是过去，而非现在。是知识，而非思想。

一个关系要颠倒过来：祖国、母语、传统，我们以为"先天"从属的，其实正从属于我们——诗人无须"寻根"，他自己就是根，一个源头，一个抚摸土地找到声音的半坡人，一首诗（即使写在电脑上）依然是一个文化上的石器时代。我不是"中国的"诗人，甚至不止是"中文的"诗人。中文的局限和可能，被传染了我的个性、乃至怪癖。我只是"杨文的"诗人——"非公共性"是一切诗的属性。所以诗人

① "知道"一词，在中文里，由"知"和"道"两个字组成：知——万物之"道"。

敢说："没有我，母语不会是这样。"

这一点儿也不怪诞。"中国文化传统"，诞生于一首刚写下的短诗内。"中国的"，取决于我的重新发现和选择。"我"，歧义的、细节的、美感的，一种源于独特美学的气质和道德观；而物理性质的"祖国"，或受制于文化心理结构的"传统"，则是定义的、梗概的、推理的，被简化通约为出生登记表和户口本的最小公分母。其数目的庞大正如内容的空洞。这是现实中必然的美学冲突：介于雅俗两种品味之间；这又是诗必然轻蔑、必然抛弃的冲突——诗只存在，就足以令政府公诉人身旁又聋又哑的"历史证人"无地自容。

敞开语言从而敞开感觉和思想的可能，这是一切诗最深的主题。经由偶然、但已命定我将使用的中文，我必如此"传统"：传统到不能容忍"民族诗人"的名义和无须中国国籍的程度。什么是半坡人的国籍呢？那些精美的彩陶，不需要另一个寄生的"出处"。它们本身就是出处，让一个文化从中起源。让我，听见那第一滴血，如此清晰如此灼热，六千年了，走投无路——正在我自己体内哗哗流动。

完美与不完美①

一九九三年，被我称为环球漂泊中最黑暗的一年，还乡之梦已碎，而跋涉陌生西方的路茫茫。比怎么活更严酷的，是怎么写？我还能否创造新的深度？我人生途中，这一年与"文革"中的一九七六年，像两块路碑，刻下两个"命运之点"：命运把我狠狠推入处境，我只能面对这"不得不"、这"不可能"，清楚知道，已沉落到底了。现实，毫不掩饰地裸露狰狞：一种极端的不完美。

但，就像一九七六年，我母亲去世留下的无助和空白，反而教会了我聆听内心。那成了个起点，虽然离成熟的"诗"还远，却让我第一次亲手摸到人生的"诗意"：诗的深刻和美，正和绝境的残酷程度成正比。或许，母亲的死已经看见了，我的人生这首诗，还得不停回顾那起点？三十多年了，我写的诗她一行也没读过。但，她写下了我，她的目光活进了我所有的诗。"以死亡的形式诞生才真的诞生"，这个我离开中国前写下的句子，是否已囊括了中国内外的流亡？包括九三年，悉尼城外那座俯瞰太平洋的悬崖，我用四章《大海停止之处》，层层轮回着，把外在的流亡转为内心旅程，直至一个恍如梦境的灵视："这是从岸边眺望自己出海之处"。命运最黑

---

① 本文应意大利都灵文学节之邀而作，"完美与不完美"为此次文学节之主题。

暗的一点，恰恰也最明亮，照耀出诗歌和人生的同一结构。

完美是理想。它存在，犹如一条暗蓝色的海平线，无所不在地划定于生命中。谁追求完美，不得不是理想主义者。而那内涵，与其说是追求完成与完整，不如说是追求残缺——追求对"不完美"的的意识。诗人的永恒姿态是自我"提问者"，但这何尝不是"人"的普遍定义？我们的所谓满足，并非满足于现实，而只是满足于自欺欺人的精神死水。"Exile"的中文翻译"流亡"，由两个汉字组成，"流"，漂流；"亡"，死亡。其内在关联，是流向死亡？或"流"即死亡？抑或从死亡开始流动？其时态，没有变格，一次就共时涵盖了所有流亡。谁从两千三百年前发出《天问》的屈原诗作中，摘选出这个词，一定是天才。它划定、更判定了人的质量：没意识到自己是流亡者，并非因为你不在流亡，仅仅因为你没能力意识到它。放弃认知不完美，就在放弃朝向完美努力的前提。理想的撤出，令现实沦为实用，全球化只剩交易的绝对值。今天的世界，政治、社会理念极度贫瘠，每个人感受到空前的无奈无力，甚至大多数文学，也无非在掩饰空洞、装饰平庸。"人"的躯壳里，弥漫着腐臭，完美何在？

没别的解释，我只能说，这是又一个"命运之点"。从"文革"的"中国特征"，到此刻全球一体的自私、冷漠和玩世不恭，"不可能"在深入，证实不完美的绝对性。那怎么办？"命运之点"，就是没有退路之点。不退，就得向命运逼视，目击那存在的、人性的渊薮，用一种黑暗的语法，

读懂屈原、奥维德、杜甫、但丁。孤独也没有时态。当默诵
王维的"行到水穷处，坐看云起时"，诗意，就再次逼近现
实"穷尽"处，眺望精神的大海展开。当我说"再被古老的
背叛所感动"①，当下就是千年，前人经历过的处境都在我之
内，我不得不从这里开始。原版的理想主义，或许正是生命
本身。它诞生于绝对的不完美，像诞生于那个可怕的中文词
"知道"——"道"都知了，还有什么新的可能？——但，
这，就，对，了。每个生命本来就在悬崖上，就下临无地，越
孤绝越丰富，越不依附于任何群体和实用，本身的"个人美学
反抗"越深刻，越"不可能"，开始得越强有力。

这是形而上吗？抑或向生命之内追寻的形而下下？一行诗
持续命名中，纯粹的生命终于完美无缺。

① 引自长诗《同心圆》。

沉默之门

——与乌韦·科乐贝（Uwe Kolbe）继续对话

我看着这一片空地。被拆除的柏林墙，两道平行的遗迹间，什么也没有。沿着废弃的铁路过来，远离开旅游者。时间，就变得模糊。我在过去还是在将来？是昨天的梦想还是明天的回忆？这儿，仅仅是一个中断。两座城市的喧嚣间，一个停顿。草，今年的绿，在强调一片空白。视线中一棵还没来得及长大的树，摇曳着，在指出那看不见的：沉默，是这块裸露的、坚硬的、丑陋的土地——还没被人们用遗忘装饰起来。射击越墙者的枪响之后，一个加倍悠长的沉默，没有了墙也还固定在这里。我听到，那不是风，是鬼魂们的哀号，仍然从这道向那道无形之墙冲撞、坠落、再冲一次。一个被死亡定格的垂死动作。他们永不能逃出，这生前未曾逃出的界限。

诗很久以来就被世界疏远了。对此，诗人微笑，但不回答。

一九八八年，我写完散文《开向沉默的门》之后，出国了。那时，我完全不知道："出国"这个词将对我意味着什么？行囊中写作五年的长诗《￼》的手稿，已怎样潜意识地归纳了我作为"中国的诗人"的一生？以后的岁月，"祖国"将仅仅在我使用的文字里（一个"中文的诗人"？）；而我的文字，使我在众目睽睽的人群中成为一个秘密。我不知道，但诗知道。在中国写作的最后两首诗《还乡》和《远游》中："所有无人　回不去时回到故乡"；"每一只鸟逃到哪儿　死亡的峡谷／就延伸到哪儿　此时此地／无所不在……"那就作一个"杨文的诗人"吧，让民族、历史、传统、语言，甚至土地——所有我曾从属的，经由诗，诞生在我里面。诗人的孤独，不多不少反衬出诗的丰富。那么，即使它仅仅是疯狂的自言自语，也迫使一个习惯沉默的世界暴露其不真实。我写下一个句子——"一面镜子盛满月光像一座老房子／却已忘了谁来过　谁走了／所有影子停在身体里／窗外的暴风雨渐渐逼入窗内／百年逼入这一瞬我正死去"（《老故事·四》）。

　　诗的唯一主题，是"敞开语言"。也即敞开沉默。为此，诗人最先学会的，不是说和写，是听——谁有能力听到／感受到沉默的痛苦，谁听到／捕捉住这痛苦深处隐隐漂流的音乐，谁听到／这音乐正把词句雕塑成形，那扇门就敞开了：从一个隐匿于现实深处的世界开向文字，又从文字开向更多隐匿的世界。"我的鬼魂在四面八方活着，成为每个字——这里遍地是灾难的中心。"（《￼：雷·第八》）。

　　沉默的经验，无言的痛苦，把我们的世界还原成但丁漫游的三重世界——

柏林墙，或我长大之处的圆明园废墟所象征的，甚至不配被称为"沉默的国度"。在谎言的立法、麻木的欢呼、向上爬的献媚和苟活者的喘息之间，沉默，意味着一个声音："不！"它对别人的威胁，犹如镜子对毁容者的威胁。我们太熟悉了，在这个世纪，告密信与便衣警察，石头囚牢和电椅，已制造出如山的灰烬。

"文革"过去了二十年，至今没有一部中国文学的力作，足够表达那所谓深刻复杂的经验。"作品"，太多了。但伤感浮泛的题材，近乎现实的笨拙漫画；重复群体经历的可怕情节，却留给一个人的内心一片空白。这些"自己的声音"，比沉默更悲惨——想说，却无话可说；或者不得不用别人的语言说，一种正是被恨的、应当去反抗的语言。专制的真正成功，是缔造了这样的"反叛者"，像同一思维方式毫无二致的倒影。历史的轮回，如此触目。

我曾长久伫立于黄河岸边，凝视河、黄土和天空，一个大自然的纯朴结构。黄土造人的远古神话；千百万年葬入墓穴的死者；我自己"文革"中下乡时，在无尽田垄上日积月累的、对大地既恨又爱的纠缠感情，凝固成一块巨石。我能说什么？古老的中文、前人的诗句，也许优美但不是我的。我等待……直到一个句子，带着它的光降临："把手伸进土摸死亡"——把手伸进，这互相延伸进内部的躯体和大地，"摸鼻孔　嘴　生殖器／折断的脖子　浮肿的脚"；"摸　土／镜子背面谁在挣扎／摸　硬的血／十二宫越掘越深像十二汪黑洞"（《人：地第三》）。只有，当我摸到一行诗，我才知道我想表达什么？或者，我究竟感觉到了什么？是诗，几乎先于语言，甚至先于存在。它一直在"指出"我沉默的存在。让我，把手伸进这黑暗摸自己。

"叩寂寞以求音"，一千多年前，《文赋》的作者陆机说。

叩沉默之门，诗人们远隔时空，在做同一件事：敞开语言，由此敞开人类感觉的、思想的、生存的领域。

通过诗的形式，以建立语言本身为目的，而不是以语言去描述对象为目的。这使诗，区别于所有其他文学体裁。"使用语言"是随处可见的，小说、戏剧的"描述"：一种题材，深刻如《哈姆雷特》；一场冲突，强烈如《罪与罚》；一个人物（或非人物），如卡夫卡的"K"；没有布鲁姆和众多都柏林人一九〇四年六月十六日的内心生活，《尤利西斯》的创新，就是一大堆文体游戏，而"走到文体后面"（T. S. 艾略特语）；西伯利亚的冰雪和铁窗，支配了《古拉格群岛》冷酷的公文风格……就作品内涵的人类生存处境的深度而言，它们是"诗意的"，但不是"诗"的。对于诗，这些还不够。每首诗存在的理由，应当仅仅因为它构成方式的独特程度——粉碎语言本身沉默的程度。某种意义上，我喜欢强调：诗不是语言。诗是逾越语言边界的永恒企图（另一种"越墙者"）。诗人在暗中摸索的，总是语言和现实共有的同一个极限：以节奏、意象、句子、结构——一本本完成的书清清楚楚划定的我们生命的局限。一首诗的写作是一次突围。一次次突破沉默，又面对更深更宽的沉默。"所有窗户敞开时是一个封死的天空"。那我们的命运，就是做一件"不可能"的事。被每个诗人坚持的"不可能",汇合成语言的"可能"——它有了"根"。它在生长。所以,无论一首诗的题材是什么,它唯一在谈论:"反抗被迫的沉默"。无论一首诗是否被读到,它存在,已构成生命及其处境的根本隐喻。所以,一九九一年柏林"光流"艺术节上,当我被问到:"你的诗充满了黑暗,光在哪里?"我说:"诗句是黑暗,但我在写——这就是光!"

这样,诗在今天——和永远意味着什么,就清楚了。诗的"彻底"与"绝对"的性质,穿透"时间之墙",一直在创造全新的经验、乃至经历者。一种包容现实的幻象。每个诗人的简陋工作室,仍是一座摧毁不了的巴比伦塔(做,上帝禁止的!)——诗,在触摸那极限,不管受什么惩罚:

昨天的柏林墙,阻隔了活生生的呼喊——那正是诗之必要的反证:不是专制制度容不容忍诗,而是诗独创的形式与内涵无法容忍专制制度;

一个漂泊世界的诗人,从一块大陆到另一块大陆,永远面对陌生的面孔——那正是与诗相同的厄运与幸运:没有任何一行诗是"最后一行"。永远是下一片空白,在要求诗人继续走去;

金钱的流行疾病、中产阶级的平庸品味、各种腐臭的"官方"权力,一切令诗窒息的——同样以诗为标志:一个公式,诗创造的幅度,与人性僵死的程度成反比;诗揭示的深度,与人类被沉默控制的程度成反比。建筑巴比伦塔,不是一件孤独的工作。

回到柏林墙的遗迹上,谁在这片彻底的空旷中,能感到：两堵无形之墙间，鬼魂们仍被囚禁的痛苦，诗就与谁同在。虽然，"毁灭是我们的知识"，但，诗、写诗的手、阅读的眼睛、婴儿和大海的呼吸，层层扩展成"同心圆"。这座巴比伦塔——

　　"高度　是这个落点
　　再被古老的背叛所感动"
　　（《同心圆》）。

从不可能开始

　　"我差不多忘记在自己国家里作一个诗人的感觉了"。几
年前，我对一个苏格兰诗人说，他正指给我看麦克白斯城堡的
废墟。但此刻，火车正在中国的土地上奔驰。中国，再次不是
一个词，而是清清楚楚从车轮传进我身体的震动。这是中国的
土地啊！但，作为持新西兰护照、以中文写作的诗人，这已经
是"我自己的外国"。我"来"，却不是"回来"。某种意义
上，这比"分离"更遥远——我，是横在我自己的现在与过去
间一个不可逾越的距离。

　　一九八八年八月八日，我跨出中国国界。行囊里，是在
中国用五年写完的长诗《YI》。其中，最后两节《还乡》和
《远游》，像一个咒语预见了我的未来："我们在我们外面 /
又在里面　听任一只凶猛的爪子 / 把所有人抓得鲜血淋漓 / 所
有无人　回不去时回到故乡"（《还乡》）；"每一只鸟儿逃
到哪儿　死亡的峡谷 / 就延伸到哪儿　此时此地 / 无所不在
犁过一具黑暗的躯体"（《远游》）。诗，比诗人更知道，他

将被配给一个什么样的现实。诗已包含了那个现实——就像
《YI》一天天在笔下显形时，把它以前的诗和我三十三年的
中国生活变成了初稿。国外十多年漂泊，也保持着与纸垂直的
方向。某个"我"，不断隐入一首首诗，成为它们的背景。
在字里行间，既不存在又不消失。诗人，从来只活在（映出
在），一块漆黑明亮的大理石墓碑另一侧，一个有血有肉的幻
象。一个影影绰绰的真实。

中文里，直指末日的一个词是："知道"——"道"都
知了，还剩下什么可能？构成每个人宿命的，是这个可怕而
绝对的语法形式：动词，在人称和时态更换时保持不变——
一种"共时"，彻底反"具体"。因此"谁"并不重要，
"何时"做也不重要，每个动作，写下就被抽象，成为"处
境"，包涵了古往今来一切动作者。这语言，被创造仅仅为了
删掉说着它的嘴。一首诗，把古代和当代变成它自己的残片
时，一举"揭露"了生存的真实：五彩缤纷的历史面具下，时
间，以取消时间的方式，无动于衷地毁灭自己的作品。人直面
彻底困境时看到：连明日之墙后那点儿偶然都没有。只剩下
"必然"，被词和脸这两块默默相对的镜子，变成层层叠叠的
虚象，重合在一页象征岁月流逝的孤独的白纸上。谁用中文写
作，谁就是一个从末日开始流浪的鬼魂。

在所有的、唯一的现实里流浪："上千轮落日　失声惨叫
／沉溺于一个黄色肉体中生生死死／摸　土／镜子背面谁在挣
扎"，当我一九八六年写下这个标题《与死亡对称》，我想

写给哪一个记忆？是某个横贯六千年的送葬仪式吗？石器时代的半坡村，与我"文革"下乡抬棺材的小村，埋葬习俗一模一样：墓地在村庄北面，死者的头都向西。我是送葬者还是死者？抬着他们还是被他们抬着？一条黄土小路，让送葬队伍踏过还是踏过了无数送葬队伍？或者，是某个近在咫尺的死亡世界吗？西安秦始皇陵的兵马俑，大地随便掀开一角，生者和死者，就被彼此惊得目瞪口呆。又或者，是一个个贬低诗人狂想的普通日子？我插队的村边，那片至今没人敢夜间穿行的玉米田，曾活埋过十九个被乱棍打昏、还在呻吟的"地富家属"；那条小狗，我孤独青春期的伙伴，被炖成民兵连长的酒菜，却故意留给我一张剥下来的狗皮，让我把它钉在小屋的墙上、日夜听到那声声惨叫。我知道，当年幼稚的写作，无非一种挣扎的方式。那就一定是为了那"普普通通的一年"（《死者之年》）吧？为奥克兰格拉夫顿桥头，一座二十几处漏雨的老房子。为那天，用一个相同的距离，从桥上与墓地里的死者互相俯瞰。为"追随写作"从一块大陆漂流到另一块大陆，每天一个尽头，尽头本身又是无尽的……不，没有什么"转折点"。一切都以诗的形式存在过。国界，比起一条划分生死的界线算什么？贫穷，不正意味着一次性地叛逆权力和金钱？失去母语，但既然每天在改变它，每天抛弃定型的"口味"、"风格"和"读者"，这失去毋宁说是主动的。连为慰籍孤独而写也不可靠，有谁，比不能被说同一种语言的人理解更孤独？现实和文字义诡谲的方式互相卷入，当我写下"现实是我性格的一部份"（《伦敦》），我已把各处发生的，都当作了人性里能够发生的——我的诗写给人的"处境"：永远更深地体验它吧!

那么,从中国到西方,只有同一场追问在继续着:"有我吗?"——"我是谁?"——"我存在吗?"每个质疑中,都反向蕴涵了创造的动力。

中国八十年代的"文化反思"中,我曾被称为"寻根"的诗人。但我无须像美国黑人那样,寻另一块大陆上的祖先之根。我要寻的"根"在自己之内:中国长期封闭的社会 - 思想结构中,泯灭太久的"自我"和"个性"——寻回反省自己文化传统的能力。这个主题,早出现在二十年代作家鲁迅对民族"劣根性"的批判中:我们的"传统",两千年的国家专制权力,曾把它奉为"天道"的儒家大一统观念,浇铸进人们的意识、甚至潜意识。"天不变,道亦不变"、"从心所欲不逾矩"。我在古老的黄河边看到:河、黄土、天空,一动不动的结构,简单得不能再简单了,却囊括了半个多世纪以来的数千万冤死鬼魂。一场场"进化"之梦,总醒在历史更深的渊薮里;而"中国文化传统的现代转型",一世纪过去后,仍是折磨中国人的恶梦。鲁迅先生痛苦得远远不够呢!如果他见到:"市场"和"后现代"等等进口词汇装饰下,中国"新"得如此之旧:比对历史的麻木更可怕,在以"历史"的名义公开疯狂。那谁是造成灾难的原因?每个"我"回避不了这提问:"怪圈",是外在的或更是内在的?那我的诗,怎能是别的?只能是强加的"无我"的思维中,一个逆向找到的"我自己的文化"。一行句子、一次表述,在摸索一个当下之

"我"。我不得不创造，因为怕再次被残忍地同化——被其他人，甚至别一时刻的我"自己"。

一九八七年，"幸存者"一词，被选中作北京地下诗人俱乐部的名称。后来，我恐怖地发现：它真变成了血红的。我们都是"幸存者"。下一步，事实再变为语言，则是"幸存者的文学"。被迫开始的漂泊，却把"自己的文化"这一主题，从被逼成的意识，变成了主动追求：当我用我可怜的外语知识，去比较中文性在《与死亡对称》中怎样发生作用，我突然发现，没有中文动词非时态保持原型的特性，我就无从任意选择、拼贴跨越古今的材料，重新结构出一部"我自己的"中国历史。是厄运还是幸运？除了中文，"我"既无来历也无走向。除了一首诗，这生命既没有时间也没有地点。诗给出了我唯一在的时间和地点："我"既站在拆除后倍显荒凉的柏林墙平行线之间，又蜷缩于布鲁克林潮湿的地下室；既在悉尼太平洋岸边的峭壁上远眺着海鸥，又流落到拥挤不堪的伦敦街头；既实在得感到生存的"胜利"就是：渡过这一天！又抽象得不知究竟这天是哪天？所有的日子只是没完没了的一天？我哪儿都在又都不在，悬挂起随身携带的一幅书法、两张画，一棵野树也能是熟悉的家。到这一步，中国和西方间的文化距离，就缩小得等同于一个躯体了：不是平面拉开的，而是纵深重叠的；不是两首不同的作品，而是同一作品的两个版本；不是它们决定我，而是我在每一首诗里组合、拆解、重构、缔造它们——不止是中文的，甚至是"杨文"的：因为一首诗首先意味着对"共同语言"的排斥。一个递进：世界在"我"

里面，而"我"在生长的字里面。这唯一的文化是：我"自己的文化"。一个形容词"自己的"，足够包容那些"中国的"、"西方的"，"传统的"、"现代的"……；不再问该不该有自己的文化，才问到能不能有、有什么自己的文化？什么不可以有？直到，把"我是谁？"追问成"我存在吗？"一个人的困境，在他里面深邃成了万物的、宇宙的。从末日开始旅行的鬼魂，除了冻僵的鬼话还能说什么？但应当带着笑容说："透过黄土看，一切都折射成倒影。回哪儿去？黄土下无所谓异乡，也没有故乡。你就坐在这个从来没有你的地方"（《鬼话》）。

这里就是大理石墓碑的另一侧？对于我，"西方"不意味着别的，正是对我中国现实经验的一次证实：在中国寻找"我"；在西方承担"我"——同一个困境，由人类存在的"下限"相沟通。"下"到什么地步？当再没有什么，能让人感到陌生和震惊；当空洞的希望不再是一个诱惑。谁从"不希望"开始，谁有福了。"末日"意即：一个人认出自己困境的能力，像一首诗，始终作为诗人流浪的终点。它对权力和金钱的先天拒绝，开始了我理解每天的起点。因此，有人在柏林 DAAD "光流"艺术节上问我："你的诗充满黑暗，光在哪里？"我回答："诗是黑暗，但我在'写'，这就是光。"

因此，不必问："漂泊使我们失去了什么？"我问："漂泊使我们获得了什么？"我获得了：一双学会看风景的眼睛。既看真正的外国，也看"我自己的外国"。事实上，时代

把每个人都置身于某种"外国"。过去三十年，中国的变化何
止数十个世纪？在西方的流浪教我的生存体验，"金钱文
革"也教给了大陆中国人：九十年代，中国空气中弥漫着焦
躁、紧张和忧虑。"个人"、"选择"，再也不是空洞的词藻
（八十年代谈谈它们既无益也无害，反正大家照端国家单位的
"铁饭碗"）。现在一念之差，生活就可以大不一样：当年
的穷诗人"下海"变成书商，出版社就不得不恭恭敬敬捧若上
宾；开饭馆的女孩闯入高级服装业，几年已拥有了数十家专卖
店；我曾在冬夜冻得发抖的麦田里，农民们成了三星级宾馆老
板；过去只听说过的"投资"、"股票"，如今一夜间能让
自己暴富或血本无归；连发不出工资的国营企业"下岗"工
人，也得自己决定：是靠每月几百元人民币苟延残喘，还是另
谋出路，背水一战……所谓"自我价值"、"私人空间"、
"现代性"，曾像玄学一样难懂，但其实，它们如此实在、明
了：就是这种无人赐予也别想干涉的活法！恢复了这个最普通
的常识，就连对"传统"的态度也正常了：我们得把老子、孔
子们富有独创性的思想与专制权力对它们的曲解利用分开；哪
儿有鲜活的"个人的文化"，哪儿就有活泼泼的传统。

"我差不多忘记在自己的国家里作一个诗人的感觉了"，
但，哪儿是"自己的国家"？一面镜子的内外两侧？哪一侧是
真的？都不是真的才对了？我需要"故乡的幻象"，来反衬出
"我"的幻象。因为依托哪种虚构的实体都不可靠，只有从幻
象那诗意的、"必然"的深度，才能还原这动荡的生活。我想
说：光影一样变幻莫测的生活，只有用一系列不变去捕捉：生

活越变"处境"的感受越不变；文化越变"存在"的追问越不变；语言越变"诗"的超越境界越不变。从这个意义上，我从未"离开"，却一直在"回来"，回到狠狠审视自己，进而审视"末日"之处——从这唯一一个"不可能"开始，知——道。

此刻，火车无声驶过月光朦胧的泰山，山上清烟袅袅。躯体敞开它内部的版图，变成无边的隐喻。

噩梦的灵感
——中国文化处境中的逆向思维

一、 "这遗言，变成对我诞生的诅咒"

"中国文化是什么？"这问题貌似清晰，却令我越想越不着边际。是否中国人的文化就都是"中国文化"？或凡发生在中国的都叫"中国文化"？有没有一个哪怕只由中国人所共识共有的"中国文化"？谁来决定什么"是"、而什么"不是"中国文化？一旦决定了，这"文化"还有没有演变甚至超越自身的可能？如果有，我们怎么去见证它的活力？如果没有，那个固定的"中国文化公式"，岂不在先天抹煞一代代鲜活的生命？它究竟该被称为"伟大的传统"？或只该被实事求是地叫做一个冗长的"过去"？

本节小标题，引自我写于一九七七年的第一首诗《自白》。它有个副标题："给一座废墟"。这里的"废墟"既具体又象征。具体之处在北京的圆明园，仿佛命中注定，我从两岁起就住在这座被英法联军洗劫一空的满清皇家园林附近。我记得很清楚，当我徘徊在那片乱石、枯草、残雪之间，"死亡"如此触目，犹如灰暗天空下大块裸露的黄土。"末日"如此刺骨，正像毫无遮掩的地平线上咆哮而来的寒风。我这一代人，无知得甚至不懂，那几根被我们当作不屈和抗争标志的石柱，恰恰是与中国文化无关的"西洋楼"的残余。仅仅因为它们罗可可风格的雕花不符合"社会主义"的需要，才免遭五十年代建设人民公社时大拆迁的厄运。我目不转睛注视着，一片预设进我们生命起点的荒凉，一种从开始就摆在烧焦的土地上的处境。那些默默的石柱，"仿佛垂死的挣扎被固定 / 手臂痉挛地伸向天空 / 仿佛最后一次 / 给岁月留下遗言……"我们的诞生，直接是死者遗言的最恐怖、最残忍的形式。

这构成了我对今天"中国文化"认识的起点：一片空白。甚或比空白更糟：一片人为"建设"起来的断壁残垣，霸占着土地，连清除也无法进行。我这一代人的文化特征，正是"没文化"，或更可怕，从小吮吸"反文化"的狼奶长大，何来儒雅？直以粗鄙为荣。几乎所有中国传统文化中重要的思想资源，如儒家、道家和佛家，都不仅仅被忽略，更被彻底否定。历史上的"焚书坑儒"来自一个皇帝的偏见，而我们陷入的是一种全民愚昧。我们的"传统教育"不仅早已扭曲为洗脑的一部分，更荒诞得有了点超现实文学的味道：一九七三年，我第一次结识"孔夫子"，是当他在"批林批孔"运动中，与林彪被并列为我们的"阶级敌人"。我并不知道，那一声声"打倒"的口号，被强横的反文化历史逻辑演变得多么可笑可恨。

自十九世纪"鸦片战争"始，中国文化的命运就和噩梦纠缠不清：首先，当中国和现代世界碰撞，大清朝的满、汉民族矛盾也卷入其中，一声"驱逐鞑虏，实现共和"，已经混淆了"民族"和"民主"概念：民族主义的偏狭，瞒天过海地取代了民主的平等。接着的"五四"一代，那些曾为中国文化过分自豪的中国知识分子，在外来文化挑战下，显出张皇失措，直接跳到自卑自弃的另一个极端，"打倒孔家店"、"全盘西化"，暴露出我们的文化虚无主义达到了可怕的极端。这致命地影响了整个二十世纪中国文化传统的现代转型，加上抗日、内战对各种情绪化的刺激，结果毫不奇怪，我们的文化变成了一个非驴非马——不中不西，又中又西——劣质混合的怪胎：既毁了数千年自成一体的中国文化，又引进不了全面的西方文化，最终两边双双失控，释放出人性恶之集大成！只要顶着"主义"的帽子，一切对古今中外人性和常识的悖谬，立刻能变得天经地义、理所当然。

我常举的一个例子是我的老保姆，她出身平民，几乎不识字，所以一生保持着古典的纯朴。她判断"好人"、"坏人"，仍像几千年来一样，仅凭良心，这看来简单，却比许多嘴上挂着"时髦词汇"、自以为跟上时代的知识分子少犯好多错误。归根结底，所谓古老的常识，就是对人作恶本能的限制。这应验在私有制的最基本信条"你的就是你的，不能抢来

变成我的"上；也验证在真诚与超越，这古今中外经典文学的
通义上。不得不承认，两千年前建立儒家大一统的汉儒们，曾
经立"天道"以制约"皇权"，实在显得太富"民主"气息
了。但当"专政"无所不在、历史进化论的链条捆绑一切，
别说文人的独善其身，连道亦无处能"隐"、佛也无世可
"出"。精神走投无路，于是只剩极端的实用。仔细想来，中
国古代士大夫的"知耻"诉求何其宝贵，而当代中国知识分子
在人格道德上普遍的自我放弃，除了一句"鲜廉寡耻"，哪有
其他？

翻译里透露的信息也很有趣，一个外文词"物质主
义"，翻译成中文就成了"唯——物"。"唯"：唯一。仅
有。那个从权斗到日常思维的一体化污染。我们的当代中
文，充满了五花八门、却不知所云的"主义"和什么什么
"学"，无数一无感觉二无意义的"大词"，像张开的陷
阱，等着我们自动跳入它。想想我们已经以为明白，其实糊涂
着，被多少自相矛盾的词句吞吐过！最后，连自己都分不清
了，毒素究竟来自外界、还是干脆储存在自己内部？八十年代
伊始，我们一厢情愿地谈论"语言"、"传统"，却几乎没意
识到，其实，我们既无"语言"又无"传统"。民族虚荣者鼓
吹的"古老辉煌"，已经永久性地成了一堆碎片；而把赚钱等
同于"现代"，更是一派恶俗的自欺欺人。今天，我们周围
弥漫的空气中、被吸入肺腑、融进血液周身循环的，根本不
是什么"中国文化"，强名之，只能叫"有中国特色的没文
化"。它造出的人性废墟，远比一切外在废墟触目惊心。很残

酷吗？可还能更残酷呢——回避它，所谓"思考"就根本碰不到想谈论的现实！

二、"从不可能开始"

"人在行为上毫无选择时，精神上却可能获得最彻底的自由。"一九八五年，我在《重合的孤独》一文中写道。作为一位年轻诗人，我已经感到，我面对着一种深刻的困境。具象地说，现实不停提供"噩梦的灵感"，我们的写作跟随着它，划出的正是一条向自己亲历的向痛苦深处探寻的轨迹。一个轮廓清晰的"追问的历程"，每抵达一个"形而下下"的现实深度，也同时获得一种"形而上"的对存在的理解。或许出于直觉，或许是对中国灾难历史的"怪圈"式循环有所自觉，又或许，冥冥中中文动词的"非时态性"（无论句子的时态如何变化，汉字动词保持原型，没有变位）所启示，我和我的诗企图抓住的困境，自始就瞄准了一种剥去"时间幻象"的处境——一种彻底的"不可能"。虚假的"进化"深处，一个触目、不变的人性深渊。这里诡谲的逻辑是：我们的生命当然在"当下"，但生命流逝了，它们的意义在哪里？它们的痕迹在哪里？没有。于是真实是：存在过无数人，却没有"你"。一直在谈论古老的历史，却找不到哪儿有时间。比"时间之痛苦"可悲得多的，是"非时间之痛苦"，那是一整块漆黑的、粘稠的东西，只增加重量却不增加体积，直接把每个人变成了石头。或许正因为这，杜甫写于一千二百多年前的诗句"万里悲秋常做客，百年多病独登台"，才跨时空地与我心心相契，成为我漫漫漂流途中的座右铭。

但还得感谢中国古老的智慧，一句"置之死地而后生"，概括了"噩梦的灵感"之真意。是的，这"死地"可怕，但其实也宝贵，它指出了一条可能深刻之途。对中国的命运和中国文人来说，除了笔直地撞向死亡，穿透它，当一回现实中的凤凰，也或者竟无他途。谁让中文这般独特？谁让中国在地理和历史上与世隔绝太久，以至于古典文化确实因为缺乏外来文化挑战的经验，而像一根锈弹簧，极度欠缺应对那挑战的能力？过去存在在那里，我们改变不了它，也无须抱怨它。真的问题，不是有没有困境，而是你对困境作何反应？压力，能否产生"自觉"？我想看到的是：噩梦越深、"不可能"越彻底，越在激发出的灵感、思想和启示。这是本文想表明的"逆向思维"——困境本身正是启示。它可能变成积极的能量，关键在我们是否有转化的能力，像生命一样一次次不顾一切地重新"开始"。回顾中，已有一条宝贵的线索：从七十年代末对"文革"伤痕（"伤痕"？难道伤口曾经愈合过？）的追问，到八十年代从历史切入对文化传统的"反思"，再到九十年代以后，中国用异样的五光十色，赤裸裸陈列出世界性的思想危机，我们的追问不是一层层地深化着？这令我在接受意大利国家电视一台的采访时，当主持人问"诗对你意味着什么？"我几乎脱口而出："从不可能开始。"

我这一代人最根本的经验就是"文革"。关于它，一直锥刺着中国人。这股潜流，在七八年底的北京汇聚到一起。一道如今已加入鬼魂的灰砖墙，展示出中国文学史等待的名字们。现在读来，虽然那些"史前期"作品的幼稚清晰可辨，但有一点碰到了要害，我们各不相同的写作，在凸显一个急迫的共同要求："用自己的语言表达自己的感觉，"那正是文学最低、也最高的标准。多年之后，我把它称为我们的第一个小小的诗论。这同一个标准，贯穿了一个个当代版的"怪圈"。它们贬低了进口的"魔幻现实"，而以我们精彩得多的"现实魔幻"——现实比魔幻更魔幻——取而代之。八十年代似乎比"千年"更长久，因为无需变换朝代和旗帜，一个个轮回，就在我们眼前重演。如果说小时候那场全民催眠术，曾令一个古国在神巫状态中如痴如狂，现在，我们长大成人，眼睛睁开了，头脑清醒了，却清清楚楚看着噩梦扑面而来。一场时间巫术，就像我用"重合的孤独"那个词描述过的。让一切，亿万次"重合"，又绝对"孤独"。时间这架绞肉机，搅碎、搅拌一切人、一切世代，同样的语言、同样的思维，在上演同一场戏剧。这个成人被活生生塞回子宫的经验，在我们之前已有过、在我们之后还会有。脚本早写好了。角色熟悉得不能再熟悉：恭顺的、自欺的、愚昧而乐天知命的，如抖动的花朵，装饰着一场场"倒春寒"。"历史"一词有意义吗？千年或一天有区别吗？汉字动词不随时态而变，更不随更换的面孔和名字而变。由是，一行诗句内，现实之思直接兑换成历史之思。半坡、易经、长城、大雁塔、故宫，"自然而然地"滑进我们笔下，成为日常意象的一部分。当我的《诺日朗》被批判成"血腥的"，我不得不暗自同意那说辞，只该再加上"远远不够"。因为，没有哪滴鲜血，不在用死亡的庞大，证明着死亡的虚无。

以上叙述，恍兮惚兮，既像现实更像文学，却正是"寻根"一词所标示的，中国文化反思，正是对现实经验的引申。"文革"过去很久了，但假如我们想举出一部中文文学力作，能发掘我们的命运，像《日瓦戈医生》、《生命中不能承受之轻》、或《古拉格群岛》，曾深刻发掘过苏俄东欧二十世纪的历史那样，逡巡之后，可能还得失望而归。为什么一个著名的文学古国，在如此深刻强烈的经历之后，作品上却交了白卷？我以前说过：没有浅薄的现实，只有浅薄的作家。而作家，除了成为一个国度的"思想器官"，又能是什么？历史不是别的，它正是时间刻在一个人身上的痕迹：大历史纠缠个人的命运；而个人的内心构成历史的深度（顺便一提，这"对句"正是我新近完成的自传体长诗《叙事诗》的主题）。那么，对"文革"，我们追问过自己在这场悲剧中扮演过什么角色吗？整体的黑暗中，谁敢宣称自己是清白无辜的？当数亿人都在出演受害者，谁是迫害者？难道现实竟荒诞至此，一个灾难凭空降临？"文革"后的"寻根文学"，其实恰与美国黑人的"寻根"一词反义——我们无须远渡重洋寻觅祖先，却要挖掘自己的脚下、内心，去掘出潜藏在一个民族潜意识里的"大一统劣根性"。不是鲁迅傲慢挖苦的小老百姓们，甚至不止是大权在握的当政者们，而是每个人，无论我们有意还是无意秉承的传统思维方式，先天解除（切除？）了个人的怀疑与批判精神，尤其怀疑和批判自己的能力，一个根系枯萎的"五千年的文明"，能存在吗？抑或只剩一个集体弱智的事实？

我真正的"传统教育"，与现成文化相反，正是大多数同龄人经历过的下乡插队。那个课程：课本是深入血肉灵魂的痛楚，课堂是祖辈依赖又像监牢般的铐锁人们的大地，而学到的，是丧失反省的能力，会给一个民族带来何等的灾难！我曾站在陕西临潼兵马俑坑边，目睹黄土掀开一角，暴露出那个近在咫尺、又常常惨遭忽略的死亡世界。"怪圈"？或连那也是托词？事实是，根本没有"圈"。我们都是死者，面面相觑中，从未离开此地。一九八七年，我和朋友们在北京组织了一个诗人俱乐部，名称是一个宛如谶语的词："幸存者"。那预言了我九十年代后的漂流生涯。本来的"幸存"之意，是想警戒我们自己，出版和出国的诱惑，不能放弃严肃写作的初衷。但诗比诗人嗅觉更灵。我写作五年、一九八八年出国前完成的长诗《𢘑》（标题为一个我自造的篆体汉字，读音"YI"）中，写下这诗句"天空从未开始／这断壁残垣"、"以死亡的形式诞生才真的诞生"，更点题的是"所有无人回不去时回到故乡"，诗已经知道，现实会追上来证明诗歌。就在下一年，我们亲眼目睹了历史的背道而驰。

但甚至这，也从未令我感到意外，好像非如此不足以证实诗的深度。如果说"文革"后，是"人的自觉"唤醒了"诗的自觉"，那现在，则是"诗的自觉"在引领"人的自觉"。《𢘑》的第二部，标题是《与死亡对称》，灵感来自中国历史，刻意筛选的八个历史人物，像八块历史面具，戴在我脸上，"历时"界限一举被突破。形式上，发挥中文性的"共时"可能，现代抒情诗语言、叙事性语言和摘录的古文，直接拼贴到一起，诗歌文本取消了时间，触摸到人之命运的千载不移。"每一只鸟儿逃到哪儿　死亡的峡谷／就延伸到哪儿　此时此地／无所不在……"这些句子，难道仅仅在写中国吗？或其实概括了今天这个没有社会理想竞争、没有政治抉择、不同政党就像公司的空话世界？连"双重标准"都成了奢望、全球化意味着只剩一个标准：利益。人为什么活着？文学为什么存在？它除了也被变成无聊的装饰品，还能成为什么？一切已有定论的，突然又成了问题！我们的"寻根"，到这时是不是反而找到正解了？其实，我们一直寻找的，正是屈原、杜甫的根，那个古往今来折磨诗人命运、也让诗句璀璨滋生的根。

二〇一一年，我时隔三十年后，又一次漫步成都杜甫草堂，寂静竹丛，细雨深潭，我突然感到，几十年过去，我不是把自己"写进"了传统，而是"活进"了它。翻看唐诗三百首就知道了，那些流传千古的杰作，几乎都是流亡之作。就连"流亡"这个词，也是伟大的屈原频频用在他的《离骚》中的。谁如此天才地把它挪用到了今天？有这个"根"在，我们无论在哪儿，都足以安身立命，而不需要依托民族、文化这些空泛的群体，不必借划分东、西方模式给自己定位。我们要的，是清醒："没有天堂，但必须反抗每一个地狱"。在柏林"光流"艺术节上，一位观众问我："你的诗这么黑暗，光在哪里？"我回答："诗歌黑暗，但我在——写，这就是光！"

三、 "再被古老的背叛所感动"

至此，什么是"中国文化处境中的逆向思维"，是不是
已经有了个清晰的定义？"逆向"，是指必须不回避困境，
恰恰相反，迎向它，且坚信越黑暗之处，也是光源潜藏最深
之处。"恶梦"中一定有灵感。只要你够真诚、够敏感、
够——"深"，就能激活它。这其实是从"国家不幸诗家
幸"一路延续下来的思维方式，我们继续的，只是古今中外从
未间断的诗歌血缘。

自私、冷漠、玩世不恭——三个词，画出了一幅今天世界
的肖像。这困境，既不止是诗人的，也不只是中国的，这是地
球上每个人的现实。有这个语境，哪里是今天"中国文化"
的位置？它有什么意义？其含义的模糊，正与它的被滥用成正
比：那些对儒、道、释的谈论，大多只是文化观光，人云亦云
地抄袭套话，却与我们每天的生存现实绝缘。文化，如果不意
味着"思想"，则只是"商业"的代名词，就像那些招财进
宝的庙宇、避凶免灾的"风水"、坑蒙世人的假古董。当代
"华老栓"们，聚集在国际政治、经济交易所周围，佐餐式地
舞龙舞狮，噢，扑鼻一股实用的铜臭气！

那么，还有没有出路？一连串否定之后，还找得到肯定
吗？回答是：找得到。这里有个必须明确的前提：没有任何一
种"现成的"理论，能套得上今日中国的现实。我们的困境和

我们的活力同样深刻，都不得不依靠自己的摸索，在黑暗中一寸一寸挪出一条路来。以诗歌为例，中国古诗精美绝伦的形式，已和今天的语言相去太远了，它们提供的是一个中文诗曾经发育得多么成熟充分的范本。但同时，仅把西方诗歌视为模特也是"不够的"。且不说经过中文翻译的"变异"，我们读到的，只是某些意象和观念的缩写与改写（这正解释了大批翻译味儿十足的"中文诗"之渊源），更可悲的是，储存在中文性内部、对当代人类有益的思想启示，也因为在西方文学市场上太陌生而一并遭到了忽略。于是，当代"中文诗"，总沦为用中文写成的（更差的）西方诗。不，从极端困境走出的思想，必须是极端"原创"的。它的基点是独立思考。它的强度在不依赖任何一个已有的文化套路。它的能力，是"为我所用"地自由取舍一切人类思想资源。

争论已久的"中体西用"还是"西体中用"，其实全无意义。这里，唯一的"体"是活着、感受着、提问着、思考着的个人。他／她无须任何锁定的来源或去向，唯一仰仗的是自己的真诚。既然"纯粹的"中国文化，在今天根本就是一种向壁虚构，那么，避免中、西劣质混血的办法，只能是寻求另一种良性"杂交"——穿越自我内部的隧道，在层层追问中，让世界四通八达！这里，取舍思想的标准，与是否"中国的"无关，只与是否对人类认识自身之"有效性"有关。一切有助于建构思想深度的就"用"，否则一概不"用"。

当我们肯定思想的"个人性"，就沟通了一切文化传统的原动力。谁说个性自由是西方文化的专利？想想彻悟语言极限的老子、风尘仆仆周游列国传播自己主张的孔子、悲愤"天问"投江自尽的屈原，那是对"自我"和"自由"怎样的张扬！今天的中国，恰在一个观念上、形式上充满创造性地时期，这创造性，一面敞开向未来，另一面也在衔接中国古老传统的源头。儒家的人格修炼和社会关注，道家的反观自身和精神超越，包括佛家对生命虚无的体悟，都能纳入一个人思想的内在层次。"中国文化"，就在这个意义上，成为开放的世界文化的一部分。

当我们肯定有一个"中文文化传统"在，那其实是在谈论一个到来太晚的、对自己语言和思维的自觉。过去一个世纪，从"五四"运动的文化虚无，到"文革"，再到今天潮水般扫过的各种"后学"，中国人对自己宝藏的无知和对外来时髦"理论"的追逐同样触目！以至人们至今仍在误以为中国只是个意识形态案例，而非深邃得多的文化转型案例。但为什么不承认，与只有单一文化资源的西方思想者比，我们本来多么富有：那个绵延数千年、自成一体且被无数古典杰作证实过的传统，并非因其"古老"、而是由于其思想和美学上的"深刻"，给我们一种先天的多元文化参照体系，让主动的比较、对话、互动成为可能。

当我们肯定从中文的共时性获得了启示，也没必要否认，这个哲学内涵，能更深地把握人之根本处境。其目的，并非寻找一个与"西方"对立的"东方"，而是要在诸多"他者"（包括我们自身的"他者"）之间，成为那个"主动的他者"。想想这迷信"进化论"太久的世界，是多么亟需从万古如一的共时层次上，反省人性深渊。一个重新激活的中文传统，提供给所有"主动的他者"一个思想资源，供其筛选，良性杂交。无论乐意与否，我们生活在一个地球村内，同一种远比经济危机深刻得多的思想危机，令每个人脚下（而非"远处"），都是悬崖绝境。"共时"，穿透历史幻象，让人类的"不可能"清晰可见，又因此把每个生命还原为源头，再一次重新开始。认识现实彻底无出路，恰恰逼迫每一刹那打开成我们的精神出路。

我的诗句"再被古老的背叛所感动"，也是一种肯定——继续去背叛，任何既定的模式，且为这背叛沾沾自喜。当代中国文化的"无依无靠"，实在是千载难逢的机遇。站在诸多文化的汇合点上。杂交反正在进行。它成功与否，只能由造出的"个性品种"去衡量。也正因此，国家、文化、一切"政治正确"都不再判断我们，反而成了被判断之物。文化的再生，就是个人精神活力的再生。

两千五百年前的中文第一诗人屈原，用他人生和写作，已经给噩梦的灵感下了定义：追寻——甚至创造更彻底的困境。这是我们真正的思想传统。他的意义，在于提示给人类：如何"发出自己的天问"？从而和伟大的《天问》建立"创造性的联系"？这远远超越了"中国文化"。我眺望着的是，一个当代的、普世的"诸子百家"，一个全球独立思考者的大传统。它永远和噩梦相关，也永远充满灵感。我们置身于中国文化转型这首史诗，并通过自己，把它带入了一首更广阔的史诗。"付出的代价是值得的"，现代希腊大诗人埃利蒂斯光辉灿烂的诗句写道。经由无数个人的"背叛"，古旧的中国和中文，正一点一点移出长久颠倒的价值观。它或许真是那只凤凰？这问号，正是令我感动之处。

2011年10月14日

诗，漂泊者的原型

"世界上最不信任文字的　是诗人"，一九九〇年，我在《冬日花园》一诗中写道。作为诗人，我不相信"漂泊文学"应当——或可能——是另一种"文学"。它有任何特权，独立于我们对文学的要求和判断之外。不。一首诗不是别的，仅仅是一次逾越语言边界的企图。而诗人，只是一位"越墙者"，总想越过那道由昔日杰作砌成的墙，那道墙不知比柏林墙高多少。但也像柏林墙一样，在两道平行线间留出一片空地，供后来者眺望凝思。那儿，总是连小树还来不及长大的，没有遗忘能装饰掩盖的。对于我，死亡毫不陌生，它正像一首刚完成的诗，靠精致标示出的文字之间、背后的空白而格外触目。诗，先天地不能停在某一行、某一首，它得写下去，标志出人不断失败的勇敢尝试。漂泊，与其说是一个题材，不如说是一种深度，内在于诗人对语言的要求。诗人漂泊者们看着："所有窗户敞开时是一个封死的天空"。

没有谁比中国诗人，看到电视上那个柏林之夜更感慨万端了。历史如此近如此触目地背道而驰。同一个夏天，把中国人和东欧人分置于历史两端，各自眺望着全然不同的未来。接下来，九十年代一场"金钱文革"，推给世界另一道更出人意料的风景。有着后冷战时期特征的加倍怪异是，一边是通过操纵人的欲望、利益关系在完成其全球统治。另一边，人们面对全新的现实不知所措时，还只能套用冷战观念和词汇。仿佛"冷战"的知识，只有对中国还不是过时的。这令我加倍悲哀——意识形态的单调解读，加倍稀释了诗的血液。沦为另一种宣传的"政治诗"，其实既无"政治"又无"诗"。那种装饰在外部的"反抗"，恰恰忽略了诗歌（或人性）内部的复杂冲突。如果说专制有什么"成功"的话，那就是迫使我们降低标准。用"独立思考"或"真诚写作"这些做人的当然起点，置换了文学的质量。使我们的写作，变成一场争取零的位置的搏斗。可诗呢？起点之后本该走出的里程呢？却被诗人和读者一同忽略了。我们忘了，人性黑暗，是各种现实苦难的原始版本。面对一首诗，就同时在面对人和语言的困境，甚至用写作每天加深它。身为诗人，我是幸运的。

我曾三次改变对自己的称谓：一、"中国的诗人"：强调最初的诗作与土地的血缘关系；二、"中文的诗人"：在诸多语言间，探索中文性蕴涵的独特限制和可能；三、"杨文的诗人"：我的诗，甚至对原文的读者也是陌生的。它不能被"译成"公众的、日常的中文。我为每一首诗发明的形式、每一部新作对以前"模式"的颠覆，刻意加大了与读者的距离。这场"自我放逐"，是从什么时候开始的？或许我该问，这同一场自我放逐何时停止过？因为，古往今来的真诗人，哪个不是精神上的漂泊者？我要我的写作，成为某种自觉的双向旅行：不停远离故土，同时返回自己的语言。在语言里，完成现实的深度。直到一个个句子，从内心某处发出声音，与周围的世界对话。当深度本身变换着语法，"新"就自然而然了。这旅途永无尽头，因为摸索黑暗极限的努力是永远不够的。

漂泊中的写作是个老题目。虽然老，它还在产生电流。特别在中文里，"漂泊"直接相关于我们的文化处境。二十世纪中国文学和文化的主题，一言以蔽之，即"中国文化传统的现代转型"。它的悲剧众所周知：几十年的疯狂，既毁了自己绵延数千载的文化结构，又引进不了西方文化结构，终于，古老专制的恶劣版本与西方进化论辞句交配，产下个可怕的怪胎。我们启程之处，既没有传统又没有语言，除了噩梦没有别的灵感。"文革"后期，四散各地的年轻诗人们，互不相识却不约而同地做了一件事：在诗中，删去"社会主义"、"资本主义"、"历史辩证法"之类政治"大词"。理由很简单：它们不能被摸到。这些词既无感觉又无意义。多年后，我把这个无意识"纯洁部落语言"的举动，称为我们的第一个小小诗论。很久以来，我们总习惯说，中国文学的辉煌传统。但却忘了，任何活的传统，必以人的个性创造为前提。如果不在自己的作品与过去的杰作间建立起"创造性的联系"，我们有的就只是"过去"，而非"传统"。无论我们开始写作时的作品多么幼稚，一个念头"用自己的语言表达自己的感觉"，已再次激活了一个沉睡太久的文学之源。我们的"现代性",是一种体现为语言自觉的态度。在语言中追问:"文革"的累累伤口、现实与历史无所不在的混淆、时间的(我更该说"没有时间的")痛苦,究竟源自何处?思想之疼,既是排斥力又是亲和力,把现实的出走不停变成文学的回归。中国老话说"国家不幸诗家幸";我说"在一个人身上重新发现传统",在一个个方块字里,两千五百年前发出《天问》、投江自杀的屈原等着我们;颠沛流离、孤独吟哦的李白、杜甫、苏东坡、黄庭坚等着我们。我们的声音遥相呼应,从未过去,恒是现在。

一九九三年,我认为,是归纳一下这个新人生经验的时候了。很快,一篇题为《漂泊使我们获得了什么》的对话应运而生。这里的焦点,在于把"失去",改变为"获得"。无论哪种处境中,作家的初级提问"为什么写?",都不如更逼人更切实的"怎么写?"就是说,什么样的语言和形式,才配得上这格外锋利的生存感受?我所使用的中文,如此独特。它延用数千年而未间断,用无数古典杰作,展示了自成一体的思维方式和观念系统。但,对于人类的当代经验,它还有没有意义?我是说,不仅向人类当代意识敞开,且能敞开人类的当代意识。漂泊,既是跨国的,又必须呈现于这一特定语言中。如果说,八十年代,我还只是蒙眬地把中文当工具用的话,那九十年代后的写作,则可以概括为对"中文性"的自觉。与欧洲语言捕捉"具体"的努力不同,中文一开始就是"抽象"的。它的动词,没有人称、时态、单复数的变化。因此,它的句子,描写的并非"动作",而是"处境"。当王维说："行到水穷处，坐看云起时"，是谁在"行"？谁在"看"？谁又不在"行"或"看"？古往今来的"行者"和"看者"都被囊括其中了。我称中文为"共时的语言"，以区别于欧洲语言的历时性。写，就在取消时间，包括取消作者自己。那"我的"孤独怎能不是一种"重合的孤独"？"我的"漂流，不正汇入历史的走投无路？岁月的乌有之河上，漂浮的只有面具。这儿，文本和现实，谁是谁的幻象？或都是幻象，彼此面面相觑？——离开了中文性，我几乎无从表达这些对我至关重要的诗意。

文字在冷酷审视，生命一分一秒地消失。漂泊越无尽头，人类的困境越清晰。我的写作，不想在"政治正确"和"身份游戏"的国际超级市场上，多贴出一块异国情调的商标。不，标榜"东方的"时空观，去廉价取代西方的时空观，无非换一种方式丧失自我。诗要求诗人建立自己的时空观。我强调：通过持续地赋予形式，建立"诗意的空间"，以取消时间：从中文文字的视觉和意象因素，到句子和结构的空间感，层层构成形式美。既"个人性"又"中文性"地，把生命的"你不在这里"，引申为毁灭的"我们都在这里"。"挖掘　被害那无底的海底／停止在一场暴风雨不可能停止之处"——开始漂泊五年后，我完成的组诗《大海停止之处》，对我甚至有某种"拯救"的作用。它重新整合了我的思维结构，使之能够再次容纳出国后纷乱的人生经验。体现在诗作上，就是把人生水平的移动，转换为作品内垂直的移动。四个"大海停止之处"的标题下，是四章轮回的结构，"四处"集合成"一处",用四个递进的层次,揭示"现在是最遥远的"这行诗的内在层次。直到流失的时间,都流进一首诗内。而被文字显形的不是其他,恰恰是我们的缺席。某种意义上,我甚至乐于称自己"形式主义者"。因为文学不是形式是什么?两千年以来,中文书写系统与所谓"口语"的人为分离,使汉赋、骈文、绝、律,乃至八股这一伟大形式主义传统得以存在。而近现代"反智"导致的集体弱智,才使文学成了废墟。我无意模仿想象中的译文写作(尽管那符合适者生存的商业原则),却不无野心地,刻意在每一部作品间拉开距离。等待有朝一日,让我的《流亡者的归来》①体现为:编号排列的一部部诗作,无须注明创作日期,仅靠彼此内在的对比和联系,就构成了"一部"终极的作品。一个我自己的小小传统。"形而下下"地穿过我抵达了"形而上"。诗,才是悉尼城外那座峭崖,不停升高。让我说:"这是从岸边眺望自己出海之处"!

"再被古老的背叛所感动",我的长诗《同心圆》,给出一个语言的和人生的模式。对于我,"出国"不是一个转折。"漂泊"一词,早已包含了所有地理的,甚至心理的含义。它由诗选定,等同于整个写作和生命本身。诗是那个根本的提问者,从黑暗核心源源不断辐射出能量,而把文字、书写的手、作者、一代代人的记忆或遗忘,变成问题。永恒地问,却不屑回答。是否该这样说:若没有"白纸黑字"的文字

---

① 《流亡者的归来》(EXILE'S RETURN),马尔科姆·考利著。

狱传统和一代代中国人屡擦屡洒的鲜血，什么能反证诗歌的自由天性？若没有刻骨的乡愁和几乎忘了在自己国家里作一个诗人的感觉，一页白纸上的"从不可能开始"还有什么意义？若没有新西兰漏雨的小屋、柏林动物园寒夜里山羊们酷似孩子的嚎哭、布鲁克林地下室外野猫的逼视，日子怎能变成一篇篇初稿，去趋近那首始终未写出的诗——那个隐身在我们内部的精神漂泊原型？我越来越漫长的旅途，从未指向"别处"，从来指着自己"深处"。那片"原乡"，包括了所有异乡。某个伦敦灰暗的冬日下午，一个句子跳入我的脑海："现实　是我性格的一部分"。当然，正如诗人是诗的一部分。残忍而美丽的诗意，从不存在什么"境外"。《同心圆》说——

> 毁灭是我们的知识　但这座被判决的塔
> 嘴里　眼里挤满了柏油
> 仍未抵达那无言

茫茫[①]

水之茫茫

他蘸啊吮啊她开花的粘液

漂的手指　浸进月色和这首诗两个表面

一滴水之内的茫茫

——杨炼《叙事诗·现实哀歌》

茫，从"芒"字变来。中国最古老的字典《说文解字》，对"芒"字解作"草端"。孤零零一支耸立时，"芒"给人的印象是锋利、是刺痛，衍生成词如芒刺、锋芒。但如果你伫立草原，看风吹碧海，浪涛起伏，那一根根草芒的亮度硬度，又突然渗出同一片绿色，以一种前所未有的温柔怀抱你。这浩瀚的融合，取消了方向，没有边际，只一种深

---

① 　本文为德国斯图加特"Schloss Solitude"学院《小辞典》项目而作，该学院邀请世界作家自选重要而难以翻译的词汇，以散文形式解说注释，汇集出版。

厚，犹如存在的总称，使你同时接受巨大和渺小。中国古人就是这样从大地体验海洋的。接天芒草，加上三点水，就成了无边大海。再加上汉字独有的叠字用法，一次性的苍茫，就汇入亘古不变之茫茫。从牧人"天苍苍，野茫茫"的悲歌，到诗人"十年生死两茫茫"的浩叹，"茫茫"这个词，被它自己最敞亮的开口音和阳平声调托着，那么辽远，直指终极的宇宙感，一举击中孤独的内心。

翻开汉英词典，在"茫茫"词条下，你可以查到"boundless and indistinct"（无边的和不清晰的），或"vast"（巨大的），玩味它们，你知道那儿捕捉到了一些东西，却又丢掉了更多的东西。丢掉了什么？仔细想来，"茫茫"与其说在描绘身外的辽阔，不如说在强调内心的空旷。无边的世界有多大，生命的意义就被反衬得多小。历史和英雄，也无非"无限"眼里的一缕烟尘。"茫茫"就是无数烟尘的载沉载浮。可另一方面，沉吟"茫茫"，那音韵里又延伸出更多：一片宁静，一抹忧郁，一种美，归结到底：一种思想。从山中云海流出，蔓延进古典水墨画中的空白，凝视它们，你能感到慢慢倒空了"自我"，而被吸纳入艺术的、更高人生的非时间。以此反观，什么配称为"自我"？这思想，曾长期被冠以"东方"之名，但我以为，撬开语言学的裂缝，我们从中窥见的，是历时性历史观的浅薄和进化论迷信的虚妄，它同样对中文之外的语境奏效，特别在冷战后、"九一一"后、"历史终结"后反而更血腥恐怖的今天。尚未译出的"茫茫"一词，简直现实无比。它并非贬义地"封存"在中文之内，呈现出一种耐力，看着世界何时成熟到能够读懂它。

中国文化绝早领悟到词与物的分裂。老子《道德经》开宗明义："道可道非常道，名可名非常名"，由此奠定绵延两千余年的言、意之辩。吊诡的是，这悟性又来自汉字本身的不精密。当汉字动词，不像拼音语言那样随人称、时态、单复数（甚至词汇的阴阳性）而变位，它也放弃了拼音语言力求捕捉的"具体"，或主动或无奈地沦为"写下就是抽象"。于是，"茫茫"从来不止是现实的，更是文本的；不止是历时的，更是共时的；不止是"我"，只能是"我们"。这里的哲学潜台词是时空观。古汉语只有时、空二字，浩浩宇宙，浑然如一。在日本人为引入进化理念加上那个"间"字（不得不承认：这是个改写文化的伟大"发明"！）之前，中文处境里找不到历史的推托、发展的妄念，只有一种绝对的孤独。正因对时间本质的不信任，以至有意把它取消，收入文本空间，《周易》才应解作"周全之易"。"万里悲秋，百年多病"才凸现出时空焦点上常做客、独登台那人。杜甫一句"世事两茫茫"，已把人生和诗歌合一，把存在之深和超越之美合一。这"茫茫美学"，不诉诸宗教却要求人自身的神性。它消极吗？逼入"无限"是消极吗？或者这正是老子所谓"进道若退"？让所有地平线不停叠入那个实体中的实体，那个否定幻象的诗意。大海根本没有流向，它始终从黑暗同心圆的周遭拍入中心：一个人的内心。别忘了，"茫然"的同音通假，正是"盲——然"：盲目——是的！

　　我的新作长诗《叙事诗》，以自传因素探索一个主题：大历史纠缠个人生命，而个人命运构成历史的深度。八十年代以来，中国时髦词之一是历史怪圈，但历史究竟有没有"圈"？抑或原地未动。我们以为在经历"时间的痛苦"，可那压根是"没有时间的痛苦"。从意识形态的空洞词藻，到今天普世的自私、玩世不恭，唯一"进化"的是毁灭的程度。"茫茫"作为对人性黑暗的根本认知，隔在翻译之外（和中文之内），等着人类发觉自己早已被写尽。这彻底困境，正构成一种反向的启示，像曹雪芹的终极"干净"：面对沉沦就是拯救。一种"不可能"的美学，像屈原《离骚》中，没有"祖国"、"人民"，却频频出现一个璀璨而熟悉的词："流亡"。"流"字中水声汩汩，"亡"字恰攥紧了"茫"之元音。两千三百年了，诗人唱和的回声，微弱而绝不脆弱："一个人和宇宙并肩上路"；"径直　歌唱突入死亡内部的现实"（《叙事诗·故乡哀歌》）。

伦敦，2009年11月1日

关于《界》

一九八五年元月，一块南宋石刻天文图碑，令我震撼不已。一气呵成了散文诗《逝者》三章，结尾一句"逝者，放逐幻象如归鸟，示众之头宣谕四维，于某地。"使我知道，该写出那部折磨我数年之久的长诗了。

这是《界》。

《界》不是字。它是一幅图画，或仅仅一个符咒。这部长诗没有名字，像一个没诞生的孩子，它的生命属于黑暗的宇宙，却又以一连串的悸动，触及我、刺痛我，预告它的存在。自一九八二年起，我就在想象一部长诗，它通过一系列语言的变形，重新创造出一个世界。它是全新的——因为它基于一个现代诗人独特的感受，又因为这种感受的深度，而与中国传统的精髓相连。就是说，这部诗本身，将成为在一个诗人身上复活的中国文化传统。这种"复活"不是复制，只能是创造。在诗中，这创造最集中地表现在语言上，通过对中文文字特点和表现力的挖掘，把人在自然、历史、社会、自我乃至文化中遭遇的极度困境，提升（或深化）为启示。一九八二年后，我的每一部作品，都在不知不觉地追逐它、模拟它，变得像它、又不是它。仿佛一篇篇仍需修改的初稿，等待着最后的完成。一九八二年到一九八四年写作的《礼魂》，一九八三年写的《天问》，一九八四年的《西藏》，短诗《易经、你及其他》直到《逝者》，四年中《𠨕》隐身看着，那只写作的手日渐苍老，那些文字日渐坚实和光洁。生命之"变"不再只是一个命题，它已成为诗人的血肉。在《逝者》完成的语言高度扩张与意识结构高度浓缩之后，《𠨕》诞生了。

《𠨕》的写作，自一九八五年起，于一九八八年完成《降临节》，平均每年写作一部。一九八九年在新西兰总体修改，共用了五年。全部六十四节作品。其中，诗四十八节，散文十六节。每十六节组成一部。四部的题目分别是：一、《自在者说》；二、《与死亡对称》；三、《幽居》；四、《降临节》；总题目即那个无字之字：《𠨕》。

《𠨕》是我以中国古代造字法造成，"θ"即"日"，"ʀ"即"人"。人贯穿于日，象形含义为"天人合一"，与中国传统文化的命题相同。但这只是在字面上，实质的不同在于：中国传统文化中的"人"，仅仅从属于天，服从于天，在这里，却变成人贯入天，人天同在。人变天亦变——人越深入体验自己，也就同时体验着一个更丰富的世界。"天人合一"即人与他自己所认知的世界间永远的"变化中的统一"。

《𠨕》读音为"yī"（与"一"相同），与"易"和

"诗"同韵。

一九八二年,我在《传统与我们》一文中已提到:应从自然象征体系的角度上探讨《易经》。历来的注《易》者,多以自己主观的宗教、哲学观念,曲解这部古老的巫书,强行把《易》纳入某一固定体系(如儒、道、释),本来零散、片段的卜辞,被牵强附会地连成一体,供后来的说教者驱使。然而,在我看来,《易》较之后来的曲解者更伟大处,正在于它"不可说"的原始和朴素,它是原始人对周围大自然现象朴素地感受和归纳。天、地、山、泽、水、火、雷、风,恰是中国文化发源地黄河流域的自然特征。人生存于其间,这些自然景观遂成为中国文化最初的象征物。因此,《易》由阴、阳而成卦象,由三爻的单卦而成六爻的复卦,并非为了传达某种特定的"易理",仅只描绘了古代中国人生存的自然环境及其变化,以及人类对此渐渐复杂的观察。它的诗意,也正蕴含于这种保持直观感觉,不作限定、说明的形式之中。

一九八四年,我写了《智力的空间》一文,用一整节讨论《易》的空间结构。我想说,《易》并非如后人穿凿的,有一个按第一卦、第二卦……直到六十四卦的"线性"次序,而是六十四卦同时并存,每一卦"同时"与其余六十三卦共同构成整个"易"的世界。卦与卦之间,不是"线"的逻辑,而是"空间"的联系。"牵一发动全身":每一爻变则整卦变,每一卦变则别卦亦变。如大自然中,叶落则树变,树变则整片风景变,所谓"一叶落而知秋"。宇宙间无一物静止,无一时静止,唯万物皆变,才保持了整体上的动态平衡。因此,象形于大自然的《易》，也像自然一样拥有自由——从固定的"定义"中解脱，也从僵死的时间和空间中解脱：天、地、山、泽、水、火、雷、风，既不特定象征什么，又共同组合象征了一切；既不仅属于书写下它们的古代，又不仅属于重新发现它们的现代：它是人手的产物，一个智力的空间。同时也是一个小小的自然。与时俱化，与人俱化。一片风景，向不同的眼睛敞开，"永远是第一次"，读出新的启示。

诗与"易"的精神相同：不以图解为目的，只有它自身的存在是目的。

因此，《PR》以《易》六十四卦为内在结构。

六十四，仅仅是一个假设。《PR》分四部，每部十六节。不用《易》的抽象符号，只标出某象、某数字，为了保持《易》原始的自由特征：象自然之形。内部结构上，以天与风、地与山、水与泽、火与雷组成四部，恰恰对应古典哲学中四大原素：气、土、水、火。阴、阳与《易》正是中国上古哲学的"四行"说。后人把它与"五行"（金、木、水、火、土）相连，混入人类文明较晚期的产物（金），显然错了。

卦象的排列、对位也是自由的：我只是将每一单卦（单象）放在上边，下边依次更换天、地、山、泽、水、火、雷、风，就组成了八个复卦（复象）。如"风·第五"，上半为"风"，下半为"水"，卦象为"风行水上"；或"泽·第一"，上半为"泽"，下半为"天"，卦象为"泽上于天"；其余类推。按数字，是：天一，地二，山三，泽四，水五，火六，雷七，风八；如见"天·第一"，可知卦为上半是天，下半也是天；见"雷·第四"，可知上半是雷，下半是泽；等等。如此之《》，以诗的结构和语言，还《易》自然和自由的本来面目；《》通过《易》，把诗的最深背景，开向孕育出整个黄河流域文明文化的那片自然。

《》的四部分，是互相关连的一个整体。每部分既有自己独特的结构、语言方式和内涵，又互相联系，层层深入，构成一个精神上的同心圆。诗人的感受在不同层次上展开，却又都归于同一圆心：人之存在。人跃入生存的深渊，不断跃入，同时发现"更彻底的"与世界对话的语言。或者说：人通过在自身中的不断陨落反而包容了世界。这就是"形而下下——形而上"之路，或可比于但丁自下地狱而返归净界，尼采的查拉图斯特拉之下山。具体而言：

一、《自在者说》

特定内涵是：人与自然。中心意象：气。卦象：天与风。这里，"气"饱蕴庄子所谓"贯天地一气尔，聚之则生、散之则死"的浩荡与混沌，在"天"与"风"中展开。诗的特定结构是天与风间隔的自然排列：

天风天风天风天风天风天风天风天风

其中，"天"八首，彼此独立，宛如孤悬。每首都处理一个相对独立的题材；"风"是八篇互相连系的散文诗，自末日开始，人类冥冥中无休无止地追寻直至彻悟。"风"的运动是一条曲线，恰以"天"的宁静圆满为归宿，像大自然永远是激动不安的人类的归宿。在语言上，每首"天"自成一体，由

内部排列不同的三重语言层次组成："正"，其如自然界对
人类伟大的超越和启示，在诗中以最左边排起的诗行表现；
"反"，表现人类被大自然压抑、限定的痛苦，用自左边起退
后二格排的诗行；"和"，即正与反之和。人永远矛盾的融合
各种感受。这一语言层次中出现"我"，用自左边退后一格
（居中）诗行表现。全诗以此类诗行结束，且"和"于黑体字
"同一"。"风"延用《逝者》文体，却更为自由狂暴，语言
的直接冲撞和切入，既发挥中文象形文字的视觉性，引发自由
联想，又人为追求一种大气的流动感。"天"与"风"，一静
一动。静中有动（"天"三重世界），动极而静（"风"八首
趋向），最终动静合一于在人类内心中重新发现的大自然。

二、《与死亡对称》

特定内涵是：人与历史。中心意象：土。卦象：地与
山。这里，"历史"，是广义的，代表整个人类社会。
"土"则具有历史的坚实与沉积感（块状、颗粒状），特别与
黄土高原和黄河流域文化相关。"对称"是这片黄土地上社会
和美学的典型传统形式，诗的特定结构也是一种对称：

地地地山山地山山山山地山山地地地①

八首"地"，取同一形式。各自处理中国历史中一个人

---

① 去过陕西乾陵（武则天墓）的人会想知道，该陵几乎与此结构完
全相同。它由乾陵山、双乳峰和面对的八百里秦川平原组成。远看的
图形为【此处请参《鬼话·智力的空间》】，从空中俯瞰则如一仰卧
女人，"地"为秦川，两边四首"山"为双乳，居中四首"山"为乾
陵山。

物。每首"地"也有三重语言:自左边排列的诗行,直接表现历史人物(史实或掌故),语感近乎叙述。右边冒号后的短句,为直接引用的古文。居中(自左退后两格排)的则是现代抒情诗。三种语言直接撞击,构成语言间的"互相发现"——不同节奏、句式、语气的语言,使诗的感觉更新了——诗有了历史的深度,同时历史从史实中解脱出来,活生生地加入现代人的感受。"山"第一、二、七、八,是四首短小的抒情诗,每首写一个潜在的中国神话人物。但在诗中,不仅神话人物的名字被隐去,连代名词也不用,唯一出现的主语是诗尾的"它"。主人公是人?非人?物?一种精神?神话本来就是所有人生生死死的感受原型。"山"第三、四、五、六,是四章颇荒诞的散文。在结构上,处于"与死亡对称"的中心。整个死亡的中心,正是荒诞活着的人,是"我"。我既是历史的承受者,又是痛苦的表达者。我的荒诞即是历史的荒诞,于是也就成了所有人的荒诞。散文使用现代口语,构成第二部诗的基调。神话,历史都从周围趋向"我",趋向"今天"。《与死亡对称》中,对现存历史(尤其对历史的解释)的深深怀疑,是以把历史从固定的"叙述"中解放出来,重新还原成一些片段、一种语言,由诗人重新组合(例如打乱时序)来表现的。我通过这些诗,表现人类置身社会中的痛苦,同时,重新选择自己的历史。

三、《幽居》

特定内涵是:人与自我。中心意象:水。卦象:水与泽。"自我"之黑暗，实与外在的世界一样。每个人在自己内部幽居，如水曲折，蜿蜒流去，这种困扰充满阴气。诗的特定结构像前后两重相反的曲线：

泽泽水水水水泽泽水水泽泽泽泽水水

对自然、历史而言，"自我"是同心圆里更小的一圈，但却更为复杂、深邃。十六首诗（没有散文）中，前八首似可称为"在世界中幽居"：每个人孑然一身、却又因找不到自我而加倍孤独；后八首似可称为"幽居中的世界"：人类不得不在绝望中继续探寻，最后彻悟到"以死亡的形式诞生才真的诞生"（《水·第八》）。在语言上，有两大类。其一为泽·第一、二、三、四，水·第五、六、七、八，是自然排列的现代抒情诗，其二是水·第一、二、三、四，泽·第五、六、七、八，排列上是中线两边对称的形式，且加入黑体字的俗语与格言。自然排列的诗与诗之间，有一种递进的顺序，揭示一重重"自我"的深渊。对称排列的诗与诗之间，是并列，在相近的内容上以不同角度展开。十六首诗，构成人对自我存在的无尽怀疑和追寻，最终，于彻悟中肯定追寻的自觉。《幽居》是《命》中语言最直接、坦白的，唯其坦白，才更表现出人性深渊的无底黑暗。这里的我，是加引号的，既存在我内部，又无从认识和捕捉。这个"我"与《自在者说》中的"自然之我"，与《与死亡对称》中的"历史之我"相呼应，是每个人追问世界的起点，也是终点。当自然、历史、乃至"自我"统统落入一个虚无的中心，虚无本身就成了万物的启示。

四、《降临节》

特定内涵是：人与超越，中心意象：火。卦象：火与雷。"火"的炽烈与明亮，肯定与清晰，构成这部诗的基调。作为《卩》的最后一部分，"火"是死亡的洗礼，同时是诗给这世界的一次重新命名。特定结构是把十六节诗与散文分成四个单元，每单元以"雷火火雷"排列，即：

雷火火雷雷火火雷雷火火雷雷火火雷

每一单元均以一首较长的抒情诗起首，第一词是"如今"，并接下来以"永远"作为呼应。诗中亦有三种排列（自最左边、退二格、退四格排起），与《自在者说》中的"天"、《与死亡对称》中的"地"呼应，但在这里直接表达出清澈的思想。四个单元的第一首诗（雷·第一、三、五、七）连在一起，即是《卩》的精神枢纽。每单元中间两首"火"，均为标有题目的短诗，犹如经过彻悟的人，以澄明的目光重新审视宇宙。每一行诗、每一个字都与万物全新的名字相同一。这些短诗的风格简捷、客观、清澈，是诗之美与万物之真的融合。最后一节散文诗，也与"风"和"山"中的散文不同。《降临节》中的散文，把眼前具体的现实与玄思合一，既揭示存在背后的虚无而写出"不在"，又把这隐匿的世界最终敞开于可见的世界，写出"不得不在"，从而表现的是"存在的深度"。前三单元，以"诞生"、"蒙难"、"复活"为主题，勾划出人类生存与精神历史的永恒轮回。第四单元，写在彻底虚无中，才能获得的彻底真实。人类终将回归的唯一实在：本身。让本身"成为"万物，从而使《𝘞》在极变中达到极静，使人在对自身完全的无望中企及了对世界朴素的承认。全诗最后一句，重述第一句："就这样至高无上"。人通过内在的超越终于与自然合一。

因此，《𝘞》诗四部，又可以这样的线索概括其精神：外在的超越；外在的困境；内在的困境；内在的超越；每一部的结构和语言，都表现独特的精神气质："气"的奔放、"土"的凝实、"水"的流溢、"火"的明艳。七种不同形式的诗、三种不同风格的散文，在表现特定内涵的同时，也构成了中文当代诗规模最大的语言实验——这或许是诗最重要的内涵（尤其在中国）？对中文表现特点和表现可能性的探索，是向两个方向努力去做同一件事。从传统中感受中文文字的视觉美，又把它与现代人的复杂感受结合，扩展成诗的空间结构。让全诗贯穿始终的思想，完全融入一首首诗、一个个句子、一组组意象。通过语言形象的——诗的创造，思想获得了活生生的、自然现象般的感觉。这样，探索语言，本身也就成了探索思想。诗成了诗人阐述智慧的最佳方式。

《𝘞》中的诗，在字面上，可作为独立作品。但其中某些部分，倘若知道其中的中国文化背景，则有助于深入理解。下面分别注出：

《自在者说》中，八首"天"，所处理的题材分别是：一、落日与再生。二、生命。三、语言。四、时间。五、万物的音乐。六、死之神性。七、统治。八、合一。

八首"风"，分别为：一、自末日开始。二、现实。

三、智慧的痛苦。四、希望之罪。五、绝境。六、苟活者：内在的空旷。七、界限的消失。八、执笔的诗人。

所用到的典故："天·第一"：中国古代太阳神话，羲和驭六龙日车行天；"天·第二"：庄子《逍遥游》，大鹏；"天·第四"：佛教祖师达摩面壁九年。

《与死亡对称》中，八首"地"，所处理的题材分别是：一、伪天命。二、阴。三、葬仪。四、被利用的美。五、无情的土地。六、两种文字。七、黑暗的声音。八、归宿。

八首"地"中的历史人物简介：一、商纣王：商朝末代帝王，著名暴君，宠爱妃子妲己（dá jǐ），设酒池肉林，及炮烙酷刑（把人缚于烧红的铜柱上杀死），因暴虐，致使四方皆叛，最后在被围中跳下高台自戕；二、秦始皇：历史上第一个统一中国的皇帝，长城的首建者，焚书坑儒，且铸天下兵戈为十二铜人，以绝造反的可能。生前即为自己建陵，内画日月山川，置水银江海，又设毒箭防盗。但其死后，太监赵高即杀太子，另立秦二世。秦朝二世而亡；三、武则天：中国唯一的女皇帝，骄横有才华，传说曾在洛阳下旨敕令百花严冬开放，而百花不敢不开。她亦自撰一字为名，即"瞾"，取日、月当空之意。死后与唐高宗合葬陕西乾陵，陵前置石人石兽，及无字碑；四、西施：传说中著名美女，战国时越国人，被越王勾践送给吴王夫差，供其淫乐，衰其斗志及戒心，终败亡于勾践之手；五、霍去病：汉武帝时大将，多次北击匈奴，开拓疆土，死后葬汉武帝茂陵侧，有石雕巨兽，马踏匈奴像等，极浑厚有力，为汉代石雕代表作；六、曹操：汉末三国时英雄，后追封魏武帝，曾与孙权、刘备联军大战于赤壁，战前横槊赋诗，极尽狂傲，不意被对方火攻，数十万军队在长江一夕丧尽，大败而归；七、陈胜：秦朝农民造反首领，迫于苛政，在大泽乡起义，国号"大楚"，称王前，传说曾从鱼腹中剖出布条，入夜狐狸尖叫，均称"陈胜王"，后军力渐强时，开始猜忌并屠杀伙伴，终于自己为近臣所杀；八、司马迁：汉太史公，年轻时在朝廷为降臣李陵仗义直言，受官刑，后发奋著书，是为中国史书中最著名的《史记》。

"地"八首中所引古文，出自：《诗经·商颂》（第一）；《史记·秦皇本纪》（第二）；《归去来辞》、《唐诗》（第三）；《屈原·九歌及离骚》（第四）；《屈原·天问》（第五）；《曹操诗·观沧海》（第六）；《史记·陈涉世家》（第七）；《史记·孔子世家》（第八）；"山"四首诗中的神话人物为："山·第一"：伏羲、女娲。人首蛇身的兄妹，结婚生子成为华夏民族的始祖；"山·第二"：夸父。追日道渴而死；"山·第七"：共工。与天帝争位，败，头触不周山。天柱折，地维缺，洪水泛滥；"山·第八"：精卫。炎帝之女，溺死于东海，变为鸟，誓复仇，遂口衔微木碎石，每日填海。

《幽居》与《降临节》，无须作注。

《界》不难懂。诗虽万象，唯一的题材是诗人，唯一的主题是"人的存在"。同心圆层层指向中心："我存在吗"——这个深渊下，是"存在"——"不在"——"不得不在"的永恒轮回。诗，是一个布景、一扇门，介于"可见"的世界与"不可见"的黑暗之间，经历着沉溺与显现的双向过程，永远趋向那中心，也永远不可抵达：

"知 道 自 己 生 在 万 物 变 幻 中 就 够 了"（《火·第六》）。

一九八九年，《☿》完成的时候，我已在国外，在连北半球的星辰也看不到的地方。自一九七九年写诗，以一九八九年完成《☿》为第一阶段的终结。今后的生活和诗，都肯定不是这样的了。在我的历史里，它也是一部动极而静的书，永恒之书。十年来我的生活和语言终于用这一部书"定稿"了。仿佛是预言：《☿》最后一节诗题为《远游》，前一首题为《还乡》，这正是我将开始人生中最长的一次远游，而且，渴望还乡却几乎绝望的时候：

"所有无人，回不去时回到故乡"（《火·第七》）。

建构诗意的空间，以敞开生之可能

一九八四年，在完成了大型组诗《礼魂》之后，我为它的自费油印版写了一篇"代序"《智力的空间》，这篇文章，在以后的十年间，是我的诗学大纲。

空间，常常被人误解，认为是客观的、普遍的，一个存在。特别是在西方科学主义的影响下，空间与时间一样，成为世界与人的认识的"客观属性"。这种情况，直到二十世纪现代物理学的出现，才被超越。玻尔的科学哲学，认为所有的观察，只能是主观的；爱因斯坦关于时间（速度）变化时，空间弯曲的研究；维特根施坦关于"一切哲学命题都是语言命题"的讨论，等等，使空间与时间一样，成为一种可变的，根据人的认识可以被塑造、被构成的东西。总体地说：一种精神的象征。它存在的方式就是你认识它的方式。人通过自己对空间的认识赋予空间一种秩序。而这个秩序，是智力创造的，是诗的。

《智力的空间》所讨论的主题，其实是哲学的。但我把它限制在诗的形式，即语言的范围内。因为在诗中，空间的构造由语言来完成。而我所使用的中文，又是先天地与视觉、意象、结构融为一体，因而，它本质的表现力来自于"空间"。这也是为什么中文文学、特别是诗，发展到充分时，会产生诸如"对仗"、"对句"等纯粹视觉美、空间形式美的原因。而诗的主题，也与西方逻辑化的语法关系（如人称、时态、动词变化等——更强调时间因素？叙述与思辩）不同，在表述上，更强调使用暗示、隐喻和整体环境（意境）的烘托，如古诗中的赋、比、兴手法。至今为止，中文语法究竟是什么样的，仍是一个大谜。本世纪初，用西方语法"套"中文，显得生硬而狭隘。我们是否可以说：这是一种以"空间结构"为内在逻辑的语言——以字、句为基础，以整个作品的结构反过来限定个别字与句的涵意，并呈现出整体的内容与形式。这显然可以在一个更深层次上解释中文文字自四言诗，而五、七言，词、曲、小说、戏剧，多变而其表现力又贯穿一致。它的全部努力是"构成空间"——选字、造句、创建结构（为每个特定内涵创建特定的结构）——在语言的空间中，使时间停止，作品永恒。

在我的诗作中，"空间"是使语言形式再次与人的生存命运之"根本诗意"相融合。一首诗的结构，既是游戏又不是游戏：文字任你自由排列，是游戏；而排列又必须"本质地"与你要表述的根本感受有关，因此又不是游戏。例如《与死亡对称》，一个纯粹的对称结构，自两端（黄土：历史；山：神话；）向中间（"我"，今天，荒诞的现实）逼近。本质地吻合于我对中国历史——人类命运的认识：时间是幻象。一切的

"变化"都仅仅指向"不变"——以"我"聚象化了的人类根本的处境。因此，"我"，现实，是历史的"汇合点"——自然、时间、历史、文化仅仅造成了"荒诞的此刻"。《与死亡对称》的形式，是创造性地对人之历史处境的滑稽模仿。最终，这表现的方式，为我自己创造了一个"历史"：我所理解和认识的"历史"——非时间的、不变的、彻底无出路的。诗，通过构成语言的形式，抵达了人生的可怕"诗意"。一个人，在诗的空间中隐身，沦为无人和一切人。

因此，我在《智力的空间》中写道："一个完美结构的能量不是其中各部分的和，而是它们的乘积。"

《玴》，是"智力的空间"思想的最集中表现。随着时间流逝，它在我这部创作中的意义越来越显著。而一个诗人，一生也大约只能完成这样一两部作品。可以说，它是思想（智力的空间）、经验（对中国现实的体验深度，对自我的认识）、知识（把历史与现实提供的一切打碎成"词"，根据表达的需要重新选择与组合）、和诗歌观念（意象与结构）的集成，同时，加上自一九八五——一九八八年具体的写作条件（时间上的保证）。在《智力的空间》中，甚至在更早的《传统与我们》一文中，我已讨论到我对《易经》的看法：从初期的视之为"中国独特的象征体系"，到强调指出它在结构形式上的"动态平衡"，这些，都为《玴》最终以"易"为背景结构打下了基础。我认为：没有一个大诗人能不面对、并重新处理他自己的传统。中国诗人们在二十世纪对西方文学"追随"的狂热，一面是一种实用的、

"获得承认"的自卑心理；一面是自己本身的空虚——不知怎样看待自己的传统。结果，文化、传统等等，在"现代"诗人手中，仍是一个"死词"。对我而言，历史、文化、从来不是别的——只能是"我"本身："历史"的含意是"现在"——包括了全部昨天的今天；"文化"的含意，是"自我"——呈现出所有"文化裂变"的个人。因此，ℝ的世界，不是环绕我的"他者"，而是深入我、在我之内成为：一个人身上复活——重新发现的传统。这是，一个人的世界。只有这样理解，这首诗才是完整的、内在统一的。从第一行到最后一行（完全相同的两行的呼应才有意义：终点就是起点，并且无穷尽地结束与开始。ℝ，就这样成为一个诗人向自己内心坠入、摸索"黑暗的极限"的历程。而"易"经，在被还原为人对大自然最初观察的时候，提供了一个当代中文诗人在文化上所可能拥有的最大纵深——这纵深"渗透"在全诗的每处，每个变形中，如灵魂。诗在全面敞开语言给它各种结构、形式、节奏……）时，全面敞开了一个人精神表现的可能性。它的深度、它的复杂、它的层次与色彩……都被一个道家式的"无字之字"——ℝ——抓住。

"ℝ"（读 yī）就是"一"：一个人。一个世界。一个宇宙。一首诗。

《ℝ》写作了五年，一九八九年在新西兰修改定稿，之后，开始了我的短诗阶段。有人说，我写短诗是我国外生活的限制使然，其实，这是文学本身的需要。形式对作家的要求——使作家必须"更新"自己以及作品。我于一九八九年旅行澳大利亚途中，开始写《面具与鳄鱼》，最初的冲动，就是以一种与《❋》截然相反的形式写作——每首诗只有六行的形式：在最小的房间里，也依然要跳舞。而数年以来，与《❋》——与中文——语言的搏斗，成为这些"关于诗的诗"之底蕴。我起初并未意识到"面具"与"鳄鱼"的特殊象征，只是在悉尼所住的房间里，及旅行澳大利亚途中，"随缘"地使用了它们。后来，不知是它们启示了我，还是我赋予了它们以特定涵义：这两个象征在诗中渐渐丰满，独立，显示出极大的概括力——"面具"：距离／隔绝；"鳄鱼"：欲望／恐惧；而这，正是语言对于诗人之最危险的诱惑。在写作中，我感到：语言，就是诗人的现实。而诗，恰是人超越语言的努力——在必然失败的、对语言界限的触摸中，不断试图逾越，又不断受制于新的界限——这，正象征了人生最根本的"诗意"。

从一九九〇年到一九九三年，是"短诗时期"。具体的结果，是短诗集《无人称》（一九八一 —— 一九九一）和《大海停止之处》（杨炼诗：一九九二 —— 一九九三）。

在《无人称》中，我试图发现一个完整的"诗选结构"。即纵向上，按时间的顺序编选：《易经·你及其他》与《房间里的风景》作于一九八一年和一九八六年；《谎言背后》，作于一九八九年；《流亡的死者》，作于一九九〇年；《幻象中的城市》及《无人称的雪》，作于一九九一年；横向上（每一部分），按各诗之间的关系，组成一个个相对独立的单元：这样，一本短诗集，也就同时被结构成了一个组诗，一首长诗。如音乐，在各个乐章之内、与之间，存在一个秩序。

《大海停止之处》也是这样，虽然其中只有两年的作品，但"结构"上，它拥有一个按时间与形式构成的整体：《黑暗们》，作于纽约，一九九二年春；《类似阴影的房子》，作于 Yaddo 艺术家村，一九九二年夏；《天空移动》，作于奥克兰、新西兰，一九九二年秋；《否认的石榴》及《大海停止之处》，作于悉尼，澳大利亚，一九九二年底到一九九三年中。形式上：《黑》是一个组诗，类似序诗；《类》是一组短诗；《天》是一组中等篇幅、长句式的诗，节奏较缓慢而沉重；《否》是一组极短诗，节奏跳跃动荡；《大海》集短诗之大成，且重返"空间结构"，在内涵与形式上把"漂泊"与"尽头"的主题发挥到极致，完成一部作品也完成一种经验。

我的短诗是我的长诗（如《℞》）的自然深入和发展。关键在于：每一首诗都是一个完整的小小世界，以一个结构（有时，结构被"隐"在语言之中）层层深入，直到把诗的感受挖掘充分。这样，就有了三个主要因素：①形而下下——形而上的思维；②意象——结构的表述；③音乐——节奏的内在能量。

"形而下下——形而上"，是一个我发明的命题。形象地说：即"同心圆"。这也是我自《℞》开始使用，到近作《同心圆》完成的诗之结构。我把"深入现实"命名为"形而下下"——即："现实"并非如人们认为的，仅仅是供思想和哲学去认识的对象。现实就是思想，因为无思想（观察者）即无所谓"现实"。所以，"深入现实"与怀疑地、批判地"反省自我"是一回事。人思想的过程即不停为自己"发现"现实的过程。"形"，现实也；"下下"，追问之深入再深入也。一直追问到人性黑暗的极限（倘若存在的话）。同时，这"追问"的过程，也提供了（发现了）一种不停地与世界对话的语言。生命，被共同的痛苦"合一"：一种"形而上"。如古希腊人所说："向上的路与向下的路其实只有一条。"每一首诗都向内跃入，又在自己内部，反身包容了世界——每一个个体内的黑暗本质，亦是整体的本质："形而下下"返回了"形而上"。例如《谎言游戏》一诗，这种内在的追问，集中于"谎"与"真"这对母题。诗从"谎言"与说谎起，到"没人曾对自己说谎"；辞句只是"玩"；"玩"着我们，而"我们不说"；我们其实连谎言也没有——"欺骗自己的那些话　只是／真的"；我们是内心的哑巴，只有"疯狂的沉默"；因而其实比一句谎言更懦弱、更可悲——"被谎言当作玩具"。全诗结束于此：对我们现实语言的"形而下下"追问，完成于对语言／存在关系的"形而上"把握。

"意象—结构的表述"：我认为诗人之三重阶段，是抒情的，思辨的，意象与结构的。年轻时抒情，老一点思辨（偏于社会现实层次），当他对语言与诗更加成熟，即成为"意象—结构"的。诗不仅仅是主题，诗是形象。又不仅是盲目的形象，诗是有指向性的形象——指向诗人精神的方向。因此，"意象"的构成，是直觉、思想、想象的创造力三者之结合。我的短诗中，既追求意象创造的超现实主义式的"震惊"，又将这"震惊"控制在诗所要完成的主题上——我恨那种自欺欺人式的"意象游戏"。没话可说又要借助于读者的误解以为诗人在"有话不说"——"结构"的作用,是让意象的效果深化,如《死诗人的城》,两段之间两个相反的层次:第一,从现实到语言——诗人之死到死去诗人的诗;第二,从语言到现实——没有了诗人的诗,反过来更清晰地暴露出诗人之死的本质(从来没有活过)。意象,在结构中获得了广阔、深刻得多的展开空间。结构,被意象充实后,变得丰富而直感。

"音乐—节奏的内在能量",可以说,"意象"的能量(在中文里)更多来自于视觉,而"结构"的内在能量则来自于听觉,即音乐与节奏。犹如一首交响乐各乐章之间的关系,诗的空间中也充满了强、弱、进、退、高、低,倾斜与平衡,运动与静止,对比和和谐,是对音乐形式的想象力,创造着诗的结构;而一行诗写下之前,我常常已"听到"了它的节奏:长度、强弱、与上、下行呼应的关系等等,而后才由视觉意象与文字的意义渐渐"填"满这个声音的"模子"。由于中文文字的视觉性极强,不是许多人认识到"音乐"之重要。但一个成熟的诗的形式一定有成熟的音乐因素。我们与古典格律诗之不同,在于无定格可拘,却必须为每首诗发现特定的音乐形式。因此,每个节奏已是"这个"诗意不可或缺的一部分。当我朗诵,一首诗就成为一座"声音的雕塑"。在《无人称的雪》组诗中,六首诗由"你"(之一);"他们"(之二);"你"(之三);"我们"(之四);"你"(之五);"无人称"(之六)组成,且一、三、五是自由排列,二、四、六是整齐分节,配之以"西尔斯·马利亚"的附题，整组诗犹如一部独奏与乐队的对话。节、句、字、以至空白和寂静，互相呼应，共振共鸣。

与二十世纪流行的对表面形式的求"新"迷信不同，我的短诗要求语言（词）应追求意义——语言本来就具有造形（视觉、听觉）与含义双重因素，仅只使用"造形"的一面，已使语言脱离了指向，成为某种技术性的游戏玩具。例如某些中国诗人平面复制和空洞的近作，仅仅证实了，诗人"衰竭"的标志，不外就是被迫搁笔与"玩晦涩"二种，后者甚至更为可怜。因此，我的诗，从《**人**》到《面具与鳄鱼》，再到《无人称》与《缺席》，不断追求一种形式与内涵上的双重发展。《**人**》强调：在一个人身上重新发现整个传统；《面具》关注作为诗人之现实的诗；《无人称》的主题可以用全集最后一节（《无人称的雪》最后一段）中"死亡与想象"的关连概括：被想象无限加深的死亡，最终完成的是——现实的死亡。诗，不仅理解了、甚至构成了"每个人的毁灭"。《大海停止之处》发展了《无人称》，但较之更成熟。在《大海停止之处》中，"组诗"的形式渐增，最后完成于出国后第一个大型组诗《大海停止之处》，集中表现了出国后生活"无尽的尽头"这一感受。形式与内涵，就这样互为动力，使诗一再抵达"活着的深度。"

当我写作以上短诗，我有一种"远行归来"的感觉，"远行"是指在《**人**》中回溯历史，传统，语言之源（自然）的努力。"归来"，是如今这旅途中获得的一切，都在我内部，都是"我"；而我——携带着旅途经历的千山万水——已不是原来那个我了。直接的感觉、明晰的语感，"透明"与深度，把诗钉进我漂泊的经历，"大海　锋利得把你毁灭成现在的你"（《大海停止之处》）。

　　我把《大海停止之处》列为一个独立的单元，因为，它虽然是《缺席》之最后一章，却已是另一个阶段——"空间诗"阶段——的开端了。它仍被收入短诗集，是由于它由四章、十二节诗组成。作为单独的作品，每节诗可以被视为一首短诗，其写作集中体现了我的短诗之特色。但这十二节诗，又由一个完整构思的、统一的结构联结成一体。作为一个整体，再次"再现"了我近十年前提出的"智力的空间"之命题。它是自《￥》之后，我在漂泊中首次重新使用"空间"的概念，创作出的大结构的组诗——具体的说，它仍是前面所谈三种因素在大型结构中的"演出"：四章如四首独立的奏鸣曲（Sonatas），每章由一、二、三节组成。其中，第一提出命题（如第一章中之"尽头"的主题），第三呼应、伸展，并完成此一主题，而第二，是与主题表面无关、独立成章的一首诗（离题诗）。如把四章放在一起看，则整首《大海停止之处》是一部交响乐，四个乐章层层深入又被形式上有意地"重叠"在一起：每章前独立的"大海停止之处"标题；每节第三中"……的与被……的"句式；每章最后一辞的"之处"；等等。使全诗互相呼应，层层深入，直到四个"大海停止之处"，停止于一处：现在。而"现在"的幻象中，层层包括时间、生命、语言、历史……直到这个地址上这个人。没有哪一个地点不是抽象的，也没有一个幻象不显现于此刻的生存之内——"现在是最遥远的"，同时"现在"又是唯一的。

在中国，语言与文化的大背景，是黄土。干燥、静止、无垠的"土"，成为中文诗，也是我的诗（《大雁塔》、《半坡》、《敦煌》、《西藏》，特别是《☿》中的《与死亡对称》）的核心意象。"把手伸进土摸死亡"（《☿：地·第三》），这里的"土"，是大地，也是一个人的躯体。或许大地本来就是身体的延伸，而身体也是大地的一部分？"土"，对我来说，充满了敏感的生命，浸透着昨天和历史，这是为什么秦始皇兵马俑如此震撼我——大地如帷幕般掀开一角，暴露出脚下近在咫尺的另一个世界。他们就是我（昨天之我、前世之我），我也是他们（今日的他们、此世的他们）。历史不是时间，只是一块粘土，把我们无间隔地凝成一块。在万古的凝固中，时间流走，留下不变。

相对于具体可感的大地，"海"，对于我，只是一个辞，一个想象（一种神话？）。但一九八九年之后，我却不期而然地，与海结缘了。奥克兰、悉尼、纽约、洛杉矶……都是海边的城市。海，在窗口，在眼前，整日闪烁。我一直想写一首海的诗，像抓住土那样抓住海的灵魂。但不行，海与我之间，始终隔开一个距离。即使我把手伸进水里，那蓝色的皮肤下仍是一片黑暗、一种无知。我环绕着各个大海，从一洲漂泊到另一洲、一年漂泊到另一年。大海，也环绕我，在动荡中保持着它神秘的静止。它的沉寂，一直继续到一九九三年我回到澳大利亚。在悉尼海岸那一道峭壁上。我坐着，大海在面前，湛蓝无际地伸展，几乎在远处高起来，像一道陡坡，连接天空。脚下是波涛的巨响。悬崖，像一个船头逆流行驶。多少年，就这样过去。突然，一个辞，如光亮起："尽头。"此处是尽头，此刻是尽头；"一个独处悬崖的人比悬崖更像尽头"——而尽头本身又是无尽的！这个人，活着，就是生活与命运的界限；说话者，是语言的界限。唯一可说的，却又是永远说不出的；"经历"自己的尽头，经历它，直到在每天的现实中看到海，看到自己在"出海"——由于这首诗，"尽头"逾越了它本身，成为到处的，每天的。任何确切到不可能弄错的地址，就拥有了形而上的意义：

我们的灵柩不得不追随今夜

挖掘　被害那无底的海底
停止在一场暴风雨不可能停止之处

这是《大海停止之处》的力量。我用这首长诗向海"复了仇"：突破了它的拒绝，在我里面、我的人生里摸到了它，创造了它。四个没有标出号码的标题，其实是同一个标题的轮回，这轮回不是从一个到另一个顺序进行，而是从一个到所有其他"同时"进行。一种"非时间"的轮回——轮回于"不变"！

"大海停止之处，"永远不可能停止。因为没有一处是停止的，所以，"停止"，在看不见的深处，是一个形而上学。正如每个人中蕴涵的"无人"、或"所有人"。大海，到处停止，才目睹世界不停流去。

《大海停止之处》，也使我完成了一个轮回：重返近十年前提出的"智力的空间"的命题。虽然,从《半坡》、《敦煌》——《𝄞》到《大海停止之处》,诗的表面题材大为不同,但诗的深层结构、诗意与诗之结构的关系,以及以"构成空间"的创造力为特征的智慧,则一以贯之,近十年的创作,展示出一个文学上的"同心圆"。

曾有读者在信中提到我的"图画诗"(picture-poetry),我回信中将其纠正为"空间诗"(space-poetry)。在我看来,字、词、意象、句,一首诗一组诗,直到一个诗人一生的全部作品之间,都渗透着这种"空间"的意识。它们不是时间顺序上的"继续",而是空间结构上的"组成"。一首诗是一种经验、或"意义"的空间存在方式。一个诗人的全部作品是他一生经历的空间存在方式。直到诗人死去,时间流失。诗,成为这个诗人唯一存在过的证据。于是,这些字句又与用同种语言写下的别的作品组成空间。我们称之为:传统。在传统的空间中,每首诗被剥去"时间幻象",同时/非时地与所有别的作品构成了一个整体。

《大海停止之处》,使我得以开始——并于三年后完成组诗《同心圆》。它是我出国后最重要的作品,与在中国完成的《𝄞》遥相对称,轮回到一个新的起点。

本地中的国际

一

　　从什么时候起，伦敦和我的关系变了？从一座我漂流途中偶然经过的城市，变成了一种"定居"之处。更准确点儿说，一个我在外国获得的"本地"。第一次被那个感觉触动，是搬进现在这个寓所的第四年。一个秋冬之交的阴冷下午，我在厨房里，从后窗朝外看，不知不觉地，好像眼睛在寻找什么，找到了：已开始落叶的、枝条空疏的花园里，那同一个梢头差不多同一个地方，又挂着一只苹果。还是那么小、那么圆、青里透红，和去年那只、前年那只一模一样。像个来赴约会的鬼魂似的，衬着灰蒙蒙的天空，朝我打着信号。

　　四次见到同一根枝条上最后一只苹果，这地点对一个人来说就不同了！

　　甚至谈不到伦敦，我的外国"本地"，其实不超过几个街区。在城北，这个连许多伦敦佬也不知道的 STOLE

NEWINGTON，是时间把它变成了"我的"：当我不再只住个三月半年就搬走，这条街就不再抽象。它从我匆匆经过的无数条街中站出来，停下。这些房子、邻居，都脱下面具，恢复了活的年龄。这个街角，每到春天就喷出一树白花，它在记忆中如此艳丽，也因此，当那棵树莫名其妙地被锯倒，我诗里"街角上的唐朝"也同时轰然倒下！当一座墓园、一条河谷成了我散步的自然选择，一片常年浸湿的鲜绿、云影漂过时的一明一暗、夏夜寂静中的雁唳，就渗入我，成为我自己的节奏。季节就这样再次和我有关了。它让我写："从未真正抵达的秋天／从来都是秋天"，"从未真正抵达的远方／从来在逼近脚下"。我也是一只苹果，能感到果皮破了，一个地点带着它的人群、口音、风景、天气，挤进果肉。一根后天衔接起来的脐带，把我变成一个外国的"本地人"。但，这变化是怎么发生的？"自然而然"的？历史的？谁的历史？城市的还是我的？我看见的"本地"是当地人的"本地"吗？他们看得见"我的本地"吗？……我每天问自己。

在远离故土的外国找到一种本地感，比纯粹的漂流更怪诞。作为当代中国诗人，从八十年代末踏上流亡之途起，二十多个国家在脚下滑过。"无根"的痛苦不难理解，"无家可归"的悲哀甚至是一种必须。每个早晨醒来，陌生的房间都在提示一个我梦中的房间：在中国，北京西郊，圆明园废墟附近，一间名为"鬼府"的小屋，一望可知是从一间旧教室改造的。我的书桌是半块玻璃黑板，却记录了我"青年诗人"的全部经历；我的书柜里，珍藏着两只骨灰盒，一只是母亲的，另一只是老保姆的，她们在那儿，我总能感到两束呵护的目光。先天的"本地"就像血缘一样不可更换。我的写作，曾经清清楚楚是那血缘的一部分，来自它也属于它。可突然，这些都变了。后天获得的"本地"，把先天那个推得更远。我的难堪在于被迫承认，"流亡"并非终身专业，也不提供绝对值，却是一种能被磨损和替换的物质。就连血缘也不值得夸大：一个人能在任何地方生存写作，因而不必抱怨命运把你抛到了哪里！当原来外部的"动"变成了"定"，才暴露出内在的"不得不动"。真正的问题，不是"我离开中国多远了？"应该是"我在自己内心和语言里挖掘多深了？"本地，在我不停的凝视中变得无限大。它把我的国际漂流包含在内。像四散的日子，用一只小拳头似的苹果聚焦。空间和时间，倒转构成得多么诡谲！

二

一批用中文写作的诗人，长期住在外语环境中，参与世界各地的文学活动，甚至以作品的译文获奖，这是中文文学史上一个新现象。无论基于诗人的敏感，还是诗汲取现实的天性，上述情况都不可能不影响我们生活和写作的方式。此文就是一个例子，它是为意大利 SCHEIWILLER 出版社的中、意、英三文对照本《大海停止之处》而作。这里，三种文本勾画出一部诗集的"国际"旅途：我的中文，与我1992—1993年间的漂泊血肉相关；意大利译文，在继续我和译者鲍夏兰、鲁索间从未间断的对中文诗的讨论；而霍布恩的英译，则给这本书打开一个更加广阔的读者世界。这个诗的"国际事件"，表面上看，正与本文的题目背道而驰：要讨论"本地"，怎么离"本地"越来越远？但只要深入一点，就不难发现，其实"本地"正是"国际"的前提。因为不同"本地"体验的比较，"国际"才成为一个实体，而非一句空话。将近二十年前，我已在一篇文章中提到过"命运之点"。我谈论的是"文革"中我插队的那个小村子"黄土南店"，在那儿，我的人生第一课，学到的是人和大地间既爱又恨的纠缠感情。黄土养育的一代又一代，也像被黄土的牢狱囚禁着。直到，千百年被轻轻抹去，也带走我流失在那里的三年。是鬼使神差吗？我怎么知道，以后，这种我绝不情愿、但又不得不被抛入命运渊薮的地方，会一再出现？"命运之点"，有种种化身。它能是一个地方，也能是一种状态。1989年之后，中国诗人先是被迫、进而接受、终于自觉地放逐，确实是一次"洋插队"。当我们不再仅仅抱怨失去的东西，而是讨论"漂泊使我们获得了什么"，对一个处境的理解就清楚了。"现实是我性格的一部分"（《伦敦》），它也是诗反抗的天性的一部分。我的国际漂流，也可以说一动没动。在我和中文之间、我和诗之间，始终有种稳定的关系。那就是由一部部诗作体现的、外在世界向我的语言世界的不停转化。犹如一个剥离过程，把任何文化、语言、国度、地域、社群、政治，乃至学派诗友的共性因素剥掉，我只和自己某个特定的语言阶段有关。这个"本地"，既在我的漂流轨迹上，因而包含"国际的"层次；又警惕着"国际"的空洞，而坚持以每个点上的具体感受互相对话。一条由"本地"与"本地"组成的轨迹，让诗作和诗人重合在一起。

　　诗集《大海停止之处》，收入了我一九九二至一九九三年间的全部诗作。那两年，被我称为漂流途中"最黑暗的时期"。回国之梦越来越渺茫，陌生人群中的日子看不见尽头。生存的压力且不说，我们用什么去填满"为什么写"和更严酷的"怎么写"那个黑洞？顾城就是在这个黑洞中消失的。他的悲剧，集历史的遭遇和写作的困惑于一身。他写于同一时期的作品《鬼进城》，与其说是新的美学探索，不如说是现实"连贯性"的崩溃。我能清清楚楚感到那崩溃背后的一种寻找。诗人得找到一种能够归纳现实的形式，以使自己的语言——和自己——活下去。这正是我一直强调的形式与内涵之间"必要性"的由来。《大海停止之处》可以被看作我的寻找。一九九二年初，我到达纽约，诺大的都市中认识的朋友廖廖无几，住在窗口开向哈德逊河的房间里，我不能不感到自己在沉下去。"四月　以河流为幻影／河流那忘却的颜色　以我们为幻影"。对我来说，周围的"黑暗太多了　以至生命从未抵达它一次"。我没法想象，英语的"黑暗"一词竟然没有复数形式。就这样，诗题《黑暗们》成了我的故意而为，翻译成英文后，我竟强加给英语一个词！《类似阴影的房子》一辑，写于纽约上州的艺术村 YADDO，松树环绕中，我的小小工作室，"昨夜再也不会过去　你／四周阴郁的窗户只开向一个人的疼痛"。那两个月，简直是一次原子能释放。当《天空移动》，我们也移动，从北半球的夏天移入南半球的冬天，滞留在新西兰的几个月，真像"走在墙上的断脚"，脚断路也断，唯一能做的，就是俯瞰"死羊羔的海"，像一棵树被明亮空旷的天空压迫着，"突起漆黑的前景"。在我的想象中，这整部诗集是一次长途助跑，迂回曲折地奔赴某个起跳的刹那。组诗《大海停止之处》就是那次起跳。它在这部书的结尾，把一个诗歌阶段和一种人生阶段集合了、完成了，既是终结又像源头。那个在中国写"把手伸进土摸死亡"的我，终于在自己之内摸到了大海。"海"不再只是一个字，一个遥远的神话。我自己的漂流把它移近了，认出了，"大海锋利得把你毁灭成现在的你"。我记得很清楚，澳大利亚悉尼城外，那块南太平洋岸边高耸的峭壁上，我坐着，涛声自脚下传来。岩石的尽头，正像日子，"尽头本身又是无尽的"。流亡者的"无根"生涯，在冥冥中让我盯视着自己出海——自己在自己之内出海。那一刹那，是不是诗的最后一行"这是从岸边眺望自己出海之处"已经注定了？这个组诗，在我全部写作中意义重大。不仅因为我写它时，体会了少有的诗和诗人"共振"的状态，日常生活就像加入写作似地提供着完美的意象；更因为那个犹如天赐的组诗形式：四章，四个结构，四种层次，一层层追问着"现在"，轮回到脚下这个处境深处。我在这个形式里建立的空间，像建筑，更像音乐。一个自觉的设计是，在相似的句式之间、每章同构的尾句之间，创造一种音乐般的内在记忆。这样，组诗最后一节中出现确切的地理描写就不奇怪了，那最精确的恰恰是最象征的；我从悉尼大学回"家"的路，恰恰是生命的"无家"之路。"所有不在的再消失一点 / 就是一首诗……"这首诗，给我漂泊的困惑一个确认：现实之"无根"，正是"精神之根"。我终于找到那个人生的形式了。

三

当代中国文学先天的可悲，在于被意识形态简单化，以及明知一场游戏的无聊却还得玩下去的无奈。或者说，大多数"作品"，无非是意识形态的殉葬品。它们被写出来、发表、炒作，却毫无文学的意义，更谈不到创造任何思想价值。中国人在"历史转折点"上的斗争，和博物馆里复制的恐龙大战没什么区别。当然，这个简单化，也方便了不愿意——或没能力——学习的读者评者，在同一块化石里，恐龙和"冷战"宣传兼备，那生产一部政治动画片还不轻而易举？可是，诗内在的丰富性在哪儿呢？让诗人着迷的创作之美在哪儿呢？什么是诗的真正的问题？

我把我迄今为止的创作分为《中国手稿》、《南太平洋手稿》和《欧洲手稿》，三个名称，都在突出我生活之处和我写作的联系。用比喻的说法，那是一张我自己的世界地图。不同的地点，被作品一处处标出。我喜欢感到：地点是活的，它们能"不知不觉"潜入我的文字，成为隐在里面的鬼魂。在这个意义上，"本地"不止是我居住的地方，它必须是被我"纳入"了我的写作的地方。当我在中国写《与死亡对称》，黄土下那个近在咫尺的死亡世界就被唤醒，支离破碎的兵马俑，像一个个方块字重申着万古不变的命运。同样的例子，当我在苏格兰铁灰色的大西洋边朗诵《大海停止之处》，我才第一次发现那组诗有多么蓝！诗句有比我深刻得多的记忆。那南太平洋无影灯一样雪亮的阳光、空中弥漫的透明粉末、夏夜凝成固体的炎热，都蓝莹莹的，能被吸进肺里，融入血液，再钻出手指，留下笔迹。"蓝总是更高的"，谁在高处远眺过大海，谁就知道那不是诗人的形而上学，而是一个物理的事实。但正因为它的精确，才把我的那一段经历结束得漂亮，并能够开启长诗《同心圆》，我《欧洲手稿》中第一部作品。就这样，"本地"从不静止，它们随诗作的生长而生长。它们不停展示自己的"深度"，当一双诗人的、考古学家似的眼睛在观看！

我在九十年代初回答鲍夏兰、鲁索关于当代中国诗独特性的问题时，已经指出了迄今仍未过时的两点：一、个人生存的深度；二、从中文特征内产生的现代诗意识与形式。我说"生存的深度"，而不止是"政治的"，是把一个中国诗人的内心经历，作为一种人类的处境来看待。其中种种历史的悲剧、文化转型的艰难、现实的压迫、语言的断层，都发生在"自我"内部。"我"正是通过不停探寻自身内黑暗的极限与存在对话的。和这个要求相比，政治的表面题材不够深；僵硬的痛苦姿势不够深；"晦涩得太简单"的意象游戏不够深；尸体、血泊、腐烂、蛆虫等等可怕词藻不够深，当詹姆斯·乔伊斯说："谁没尝过流亡的滋味，谁就读不懂我的作品"，他谈的就是我想要的"深"——深入到对"中文性"的占有、及更新它的能力之中去。那不是一时的哗众取宠，而是我说过的"必要性"：《与死亡对称》中，中国历史触目的怪圈循环、中文动词的不存在时态变化、一组诗形式内跨时间的大规模拼贴，三个层次互为因果又互相渗透；诗集《无人称》，从标题那个词起就拒绝翻译，不是简单的"无人"，而是明明有人，却没办法去辨认他、称呼他，那种白白流失的存在才真的残酷？《大海停止之处》，把"字"的内在空间性层层放大，到意象、句子、一首诗、每章、整组，直至全部诗集实际上也服从一个隐蔽的结构。漂泊生涯中最锋利的时间性，恰恰被包含在这空间之内，回旋、渗漏、遗失，被毫不留情地取消，大海就这样"停止"。

反思二十世纪的文学，一个世界性的误会在于"为新而新"。其实，"新"应当是"深"的自然延续。一个前所未有的诗意，必然要求前所未有的形式。人们常常谈论我诗中的"残忍"，其实该谈的是把"残忍"传递给读者的方式。你感到它的撞击，是因为诗"写出了"它。诗人在语言之内创造了它，令人上瘾的，正是"找到了"的一刹那无可替代的快感！古老的中文诗传统，远远没有穷尽其启示。庞德对中文文字的"意象"研究，虽只取一瓢饮，却已深深滋润了现代英诗及欧美诗，甚至反哺了中国诗人。我给自己定下的目标，就是对中文诗歌传统的再发现。古诗形式中的"对仗"，突显出汉字规整呼应之美；"平仄"，作曲般设定了语言的音乐感；"用典"、"唱和"，换成当代词汇就是"互文性"；而形式成就最高的"七律"，就像一个纯人工的小宇宙，透过至今莫测的中文语法，泄露出操纵语言的形而上学。要讨论的东西太多了。我知道，我的诗颇具难度。但创作的乐趣，正在于突出纯诗的（纯形式的）因素。你们能读到的是，每个句子都在构成意境，叠加的意境暗示着隐身的结构，而一首诗打开一个音乐式的空间。"当你不能理解时／你聆听吧"（《戈雅一生的最后房间》）。在中国绵延数千年的伟大形式主义传统——

"雅"的、艺术的传统——惨遭毁灭的今天，我能做的，是用一部部作品，把我自己写成一个小小的传统。它的生长，已经回答或取消了许多困扰我们的问题。

四

本文的四节，有意呼应了《大海停止之处》的四章结构。四个层次，完成对一个主题的内在发掘。伦敦之成为我的"本地"，正相对于我到达它之前八年半的漂流；而我的漂流之诗，又在文字深处贯穿了古往今来一切漂泊者，直至把他们一一带回我的住址。地理和心理之间，哪儿有什么界线？"国际"一词，纯然是反证。什么是"国际"？哪儿有一个"国际"？谁生活在国与国之间？且标榜拥有那片虚无的"领土"？离开对每个"本地"的体会，"国际"就是空的、假的。离开对各个语言个性的理解，凭空虚构的"世界语"只能是死胎或贫血儿。离开对自己诗歌传统的占有，所谓"国际诗"不是幻想就是谎言，连文化交流的资格都没有。"本地"，说白了就是那么一种深深的触动，诗、诗人、内心、环境、大自然突然"通了"的触动。我在这儿，又远不止在这儿；我自己就是一本书，翻开，就能读出过去那些我、那些无我、一切非我之我。我追问，我就在"命运之点"。

一场真正的、全方位的对话，只有这样才能展开：当我的中国、我的悉尼、我的所有"国际"漂流经历，都被包容在我的伦敦"本地"之内，成为重叠在它下面的地层，这街头就总是四面八方生活的汇合点；当散发黄土腥味儿的《YI》、整块蓝水晶似的《大海停止之处》、欧洲般色彩缤纷的《同心圆》、重申野蛮古老之美的《幸福鬼魂手记》，都被蕴含在刚刚诞生的一行诗之内，成为评判它的价值（或无价值）的参照系，这些词就是我诗人一生的又一个小小总结；当无数我不认识的语言，却通过译文认识了我的诗，我能透过神秘的符号，看到译者们或疑虑或兴奋的眼睛，他们是不得不和我作语言学对话的人，两种语言从各自的"本地"出发，去探测同一个诗意，那些提问直触诗的"存在"，我只有想象两个人各自炫耀自家祖传的珍宝时，能感受如此彻底的满足。那在这本书里，三个版本的《大海停止之处》，将带给读者三个大海？还是同一个大海以三个层次流动？三个层次上三种波涛的口音，我等着听那一片共鸣。

一九九九年，在意大利 FLAIANO 国际诗奖颁奖典礼上，我的演讲《提问者》，堪称一首献给屈原的小小颂歌。两千三百年前，他的《天问》以近二百个问题，组成了一首问"天"的长诗。那个"专业提问者"的姿态，至今仍未过时。它是根本的诗意，由于它，整部诗歌史成为一个同心圆。培根的名言"知识就是力量"，被修改成更有力的"承认无知就是力量"。这个同心圆，也把我站在伦敦寓所的窗前这一刻包括在内。风刮着，我清清楚楚看见，树梢上那只摇晃的苹果里，有一枚永远在加深的果核。

中国手稿、南太平洋手稿、欧洲手稿

——杨炼网站"作品"栏引言

回到作品——诗永远比诗人说出的更多、也更好。

我把自己的文学写作，按照我的人生地理变迁，分成三个部分。分别以"中国手稿"、"南太平洋手稿"和"欧洲手稿"命名。

"中国手稿"，是指我在中国生活期间所写的作品。但也包括我从一九八五年开始写，集我对中国现实和语言之思于大成，而一九八九年才在新西兰最后修改完成的长诗《￼》。我以为，没有诗人能一下笔就一蹴而就地找到"诗歌的自我"。特别是在中国，当诗学价值经常被社会效应所代替，诗人除了保持对诗歌的坦诚，别无环境和传统可依托。以此审视自己，我把一九八二年之前的写作称为练笔的"史前期"，而从自选集中统统删除。保留下的作品只有《礼魂》和《￼》两部大作品，其理由也简单，因为它们已经具备了我从生存感受、到语言意识、再到诗歌观念的整个"诗学"特征。抵达这一点之前，我的那个激烈、疼痛的历练，恰和中国在整个八十年代如层层脱皮般的既痛苦、又史诗性的经历相呼应。"以死亡的形式诞生才真的诞生"——一行诗句已经囊括了国家、个人和语言的命运。

"南太平洋手稿",是指我自一九八八年出国后到一九九三年底期间的作品。那可以被称为我以澳大利亚、新西兰为基地的第一阶段的国外漂泊。就生存的逼人和锋利而言,这场"洋插队"确实可以和"文革"中的灾难相比。但更有甚者,作为诗人,真正的问题是在远离母语的环境里,还能不能写下去?怎么写下去?怎么不仅写、还把写作继续推进到前所未有的深度?这阶段的作品,是初期的几部短诗集《面具与鳄鱼》、《无人称》和《大海停止之处》。《面具与鳄鱼》的六十首六行短诗,故意与《𝓎》的语言挥霍相对比;《无人称》实际上是一九八一至一九九一年间的短诗自选,所以,其中《房间里的风景》一组恰可看作后来漂泊写作的先声。一九九三年,是我们漂泊中最黑暗的一年(顾城的悲剧年份),归国之梦已绝,而海外孤魂未冷,道路在哪里?却也正在此时,连根拔起的漂泊经验成熟了,认"无家"为家,认"无尽的尽头"为永恒的开始,逐渐成为人生和写作的信念。组诗《大海停止之处》,是我出国后第一次重新使用大结构,因为诗之完整奠基于人生沉思的完整。"这是从岸边眺望自己出海之处"——把漂泊的全部距离一举收进自我的精神历程之内。出国与否,根本没有什么"转折点",那只是生命的同一次出海。也许正因为这片诗歌之海和南太平洋之间碧蓝的呼应,使新西兰奥克兰大学图书馆购买、收藏了这批手稿。现在,那些字迹永久性地聆听着催生它们的涛声。

"欧洲手稿"，是指一九九四年至今的作品。其中包括长诗《同心圆》、短诗集《十六行诗》、组诗《幸福鬼魂手记》、诗集《李河谷的诗》，以及二〇〇四年完成的情色诗集《艳诗》。这些作品，既继续发展前两批"手稿"追求的生存深度，又刻意追求形式上自觉的深化。就像我说过的，这里的每一部作品，不应该被称为一部诗集，而应该被称为一个"诗歌项目"——整个刷新的观念、形式、语言、生存切入的方式等等。就像在《李河谷的诗》中，我越有意识地使用具有当地色彩的意象，去描写这个我在伦敦定居四年后获得的外国的、彻底人为的"本地"，越清晰突出了我的"国际性虚无"。或者，像《艳诗》中那些返回押韵——我自己设计的音乐性——的诗，返回中国古老美丽的情色文学传统之余，同时也返回了作为中文传统诗歌标准的精美典雅……你们在网站里主要读到的，也是"欧洲手稿"，作为根深蒂固的笔的崇拜者，我早期的作品完全没有电子版（所以，很遗憾我没办法放入"中国手稿"的作品）。现在，至少最后一稿，我是用电脑打出的。没想到在建立网站时，方便了许多。这里它们不会被我用一行诗句作结，因为这个"手稿"还远没有完成。

我写诗之外，也写散文。对我来说，中文散文是与诗歌相媲美的另一伟大传统。不仅历史几乎一样长，而且更精彩的是，自它创始就已经是成熟的个人化写作。我的散文，堪称"反随笔"——反"随地随便之笔"。我的两本全部写于国外的散文集《鬼话》、《月蚀的七个半夜》，以语言的音乐节奏，统率纪实、描写、抒情、思辨、幻想，以至超现实的一切材料，最终，希望还散文一个"纯文学创作"的面目。同样因为没有电子版的原因，这里，目前我只放了《骨灰瓮》一篇，供朋友们把玩。

在这个行色匆匆的时代，我深知，我的写作与大多数阅读习惯，颇为格格不入。但我也无所谓，个人写作和环境的矛盾，最终只能以一句"不向历史屈服"作结。如果只是为了适应时代的贫瘠而自我矮化，有更多好玩得多的方法去浪费生命。所以，受不了这些作品的人，最好是不看。

而假如，你偏偏是耐得住折磨的朋友，就记住这点：最终，当我所有的"项目"，都被编号、纳入同一部作品时，你也将在其中，和我一起，目睹"手稿"们终于追上一个内心的原版。

再被古老的背叛所感动

——英译《同心圆》序

庞德《比萨诗章》的中译本出版后，我为它写了一篇小文《IN THE TIMELESS AIR》，其中有个耸人听闻的结论：《诗章》最终完成于它的中译。论据其实并不复杂，对我来说，《诗章》最深刻的诗意，正介于它诗歌意识的"共时性"和写作语言的"历时性"之间。《诗章》中既触目又令人费解的、似乎失控的大规模片段拼贴，用庞德"写一首英语里最长的诗"这一区区企图，显然解释不通。我认为，庞德真正的注意力，在于突破时间的局限，特别是存在于英语语法之内"时间性"的限制。他的《诗章》，纵横古今，正是要通过囊括迄今为止东西方的所有文化，剥去生活表象种种"不同"、直触存在"不变"的核心。也就是说，《诗章》不是史诗，它恰恰在用"诗"，把"史"的幻象抹去。那个诗的自足宇宙，无所谓始终，从而根本颠覆了欧洲的"史诗"传统。我不知道，庞德的这个创意，是否又得自他对中文古诗的"再发明"？但，中文却给了他最好的回报：借助于中文动词永远的原型——不随人称、时态变化而变化——《诗章》的中译,弥合了诗人和语言间挣扎的痕迹,最终完成了庞德对英语历时性的突围。中文读者读到的,正是这个被中文的独特性质"发明"的《诗章》,它是一个如此透明、稳定、无所不在而又天衣无缝的整体。IN THE TIMELESS AIR,诗本身就是这 AIR。

我应当庆幸,当我一九九四年开始写长诗《同心圆》,我的"杨文"还差得远不足以直接阅读《诗章》,而《比萨诗章》在中国出版,又是迟至一九九八年的事。因此,我在《同心圆》中所做的,就免除了《诗章》中文版之嫌。《同心圆》的诗意空间,正是通过取消时间,来凸显人万变不离其宗的根本处境。这来自对中国现实和"中文性"之间一种至今诡谲的血缘关系的自觉。对于我,"共时性"不是一个形而上学的游戏,它是植根于作品内涵的一种"必须"。但现在的问题是,我是在为《同心圆》的英译写序,布赖恩·霍尔顿(Brian Holton)的英文,在不得不明确人称、选择时态、固定单数或复数之后,是"打开"了一只密封的魔盒,还是"打碎"了一件精美的瓷器?我记得他那些闻所未闻的问题带给我的尴尬。但我得说,我喜欢这种尴尬。它们迫使我"看见"那些本来隐藏在原文的模糊地带中的东西。好像有一个与《诗章》的中译逆向的运动,布赖恩通过把作品拉回"历时"的冲突中,用时间审视了每一行诗,把它们的内在关系找出来、公诸于众,并由此考验了其"共时"因素的可信度,这个举动既是语言学的,又是直指生存本身的。《同心圆》通过译文层次创造性的加入,让原作的挑战变得更危险、更丰富、更美。英译《同心圆》不是这部作品的完成,而是它新的开始——在中文之外所有"历时性"的语言中，继续它的历险。我在《同心圆》中与庞德对谈："再被古老的背叛所感动"，我想，他会喜欢这个说法。

一九八九年，流亡开始，我面对的挑战，不止是"为什么写？"更是"怎么写？"也就是说，能否不停留在仅仅谈论"流亡"，而是继续发展诗歌形式上的创造力，使之配得上那所谓"深刻"的经验？作为中文诗人，这里又先天包括了一个更大的命题：如何让流亡中的诗歌写作，加入到整个中文诗歌传统的现代转型之中去？它应该是"更深的"，而非仅仅"不同的"。一九九三年的《大海停止之处》，是我在国外首次恢复使用组诗的结构。后来，我把那组诗的写作称为找到了一种"人生的结构"。从一九九四年到一九九七年写作的《同心圆》，把《大海停止之处》的形式要素发挥得更充分。我甚至想说：更"人为"——犹如一首"七律"作曲似的完美无缺——首先，整体上类似几何学的完整：全诗五章（之间以递增的符号"〇"相联系），每章之内各含三部分；其次，结构内部的对称与稳定：第一、三、五章中相对"抽象"的思考，与第二、四章中自传性的具体内容相叠加，组成一个既变化又统一的多层空间。这里，"同心圆"之成为诗题和结构，仿佛有某种冥冥中命定的理由：它上承我早在长诗《￼》里就已开始的思考，又来自一个似乎全然偶发的事件：我的一位艺术家朋友，在她做作品"天使真的存在吗？"时拍下一张照片，在一个几乎全黑的室内，唯一一只小灯泡的光，在地面漾开一圈圈"同心圆"。它的奇异，不仅因为拍下了肉眼看不见的东西（一种鬼魂？），更在于它似乎揭示出世界深处一个隐密的结构，由此赋予无所不在的黑暗一种组织、一个模式。没有它，黑暗则无从显形。我在第三章的散文诗中直接引入了这个意象。但，被组成了"同心圆"的黑暗，却远远超出了那个房间。它们无限延伸，把我的全部人生经验诸如自我／他人、国内／国外、当代／历史、现实／写作、存在／幻象、内在／外在……囊括进来，又穿过我，指向人之彻底困境。三年的写作，使《同心圆》加入了《🐏》与《大海停止之处》的序列，形成了我自己的"小小传统"的龙骨，而那，正是我们期待的活的中文诗歌传统之根。

许多当代中文诗，给西方读者留下了"超现实主义"的印象。但对于我，那种"晦涩得太简单"的意象游戏，实在是对真正写作的贬低。在《同心圆》中，我全部的努力，都聚焦在"现实的深度"上。每行诗、每首诗的形式选择、整部组诗，其创造的动力都来自对人生存"处境"的追问。我得感谢我的"中国经验"（我直接称之为"噩梦的灵感"），那现实的残酷、历史的怪圈、文化包袱的沉重、与当今"主流"的西方文化衔接时的障碍，以及这同样作为毁灭和再生双重源头的古老语言……是它们，为我揭示出所谓"深度"有多少层次。当人们故作深刻地谈论着中国的"时间的痛苦"，孰不知现实比那可怕得多，我想表达的恰恰是"没有时间的痛苦"。一部中国"历史"，简直就像一个中文方块字，从不追随时间而变化。这就又回到庞德了，事实上，他不仅为西方"发明"了中文古诗，也为中文诗人们把中文重新发明了一次。我是说，他发明了一种看待自己语言的目光，从而使这些汉字脱离了原始的蒙昧（一种低级"神秘"？），而变成每个诗人手中有机的材料，去表达某种"非它莫属"的诗意！《同心圆》的第五章，如果你愿意，不妨称之为中文的"观念艺术"。我把组成"诗"这个汉字的三个部份（言、土、寸——每部份也是一个单独的字），各自与七个包含同样偏旁部首的字发展成一个序列，三个序列又都以"诗"这个字结束。这三七二十一首诗，组成了"一个字之内的世界"。它本身就以其题目上的视觉因素（中文性之第一层次）相联系，又在作品中，进一步处理从中文性到中文诗的各个层次：视觉、听觉、无人称、非时态、同（谐）音字、以字标音、回文、用典、偏旁当字、纵横阅读、断句⋯⋯对中文追问到了极点，也在追问的尽头重新敞开了它。请别忘记整部长诗最后的那个断句吧：诗是——什么？这个开放的提问，直接继承着屈原两千五百年前的《天问》，时间和"进化"真的给人生带来了什么吗——当我们仍然痛苦地没有答案？

英译《同心圆》，是一座从塔尖向下建造的宝塔。布赖恩在这里所做的，不是给西方读者增加一本文化观光的小册子，他在向自己和读者双重挑战。对自己，他几乎找不到从中文译出的类似作品可以作参照（我得说，与欧洲语言之间相比，甚至一般中文的翻译经验也大大匮乏），这一片空白迫使他不得不去"发明"！对读者，他的译文，完美地体现着诗的性质：不对庸俗品味低头的性质。我很高兴，即使在译文里，《同心圆》也保持了它"古老的背叛"的味道，我试图逾越中文界限的努力，被布赖恩"译成"了英文中的创造力。它应该如此，因为我再次被感动了，当我读着这译文，觉得自己正挣脱时间，被接纳进一个古今中外诗的美丽的"同心圆"。

被朗诵的光

　　——欧洲之忆，并献给母亲

　　那是不可能记得的光，在朗诵会上直射你的眼睛。

　　但你知道，那确实是它。弥漫在空气中，亮晶晶的蓝，几乎像灰尘。你不得不闭紧眼睛，去感觉，那些细小的、在眼皮后面闪闪烁烁的金属。再用力睁开，试图在一刹那，捕捉住视野里发生的一切。但不可能。你只知道，有什么在流走，有什么在流走中隐隐刺痛你，或轻一些，触摸你，像手，一只、又一只。与其说是光，不如说是光中一片冥冥的黑暗。让你注视到，那是一个空洞。空洞中，你、你的过去、现在，都活着。等待，被唤醒。

　　在苏黎士这个挤满了人的小剧场里，只有你，是缺席者。你返回了一岁时，另一个城市的广场。

　　很久以来，你不懂："生在这儿"是什么意思？"生"，就属于这里吗？或相反，这里属于你？都不是。那个孩子，躺在一架婴儿车里，由一只手、许多手推着，走过这儿圆石头砌成的街道。有一条河，河上的铁桥，你后来在照片上见过。而照片上没有的，是水面，在树枝背后像纯银化开。古老的城门旁，你和母亲一定逗留过。最后，是城市中心那座小广场。你的婴儿车，就停在喷泉栏杆边。母亲，坐在一把铸铁长椅上。光，就在那时抓住你：穿透小小的黑黑的瞳孔、神经、大脑，在比血液更深的地方，烫下了痕迹。

那是不可能记得的字，城市的名字。母亲说："瑞士，伯尔尼。"你只听见，辞，像风，像婴儿车轮颠簸在石子路上的吱嘎声。但光不是辞。这儿的光，被天空和雪山洗过，有一种冷。蓝蓝夺目的冷。清晰地刻出云朵和石头雕像的边缘，在你心里堆起一小片积雪。从那时起，"母亲"就不意味着别的，只是一只手，比谁都更早想到遮在你额角上。让四周又亮又大的世界，至少被隔开一点，让你觉得安全。

这些诗，在一本本书里。翻开，你就听到自己的声音。响在哪儿？小剧场中一排又一排的面孔，是只为今晚而存在？还是从伯尔尼中心广场上，一直跟着你？四十年，在记忆中一再擦肩而过。

仅仅一岁，你就离开了。一只草编的篮子，提在母亲手上。提着，你就回到自己不认识的祖国。黄土地、风沙和柳絮的城市。很久以后，你才想：这也是漂泊。你漂泊的命运，远远开始于你最初知道什么是"漂泊"之前。那怎么记得：离开这光的日子？多年后，你从国度到国度，从城市到城市，被陌生的床不停驱赶，一个喃喃自语的鬼魂。你甚至会忘记：纪念母亲去世的日子。母亲的手，松开你时，是零度的。一双冬天的、蓝布棉袖里冰冷透明的蜡手，摊开在医院太平间的水泥地上，抓不住你时，抓住了它自己可怕的虚空。那你怎么可能忘记？母亲的日子，已渗透了你的日子——你每天都在纪念：自己的离开。从一岁开始写下的诗，不多不少，以你的一生为注脚。你唯一记住的，是现实。

那就朗诵吧。这个地址，总是某个地址。石头小剧场，雪白坚固的拱顶。不是阳光，是灯光。从深色帷幕间倾泻而下，把你暴露在舞台上。谁，谈论痛苦时，几乎是无痛的。裸体，再赤裸一点，完全是抽象的。是你在读你写下的字？还是字，在读你？每天、每年改变的一个个你？年龄、地址，不停改变。剧场，像窗外蓝白相间的天空，无尽移动。什么不是抽象的？一城入夜的灯火，相对于一个人；或一个人相对于一首诗——某个地址，就是每个；苏黎士剧场的灯光，就是伯尔尼怀抱你褴褓的阳光；朗诵，就是一阵啼哭；无人，就是人的处境：一首省略掉作者姓名的诗，才具体得令你无从回避。

这光，让你梦见过去的梦：母亲去世十五年后那一次。还记得吗？她在冥冥中坐着，不说，只是看，也让你看，一张与十五年前一模一样的脸。你分辨不清，那黯淡眼神中包涵了什么。但这张脸，已足够令你恐怖——当你衰老了十五岁，死者却一动不动。死者，在死亡中等你，追上你们之间的距离。又过了许多年，你才懂得母亲的无言。那一夜，她赶来向你求助：在中国，你珍藏母亲骨灰的那间小屋，被撬了。失望的贼，面对一屋灰尘与书籍，只能把一只黑漆骨灰盒想象成珍宝。可他能从中找到什么呢？黄白色的灰烬，被盗走后，又会被抛在某个你不知道的地方。母亲的死亡，就与你同样无家可归。同样，一个梦被别的梦梦见：连死者，也不得不漂泊。在终点之后，漂泊于这道太明亮的、逃不出的黑暗中。

现在，该从哪儿谈记忆？谈，记住了哪儿？剧场里，观众注视你。而诗的字里行间，你在注视观众。你也是观众，于是感到，被一岁时的自己注视着，肉里、血里，透出一个婴儿的目光。这朗诵，就面对四十年过去的岁月了；你朗诵给自己听，像聆听四十年前传来的回声。那么，是谁记住了谁呢？因为你在这儿，你曾走过的地点，就无一不在这儿；因为你的诗在这儿，你记得、或不记得的光，就不可能不被你朗诵着——继续照耀你，从死者到死者间不存在的距离。

从母亲到你，从一次诞生到无尽的漂泊，从你懂得：每一次离开，都属于同一次归来、返回，母亲们眼眶中的积雪。在四周又蓝又亮、漂浮晴空中的群山上，俯瞰，那从来不变的：鸟翅、书页，在一行诗令人眩目的高度，静悄悄滑行。

那是不可能记得的光，却记住了你。在你不再问这回忆留在哪儿的时候，在欧洲。

《水手之家》诗集序①

　　诗歌被变成一种公众财产已经多久了？今天，诗人们头脑里藏着出版的念头在写作；出版商藏着销量的念头（无论那多么可怜）出版诗集；甚至诗歌活动，仿佛也仅仅为了卖出门票而举办。公众成了一只隐匿的手，操控着诗歌王国的标准，把这块圣地变得像其他径直的商业行为一样麻痹。

　　这并不是说诗人没有义务与他人沟通：我们不想简单地否认公众的作用，而是想确认一个数千年来各种古老文化中人们筛选出来的与诗人沟通的恰切方式——去聆听和阅读诗歌。用尽量不打搅诗人的方式，来追随我们独立的、时常有点儿疯狂的创作。

　　公众的力量一如时间的力量：它决定着什么诗歌、什么诗人，将能幸存和流传。但是在它做出选择之前，没有谁应该擅

---

① 本文原为英文，由杨炼及 W. N. 赫伯特（W. N. Herbert）合写，赵夏擎、杨炼译。

自替它代言。正如一首诗刚刚写下，不应由外人替它诠释诗意。没人真正知晓什么是"公众"，或公众"想要"什么，而创作也不是一种揣测的艺术。诗人所能做的，仅限于去倾听响在自己深处的声音——甚至不管那来自心灵、头脑或灵魂，也不管如何定义它们的组合——并以对诗歌手艺始终如一的执著，驱使自己的语言追随它。我们确信，此一纯然个性的创作中升起的诗篇，其美丽远胜任何标价惊人的书，其高贵大大超过畅销之作的排行榜。

古典诗人之间经常进行对话。当唐朝大诗人杜甫与李白相遇，他们从未为公众而写作，他们甚至不知道死后是否有人去整理他们的遗作。在艰辛残酷的世态中，他们彼此写诗赠答，只为了加深友谊，共享一种心灵的温暖。同时（对所有诗人来说这都不是秘密）也在作品中，回应另一位卓越天才的挑战！被这种交流所激发出的写作，必然是种持续追求专业狂热的私人行为。这绝无仅有的结合，让他们的诗歌达到极高的标准并使子孙后代受用无穷：我们今天仍然阅读着它们。我们就是他们的"公众"。

"水手之家"是于2005年10月21日——23日在伦敦举办的一个私人诗歌节。这也是来自六个语种的六位诗人朋友所写作品的共同题目。他们是：用英语（以及苏格兰语）写作的 Bill Herbert，用荷兰语写作的 Arjen Duinker，用德语写作的 Uwe Kolbe，用丹麦语写作的 Peter Laugesan，用法语写作的 Karine Martel，以及用中文写作的杨炼。

收在此书中的诗歌并非狭义上的彼此"唱和"：每位诗人各自探索自己对"水手之家"含义的理解，据此安排独创的形式。因而，这里至少有六条船航行于六个不同的航线，河流，湖泊和所有七大海洋。但谁说水手们隔着遥远的距离就望不到彼此？语言的汪洋，在我们龙骨下形成着深刻的联系。只要触摸海浪，我们就可以分享航程中的欢欣和艰险。我们不断起航，在每一首新写下的诗中寻找一个新家。

正如此，书中的诗既有母语原作又有英文翻译，这里也一并展示着诗歌节的观念以及节目的细节。它是这个独特诗歌节的文献。我们试图给诗歌节带来用自己的语言创造的精品，意在阅读和研讨中与他人交流。真正的国际交流绝非一个空洞的措辞：它的根基，正是这些富有地域性的声音的独特价值。六位杰出诗人同心协力，推进我们对人类社会和诗艺的理解。像所有航海家一样穿越时空，他们揭示出诗歌是怎样去承载每个人内在声音之重负的——仰仗私人性和专业性。

伦敦
2005年8月

《文学界》杨炼小辑序

　　自从我一九八八年离开中国后，还从来没有在国内的文学杂志上集中发表过作品，个中原因也很简单：写作跟随我四海漂流，最初若干年，根本没奢望发表的可能，九九年突然来了机会，又被上海文艺出版社的三卷集一下子把作品一网打尽了。那种出版方式，好处是一次性呈现出创作和思想的全貌，读者直接面对着一座已经建成的城堡，它自成一体，根本不在乎你喜欢不喜欢。但坏处也很明显：我写作发展的过程整个被抽掉了。当众多作品不计日期的陈列在一起，每一部作品之间的跨度和难度，也模糊不清了。可一个诗人自觉发展自己的能力，正是我最最看重的！我也能想象读者的困惑，突然遭遇那么一个庞然大物，哪里还顾得及玩味每行诗、每首诗的细节？所以，出版也是遗憾：或许，我最珍视的东西，恰恰在印出来的字里行间，漏掉了。

　　这次给《文学界》编的杨炼小辑，正可以弥补以上的缺憾。我收集在这里的，除了简介性的资料之外，都是最近这一两年内所写的作品。它们又和我近年进行的若干文学活动相关。把这里的照片、大事记、创作年表、访谈对话录等等放在一起，互相参看，就可以勾勒出一个"世界独行侠"式的中国诗人写作生活的状况。而这里的诗作，或许是相当时间内很难成书出版的。某种意义上，你们读到的是我的"手稿"，一部隐匿在地下的作品。

时间正变得有趣：今年以来，我突然发现，在世界范围内，"中国诗人"一词的内涵有所改变。过去，那只是"国际"空话的一部分、一块"多元文化"的面具，我们被邀请参加各种活动，不过是给文化超级市场增添一样货色，并没有真实的文学意义。但今年连续几个在伦敦举行的大型艺术活动中，我们的角色，正在变成思想的原动力。我受主办者邀请，直接参与活动的立意、构思和实施。六月大英博物馆举行的大型思想——艺术项目《墨乐》，锁定"古典和当代间的创造性联系"这一主题，在文学、美术、书法／音乐三个层次上，由三组中英艺术家进行对话（最精彩的是中国书法家曾来德和英国大提琴家 Rohan De Saram 之间的"无词对话"）。六月到九月间在山东和苏格兰两地举行的《中、英诗人对诗人翻译项目》，诗人们坐在一起，一个个意象、一行行诗地工作，由诗人对诗的悟性引领译文，结果不仅收获了一批精彩的译诗，而且整个项目成了中、英之间一次语言学思考的较力；这期间万松浦网站举行的"中英诗人诗歌读者网上大对话"，第一次使高技术加入跨语言、跨时空的诗人世界，更开启了一扇邈远未来的大门。十月，由我发起，来自六个语种的六位杰出诗人在伦敦举办了《水手之家》私人诗歌节，一反过去诗歌活动也得向市场低头的恶俗做法，我们强调诗人交流的私人性和专业性，因此，诗歌节拒绝"公众"和门票，只有被邀请的客人有资格参加活动。我为诗歌节的文献本《水手之家》所写的序言（收在本小辑内），也可以看作这个小小诗人联合国的一份声明。

我相信，中文语言和文化传统是一个非常深厚的思想资源。我们当代面临的精神困境，不是在导向对它的放弃，而是在激发对它的全方位自觉。正因这"再生"的艰难和瑰丽，使我认定，中文作品无论大小都是史诗。

受万松浦网站的启示，我正在朋友帮助下建立自己的网站：用一个虚幻空间，把分散的所思所写所为集合成一个整体。打开网站首页，你将直接看到一只小鸟雪白精美的头骨，它无肉的眼眶瞪着你，像一个超脱时间的记忆、一种持续无穷的思想，我看见，那里储存着它飞过的所有天空。

欢迎访问：www.yanglian.net

杨炼

二〇〇五年十一月三日写于伦敦寓所

一江艺术的春水

　　一个误解，是把古典中国绘画、诗歌称为"自然的"艺术。当我漫游于长江上游的峨眉山，坐在清音阁，听身边瀑布湍流，看山谷云烟缭绕，我享受风景之美，更惊叹祖先发明的绘画艺术，那些用毛笔、宣纸、水、墨晕染出的作品，并非描摹外在风景，而是缔造出内在"心景"，一片动态渗出宁静，建立起一个灵悟的文本，超越了限定生死的时间。

　　"外师造化，中得心源"是中国古典艺术观的核心。这里，大自然是启发者，而艺术之"源"，是艺术家的内心。通过研习经典作品，在形式主义的极致挣脱固有的形式，充分人为而恍若"天然"。当我默诵中文诗史第一人屈原的《天问》、沉吟唐诗杜甫名句"不尽长江滚滚来"、遥想吴道子一日画尽嘉陵山水、细品元代文人画家王蒙的《山居图》，或回忆起自己年轻时，爬上巫峡旁一座无名山峰，从山顶荒草蓁蓁的倾圮高台（是宋玉写过的楚王台吗？）上，俯瞰脚下长江如青铜器上的错金线蜿蜒流过，我知道，还有一条艺术的长江，在三千多年里，不理睬皇朝的兴衰，却用一幅幅水墨画、一首首七律更新自己，像一种语法，贯穿了中国哲学和美学独特的思维方式。

但这条艺术长江，在二十世纪的中国，却成了一条"暗河"。从"五四"诸多口号之一的"全盘西化"，到"文革""破四旧"的唯一，中国人成了世界上最极端的自我文化虚无主义者。其结果，就是今天我们嘴里塞满了愈来愈长的翻译名词、手指敲着"Made in China"的外国品牌的电脑，创作时心里偷偷揣摩着威尼斯双年展或卡塞尔文献展。中国艺术家们突然发现，自己尴尬地置身于两个"他者"之间。一边是可望而不可即的古典中国（在今天，谁敢自称是一个传统的中国人呢？）；另一边是隔着地理语言政治思维、能去观光却难以深入的西方。唯一拥有的脚下这片土地，又如伐光了树木的长江两岸，空前光秃赤裸。什么是今天的"中国"？什么是"当代中国艺术"？仅仅一张出生证？一个户口本？一种商标？还是那意味着一种严酷的提问能力，到现实深处自我深处，去追问困境、同时挑战艺术的能量？问与不问、怎样发问？考验着艺术家们的真诚。

我曾把当代中国艺术的特点，概括为"观念的、实验的"。因为没有可遵循的现成理论，每件作品都是一次对古今中外思想、艺术元素的重新组合。能否从一首当代诗里读出对古诗音乐美的领悟？从一件当代画作辨识出传统水墨的造诣？艺术的春水，要求"传统"永远开放，它从属于、奠基于个人的创造性。由是，现实集大成的荒诞怪异，反而能激发艺术家的自觉——在他者们之间，去成为一个"主动的他者"。我感到了古典和当代在衔接。无论盛唐的春江花月夜，或当今的都市下水道，都在提供一种语汇，等着被艺术转化为个人的、精神的内景。这一点上，古今中外一脉相承。我又想到了屈原，大坝建成后，人们要造访他的故乡秭归，得乘潜艇潜入没有三峡的深深的水下。但，他的家用不着拆迁，他的家在诗句里，至今刺痛、美丽。我们读他，一条大江就源源淌出，滋润着这个贫瘠的地球。

杨炼

二〇一〇年七月二十日

墨乐：当代中国艺术的思想活力

一场难得的对抗性思想对话

什么是当代中国艺术？它们呈现出什么样的思想？这些思想与我们的现实、我们的传统是什么关系？2005年6月18日，英国伦敦大英博物馆，那座举世闻名的雅典卫城风格的雪白建筑，给当代中国艺术家提供了一个人类文化时空的汇合点，在这里举行的《墨乐》大型思想——艺术项目，让我们与古今中外的伟大鬼魂们进行了一场难得的对抗性思想对话，这与其说是中外文化交流的一个范本，不如说是中国当代艺术自我沉思的一部分。

关于这场艺术活动，中国的读者已经阅读过不少相关的报道。但是，诸多的文字中，谈论"艺术"者比比皆是，但是那个冠在"艺术"之前的"思想"二字，究竟是什么意思？大多数人却不甚了了。无所不在的"思想"，是不是太普遍也太抽象了？这场与大英博物馆的馆藏中国古典山水画展相配合的

《墨乐》，究竟想传达给世界什么样的思想？回答这样的问题很困难。但是，你如果知道被奉为整个中国传统绘画之祖的顾恺之的名作《女史箴图》就收藏在大英博物馆，并且是这次古典山水画展的奠基之作，你就可以想见压在这几个中国当代艺术家、特别是书法家曾来德肩上的分量了。顾恺之画人物，有著名的"不点睛"的故事。传说他所画的人物一旦点睛，就会活化飞天。在此雷霆万钧的神韵巨制前，曾来德和我们这些仅仅倚仗着"当代"二字就想安身立命的艺术家，站得住脚吗？哪怕只站住万分之一秒？

站不住也得站。《墨乐》证实，也在证伪。《墨乐》的主题设计，一开始就是对中国当代艺术家的有意识挑战。它的"思想"，就定位在中国古典和当代艺术之间的"创造性联系"上。自从二十世纪初，我们就开始谈论中国传统文化的"现代转型"，几乎整整一个世纪过去了，这个"转型"转了没有？转了多少？向哪里"转"过去？空话没有用，每一幅作品才是见证。动辄拿"五千年"说事没有意义，顾恺之的强大，正在于他开辟传统而非因袭传统，与他之间要构成"创造性的联系"，必须得其神，而非慕其形。这就把问题提给了当代艺术家：你创作中的个性和能量，是否配进行这场对抗和对话？配，一个创造性的联系就在建立之中，我们就有理由期待一个依然充满活力的中国文化"传统"；反之，最好别提"传统"一词，你说的"传统"，根本不是什么"传统"，充其量是一个"过去"。

主题定位在对我们自己的追问上，中英艺术家的对话层次也就自然成形：一、文学，在中国旅英诗人杨炼和英国小说家罗梅石之间进行，通过对杨炼刚刚出版的英译长诗《同心圆》的讨论，切入汉字的语言特性以及它在当代诗中的再发挥，为整个项目奠定思想基础；二、视觉艺术，在中国旅英艺术家曲磊磊和爱尔兰艺术家布朗之间进行，既回顾中国书画史、又专注于讨论曲磊磊刚刚完成的大型装置艺术作品《每个人的一生都是一部史诗》，由此递进到体现"创造性联系"的高潮——第三层，由曾来德现场狂草李白诗《草书歌行》，伴之以英国大提琴家萨拉姆的演奏，这场纯粹由音乐性构成联系的"无辞对话"，把"创造性联系"这个思想主题，推近到数百观众眼前。这个现场，与其说是在演示，更该说是囊括。观众们的预期完全被打破了。他们以往的"中国知识"变成了对自身局限性的疑问，而整座散发着干尸气味的大英博物馆被激活。一切，都加入了一个鲜活的、中文的"现在"。

汉字：独特的思想载体

每个关注中国现实的人，都不会不注意到，在经历了一个多世纪的与外来文化的碰撞之后，中国依然是极为"中国的"——一个令我们内心充满酸甜苦辣的词，塞满我们日常生活的舶来品，充斥我们口腔的超过百分之四十的翻译词，想象一下，倘若没有"科学"、"民主"、"社会主义"、"资本主义"、"组织"、"运动"这些语汇，我们怎么可能描述自己过去几十年的经历？但是，那一个个、一批批"新而又新"的词汇和我们太经常遭遇的老而又老的痛苦之间是什么关系？中国人追逐时髦理论的热度，在经历了种种零积累、甚至负积累之后，几乎等于困境的深度。一个恍若巫术般的现实总能回来，让我想重申自己写于1985年的文章《重合的孤独》："你将从思考得麻痹的那一刻放弃思考，你所拥有的全部只是一小块化石，谁也不知道究竟是自己埋葬在化石深处，还是化石正从自己身体内悄悄生长？"

《墨乐》有一个潜在的贯穿因素：汉字。我的诗、曲磊磊画作中的拼贴文字、来德的书法，是直观的层次。但在汉字作为书写的媒体之外，它更是一种思想的载体。我们的生存体验、思索、表达，无不经过"中文性"的筛选。正是它，隐身完成了被我们误认为自己业绩的"同化"。我强调"这个"语言，而不止是一般意义上的"语言"，是因为我们别无选择，必须在这个语言之内进行现代转型；必须通过它，而非任何别的语言，抵达我们的再生。我是说，以汉字提供给人类的绝无仅有的启示再生。在这个拼音文字林立的世界上，汉字确实是独特的。我们的动词没有时态变格，永远是原型。于是，每一次"书写"都是抽象。汉字，一举放弃了欧洲语法追求的"具体"，却突出了人古往今来不变的"处境"！老子的"道可道，非常道"、屈原的"曰遂古之初"，都在突出那个"文本"——看着我们诞生又逐一消亡其间的文本——那么，八十年代对历史"怪圈"的讨论，究竟在指出一个古老民族的"时间的痛苦"，抑或更惨痛万倍的"没有时间的痛苦"？倘若是后者，这外人不可想象的"困境"，是否也在给我们提供外人不可想象的"能量"？当我说："从不可能开始"、"追寻更彻底的困境"，当来德说："做一个时代的牺牲者"，这些听上去沮丧的话语，其实正表明了一种坦然与思想同在的态度。因为思想正是困境的产物。如果我们的孤独确实是重合的，如果一个汉字的重量正等同于无数岁月积累的重量，那就让我们不要辜负这个深度，用汉字写下的每行诗、每篇墨迹必须相称于我们生存的质地。

我、曲磊磊、曾来德是同一代人，同样经历了"文革"，同样没上过大学，却又同样在生命的历炼里学会了如何建立自己的"知识结构"。这一代人的思想和写作，曾经被我概括为"噩梦的灵感"：从"文革"血淋淋的政治现实，向历史幽暗的深处追问，再进一步反思（注意：从来不是浮泛煽情的"寻根"！）埋藏在每个人深处的传统思维方式，直到再次触摸中文——那作为苦难和力量的源头。诗歌、艺术、书法，不约而同，沉潜进一个个方块字之内，在发掘独特限制的同时，发掘出独特的可能性。这汉字，又代表了中国最有魅力之处，它总是活生生的，拒绝被任何现成理论解释清楚。它宁可活成一个"现象"。我们唯一能做的，就是从自己亲历过的切肤之痛中去"发明"对它的理解。我们的"启蒙"是一场摸索，从"摸着石头过河"，到我的诗"终于被大海摸到了内部"，"摸"充满刺激和危险，也不停增长着"摸到"的兴奋。在一个"后学"横行、"深度"犯忌的时代，我恰恰认为，正是坚持做一个思想上的严肃的"提问者"，使我们对自己充满了底气，而能坦然面对"他山之石"的挑战。

不能不是一个屈原、一个徐渭

当大英博物馆演讲厅的舞台上铺开一张丈六宣纸，来德一身素白，从徐缓的巴赫大提琴声中走出来。他在舞台上沉吟徘徊。他开始挥墨。他的脚下悉索作响，那一片空白就像一片收拢聚焦于我们面前的古往今来。整座大厅里一片寂静。静得能听见，时空不是外在的。时空等在每个人的内心深处，等着被一摊墨迹显形。创世纪开始了。大提琴换成了匈牙利作曲家柯达依的作品，草原上的风旋转起来，铁骑横扫过去。一笔一笔，更多的墨迹，由慢而快，由和风细雨而风雨交加而电闪雷鸣。换宣纸的女孩子们已经跟不上瓢泼直下的笔墨了。音乐在几乎即兴演奏的狂热点嘎然而止。此时，满场只听毛笔摩擦宣纸的沙沙声。泼，尽管泼，笔端无墨时，就用空白泼。来德反复提及的"无墨书写"，只有在这时，才显出其决非仅仅技巧，那纯然是直逼眼前的"有""无"之辩。无含有，有蓄无，无即万有，万有之无。一个艺术家成熟的内在哲学世界，如此触目如此雄辩。我们简直分不清了，那究竟是心象的投射还是笔墨的投射？还是这二者压根没有区别？道之透，佛之彻，儒之大仁大义，在这一瞬，都是一个人，而一个人就是万物。《墨乐》的一纸天书，思想挥洒之处，我们置身其中的宇宙，也随艺术之境界点化重构。来德自己使用过的"墨许山河"，不是一片外在的、可供摹写的山河，而是这片早被思想收入囊中的山河。"墨许"，就是创世，就是造物。

所有"豪放"、"沉郁"、"空灵"等等关于艺术风格的谈论都不着边际。技巧性的"风格"，相对于艺术家的真正精神追求，太简单了。而那些关于艺术哲学的探讨呢？浮泛空洞不说，几乎就是不知所云。什么是"艺术哲学"？一个用艺术阐述的哲学？抑或关于艺术的哲学？艺术和哲学，互相陪衬还是互相抵消？事实上，艺术之第一义，不在别处，就在艺术家的"修身"之道。中国艺术家的个人哲学，不是别的，正是从中国人的生存里领悟出的"存在之学"。这是一座精神之塔，把一个人活着的、痛苦的一切方面，汇入一种人格追求。"存在没有下限"。噩梦可以饥寒交迫，也可以光怪陆离。中国人的二十世纪，若论其曲折艰难，远胜过别处二十个世纪。和古人西人比，我们中外混杂（常常是劣质混杂）的思想困境，也正是我们超常丰盛的思想资源。两大元素：中国生存的深度加个性化提问的力度，保证了我们思想的"原创性"；也因此，它不会在人类思想的时空中失却其意义和价值。两个词：内在的和自觉的，已包含了一切外在。由此出发，则无须抱怨平庸的风景，只该悔恨平庸的眼睛。而不平庸者，一定能看见，但丁和凡高、屈原和徐渭，与吾人同在。这"存在之学"，直通屈原大夫之"内美"，以此反观存在，何处不美？

一个当代中国艺术家的哲学意识，必须自足。它既是中国的，又是当代的。中国的：更确切说，中文的——以一个方块字为根，把思考和表达，呈现为对我们古老文化传统的激发和充实。当代的：那意味着，个人的——以绝然的个性反思一切，以对自我的追问包含外在，直到一个无限深邃的"当下"足以对应古往今来。大生命与大智慧本质合一。他所抵达之处，一定是一种疯狂的美学。他的原型，不能不是一个屈原、一个徐渭，用疯狂的内心，显形整个历史的瑰丽。他懂得，杰作没有时间，因此曾来德的四川乡野，我土、洋双份儿的插队，一代代精神流亡者的骄傲，早在迎候了。那也反衬出随波逐流的"新"和"前卫"是何等无聊。他追求的是"深",深到非用全新的形式去表达的地步。由是,别人"看不懂"、时代"不理解",又有什么关系?认准了那些伟大幽灵的价值,他得接受这宿命——"不向历史屈服"。来德妙语:"最惨的就是死在战场上的胆小鬼!"

整个中国也是一部《墨乐》,在我们的书写中,"以死亡的形式诞生才真的诞生"。在中国,艺术家必须是思想家,否则什么也不是。

如果以为《墨乐》只是一场国际文化交流活动的成功,那就大错特错了。《墨乐》是一次展示当代中国思想活力的成功。其实,它根本无需等到大英博物馆,在我们的一篇篇、一幅幅手稿中,它早已完成了。

以个人的声音反抗世界性的自私、冷漠和玩世不恭

——追忆苏珊·桑塔格

苏珊·桑塔格给我的印象是锋利、敏捷、爽快。文如其人：如果考虑到她的年龄，也可以加上：美丽。

我第一次见到苏珊·桑塔格是1997年7月，在伦敦。我应一间国际知名杂志（INDEX ON CENCORSHIP）的邀请，作他们"香港返回"特刊的特约编辑，由于香港地位的这个变化，不仅发生在两个国家之间，更发生在两个截然不同的政治体制之间，这吸引许多海内外的著名作者为专辑写了文章。讨论的焦点，当然集中在香港未来的民主命运上。在那个专辑的出版仪式上，我的朋友、英国作家伊恩·布鲁玛（Ian Buruma）和一位女士来了。那位女士之特别引人注目，也许是因为她满头黑发间夹杂着的一绺粗粗的银发，后来才知道那是癌症化疗的后果。我记得很清楚，当她的名字被介绍出来，在座的人都非常兴奋，而她面对欢迎的热烈，只一再谦称自己是个普通的"支持者"。这是她给自己的"头衔"。她一经和我介绍，马上就谈起中国来，从那以后，我和她时有书信

往还。

　　美国的很多知识分子，除了对于中国政治、经济、外交这些很实用的层次感兴趣以外，通常他们对于中国文化转型真正具有的深刻意义并不很在乎。中国文化文学对世界有什么样的启示？这个文化在转型时期遭遇的困境有什么含义？因为隔开语言和传统的背景，一般的美国知识分子并不十分关注。但是苏珊·桑塔格对中国文化很感兴趣。印象特深的一次，是我在信中谈到中国问题的根源其实远比所谓"政治"深刻，政治只是复杂得多的文化转型困境的一部分，举例而言，"民族"和"民主"自开始就呈现的混淆纠缠。苏珊极为称道这个想法，并认为循着这个思路，才能解释清楚许多中国现实内独特的问题。也是在这封信后，她寄来了她的两部英文作品：长篇小说《火山情人》和短篇小说集《我，及其他》。她在短篇集上的题词是"给杨炼——中国之旅的项目及其他故事"。她非常希望自己不仅作为一位政论家、更作为一位小说家被介绍给中国读者，并且有朝一日去中国旅行。现在，她的书中译出版了，而她梦想中的中国之行却被死亡之手掐断了，她的声音不再可能被中国读者亲耳听到。这也是我得知噩耗后的第一个感叹！

　　苏珊·桑塔格被称为美国屈指可数的欧洲式知识分子之一。欧洲式知识分子的特点，第一是坚持欧洲文化传统的人文关怀，以此作为一切思考的动力；第二是通过对欧洲文化（也就是自身文化）深度的认知，去获得对其他文化理解的深度。这对当代大多数美国人很有意义——当自身只是一片空白时，也不可能对别的文化有深刻复杂的了解——我读她的

《火山情人》，就看出她对英国的、意大利的以及整个欧洲自文艺复兴以来的历史理解得非常深入而到位。她那本书，从她自己当年在伦敦大英博物馆旁一家小画廊买的一批匿名水彩画获得灵感，通过以诗意散文的方式铺开和发展情节，描绘出十八世纪欧洲从皇家到妓女的各色人等的命运。我特别注意到，她小说里行文的节奏以及对时间结构的设计，她确实值得以自己的小说骄傲！当我告诉她这一点，我稍稍觉得，她把我当作了半个知音。我们认识之后，每次我去美国，都会打电话给她，也多次去过她在纽约的寓所。那所很大的公寓，布置非常美丽。它位于曼哈顿西侧一座大楼顶层，明亮的窗户、宽大的阳台，直接俯瞰哈德逊河的粼粼水面，并能远眺华盛顿桥以上的苍茫上游。我们的每次交谈，都热烈深刻，不论是在煮咖啡的厨房里，还是在摆着一辆铮亮摩托车（她儿子的礼物）的大客厅里，她的目光总是热烈而专注，她的谈话，很少空洞的寒暄，总是直接切入主题，无论谈的是中国、文学、或电影，她三句两句就会把老生常谈抛开，去抓住最值得思考的东西。比如说，对中国，在关注今天的状况之余，她更反复询问的是，是否有人在持续地"推动"朝向民主的变化？她不会仅仅根据某人的"名声"就决定对其的印象，正相反，不止一次，她提到和某位中国著名人物共度的一个傍晚是何等"无聊"，用她的话说："好沉闷啊，整晚上没有一句精彩的话！"对苏珊来说，"无聊"大概是最难忍受的了。和她谈话时，我好像都能看见，她的头脑像一架思维机器，不停地超高速运转。那实在不像一个女人的思维状态（对不起，男权了！）。话说回来，在她的家，我处处看到的，正体现出男性之旷达和女性温柔的奇妙组合：想想那辆客厅里的摩托车所象征的万里奔腾的含义吧！而当她指着摩托车说"这是我儿子送的礼品"，言谈中又充满母亲的甜美骄傲；当她招呼起客人的茶点来，转进转出活脱一个家庭主妇！本来嘛，苏珊当过妻子、当过母亲，晚年又和一位女士同居，在性别上，也是如此特立独行。

这是要强调的一点，苏珊虽然是一位世界名人，但私下接触时，一丝所谓的名人架子都没有，相反，一派真诚、朴素、美好，对人毫无戒备心，有时兴奋起来活像个小孩儿。我发现这种"纯正"的感觉，在许多事业有成者身上非常普遍，而且越才华横溢的，内心越清澈见底。这和我们司空见惯的权术家指阴暗大相径庭，而那种认为名人一定怪癖的俗见，显得多么可笑。

2003年上半年我在美国纽约州北部的的 BARD 学院教了半年的诗歌写作。周末或假期，有许多去纽约的机会，所以那段时期，跟苏珊见面比较多。9·11以后，世界局势发生了很大变化，美国更强硬的执行单边主义政策。苏珊是在那个时候敢于对美国政府公开批评的极少数人之一。因为美国当时民族情绪高涨，她的批评显得非常刺耳，对她的反批评很厉害。但她从未让步，从未向美国人中保守的大多数道歉。让我特别感动的是苏珊对于美国的反省。她从普通的美国人的思想、到美国政府的观念和行为，都仔细观察、严厉批判。印象很深的是我们的最后一次见面，那是当年4月上旬，我、苏珊、伊恩·布鲁玛在纽约中国城一起吃广东午茶。虽然苏珊和伊恩是非常好的朋友，但对于伊恩·布鲁玛在9·11以后比较明确地支持美国政府对阿拉伯世界、对所谓恐怖分子的强硬态度，苏珊始终坚持原则，针锋相对。伊恩是半个荷兰人，喜欢足球，并认为今天的足球赛取代了昔日民族战争的位置，但苏珊立刻插话："可是美国干脆不玩你们的游戏，美国连体育也要把自己和世界分开！"这个插曲，与其说与国际政治有关，不如说更关于独立知识分子的观察力和判断力问题。对苏珊，如果误差发生在朋友身上，更非争个明白不可。我觉得这才是所谓"净友"吧！坐在同一张餐桌上，我从一个非西方的知识分子的角度看，显然苏珊在对自身文化的批判上，比伊恩要深刻得多。伊恩看到的是西方普世的民主价值，但是苏珊·桑塔格看到了更深一层：在现实中，那些价值沦为抽象口号被利用的危险。尤其是美国，对内完整的民主系统和对外的帝国主义强权，既自相矛盾又并行不悖——西方本身的行为，恰恰是对那些价值的撕裂。

那次午餐后，从2003年的5月开始，她的病情又恶化了。

有人把她视为"美国的良心"，我觉得这个评价相当准确。因为任何文化和社会最需要的，是一种既来自内部又能保持相当距离的清醒的观察和批判。我觉得苏珊·桑塔格代表了这种文化的特质。第一，她是一个从西方文化内部培养起来的知识分子，她所坚持的正是西方文化所标榜的独立思考和发出独立的声音。而且，她的思考不是居高临下的，以西方人的姿态去同情或者抨击别国政治和文化的处境。不像很多西方知识分子，只要谈起"政治"一词，就只意味着讨论伊拉克、北朝鲜、中东、中国等所谓第三世界的有麻烦的地区。桑塔格态度很明确：她的思考针对的对象，始终瞄准西方文化之内的现实。她所说的政治不是"别处的"、"他人的",而是自己的、脚下的!她通过对自己所在现实的政治批判,把思考的焦点拉回、集中到每个西方知识分子上,从而强调了每个人不容回避的责任和义务。在这个意义上,我觉得她非常诚实。她坚持的,正是欧美文化传统的内在精髓。人之良心正是这个文化的立足点。苏珊·桑塔格自己是犹太人,在以色列和巴勒斯坦的冲突中,以血缘论,她的声音本该贴近以色列,但她历来恰恰在抨击美国和以色列政策的罪恶。在这一点上,她比也是刚去世的有阿拉伯血统的萨伊德更需要勇气。她不仅是美国的良心,也是世界的良知。

"中国大陆哪儿有独立知识分子呀?"一次,她这样对我说。如果这也算一个提问,就只有让每个自认为诚实的中国人来回答了。

桑塔格声称自己是一个"好战的唯美主义者",也是"一个几乎与世隔绝的道德家"。桑塔格在2003年2月出版的文论集《关于他人的痛苦》再次在世界各地引起极大反响。2004年5月,她在纽约时报杂志上发表了《注目他人受刑》一文,这篇被译成十几种不同语言在各国重要媒体上发表的文章,通过分析美国士兵在萨达姆·侯赛因最恶名昭著的阿布格莱布监狱中对伊拉克战俘施刑的照片,把苏珊·桑塔格著名的对照片的"细读",和对美国人畸形心理的透视结合起来,层层剖析"施虐——观赏——快感"的可怕过程。最重要的一点,就是她指出了美国士兵在别国的无法无天,实际上正是对美国政府在世界事务上独断专行和无法无天的一种复制。这篇文章,堪称她一生奋斗的一个总结,她卓越才华的一声绝唱!

苏珊·桑塔格的一生，体现出一个独立知识分子思想的尊严和高贵。我认为，尽管今天这个利欲横流的世界，可以用自私、冷漠、玩世不恭这三个词画出一幅贴切的肖像。可桑塔格的意义和她给我们的启示，就在于朝向这样的世界，坚持发出一个个人的、反抗的声音。这是这篇采访的题目，也作为我给她的最后献词吧。

沉思史铁生

我们这一代朋友的凋零，并非自史铁生始。顾城死于非命，老周陨落病中，或许还有我不认识、不知道的。人之生死，非自己能左右。况铁生享年近六十，似不该过于抱憾。但为什么迈平传达的噩耗，还令我如此震撼悲恸？是什么使铁生之死，超出了一个人，却透出一种命运的、象征的意义？

想来想去，还是迈平电话中那句话："国内作家中，铁生算明白的。"惨痛就在这"明白"二字。铁生的作品，让我们知道他记得"文革"的血腥，记得七十年代末"墙"上的激情，记得八十年代的反思，记得八九后第一次瑞典相遇的恍若隔世、感慨万端，那时读他的《务虚笔记》，我能感到，铁生开始了一种思想和文学的真正成熟。但接下来的时代，却把他的成熟抛入孤独，用周遭日新月异的实利、庸俗、犬儒、猥琐，让"人"和"文学"存在的理由，突然成了疑问。不明白或装作不明白，都是聪明的。但可惜，以铁生的真诚，他大约只能选择"明白"的痛苦——不放弃自问者的痛苦。尽管他清楚，越明白只能越痛苦。虽然在瑞典见面后，我再没机会遇到铁生，但绝对能想象，他坐在那张轮椅上陷入沉思的样子。一个处境，比轮椅更逼仄，除了沉思别无出路。

但我又不知道，就沉思而言，相比起铁生，我们这些避开那土地的人，更幸运或更不幸？沉思不谋求别的价值。它本身就是价值。如果认可这点，铁生的沉思就是不间断的内心写作，就是一种主动选择的精神流亡。他的作品呢？正是刻意活成这世界里一个"异数"。孤独是一条别人更无法逾越的国界，铁生据守在那里，为沉思付出代价，更收获沉思的成果。

现在，铁生走了，去了一个"明白"不会造成痛苦的地方。或许我们该为他庆幸？他和世界主动拉开的距离，却使我们感到他的亲近，他在回归——因为我们熟悉的沉思不会离开。

让我们继续沉思。

2011年1月1日，伦敦

吃人生这只蜘蛛
——读《吃蜘蛛的人》

　　鲁迅辛辣的食谱，总在刺激国人油腻的肠胃：前有关于中国历史的"吃人"名句；最近，借吾姐杨瑞的发掘引用，"吃蜘蛛"怕又要流行一时。当然，时代已经不同。昔日的五毒，让人恶心、呕吐，今天却可能使人上瘾（想想海洛因吧）。吃者们修炼太久了，早已不在乎蜘蛛那点儿毒性。

　　记忆，在每个人心里织着一张血红的蜘蛛网。家，无论曾温暖或冷漠，总在网上离我们最近的那一圈。我们的第一个现实，当它围在身边时，却常常被忽略：用不了多久，亲人们的微笑，也会被"昨天"隔开，隐入历史中被读到的成千上万个名字。一幅幅图像仍清晰可辨：北京海淀医院太平间的水泥地上，母亲涂了蜡一样的半透明的手；二姨说不出话来时，肿胀眼角上流下一半的泪……二十年之后，身在异乡的我，有时竟会忘记她们的忌日，想起来时，悔恨，甚至不知该朝谁而发：我自己、或令我不得不成为现在这个"我"的那些原因？二十世纪的中国人，说"不得不"太多了，多到说得、活得都自然而然。谁比一只在自己网里的蜘蛛更走投无路呢？回顾一步步经历，我们尽心竭力地织过、织着、织——直到自己沦为一只完美的猎物。

我读《吃蜘蛛的人》的感动，并非仅因为这本书写到了我的家庭。也许恰恰相反，正因为另一枝笔，使我像第一次看到这些人和事。我得重新认识这太熟悉所以加倍陌生的一切吗：那位父亲，年轻时反感祖父的谋财之道，抛弃自己富裕的家庭；后来，出于良心与直觉，又悄悄退出一场展览人性恶的全社会大竞争（那意味着，放弃"进取"和"成功感"）——如果他一生没经历这两次"背叛"，我还能否像今天这样敬爱他？那位母亲，出身资产阶级，一九四九年燕京毕业，把女大学生的狂热"信念"几乎坚持到了最后，但女儿的呼救是一种什么力量？让她终于用一封自己死亡的假电报，欺骗了"组织"。为这个举动，她得怎样承担比真死一次还大的内心压力？书里的保姆，我们叫她"二姨"的，一位典型的中国劳动妇女，几乎是文盲，却仅凭本能的善、朴素的爱和古老的人生常识，就能避开时代的迷惑，让"历史"、"真理"的喧嚣，显得何其虚假空泛。一颗心的真实，远胜于滔滔雄辩。这么浅显的道理，能不令我们羞愧吗——想想这个热衷追逐各种时髦理论的世纪？！

《吃蜘蛛的人》，关键在"人"。太多中国当代题材的写作，仅仅把人当作"历史"的面具：在政治运动的大事记中，脚步奔忙却内心空空（我曾戏称"有事没人"）。这本书，着力全在人的内心，而历史，只是展示内心的一个背景：没有那个恨弟弟的出生粉碎了自己童年天堂的"邪恶的女

孩",后来那个横暴的红卫兵就没有出处;而当年唯一一个万
众瞩目的异性英雄,怎能不被青春期的女殉道者们崇拜,像秘
密滴进了兴奋剂?连省悟,如果不和不愿省悟紧紧纠缠,则
最终的醒也减弱了分量;谁能真的重述过去呢?今天写下这
"回忆"的人,清清楚楚写出了"现在":这反思层次上,依
旧渗透着养猪排长的真诚……对经过那些年内心折磨的人,时
代的全景扫描,不啻简化得荒诞可笑的动画片。而各种各样的
"反抗英雄",只暴露出作者精神上的白内障(或实利上的千
里眼?)。我还记得,诗人邵燕祥曾谈起反右中被批判的感
觉:只想找个角落,好好反省自己哪儿错了?好好改造……而
我父亲,一生最大的成功或许正是他的一事无成:在吞噬一切
人性的疯狂时代,能撤进自己最后一道壁垒——皮肤,尽量减
少参与那个"伟大事业"的机会(将来悔恨的机会),到底是
怯懦还是勇气?徐迟,我的舅姥爷,八十年代初吧,在武汉
他冬天冷得怕人的小屋里,被我问到"人格分裂"的问题,
长长的沉默之后,他仿佛自言自语:"可人格没办法不分裂
啊。"他在反问我吗?一刹那,我看见了,一道后来撕开时深
深吞没他的黑暗。

　　"文革"题材,写得够多了,但哪一部作品,配得上那人
生经验的深度?特别是,如果以独特的深度必然表现于独特的
形式来要求?禁区并不能推托一切。学曹雪芹凉粥度日,两
个写《红楼梦》的十年也过去了。真正的问题还是:没有浅薄
的现实,只有浅薄的作家。二十世纪中国"现代转型",灾难
与能量同样积聚,端看作家发现的能力。一种危险是:"文
革"题材的文学,常常只是用文学的方式"思考文革"。

"泛政治化"的生活，把作品变成了它自己的倒影。变幻莫测的人性，本来正是文学探索的对象，经简化成"政治性"，便只剩了非白即黑的道德判断。一句话，它让我们既无政治，又无文学——除了像一张病历，展现病人不堪救药的程度外，毫无意义。说到底，"文革"远远超出具体的时间和地点，提供的是一个透视人性深渊的机会。它唯一的题材是：我们内心中发生了什么？我们内心中能够发生什么？文学只有一个品味本身的自觉：你有没有、写不写得出自己的品味？与此相比，所谓"宏大"与"个人"、"严肃"或"调侃"、"官话"还是"口语"等等之分之争，都太舍本逐末——哪个好作家会如此划地为牢？

吃吧！人生这只蜘蛛，无论你写或不写，都不得不吃，且总是第一次吃——又一个"不得不"？

卢瓦河口上的望远镜

——四章散文，为让-吕克·丹托而作

一

圣纳萨尔在卢瓦河的尽头。我们的大楼在圣纳萨尔的尽头。

十层楼上那个 M. E. E. T.（法国圣纳萨尔艺术中心）提供的套间，像座瞭望塔，从到达第一天起，我最喜欢做的事，就是站在它宽大的阳台上，用我在英国买的第一次世界大战时的老望远镜，眺望。

这只望远镜，一九一四年造的。它的白铜表皮，已颜色暗淡，磕碰得布满了坑凹。而镜桶外面包着的棕色皮革，依然柔软温润，精美得在今天能被叫做艺术品。它压在手里沉甸甸的，告诉我，那质地是金属，真正历史的遗物。它身上那些硬

伤，提示着当年的硝烟和弹片绷飞。用不着太多想象，一个血淋淋的场景就会出现。一双手，从攥紧它到渐渐松开，抓不住了，终于垂下。它望见过多少沧桑变迁啊？我猜测，这只望远镜，即使摆在我伦敦的书架上，也没停止过眺望。

但此刻，我的眼睛，却沉浸在遐想中。圣纳萨尔，衔接起大地和海洋，是个天然的瞭望点。我的阳台上，前面，右面，是卢瓦河口，它渐渐开阔，好像对岸也是一只船，也在慢慢驶离。我的诗《河口上的房间》，绝对是一种"写实"："总有一只船远去　目送着你 / 对岸在远去　天空是倒立的命题 / 字与字之间一条河流过"。这疑问每天困扰我："大海从一个问句开始　它问　哪儿"。我只能更精确地描述："房间像一只鸟站在船桅上 / 四壁漂流的地址　演奏桥的弦乐 / 手指与手指之间只有水不动"……水当然不会不动。不动的是我的眺望。向右、向大海看，猜测船只的来历去向是一大乐事。正出海的，旗帜飘扬，一派迎击风浪的激情，消失在天际。刚刚返回的，却显得身心疲惫，船体上油漆斑驳，一望可知饱经大海中万里浪的肆虐。调转镜头，向左，"弦乐似的"大桥后面，是法国。一片郁郁葱葱的绿意，给卢瓦河水掺进泥土香。我是否能看见自己的感动？就像一次在苏格兰旅行，当我的朋友、苏格兰诗人哈维·霍尔顿（Harvey Holton）指给我看麦克白斯的城堡废墟，我突然发现，环球漂泊多年后，我几乎忘了，什么是在自己国家旅行的感觉了！这里，"自己的国家"一词，远超出"乡愁"的含义。它其实在提示：一个"自己之内的传统"，一种从个人穿透进精神之"根"的深度。对于这个"根",没有陌生的土地。它不寄生于国家的名字,却全然依仗自我发现的能力。即使身在飘流之中,也该能够发明它。归根结底,一个人、一个自我,只要开拓,都能拥有一种考古学,一种植物学。而一首诗,恰恰意味着一次主动的生长,在到处,接通每块土地的血缘。

二

不知道是不是因为认识了让—吕克·丹托的关系,我在圣纳萨尔写的几首诗,都相当"好吃"。《十年》的开头就是:"时间像一尾鱼游向自己的美味";《河口上的房间》:"鱼类俯瞰黄昏　眼眶中抠出灯塔／每天的镜子关紧一个葡萄酒味儿的／上游　黑暗像一盘海鲜逆流行驶"。这些句子里,溢满了海风,那略微发咸的海鲜味儿,从早到晚浸透了我的呼吸。当我在圣纳萨尔的海边散步,听防波堤下波浪拍打,一种比所有语言更深邃的语言,沿着我的耳膜、肺叶,蔓延进血液,充溢在那儿,如一首诗的海平面般荡漾。我写,我周围的世界就加入了这"写"。不止我,而是我们,在完成人生的诗意。

忘了是谁第一次介绍让—吕克,但她用的词深深刻在我记忆里:"他有全圣纳萨尔最诗意的酒店"。之后,更重要的一句:"那是说他选的酒很有创造性"。确实如此,让—吕克在圣纳萨尔市场广场上的酒店,堪称一个卢瓦河流域精美葡萄酒的博物馆,在那儿,我不得不承认,自己经历了一次卢瓦河葡萄酒"启蒙"。原来，在耳熟能详的波尔多、勃艮地之外，潜藏着这么一条美味的大河！不知多少次，像把玩他家传的宝贝，我们一起品尝都兰（Tourain）、安茹（Anjou）、索米尔（Saumur）、曦秾（Chinon）、蜜丝卡黛（Muscadet）的精品。几乎每一支，都来自很小的酒庄，小得无法、也无须和工业化生产的，由超市全球覆盖的那些品牌竞争。我们能喝到它，仅仅因为一个"传统"还活着：美基于品味。艺术魅力，不在量而在质。内行分享的一口，胜过批发售出的一箱！

卢瓦河葡萄酒，在让—吕克的介绍中，每一支都有自己的"出身"、自己的故事，都像一个家庭，在悠悠往事中缓缓讲述悲欢离合。大自然和人，在酒香深处活着，如一首流传久远的诗，一代代递增它们的韵味。或者，我享受的干脆就是中国古典的"知音"文化？伯牙子期，一善弹一善听琴，被听出的"高山流水"，使知音者成为知己者，于是子期死后，伯牙毕生弃琴绝响。只是很晚近，我才发现，法国葡萄酒和中国古典诗歌之间，真像有一种血缘似的关联。把这些法国葡萄翻译成中文的人，必定熟悉中国古典诗人爱酒的佳话。比如，长相思（Sauvignon Blanc），直接用李白的诗句命名，他不仅有"斗酒诗百篇"之美名，更有世界上最浪漫的死法：在船上喝醉了，去捞水中的月亮，由此一去不返！白诗南（Chenin Blanc），又由不得让人联想到李白之诗和他漫游的南方。霞多丽（Chardonney）、品丽珠（Cabernet Franc），汉字的玲珑剔透，在一点点渗入晶莹的酒色……这些名字并非仅仅投合诗人偏好，它们传达了一种对精美品质的普遍认同。如我在别处说过：中文古诗之所以辉煌，并不仅仅因其三千年持续转型的"古老"，而是因为思想和形式上的"深刻"。美文一如美酒，形式的讲究就是内涵的讲究，聚焦在"深度"上。那不是在追求两个极端，而是同一个。最好的品味，深远、绵长、精妙地验证了一个文化的精神境界。

三

同一座大楼里，让一吕克在二层，我们住在十层。下面，卢瓦河明亮炫目的波光，铺开一片永不凝定的粼粼。一次又一次，从让一吕克家的卢瓦河葡萄酒系列大展中回来，每一道设计精湛的美酒佳肴，仍散发各自的香气，又汇合演奏出一种和声，让我在心里慢慢回味。带着微醺，我在阳台上，慢慢转动望远镜，我在望向哪儿？

对面，卢瓦河上游方向，就是出产蜜丝卡黛（Muscadet）的地方。我承认，来到圣纳萨尔之前，我根本不知道这种酒的存在，来了以后，也听说在卢瓦河众多葡萄酒中，它并非名列精品的前茅。可不知为什么，在我记忆里，蜜丝卡黛和圣纳萨尔，更深地连在一起。不是因为它有名，而是因为它更清晰地提示给我圣纳萨尔这个地点，是地理，更是心理。卢瓦河流淌了上千公里，只有到圣纳萨尔，才终于拥有了海的气息。于是，我的诗——"它问　哪儿"——是河在问或者海在问？无论谁，只有圣纳萨尔有资格问，哪儿是那条分界线？从哪里，大海开始？我举着望远镜，越搜寻它，越觉得它无所不在。空中，海面，一簇被风吹翻的海鸥羽毛，一只浇点儿海水味道才鲜美的牡蛎。或许，是一把撬开牡蛎壳儿的小刀，正在划定它？我记得，那次在市场上买牡蛎，老板见我们使劲掰牡蛎的样子太可笑，就把自己用的小刀慷慨奉送给了我们，在美味里随手调进一缕亲情。这样，蜜丝卡黛酒、海鲜食品、一把牡蛎刀，像个仪式，组成了圣纳萨尔的"本地性"。是的，本地。根。都指向一种"非他莫属"的亲近。一种原版乡土味，不需要豪华名贵，却必须贴紧土地。我品尝蜜丝卡黛，感觉就是这样。它单纯得近乎简单，却又有一种辽阔透明的海洋气息。它活泼犹如村姑，细腻起来又能够无微不至。它不在乎德高望重，而是以青春朴素，还给我们久违的纯真。在它深处或在我喉咙里，河温柔向海致意，海深深对河思念，一切却又表达得如此贴切自然。一种最少修饰的湿润，总由某个深处泛起，浸润沐浴着我。什么能比得上大地似的纯真之美呢？

从一九九八年我第一次到圣纳萨尔，迄今十四年，"本地"这门课，我学了又学。即使在中国，以前没注意的，现在也突然显出奥妙了。每个地方，必须"品"四个层次：自然风景，当地烹调，方言口音，民歌或地方戏。一定有一个内在的"系统"，从自然到文化，一层比一层抽象，又互相关联着，揭示出自己的秘密。卢瓦河，让我想到与长江交叉的大运河。圣纳萨尔，让我想到扬州，我曾祖父出身之处（他后半生都住在北京，家里却永远只用扬州厨师，只吃扬州菜，这一点，已令我极为钦佩他的品味！）。那里，友友父亲家的大宅子，今天成了买票参观的盐商旧居博物馆。在中国美食烹调的群山中，扬州菜，被我称为最高峰。但那还不够，最高峰有个尖儿，它就是"富春茶社"这家百年餐馆。那儿的烹调，绝无装饰性的浓墨重彩，却是一幅中国水墨山水画，全部秘诀在一把盐。盐，像画家调进墨里的那滴水，轻轻一点，淡水河湖里原材料的鲜，就被拎出。淡雅的原味儿，全凭制作细致，朴素至极又妙到毫颠。我把富春菜称为"文人菜"，与传统"文人诗"、"文人画"并列。它的"淡"，纯然是美学，越淡越雅，越雅越深，深到缭绕不去回味无穷。也因此，当谈到建立扬州菜的博物馆，我说，根本没什么笼而统之的"扬州菜传统"，要建就建"富春博物馆"，明确"富春传统"：一种"家风"，甚至一种"家法"！就像让一吕克展示给我的小酒庄，植根"本地"是一门学问，也是个方程式，学习深了，就能得到一张思想菜谱，让我们跨古今、也跨文化地衔接上传统的成熟，更衔接上传统的活力。"时间像一尾鱼游向自己的美味"，关键要创造"自己的美味"，而鱼，来自长江还是卢瓦河都行！

四

世界漂泊者们的一大困惑，是对"失根"的焦虑。常听到海外中国人抱怨："怎么办？我现在既不是中国人，也不是外国人，哪儿也不属于，哪儿都不在"！对此，我经常回答："为什么你不能既是中国人，又是外国人，筛选每一边的好东西，组合出一个更好的你自己"？

　　"他者"已是当今世界一个流行词。但，什么是"他者"？那是否只意味着别人的文化？或"他者"也能在自身之内？例如，古典中国文化，其实正是一个我们自己的"他者"。或许因为汉字那么独特显眼，它让我们太容易想象有一条直线，连接着古今中国。这个一厢情愿美好而危险。它忽略了，当代中国是个文化大杂交的产物。古典文化锁在古汉语里，而二十世纪"发明的"白话文，带着百分之四十翻译概念词，是一个比美国英语还年轻的语言。"文革"之类的价值混乱，恰恰证明了传统和现代思想的双重空缺。

　　这是不能回避的处境。"根"固然美好，但当代中文文化之根，无法被动因袭而来。它必须被我们自己自觉地、超越单一文化地创造出来。就是说，在这个遍布他者的世界上，我们得作一个"主动的他者"。多角度、多层次地使用望远镜，校正一重重的距离感：对中国而言，古典中文传统、近现代复杂的中外碰撞、当代的急剧变化，都应该成为思想资源，我们不是要（也不可能）"退回"古典，而是要变劣势为优势、变内部分裂为内在丰富地，创造出一个全新的当代中文文化。同样，中国、阿拉伯的巨变，也在造成一个"新世界"的新语境，迫使每个文化、每个人反思：什么是今天我该秉持的价值？是随波逐流、玩世不恭？还是面对更有挑战性的处境，坚持作全方位的质疑，去建立更深刻的自觉？"主动的他者"，使我们在利益全球化之外，还能建立一种思想的、美学的——诗意的全球化。我们得兼任我们自己文化的"内"、"外"两种角色，既是创造者，又是观察者、反思者。不仅如此，我们还得在不同文化间，创立一种新的"内"、"内"关系：不流于异国情调的肤浅接触，而是让不同文化的"内核"真正对话，相互激发。一句话，不追求空洞辞藻中的"国际"，而把"国际"建立在不同"本地"的深度间。调整望远镜的焦点，距离就在拓展一个人的精神空间，它的名字叫自觉。对"深度"的追求，不停扩展着思想的磁场。回到"根"这个题目，沉溺于乡愁，"根"就会患上根瘤症，就会萎缩、坏死。相反，"主动的他者"自己就是根，我们能够、必须扎进任何处境中，从泥土、岩石，甚至海水里汲取营养，保持生命的茂盛。

写下这些，我不能不感到，手中这只望远镜其实从来是反向的。不是我在眺望他人，是世界在眺望我，或我眺望自己。我向船上的水手们挥别，更在向自己挥别——那个在上一行诗里完成了的"自己"。我的阳台真够宽大，它是我一生中站立的每个地点，卢瓦河到处流动，明亮提示着我的航程，把过去的一天，变成圣纳萨尔海边的沉船纪念碑，而新的每一天，不止更远，一定更深，让我重新站上"从岸边眺望自己出海之处"。

这只望远镜，也看见让—吕克"创造性地"异想天开：让不懂法国葡萄酒的我，写这篇恰恰应该很"专业"的文章。结果出乎意料，我的望远镜，望见了中文诗里的酒香，读出了葡萄酒里的诗意，"品"到了李商隐和勃艮地共享的唯美，杜甫和波尔多互通的沉郁，李白的月光有香槟的飘逸，而蜜丝卡黛的绝配，非得找到陶渊明、古风十九首、甚至《诗经》那儿，才能真正接通中文源头的水土和地气！重新阐释过去，就是创造现在，就在滋长"根"！全球化的诡谲，正在于一边抹平不同"本地"，一边却激发了本地意识，甚至促成不同本地间的深刻互动。那么，谁说这只是臆想？在我眺望中，最精彩的扬州菜（富春菜），和最精选的卢瓦河葡萄酒，完全可以创造性相配，成就一个双重精美的中法文化创意！

从圣纳萨尔开始的这首诗，才刚刚获得灵感呢。

2012年3月3日，伦敦

新世界①
——全球化语境和欧洲的自省

　　地球在疯狂旋转。它旋转的方向，经常出人意料：谁能想到，中国，今天竟成了资本主义世界的债主和"老大哥"，经济危机漩涡里的西方，眼巴巴等着它买国债来拯救？不久前，阿拉伯国家还被明里暗里被摆在"文化冲突"的对立面，而一夜之间，突尼斯、埃及、利比亚纷纷变色。地中海另一侧，那些中世纪式的大权在握者，突然不知去向。全球的政治、经济地图，撤换得快如戏剧布景。亲历变化的中国、阿拉伯人，深夜醒来，当然扪心惊叹：我究竟身在何处？就是站在一旁，目睹这历史漩涡的欧洲人，可能也难免自问：世界怎么了？这急速发生的一切，将把我们带到哪里？换个问法，世界面目全非了，欧洲怎么办？今天，"欧洲文化"如何给自己重新定位？什么是它的意义和价值？

---

① 此文为作者应英国文化协会之邀而作。

　　两个堪称反面的经验，使我感到这提问的紧迫性。其一，二〇〇九年德国法兰克福书展。中国被邀请作为主宾国。本来，这是个好机会，通过书展的丰富角度和层次，世界能全方位、深入观察那个古老国度，看看一顶红帽子下，究竟发生了什么？是什么突破了冷战时代的逻辑，让一个以贫困著称的系统，却取得了经济成功？哪里的权力不贪婪和腐败，但为什么见不到处处"奇迹"？貌似自相矛盾的现实，其实蕴含着复杂的文化内容。这正是书展策划者从开始就应该思考并据此设计活动项目的。但可惜，书展"与虎谋皮"在前，"与狼共舞"在后，结果不难设想，整个书展成了意识形态口号横飞的广场。"中国"像个旧货店，让回收的冷战话语永不过期。但它今天真正的现实是什么？它能激发世界对自身的什么思考？反而被忘了。人们以为在发射炮火，其实只是放鞭炮，响亮而毫无杀伤力。因为那个活的中国，在对"中国"的吵闹中，被漏掉了。

　　第二个经验，来自二〇一〇年慕尼黑国际文学节。我参加的讨论，有个夺目的主题："当代杰作"。这话题，直接设定到了今天世界的要害：多元传统参照下，什么是判断当代杰作的价值标准？讨论以设计精美的三重结构进行：德国层次，欧洲层次，世界层次。我期待着，欧洲的思想精英，能对这个最具挑战性的问题发表高见。但我又一次失望了。从发言看，即使学识丰富如埃科（Umberto Eco）者，也其实没真正思考过这个问题。欧洲知识分子谈论其他文化时常见的"简单化"，在我们讨论中比比皆是。中国‧意识形态；阿拉伯‧民族和宗教冲突（没人猜测到阿拉伯今天的巨变）。而且，这简单化也投影到对欧洲自身的思考上。谈论欧洲的"杰作"，竟然经常和市场成功混为一谈！这真成问题了。古往今来，什么时候思想和艺术杰作能立刻畅销过？以畅销与否判断"杰作"，是否卡夫卡、乔伊斯都该归入"劣作"一类？我的发言，把判断当代杰作的标准，锁定在思想和艺术的"深度"上。无论多少文化系统参与评价，一件杰作，必须呈现出全方位的不可替代性。我的论据是中国古诗。都说那个辉煌的传统是因为"古老"，错！它是因为思想和艺术上的"深刻"。我举出两千三百年前的楚国诗人屈原和一千两百年前的唐朝大诗人杜甫为例，说明同一种流亡体验，如何跨时空地叠加到我自己身上，激发出作品的形式创造，构成诗作美学空间里沉甸甸的思想重量。"深度"，让我们在一个遍布他者的世界上，自觉成为"主动的他者"，既和其他文化、更和表面看"自己的"文化拉开距离。最终，整合所有思想资源，去应对当代人类的困境。

作为住在欧洲、却以中文写作的诗人，我的每次呼吸，都在这两个不同的文化层次间进行。我对中文语言的反思，对中文诗从观念到技巧的探索，中国现实和我诗歌创作间"恶梦的灵感"式的关联，以及它在整个中文传统现代转型中的意义，给了我审视欧洲的基础。就是说，没有一条从外部通向其他文化的路。我们只能穿过自己内部，以自身的"深度"抵达别人的"深度"。同样，这也应构成欧洲理解其他文化的方式。从以上负面经验看，欧洲文化目前还没准备好，把它最强项的思维慎密和思想深刻，用来应对一个全球化的世界。它还没认真尝试突破自己的思维定式和套路，打开新的视野，建立更大的思考框架，把"别处的"现实和文化纳入自己的思想资源，来深化对自身困境的认识。注意，这里"别处的"加了引号。因为事实上，当代世界没有什么"别处"。所有看起来的"远处"，其实都在我们之内。每个人都是杂交的，从精神到物质统统如此。"远方"如此之近，就像一双穿在你脚上的名牌鞋，正出自二十一世纪史前劳工之手，国际大公司如同魔术转换，把中国农民工成本和欧洲价格，兑换成了做梦也难以想象的利润。资本，把世界变成一个化学合成的连体婴儿。这面哈哈镜，映出一幅幅哈哈形象：西方政客到处访问，嘴上总挂着人权、民主的言辞"面子工程"，但那与其说为改变某地的现实，不如说为敷衍国内媒体和选票，空话说完，赶紧坐下来谈合同。对此，专制者们已几乎能微笑着，欣赏那疼痛和尴尬。他们知道，为了订单，西方不得不吞下一碗碗苦酒。这里，说空话者和"坚持原则"的统治相比，谁更加自相矛盾？归根结底，对外的理解和应对能力，恰恰在检验自觉。那也是自我提问的同义词：欧洲是否理解今天自身的困境？"没准备好"——非自觉？对不起，那就只能受控于无意识。"新世界"，可能像小赫胥黎写过的那么陈旧，沦落到一条机械化的、非人的底线上，苟且地活着。

对其他文化缺乏理解力，当然因为知识局限，但局限的原因，很可能是囿于思想视野的封闭，没感到打开自己、去理解"他者"的紧迫性。毕竟，麻烦总发生在欧洲之外，无论中国的、伊朗的、阿富汗的、或伊拉克的。相对那些地方，欧洲的一统"天下"，就算不如原来富有，至少完整而平静，作为文化足以感到优越。历史也是佐证。从文艺复兴至今的五六百年，欧洲思想主导着"天下"的思想。那个普世性，奠基于"启蒙"的独立思考，"民主"的政治规则，加上渗透法制和言论自由的生活方式。物质也在证明观念的正确。远的不说，冷战时共产国家的贫困，反衬出西方的自信。而冷战结束，"自然"是西方文明的胜利。"九一一"的短暂插曲，以萨达姆和拉登的毁灭变成喜剧。中东的最新变化，更是世界向欧洲看齐。"天下"的中心仍是欧洲。欧洲价值，设定成历史进化的轴线，让欧洲自己占据着"未来"。这想象给人安慰，但我想提醒，同一个想象，曾经占据过中国人的头脑至少两千年！比较中国历史和地中海历史，它们最触目的差别，就是中国经历过的文化挑战何其少！作为地域性的"第一世界"，鸦片战争前两千多年，中国文化几乎"孤独地"生长着（除了若干游牧民族的军事占领，且无不终结于被中文同化），其后果，是"中央帝国"日益固步自封，中国文化系统成了一根锈弹簧，完全丧失了应对外来挑战的能力。直到十九世纪，欧洲真正的文化（加武力）来到，弹簧绷断，中国人突然由过度自豪跌入极端自卑，只能听凭情绪化引领，喊着虚无主义的"全盘西化"口号，臆想着"革命"，却一头栽进历史上最黑暗的专制。与此相反，地中海／欧洲的文化冲撞，却无日无之：古埃及、苏美尔、巴比伦（两河流域）、犹太、希腊、罗马、拜占庭、日耳曼、维京人、奥图曼、拿破仑、俄罗斯，以及远道而来的阿提拉和蒙古人，每次冲撞的实质，都在迫使欧洲文化寻找自己更深刻的立足点。"传统"不停被激活，又在更深处迎接新的挑战。终于，文艺复兴张扬的思想个性，回答了"什么是欧洲？"，也给不同文化找到了相遇的汇合点。欧洲成功了。但问题是：这成功还在继续吗？

今天的"新世界"，是一个更广阔的舞台。遥远的文化，需要欧洲更主动地打开理解力，经由自身文化经验的深度，去读懂那本书，达成与他者的真正交流。以中国为例，我得说，过去三十年那里发生的变化，远远大于过去三千年。一个三千多年延续在同一语言、同一思维方式、同一个观念系统中的古老文化，经过一个多世纪的挣扎，终于脱胎换骨，"以死亡的形式诞生才真的诞生"（杨炼《与死亡对称》中的诗句），这堪称一首真正的史诗。外来者很难想象那过程，其思想意义上的惨烈，又超过现实无数倍！"政治"只是这文化深海的表面风波。最惨痛的时候，那个文化怪胎，戴着一块西方进化论的面具，却遮掩着皇帝们不敢想象的绝对权力。我曾用"噩梦的灵感"来形容从"文革"后的思想历程。疼痛，撕开肉体刺穿心灵，使追问成为活着的标志。灾难不会过去，它沿着现实、历史、文化、语言、心理、潜意识，一路揭开反思的地层，直到诡谲地（宛如一个没有时态的中文动词般地）返回了"传统的"古老启示：一个"共时"的处境。比"时间的痛苦"绝望得多，那只是"没有时间的痛苦"。当代中国文学可能的精彩，正在于这"深度"。它和遥远的异国情调无关，却站进一切人性的深渊，去体验极限的"不可能"。写作，即生命力在宣告"从——不可能——开始"。当我前后相

距三十年，两次漫步于成都杜甫草堂，默诵他"万里悲秋常做
客"的流亡名句，我知道，我不是把自己写进了中文文学传
统，而是"活进"了它。杜甫的流亡、但丁的流亡，加上我自
己的小小流亡，有同一个语法：通过一首诗，把极端的人生之
痛，转化为极端的创造之美。当代中国人，正是以自己文化的
"碎"为课本，学习怎样超越自己的局限，去重新诞生的。这
是它的能源。我希望，也给了那沉重的代价以意义。

靠地理、历史原因获得文化弹性，仍然是被动的。今
天，"新世界"要求一个文化具有主动的理解力。我想，理
解的原动力，不能依赖对异国的好奇，却必须基于认识自身
困境的需要。欧洲在金钱压力下，放弃思想原则，竞相投入
自私和玩世不恭，就是不折不扣的悲剧。当"人权"、"民
主"和其他政治正确的词藻，仅仅是词藻，却对现实行为毫
无约束力，我们的真实就只剩下：什么都能说，却什么也不
意味——一种词、义分裂，一个彻底的空洞。这可能是人类
文明史面临的最深刻危机。因为历史上虽然不乏谎言，但至
少，人们还曾经为此痛苦。现在急功近利的掌权者，不仅不痛
苦，且视为"自然"。他们逻辑很简单：我不去功利，别人也
要去功利。今天在第三世界设厂的西方公司，享受着那里没有
工会、劳保、福利、工资底线、罢工权利等等廉价劳工的前
提，他们做了什么？所谓"双重标准"都是夸张，那干脆就是
单一标准：竞赛邪恶。这场世界性思想危机，远甚于任何经济
危机。生活在今天，每个人都深深感受无奈。我们清清楚楚看
见堕落，却无法改变它。我们能猜到，问题很大，远非表面和

暂时。它是股无名火，右手叩动了挪威于特岛上布雷维克的扳机，左手点燃伦敦托特罕姆黑人孩子手中的煤油瓶。当谎话和实利，把一切（包括大多数"艺术"）变成无聊的装饰品，人为什么存在？文学有什么意义？欧洲文化传播给世界的"进化"论，终于撞上了自己的走投无路。此刻，是否有人会记起中国唐代诗人王维的句子："行到水穷处，坐看云起时"，那种"共时"的万古如一？时间改变不了什么，它是涓涓流水，旋入我们里面，沉淀成思想。每个人都在起点，和宇宙并肩上路。

但我们也不该忘了，并非只有一个欧洲。中欧和东欧国家，曾被我戏称为"寂静的窟窿"，因为冷战的结束，把它们突然抛出世界视野，远离开一切经济、政治中心，既失忆又失语，默默咀嚼着历史的苦涩。但或许正是这处境，给了那里的知识分子冷静的目光、清晰的头脑。二〇一一年一月我到华沙，和波兰作家一起，既反思共同的冷战经验，又比较历史、传统的不同（例如民族意识和宗教），对当今现实的影响。我们都同意，我在《冷战经验的当代意义》一文中提出的：用一个日期"结束"对冷战的思考太简单草率了。冷战远不止一段历史，它提供的是一种人性变异的处境，其深刻含义，并不会随着制度名称的改变而失效，相反，今天全球性的玩世不恭，恰恰是同一种人性变异的泛滥。所以，至少我们自己，不能忽略它的当代思想意义。我认为，正是现实困境，促成了这种深刻的跨文化对话。同样的情况，也出现在更广阔的范围里。从二〇〇二年起，我和阿拉伯大诗人阿多尼斯进行了一系列思想对话，它们如此动人，因为我们突然发现，虽然中、阿距离遥远，但这两个文化中，独立思考者、创造者的命运，几乎一模一样！对内，复杂艰难的文化转型；对外，被政治简单化。中国是意识形态，阿拉伯是巴以冲突，口号在判断一切思想价值。但，我反思中国，不是为重演"打倒"思维，而是重建创造的活力；阿多尼斯批判思想专制，目的是更新阿拉伯文化。我们的文学，首先是个性文学。这里，"诗意的"自我追问，彻底区别于"情绪的"群体喧嚣。我们开创的当代中、阿作家直接交流，如此美好。它说明，无须经过第三者（例如"西方"）转手，这世界已是同一个网络，无论你来自哪儿，都能凭借思想的独立、艺术的精美找到朋友，而且互相理解得完美充分！

二十一世纪急剧变化的"新世界"，既四分五裂，又暗暗合一。每个文化，为应对变迁的国际新语境，首先得重新定位自己：认识自己的局限，加入深刻的跨文化对话。在无数他者间，成为那个"主动的他者"。"主动"就是自觉。我从中国经验学到的是，在古典中国文化和我之间，根本没有一条想象中的直线似的传承关系。我要获得一个"活的"中国文化传统，只能综合古今中外一切思想资源，去重新创造它。这个隐身的"中国他者"，或许对我更具挑战性。欧洲也一样，它得告诫自己：单一文化的"天下"已永远过去了。世界流通的欧美词汇已是幻象，因为词汇的定义，常常是别人下的。今天，世界的困境就是欧洲的困境，全球现实和思想血肉相连。或者说，世界已潜入欧洲之内，不知不觉代替了它的

"自我"。愿意不愿意，杂交都在进行。区别仅仅是，"主动的他者"能建立良性互动，"被动"则在丢掉机会。"新世界"整个是一个大现实，也在呼唤一个大传统：全方位的独立思考。用文学表述，"个人美学反抗"。只能是个人的，因为没有群体：政治上没有冷战的社会选择，文化上没有单一传统。你可以说，这时代思想空前贫瘠，更能说它格外丰富！每个人不是放弃自己的判断标准，而是通过综合对其他文化的理解，重新检验自己的标准，如果必要，就修订和加深它。我们的汇合点，只在"思想"一词上。它构成了不同传统、不同文化层次、甚至不同表述形式的最小公分母，无论那是哪种艺术，或政治和哲学思考，或对宗教的再认识。脱离了文化封闭性的孤芳自赏，一个思想必须对人类整体"有效"，否则不能证明其价值。当我说"思想个性"，听起来颇为"欧洲"，但细想一下，那何尝不是中国先秦思想黄金时代老子、孔子、屈原们的夺目特征？欧洲"一战"前那个各领域大师辈出、精神创造性超强的时期，也令我神往。他们集合在一起，构成了今天我们"深度"的内涵。和线性"进化"相比，我更喜欢这个囊括一切时间的"同心圆"！事实上，每个文化自身具有创造性，才会互相激发，形成国际交流的创造性。"新世界"必须突破交流的旧套式，全方位发现问题和灵感。以过去几年我参与设计的项目为例：小小斯洛文尼亚的"方言写作"，刺激了面对十几亿人口的中国诗人扭转两千年中文书写里的集权倾向。中英诗人"互译"项目，建立了两个文化核心之间的深层对话，最精美时，非洲英语诗人的口头文学传统背景，能直接和中文诗里的平仄声调规则对唱。难度是能量的同义词。我曾用"唯一的母语"称谓诗歌，思想的诗意甚至能穿透翻译，给出一个超语种的方程式，完美呈现人的"主动"：深入困境、汲取思想、美学超越。每一行诗句尽头，都是一个"不可能"，更是一个"开始"。"不可能"得越彻底，"开始"才越有力。这个"新世界"，是不是终于带我们来到歌德的"世界文学"时代了？"世界文学"：经得起世界全方位考验的个性文学。它不是梦想，正是事实。

2011年9月1—10日

中国文学的政治神话

一、政治，对中国现实的简单图解

冷战后的中国，代表着昨天意识形态战场上一夜消失的另一极，一个"社会主义国家博物馆"。它活着，因而一个世纪以来人类积累的历史、政治、道德等等知识也活着。有一个对象能赞美或诅咒——对当代中国文学而言，这是幸运还是厄运？

主要是幸运，在西方畅销的几大"中国艺术商标"中，"中国政治"是最触目、最响亮的一个：写国内的，必是"地下"；说海外的，当然得是"流亡"。介绍一个中国诗人，无须谈论诗作，只要"持不同政见"一词出口，便已保证了他的诗不可能是不好的，他／她必须受到欢迎，否则政治就不够正确。同理，《上海生与死》、《一滴泪》、《鸿》、《红杜鹃》，以及据说近百部压在西方出版商手里的当代中国回忆录，哪怕写作意识再平庸，语言风格再单调，只要符合西方关于中国政治的想象：好莱坞式的反抗英雄挑战红色恶魔，就足够以"严肃文学"之名，搭上"中国热"的东方快车了。连它们的代理人，也成了西方图书市场成功的风向标。那就更无须惊讶，只要能号称自己是"中国古拉格"作家，你一定从欧洲各种文学节到美国名牌大学，名列贵宾首席。就像企鹅版《男人的一半是女人》那样，用一个《美女＋英雄＋性欲》的畅销公式，与其说写的是中国监狱里的变态，不如说让读者享受够了被"自由"感动和窥淫的双重满足。是的，政治，多好懂的题目！

二、"政治"神话，一种商品学

当代中国文学中，存在着一个"政治神话"，它如此方便使用，你只要遵照一句语录："凡是敌人反对的，我们就要拥护"……这里，作品的题材、作者在中国的政治遭遇，是唯一被关注和炒作的"价值"，而作品的形式，无例外的简单直白——出版商很惦记读者，因为读者就是市场、就是利润，要让对中国浑然无知的读者买书，它们的"风格"，只能是写得一句一个信息，越"无风格"越好！——于是，简直像有一个公式：越简单描写中国政治题材的，出版社越不吝啬广告和词藻，评论和反应也越热闹。评论者不是在评价一本书，而是在重申一个历史，再宣读一次，一个已被确认为"正确"的结论。很多时候，"中国文学"只是戴在意识形态套话脸上的一块面具。问题是，对中国而言，有没有西方一厢情愿的"结论"？或者说，西方从自己文化历史背景出发，为中国"社会主义"、"共产党"等等词汇设想的内涵，是否存在？如果不，中国现实究竟是什么？一个荒谬的例子是："文革"中被打倒、禁止的绝大多数作品，不仅不"反党"，简直在一片痴情地歌颂"新中国"，它们是任何意义上的官方"革命文学"。许多当年自杀的作家，也并非由于受不了虐待或抗议，而是受不了组织对自己忠诚的怀疑。很常见的荒诞，是出狱后的"右派"，用比老"左派"更左地迫害别人，来洗刷昔日的冤屈。这反讽也太残酷了吧？

三、中国传统文化失败转型的案例

不，理解中国现实的钥匙，不是中国"政治"，而是转型中的中国传统文化。如何完成中国古老文化传统的现代转型？这是整个二十世纪中国历史的总背景，同时构成了近几代人文化思考的中心主题。

所谓"中国文化传统"，不是皇帝、小脚或线装书，而是这样一种结构思维的方式：一、认可部分属于整体；二、由整体规定每一部分。不仅它们的位置，更是它们的内容。这个思维方式，"自上而下"贯穿着、维系着层层规定／被规定的关系。在道家，是自然与人类。在儒家，是社会与个人。大如"国"的权力系统，中到"家"的伦常道德，小至个人的心理，每一圈轮回，并未改变，仅仅加深加固了这由每个人参与建立的对自己的压抑。

那"现代转型"呢，其实就是要颠倒这里的主从关系：还给个人选择社会位置和态度的主动。还给"自我"反思和重建文化系统的能力。这个看起来并不复杂，却由于二十世纪中国的处境极度复杂化了：谁能否认，当年引进共产主义，不是这"转型"的诸多尝试之一呢？鸦片战争后中国和西方的悲剧性碰撞，使受伤的民族虚荣、幻灭的文化优越感、战败者的耻辱和青年人的真诚，共同构成了对西方既爱又恨的感情。"中学为体，西学为用"的实用比比皆是：我们不吝惜大批量进口西方政治、文化词汇，可又拒绝放弃中国定形的思维方式。世界上没有比中国人更彻底的"文化虚无主义者"了，一个又一个"群众运动"，从一九一九年"打倒孔家店"到"文革"破四旧，毁了"传统"的外在形式，却更深地被罩入自身之内传统思维的阴影。同样的"非自觉"，从遍地蓝蚂蚁般的造反人群，涵盖到灯红酒绿下蠕动的金色蛆虫。我们最习惯（并喜爱）"新什么什么"、"后怎样怎样"的词语了，但那"新"、"后"有什么意义？可能正确的理解，是中国作家的"自我"被放弃到了空前的（全新的！）地步——"改朝换代"了吗？也无非换了个朝代而已。

四、泛滥的"政治"，等于没有政治

那么，这成了一个翻译学的问题。不知道从什么时候起：现代中文里，"阶级"混淆了"等级"；"革命"混淆了"造反"；"政治"混淆了"权力"；"历史"混淆了"替天行道"……没人能进口一个完整的外来文化。这些词藻被拔出了西方文化土壤，在中国充满了误读。它们的泛滥，恰恰点明了中国现实中政治意识的可怕匮乏。我不得不说，这个"新文

化"除了提供了一个转型失败的例证，别无其他：传统的文人
人格要求被废除了，现代的独立思考能力却未出现，丧失精神
内涵的权力和金钱，只能以它们的绝对值为唯一价值。这，成
了每个中国知识人的生态环境。

回到当代中国文学，对我来说，"政治"题材的泛
滥——浮光掠影的众多回忆录、对"文革"口号式的表面追
忆、血与性的变态故事、天方夜谭般的装饰性情节——比没人
谈论它们更可怕，沉默至少是严肃的，大谈而不深究灾难的原
因却是虚伪，甚至分享罪恶的利益：所以有人，一边享受被
称为"中国古拉格作家"，一边小心翼翼："我们没有政治
犯"；一边把自己被迫害的经历出书，一边恰恰以此论证他的
"下海"、建立影城、当进出口公司董事长、投身市场"开放
改革"之正确。

这倒也不矛盾。在西方人面前展示受害者的伤疤，换一个
地点，又成了"高干"作家，双重角色意味着名利双收——获
得双份的版税和桂冠。这也是"新"：新版的"彻底实用"
（注意：有别于西方"实用主义"）。这是许多中国知识人毫
不害羞地加入的"文化转型"：当一名最可怕的反文化者，放
弃最基本的精神原则，也是一种自由，没什么不可做、没什
么不可卖，包括同一间牢房里难友的血。死者们甚至不会梦
见：他们中的一位，竟能借助自己的血飞黄腾达！

五、政治游戏，"反抗者"更需要压迫者

无论是不是讽刺：这类"政治"文学比专制自身还需要

专制，因为除此它几乎没别的话题。九十年代一位作家，以
"诽谤罪"起诉某报刊，因为它指责作家的一篇小说影射某
领导。这件事的精彩之处，在作家的思虑之周密、身段之精
巧，堪称"杰作"！用"一石三鸟"来形容，这块"起诉"
之石，首先击中了舆论的欢呼，以一介平民控告官媒，该作
家不愧为中国独立知识分子的表率！其次才有趣：海外看
"起诉"的形式，权力却看起诉的内容——作家要讨还自己
政治上的清白："我没有攻击领导人！"第三着最妙：作家
算准了，没有一家法院敢受理此案。他是保险的赢家，一场
预先删除了现实恶果的舆论丰收。聪明吗？这位作家玩权力
的方式，恰好使自己被权力所玩。他的安全系数是：毕竟，
连"起诉"本身，也已在证明"健全法制"呢。于是，游戏
的"玩"与"被玩"之互为表里，技巧之炉火纯青，与"政
治"内涵之空洞彼此反衬，妙到毫颠。人人加入"政治神
话"，以创造自己的神话。而假思想之名谋利益之实，则同样
贯穿了当权者、被权力迫害者，甚至权力的反抗者。权力看
到，无论改成什么姓氏，它都将在一代代后来者身上、笔下继
续下去，这才是最后成功吧？独立思考没有被破坏，它只是从
未建立而已，当代一九八四，可以正式命名为"权力催眠中
心"——集体的半昏迷状态，集体拒绝醒来。

六、拒绝简化：创作人性的文学

因此，所谓"当代中国文学的政治神话"，只是关于当代
中国政治的"神话"。仅仅由于没人愿意承认它不存在，而

存在了——一个复杂深刻得多的文化问题，被简化成了"冷战"的陈旧说辞。可是，套用西方"政治"口号，难以解释一位作家为什么喊滥了"苦难"却写不出中国人灵魂的深度？其实，在文化转型层次上看，制度与作家的改变，有某种"共同的"轨迹：制度，必须从维护官方的"一统权力"，转为维护每个人的"权利"。作家，要从浮泛地扫描"中国命运"全景，转为深入一个人灵魂的颤栗。这个过程：从群体的、规定的、"国"的，转向个别的、变幻的、"人"的。作品的深度，除了作家的"自我"被文学揭开或撕裂的程度，什么也不是。

到这一步，"题材"就失去决定意义了：一部直接描写囚徒的小说，也许正潜在地支持着那个把囚徒关进铁窗的思维方式；而一行关于小猫和孩子的诗，却可能击中人性深处的黑暗与残忍。一个标志是：作家的"自我意识"在整个苦难中扮演什么角色？造作的"清白"一定是谎言，承认"同谋罪"则真诚得多。由此开始，对人性追问的深刻丰富，不能容忍作品仅有一个平庸浅薄的形式。因为，人性发掘之"深"，必须呈现于表达方式之"新"。当你说，"持不同……见"，那首先应该是美学上、然后才必然是现实中的个人抉择——这名副其实的政治，不是同一权力场中的角逐：被拒绝的不止某个角色，被拒绝的应该是整个游戏。

很可惜，但是真的：中国人二十世纪的生活中充满了政治，但中国还几乎没有思想意义上的"政治"；当代中国文学中也还太少像样的政治文学。"冷战"很远了，但人的困境一以贯之，如果不是更惨痛的话。我们玩了又玩，可还没认清什么是我们创作的病根之所在。

谁知道呢，也许某一天，当中国文学终于没有了"政治神话"，中国，才将既有政治，又有文学?

市场，还是新官方？
——九十年代后中国大陆文学艺术之我见

　　"在中国，作家想写什么就写什么。"坐在演讲桌后侃侃而谈的，不是宣传部官员，而是以《活着》一书风行，出版过几大卷全集的大陆"先锋派"作家。时在瑞典，斯德哥尔摩大学和"帕尔梅中心"联合举办的"沟通：面向世界的中国文学"研讨会上。他无意讨好中国政府，因为他无需这样做。他的论据是自己的作品一版再版的几十万印数，和等在书房门口的出版商、书商。"市场"，他说，"官方控制不了"。对于今天大陆的作家、艺术家，现实等于收入，而畅销就意味着自由。

　　市场，或更明确，钱，是九十年代中国的"时代精神"。于是，我们看到：八十年代现实反抗和思想探索的主题，如今都成了赚钱的手段。为投买主——东方和西方的——之所好，一度孤独甚至危险的艺术形式追求，变成了喧嚣而平庸的展销会。触目可见尽人皆知的"中国艺术"商标："文革"文物、性变态、仿古赝品……以不同艺术词汇的拙劣拼凑，当作一种"独创的"艺术语言。

一九九六年英国爱丁堡国际艺术节的主要项目之一，在爱丁堡"水果市场"画廊举办的"追昔"（Reckoning with the Past）中国当代画展，即是艺术家创作个性和作品美术语言的一次惨败。在画廊里徘徊，触目皆是同一个取巧的公式："文革"加可口可乐式的（没有现代的）"后现代"；五十年代政治弱智千人一面的"全家福"；臃肿肉体蠕动于伪传统山水画上；中国"红孩子"与西方恶魔的电子游戏大战。一定得把一幅《毛主席去安源》的"文革"照片，悬挂在王兴伟的《安源之路》旁，这件"艺术品"才算完成了。这等于说，如果不刻意摆弄政治题材的噱头，这幅作品就什么也不剩……试想一下，略去方式异曲而取巧同工的"观念"（倘若有！），这些所谓当代画坛佼佼者的艺术个性是什么？

在中国，文学的处境也约略相同：只给王朔《动物凶猛》的回顾，添了点把玩和怀旧。传统大家庭中，无论被几十年歪曲宣传抹掉的唯美和颓废，还是人性确实有过的复杂冲突，无非给苏童的读者在《妻妾成群》中享受了些许窥淫的快感。所谓美女作家的女权，只不过能让她们没完没了在笔下蹂躏自己的肉体了。而男作家如贾平凹，确实把《废都》写得食色不废，"热门"之必然，正如十几亿人口的性欲总是饥渴的。还有吵嚷一时的"先锋派"。用"先锋理论家"陈晓明的一句自嘲："中国评论家谈论中国作家，中国作家谈论外国作家"。仅仅是"谈论"？几万稿费，就诱惑一位当年优秀的青年抒情诗人，接受用剪刀浆糊"剪接"从色情小说到毛泽东诗词注释的一切"订货"。是的，今天，钱就是人格。

　　不了解中国的人，或许震惊于九十年代以来的中国和"启蒙"、"反思"的八十年代的巨大差异。作为置身其中者，我却更认出一种近乎漫画式的关连：八十年代的"反思"，并非一种自觉的追求，那是"文革"痛苦刺激下一种被迫的反应。而至今没忘的震耳枪声，也打得历来希求以知识作晋身之路的中国知识分子大脑一片空白：一世纪"文化救国"之梦，原来如此孱弱。权力，赤裸到极点时既不需要知识，更不在乎思想——一套能随时换用的"社"、"资"词汇，都像进口的水货，暴露出彻底实用是唯一的真实。正是"实用"，或者说，"纯欲望"，让无情精神原则的权力和无思想内涵的金钱，分享了一个最小公分母。九十年代老百姓一语中地的"全民下海"、"金钱文革"（别忘了加上：全中国艺术家，联合起来挣钱！），以"痞子小说"的标题为口号："一点儿正经没有"、"过把瘾就死"，倒影式地重复了中国权力运作的同一思维方式。八十年代"不得不"进行的反思，被放弃得轻松而自然：从被迫思考到主动不思考，再到以钱的绝对值为任何思考的价值，一个结结实实的逻辑。

　　市场造就了一批不择手段只求发财的冒险家，但"发财"离开纳入、甚至维护决定一切的现存权力结构，在中国难于上青天。事实上，如果真正的市场机制在，那中国最大最受欢迎的市场之一，正是社会和政治批评，但恰恰这里是一个雷区。于是，我们看到，有中国特色的市场品味之"俗"与艺术家实用之"媚"结合，销售量不幸地与丧失自我成正比。接上本文开头余华的话："官方控制不了。"那当然了，因为控制，已经由被控制者（作家、艺术家们）的欲望自动完成了，更彻底、更心甘情愿！事实是：你急切加入的，是被意识形态扭曲的市场——以政治界限和市场趣味为前提。你成功的潜台词，是加入意识形态。官方默许和艺术家自我放弃，权力和金钱，这畸形结构中的完美组合，只能产生一种被收买的文化。

这不奇怪，中国传统的社会结构，正是国家集权加平民私有制，附以感官和本能的加倍宣泄（食、色、性、赌等等）。九十年代后，中国人的心态回到了老路上（却失落了传统文化本身的规范）。那就是一定的了：最终，既无政治，又无文学。除了一大堆有题材没形式、有情节没内心、"有事没人"的矫情之作，所谓深刻沉痛的生存，从未成为作品的深度。我说过，这里"有风景，却缺少一双眼睛"。八十年代之前，成功作家是国家供养的干部；九十年代，作家的"成功"使自己既"为国增光"又"先富起来"。除极个别者外，作品中呈现的中国当代作家的"生存意识"不可思议的薄弱。"文革"不是不在，它在遍地以"老三届"、"黑土地"、"插青"之类"文革术语"命名的饭馆里，吃了，喝了。就这么简单——被忘了。我们这曾自命不凡的一代！

说到底，艺术和政治的关系很简单：从不是权力容不容忍艺术，而是艺术独创的形式与内涵无法容忍权力。艺术家，必得承担被其艺术注定的命运：与"新官方文化"印刷精美的广告相反，九十年代初，北京的民刊《现代汉诗》，不得不返回当年墙头文学的形式，粗纸打字，手工油印，却令我心中一阵温热。行为艺术家张洹的作品《六十五公斤》：把自己裸体悬挂在屋顶，让自己的血滴进电炉，满屋弥漫着咸腥的烟雾；马六明的《午餐》：赤裸在零下二十度的室外把一条活鱼慢慢煎成焦碳……艺术的本质是个性的、语言的，从来如此。七十年代末，文学的觉醒只是一句大白话："用自己的语言表现自己的感觉"。又过了三十年，每个为独创性甘愿承担沉默者，仍在为这句话作证。

那就回到瑞典吧，当余华很精彩地谈论卡夫卡、福克纳与现实间"幽默的关系"时，他是否觉察到：自己与中国现实的关系也有那么一点点"幽默"？

在文学的、艺术的、人的诚实——与"成功"——之间，有点儿，刺眼的，距离。

伪造的成功及其他

一九九七年八月，德国第十届卡塞尔文献展（Kassel Documenta X）上，放映了中国艺术家汪建伟的录象作品《茶馆》，之后，我与文献展组织者 Catherine David 主持了一场公开对话：

杨：请问，挑选这个录象参展的标准是什么？

D.：……

杨：我指的是，除了异国情调的题材外，还有哪些标准？

D.：它不是一个纪录片，而是一件作品。

杨：这正是问题。对我而言，"作品"意味着形式——角度、结构、节奏、视觉语言等等。可《茶馆》，构思上毫无想法，结构上松懈单调，镜头运用平铺直叙，造成全片的累赘冗长。从形式上考查，这恰恰是件很糟的作品。

D.：但我觉得那后面有种诗意……

杨：真抱歉，我是诗人，却完全没感到它有诗意。这并不是说我不懂：你指的诗意是什么？那正是"异国情调"：遥远的东方、神秘的国度、陌生的民俗、怪异的文化……可惜，我来自那儿。那不是我的异国。我以为，诗意不应来自于题材或材料，而应来自艺术家对材料独特的处理方式。就是说，诗意，是艺术家"赋予"材料的。而非相反。以《茶馆》的作者对材料的既缺乏意识又完全失控，只令我觉得非常无聊。

我曾很喜欢汪建伟的油画：那一张张粗暴涂抹的、培根式的面孔，隐约可见的毛式制服，渗出浊黄的笔触，超现实得达到了现实的可怕程度。但《茶馆》却彻底失败了，失败在"艺术"面对素材的苍白无力。谁不会玩这类大白话似的"隐喻"呢：茶馆（中国）；墙头的标语（共产党）；苍蝇在酣睡者脸上爬（落后愚昧）；大吵大闹的方言（地方性）；说书和川剧（民俗），等等等等。四座茶馆的剪接组合，毫无对比或递进。那有什么必要重复这空洞的叙述，而不精心处理一座茶馆内的材料？这里，贫乏的不是现实，而是作者的艺术思考。喧闹纷繁的画面，掩饰不住镜头语言的单调：录象机提供的可能性，并未让作者"发现"更深层次的现实；而作品的完成，也没给录象艺术带来了任何新意。我甚至无法称之为"新写实主义"——因为其中简直没有"写"。而现实的内涵，却与作品的表现力成正比。以此衡量《茶馆》，最多是一幅拖得太长的漫画（可惜作者没意识到）。艺术之薄弱，恰恰让现实水一样从指缝间漏掉。

我所使用的"失败"一词，除了诉诸中国艺术家的艺术真诚外，没别的依托。因为，当代中国艺术在世界市场上正大获成功，步步走红：九十年代以来，悉尼、柏林、威尼斯、纽约、伦敦、卡塞尔、巴黎、香港、东京，现在是汉城，哪个大博物馆、著名展览会、画廊，没举办过大型当代中国艺术展呢？——汪建伟本人，也刚应邀来伦敦 ICA，以另一件录象作品参展"北京——伦敦"项目。由此，"毛 Pop"、"痞子"、"玩世"、"中国艳俗"、"中国电脑—网络艺术"，甚至连男变女的变性手术，都成了西方报刊谈论中国艺术的话题。但像《茶馆》这种"有中国特色"的成功，艺术家们陶醉欢喜之余，又是否会隐约不安？兴高采烈的开幕式总会过去。香槟会喝完。传媒炒烂了这个噱头就去找别的噱头。之后怎么办？是届时改行，还是趁早扪心自问：伪造的成功背后，什么是真正的问题？

最触目的是：一个伪标准。我在《眺望自己出海》一文中已谈过：西方面对当代中国文学艺术丧失了判断价值的标准，但"这并不是说西方没有自己的标准——安迪·沃霍之后，哪个西方画家还会对'毛＋Pop'有兴趣？作为艺术观念，它早已完成；作为参与现实，它早已过去了"……"比没有标准更可怕，提供了一个伪标准——既无西方艺术原则，又盲从于中国现实表象：连政治上也因为反抗者的艺术语言如此苍白，只能寄生于被反抗者而存在，于是毫无意义。"当代中国艺术，借地理和文化上的间离效果，赢得了不少这样的前置词组："中国也有了……，"结尾当然是一个惊叹号。我不能不想起文革后的"伤痕文学"：把突破政治禁区，粗糙地等同于文学质量；用"人的真诚"代替艺术的标准。但"真诚"难道不是对所有人起码的要求？它至多是创作的起点，这之后完成的才是作品。从零下争取到了零，只该谈论"有"或"无"，却谈不到"有什么"。一个美国词概括了西方的态

度："优待种族歧视"。那中国艺术家自己的态度呢：是对这
"优待"反躬自省、深深警惕？还是投其所好、一拥而上？两
种反应，艺术自觉的程度高下立见。谁玩谁呢？或干脆玩的是
自己——有利可图就乐于被玩？同样恶劣的品味，在专制政
权的铁腕、或中产阶级的庸俗客厅中放弃自我，真有那么大
区别？

　　但荒诞并未到此为止。一个词"中国的"、一个概念
"认同性"（Identity），给虚构注入了格外实用的内容。当
代中国艺术，都是从题材上一望可知的。这些"特征"，不仅
帮助辨认，而且参与评价。它们变化组合，派生万物，犹如几
大元素，支撑着当代中国艺术世界。鉴于过去、现在和可见的
将来屡试不爽的有效性，值得依次罗列如下：

　　一、政治：冷战意识形态仍是一条捷径。红卫兵、大批判
口号、"文革"宣传画，血淋淋的构图，都在调动西方积累了
半个世纪的冷战知识，继续运用于当今最大的"社会主义国家
博物馆"：齐声背诵小学生手册般简化的道德说教，因为还有
一个对象，能够去诅咒。要是再加上一点暗示，用作者被迫害
的政治履历撒撒娇，就更保险了——西方观众和评论界就是满
腹否定意见，也无法开口说出来。

　　二、民族（认同）：在一个流行"东方主义"的西方主
义世界上，艺术也在或正或反，分享权力的价值观和游戏规
则：虽然"中国"一词尚缺定义，可决不妨碍强调艺术的民
族性，哪怕强调到民族主义的程度；或者，谴责"中心"与
"主流"，孰不知一件作品永远是它自己的中心，而艺术家不
追求市场也不在乎"边缘"；最可利用的是"政治正确"，

把西方庸俗学术与对中国现实的玩世不恭，刻意混为一谈。但能骗谁呢：所有响亮的群体名义，最终都得落实到一个人身价上？

三、文化（认同）：常常已堕落为赚钱牟利的商标。风水、易经、小脚、小妾、武术、气功、书法、改良文人画、大红大绿的民俗、张灯结彩的地方戏⋯⋯个人对传统的独特反思，被整体的"文化"公分母合并了。艺术表现上必要的独创性，被淹没在公认的题材"特色"下。问题不在于"题材"能不能用，却在怎么用？一个足够的艺术个性，怎能容忍和别人公用什么？文化和传统，倘若活着，必定植根于个人的能量——任何东西经"我"触摸，都转化为与众不同的。若非如此，越鲜艳炫目的文化特色，越像一具僵尸。

四、"后现代"：没有比从"前现代"一步跨进"后现代"更轻而易举的了。当代中国艺术课本中，通用的是"加法"：红卫兵＋可口可乐、红小鬼功夫＋电子游戏、五十年代全家福＋一根红（电？）线、家传老照片＋电脑软件、仿古山水画＋三级色情镜头⋯⋯一个公式："中国土产"＋西方流行＝名利双收。多简单的事，如此一跃，就从远远落后站到了世界的未来！没有比"无深度"、"反个性"、"非历史"、"（还没结构就）统统解构"更受中国艺术家欢迎的了：都不是就都是；都没标准就都能冒充标准。那除了钱还有什么是真的？钱，一切价值中的价值！

当代中国艺术就这样"成功"了——以牺牲作品的艺术个性为代价。还是"认同"了，关键在于，向什么认同？世纪末的金钱时代精神，又冲刷掉了八十年代反抗者的英雄幻觉。

依然如故的意识形态压力，和市场诱惑双向夹击，使坚持自己的美学标准、忍受探索的寂寞，比过去艰难得多。这或许是部分原因。但，真正的困境还在自己：这些卖弄题材噱头而艺术本身平庸无奇的绘画、被观众一句"我也能做"否定了信用的装置、以一脱到底为招摇的"行为"、思想和思想的呈现均只显示出弱智的"观念"（常常用得上一句中国成语：指鹿为马），并没有别人强迫你做。恰恰相反，是你为"伪标准"制造、甚至批量生产的。一个曾在西方市场上成功的艺术家，就是一条道路、一种模式，吸引着大批追随者。历史反正是人写的。赝品复制一千次，谁都相信比真还真。于是，无处不见中国艺术暴发户们得意洋洋的身影。

人们谈论"艺术的困境"已很久了。以"进化"为标志的西方历史观和时间观，投影到艺术上，成了对"创新"的盲目崇拜：新，争夺属于自己的时间。但无数为新而新的花样，终于暴露出表面的五彩缤纷下，那不变的旧：薄弱和空洞。某种意义上，当代中国艺术热，正是西方艺术思想困境的一个旁证。我想指出的是，这个对于"新"和时间神话的迷信，引进二十世纪的中国，被"现代化"的狂热大大加强了。特别是既打碎了传统中国文化的框架、又不能完整移植西方，只破坏了一切精神原则，留下赤裸裸的权一利思维。一波一波的流行词藻和理论背后，蔓延着一片触目的空白：每个人自觉能力的丧失。只能追逐时髦因为除此再没有什么。伪造的成功如此必要，因为它也伪造出了我们自欺欺人的自我。艺术的困境，东、西方一样，从反省作品必须引申到反省文化和现实，进而直抵那个本源：人的问题。

　　我倒并不为此悲观，因为指出困境也刺激着能量。对"新"之质疑，或许正是突破单一时间观的起点。追问"当代、中国、艺术"，本身就在问传统与现代、中国与西方、什么是价值标准等问题。换一个角度，再看上面提及的几个"元素"：政治，不是权力容不容忍艺术家，而是艺术家的独立思考和表达在"禁止"权力；民族，个人创造永远是"中国的"一词的前提；文化，每个人必须在自觉中包含对传统的独特理解，但不得不记住，越完整成熟的文化符号，要重新激活它们越得靠大得多的个性能量；"后现代"，不是以东方时间观去简单代替西方时间观，而是你有没有自己的时间观？能否表达出来？——归根结底，艺术可以比较：撕去了时间幻象，作品都还原为个人的、语言的。无论古今中外，"不可替代"仍然有效；反之，有人早做过你在做的事、又做得更好，就麻烦了。毋庸讳言，艺术从来不变。大艺术家们做的都是同一件事：发掘生存处境的深度，发明表达它的形式——为"深"而"新"；"深"到不得不"新"！创造的一刹那，集一切于自身。我总猜想：北京一间斗室内，徐冰握住某块小小的木头，开始制作《天书》，当刻刀一一穿透，文字、人生、现实、历史、原始的谎言、说不出的恐惧，他是否又听到"天雨粟，鬼夜哭"？

　　我预言不了新的当代中国艺术的规则是什么？但，我此处所写，或许只在指出那规则"不是"什么——不是，今天这种闹哄哄的伪造的成功！

走出"后文革"

一

让我们直接提出问题：每个人都能感到，当代中国艺术里"有错"。短短二十年，大批以毛像、"文革"符号为招摇的"作品"，一路价格飞涨，数百万美元一件屡见不鲜。但，我们能感到艺术成功的兴奋吗？或相反，品尝着一种失败的苦涩？为什么会这样？艺术家富裕了，画商发财了，"错"在哪里？什么遭到了失败？这仅仅是一段艺术史上常见的美学弯路？抑或暗示着更深刻得多的思想困境？那些言词花哨的新衣，怎么让我们觉得自己是赤裸丑陋的皇帝？在令人瘫痪的拍卖价格前，没有小孩子，更没人敢喊出"我没穿衣服！"

"文革"的结束，被官定于一九七六年。不同的是，过去这阴影曾被明确定义为灾难、为浩劫，现在却美滋滋弥漫起一种诱惑。从一九八八年澳大利亚悉尼现代美术馆"Mao Goes

Pop"展览开始，"文革波普"作为一个商标在市场上大获成功的时期，正重合于中国由冷战的贫困变为全民极端拜物教的时期。这个时期的思想特征，一句话就可以概括："不在乎自相矛盾，彻底玩世不恭。"表面上看，用"波普"用大批判宣传画加可口可乐商标玩"文革"，都在突破中国政治禁区，时不时地官方查禁更证明了那"政治正确"。但稍加注意，就不难发现，那种商业性地利用政治，和官方宣传式的利用艺术，在思维方式上如出一辙。把王广义、张晓刚们当作"反抗者"的人们，其实该认出倒映在一对哈哈镜中的同一人。他们在"反抗"吗？反抗什么？"文革波普"们第一肯定不反抗金钱，相反，著名"艺术商人"们都已向西方看齐，雇佣年轻画家，作坊式的批量生产"名作"了。第二，也不反抗专制，每当有麻烦发生，和国人及世界的呼吁形成刺眼反差的，总是中国著名艺术家们那一片死寂。说白了，"文革波普"利用中国政治题材，唯一在乎的是从中牟利。这才可怕了。艺术家身穿名牌西装，手指夹着雪茄，在时尚杂志上摆着姿势，却绝不分担中国人的现实痛苦，虽然自己的大把金钱，正是靠出售那痛苦赚来的。"文革波普"热闹成功的背后，是真实毁灭过的人们的沉默。痛苦的版权已经被卖了。那些虚假、空洞的低级工艺美术品，佩戴着黄金的袖扣，却散发出一股腐臭的病态气味。这里，比作品更糟的，是隐含其中的思维方式。很遗憾，对它的命名，仍只得借用"文革"一词："后文革"思维。

不是"文革后"，而是"后文革"，仅仅变个排列，一个时间标志，就变成了中国艺术界思想堕落的标志。根本意义上，"后文革"思维本身，就在否定空泛的进化逻辑，因为在这里，我们看不到走出"文革"的新思维，相反，"文革"式的纯粹权力游戏，蔓延成当今的纯粹金钱游戏。一以贯之的，是精神原则的缺失、以至主动放弃。一种人性的黑暗，传染成艺术价值的扭曲。当我说"虚假的"，除了艺术家们外在的现实态度，我更在批评作品内缺乏的艺术真诚。政治＋波普的游戏，安迪·沃霍七十年代就玩过了，"文革波普"炒的冷饭里，什么是艺术必须的独创性？放弃这个自我追问，艺术就无异于剽窃。难道只因为是"中国艺术家"，就有公然倒卖二手货的权利？当我说"空洞的"，我在指那些作品里艺术观念的干瘪、艺术语言的匮乏。专制不准你表达是一回事。当你有机会表达，却既没有自己的艺术语言、更没有自己的话可说，于是不得不沿用专制灌输的表达方式，是另一回事。"文革波普"本身就在否定艺术的个性。当我说"工艺美术品"，那和作品的实用因素无关，却是"皇帝的新衣"的同义词。抽空了灵魂内涵的艺术，哪怕制作得再精细，除了沦为无聊的装饰，还能有什么命运？有人会说，等等，那价格呢？谁疯到傻到那种地步，为如此垃圾大填支票？很可惜，自以为盛装的皇帝并非中国专利。"文革"的异国情调，中国在地理、语言、文化上与世界超常的距离，都在影响人们保持价值判断时的清醒。特别是中国经济"崛起"的冲击波，让醉心于投资回报的人们，先盯着作品二十年前的起价，再参考这些年的涨幅，更梦想着未来同样的翻倍，哪有愿望去怀疑自己是否会走眼？"后文革"思维，也有种红海样式的万众一心，追随一个最高指示：不要精神原则，只要玩——玩政治、玩艺术、玩市场、玩观众、玩一切。谁能玩弄艺术判断的价值标准，谁就能掌控中国和世界艺术的话语权。说到底，还是"权＋利"。这几乎就是原版"文革"，哪有什么"后"？它只是潜入了每个人意识、甚至潜意识深处，通过一己私欲完成专制，因此更不易察觉更成功而已。回到本文开始，错的正是"标准"。标准错了，从人生到艺术只能一错再错。这个思维阴影，必须走出。

二

取消伪价值的最佳方式，是用好作品表明真价值。全球化并未改变艺术判断的基本方式。多重文化参照下，我们寻找的，仍然是一件作品的个性和深度，它在思想和美学上的不可替代。它只能由作品本身的观念和形式来呈现，却和任何异国情调的附加说辞无关。

人，必须主动成为自己的"他者"；艺术，必须通过打开自我之内的距离，激发创造的能量。概括而言，成为一个"主动的他者"，是当代中国艺术的核心命题。我们面对着一个全方位他者的世界。这里，西方那"可见的他者"容易理解，而自觉到古典中国文化是另一个"隐身的他者"，对艺术家创立自己的个性更为关键。

尚扬是这代人中另一个异数。他的组画"董其昌计划",表面看起来更与西方衔接,大块面的色彩和构图,逆反传统中国画喜好的阴柔宁静之美,却诉诸强力的内心表现,尤其当棕褐、灰黑的用色,与经常在两米以上长度的大画幅相结合时,更展现出一种犹如地层般的结构关系,那里是不是已经包含了地壳运动和地震的可能?凝视尚扬的画,观者会体验到被冒犯、被侵略,因为那种尖利(董其昌计划-3)、那种突兀(董其昌计划-29),显然不在乎人们视觉上被抚慰的愿望。他扭转、刺激,甚至激怒美学惰性,由此闯入新的视觉境界。但(又是这个转折!)更深一步看,尚扬作品里内涵的,恰恰是当代中国人反思自己传统的方式:不顺从、不因袭,而是质疑、批判,"反向"构成连接,在对抗中深刻对话。敢于这样"对抗",恰恰基于自信。因为"传统"本来就是活的。它的生命,必须以个人创造力为根源,由此不停发育敞开。对个人主动性的自觉,就是对传统的自觉。与此相反才可悲了,我反复说过:缺乏个人创造力的"传统",根本不配称为传统,那充其量只是个冗长的"过去"!尚扬深谙此道。那么,对他的画,你准备套上哪些套子:表现的?抽象的?西方的?后现代的?意味深长的是,尚扬选择了一位中国明代大书法家董其昌命名这些作品。董其昌的书法,以风格多样而又功力深厚著称。这个精神血缘,是不是给了尚扬深刻的启示?别忘了,他放在标题里的"计划"一词,正暗示着未来。

如果西方时间观,是进化论的根本基础,那思考中国问题，就必须记住，你在面对一个纵横交错、层次混淆的观念"大杂烩"。这里，没有人给定线性的"秩序"，却"共时地"把古今中外一切元素，摆在每个人面前，使你成为那个选择者、"给定"者。于是，什么是艺术家建立自己秩序的基点？年龄、时代都不重要，思想的深度才是关键。当我们打破时间链，跳入"八零后"的画家一代。一九八三年出生的关晶晶，显然是其中佼佼者。她年轻却不幼稚，娴静但思想老辣。她先画油画，后改布面丙烯，无论质感厚重的油彩，还是相对层次微妙的丙烯，都被她在画布上把玩自如，深沉时如山雨欲来的黑云，轻盈时又像抖开的丝绸。她身材纤小，可善于操纵大画，甚至一幅还不够，要扩张成三联，像个帝国。在采访中，她能把自己表述得清晰、具体、丝丝入扣，给绘画命名，却一再使用"无题"，像担忧任何一个题目，都会限定和缩小画面上丰盛的感觉。她有道理。细读《无题08 - 04》，扑面而来的，与其说是色彩，不如说是音乐、是节奏，在充满细节的大规模对比中，内心的律动跃然"画"上。那几大团乌黑，纵贯天地，仔细审视，其中又浓淡有别。那层次变幻的浅色调，从黑暗的指缝间浮现，它们此时此刻，正在陷落抑或挣脱？关晶晶还给绘画纯粹的视觉享受。但当你享受着，又清晰感受到一种冲撞，那是比视觉更深、更强、更原创的思想冲撞：那是"意"！意象的意，意味的意，意境的意。推开各种功利的诱惑，艺术证实了个人存在之真诗意。哦，我希望，那个吞噬过好几代中国人的历史怪圈，到关晶晶们这一代，终于被抛在身后了。

汉字最大的语言学特征，是动词的非时态性。一个永远原型的句型、书写，就把历时变成共时、动作变成处境、具体变成抽象。"共时"渗透了思维，又催生出当下的现实。艺术上，传统文人画传统和西方绘画，直接并置在我们面前。它们不在降低对艺术家的要求，相反，它们用更高的难度，挑战"主动的他者"多面的专业性——多方面的自觉：中国画的运笔和书法基础，西方特长的观念和结构。某种意义上，在今天，谁能画出一幅"传统"文人画，而又经得住古典杰作在题材、风格、技法上的检验，他很可能更像是位观念或实验艺术家，而非老派画家。八十年代被称为"新文人画派"代表人物之一的何建国就是如此。他的画里，老北京的院落，古装仕女，花鸟金鱼，屏风折扇，蛐蛐罐葡萄架，加上传统绘画必不可少的书法题记，没人能否认其"古风"，但更无法否认的是"现代"，因为这里一切都变了，变成了他自己的。古典文人画追求的清高飘逸，一变而为市井生活的"日常"，却又透过民间味儿的大红大绿，让大俗直接成为大雅。像黄公望手托一块马蒂斯的调色板。像扬州八怪的金农和毕加索把酒同醉。那些俊逸流淌的线条、潇洒挥霍的色彩，就是抽象却依然具象，在功力、学问里超然自如。二十多年前，何建国就不讳言他卖画为生，而且也曾相当畅销。但进入二十一世纪，当中国举国为钱疯狂，只论市价不管艺术，他的反应恰恰是"不卖了！"撤出一个没有标准的市场，同时成全了艺术和艺术家的尊严！一种真正文人的人格风骨，像个"传统"的鬼魂，从人生画面背后飘荡而出。现在，他在北京的小小蜗居，堪称一个塞满古董的私人博物馆。她和妻子燕妮生活期间，也像古董的一部分，清静自得。他是"传统的"吗？或干脆是"超时代的"？回到汉字的启示："共时的"！一种古往今来始终如一的文人生存和思维方式，无所谓"新"，因为永远不会"旧"！

古老的中国文化传统，能否、如何现代转型？这个疑问，既像许诺更像噩梦，折磨了中国人将近一百年。概括而言，人们总希望在中、西文化之间做一选择，但古典中国已然远去，西方又仍是海市蜃楼，结果经常越选越乱。"主动的他者"，则跳出这纠缠，把中西之间的体、用之争，一举净化为"独立思考为体，古今中外为用"。这正是一种基于现实的积极态势：当代中国艺术家的"传统"，从来不是单一品种，而是一种中西因素的混合构成。当我们审读一件作品，那深刻打动我们的，常常超出表达手法，更是艺术家时刻进行的内心抉择。这当然是美术的，但更该看作人生的。因为艺术之"立言"，只能来自生命之"立意"。有此一"意"在，则无论身处何等混淆嘈杂之风暴，而能心神俱定、安之若素。这条思想地平线，勾勒着身兼书法大家与水墨画家的曾来德的作品。曾来德以毛笔喻天、宣纸喻地、水墨喻人，回返中国水墨画的天、地、人宇宙观，从源头再出发，在书法、绘画形式的深层，寻求视觉元素彻底解放。他的"大山水"、"大美术"作品，铺天盖地，满纸云烟，仿佛古老汉字的固定线条，被敞开成一种"无限的书法"。视觉冲击力，超越出表意字符和一般书法的构成，直抵书、画同根的精神性存在，同时与中国古典写意画和西方抽象画拉开了距离。来德的画，处处偶然，而整体必然。画面上的未知空间，一经呈现，就仿佛天造地设，本该如此。那不是供我们观赏临摹的外在山水，它们自足自在，返身审视着我们，就像古今中外的杰作，审视过所有思想先贤一样。

何多苓的素描、油画功力深厚，他八十年代的名作《春风已经苏醒》、《乌鸦是美丽的》中，画面的沉静、画风的忧郁，不在覆盖，反而突出了技法的丰厚成熟。韵味精妙的笔触、沉郁质朴的色彩、精炼强烈的构图里，挚爱大地和历史的十九世纪俄罗斯大师们活着，二十世纪被美国大自然"敞开"了的西欧绘画传统活着，中国从屈原、杜甫到"文革"后我们这一代血缘深远的文学传统活着。何多苓不愧被称为"读诗最多的画家"。他证实这句话的方法，就是把自己画成、活成一首诗，以此"活进"延续上千年的中国文人精神传统。九十年代后，他淡出"后文革"主题商业炒作的中国美术市场，却更执著于探索自己的主题、自己的形式。这个"自己的"非同小可。它意味着真正脱离任何外在的"母体"（模特），完全回到挥洒自如的"自我"。它的名字叫做"成熟"。这里，甚至沿用古典"文人"概念，也有局限狭小之嫌。我们看到的是，他用油彩涂出了雾霭烟岚，其中初生未醒的婴儿若隐若现（《婴儿》）。他用像水墨的参差笔触编织一张网，网住山林精灵似的裸体女孩儿（《兔子》系列）。他甚至返回永恒的花草，却迷离而淋漓地，令我们狐疑于：看到的是写意印象派、抑或梦中工笔（《杂花写生》系列）？这些晚期画作中，看不出师承，才看清了他自己。最后，"题材"不再重要，具象、抽象也没有意义。但技巧，夺目地从每个角落迸射而出，赋予他自由，让内心和画面完美合一。我想说，合一于一种可称为"苦涩的优雅"的品味。这里，心、思、手，缺一不可。它们不仅视觉上是"美的"，更具有从痛苦中升华的哲学之"美"。何多苓的创作，不同阶段递进清晰，艺术能量只增不减，后劲十足，让我清晰读出一种追问：什么是那个比"画意"更深刻之"意"？画家命笔，而谁命画家？答问不难，他的笔追随、趋近的，仍是孔夫子两千多年前那个古训："诗言志"——广义之"诗"，内心之"志"，一个"言"字，点明了艺术由内而外表现的本质。杰作，不多不少呈现出艺术家的自我。

三

第一眼看到徐龙森的煌煌巨作，一个词跳进我的脑海，那不是"艺术"，却是"思想"。用绘画的形式、风格、技巧，谈论徐龙森的作品，都太"小"——既是篇幅本身的小，又是概括不足的小。篇幅上，他在北京北郊东风艺术区的工作室，简直就是一个飞机库。走进里面，观者顿感自身微渺，因为一侧是高十二米、宽十一米的《山不厌高》，另一侧是长二十六米、高五米的《道法自然》。这些巨幅水墨作品，在第一时间已粉碎了援用传统标准衡量它们的可能性，因为篇幅如此浩大，小小毛笔再饱蘸墨汁，也只能晕染出几乎看不见的一丝细线，要令整幅画卷如徐龙森崇尚的"山"雄浑屹立，所有传统技法不得不统统作废，或曰，它们必须被彻底重写重创。但这还只是他挑战自己画的第一层次。第二个层次更难，他并不以粉碎传统为目的，相反，他要求在粉碎传统技法（或令传统技法一概失效）的前提下，在绝然不同的另一个境界上，重造一个艺术整体，并能再次吻合那个曾深刻浸润过中国文化的传统灵魂。就是说，不仅要破，更要立，而且要从形式到精神整体地立。落实到画作上，就是无限展开的抽象，却又沟通、互动着集合为具象。凝视《道法自然》，观者不可能不被震撼，那群山万壑、高天乱云、叠石巨松、浩荡苍茫，一场笔墨的海啸，一个黑白的宇宙，当你移动角度，还在不停大爆炸。审视"细节"或许更加吓人：那株怪松如何凭空倒挂？那乱石如何幻化为山、为海、为天？那比米芾的整幅画作还大的米芾式墨点如何泼洒？"如椽之笔"在此形同无物，那些微妙渗透的浓淡层次如何画出？徐龙森要他的画每个局部都有完整的结构，而结构之叠加，构成一个全方位的整体。这确实是"道法自然"，因为大自然正是这样互通互动、"全息"自在的。那不是只有一个"历史"，建立在一个线性的时间观念上。那是无数可能的时间，随着无数可能的眼睛，不停建立宇宙、也不停抹去宇宙，再建立再抹去，要有多少就有多少！又像汉字的动词，仅仅理解为无时态就小了，它包括了一切时态。这个空间，略去传统山水画中的小屋小人，却承载着所有人的根本命运。它所言说的，直接是实在和虚无。跳入我头脑里的"思想"一词，就是对存在的意识。徐龙森的作品，并非只有壁画式的大。它的要义，在于思考之"深"，通过对中外艺术的整合（注意：不是玩"打倒"游戏！），而力求抵达一个境界：你可以忘记全部以往的经典之作，因为它们都囊括在这个创世纪里,都在一次性整体再生。我曾把当代中文诗概括为一个短句:从不可能开始。又把当代中国艺术的特征,概括为两个词:观念的,实验的。因为没有任何现成的文化模式可因袭,因此我们只能创造全新的观念,并在每张画、每行诗里尝试验证它。徐龙森之与众不同,在于他的"极端"。他把这个美学上的思考,推进到了哲学上。每一笔触点染的瞬间,渗透了生命的大痛、大悲、大喜。其中,也包含了他自己被迫害的少年经验、成年后感受的政治谎言和终于领悟到的中国古典文化的精髓:深深的忧伤之美。我写作五年多的长诗《**界**》(YI)中有句:"以死亡的形式诞生才真的诞生";另一首写作四年多的长诗《叙事诗》里有句:"唯美就是爱上不可能本身。"而徐龙森的《道法自然》画了七年,这样的极端之作,需要这样全神贯注地投入!我喜欢这种"极端",因为唯有如此,才能引领其他。它的能量,必须像镭一样聚焦。幸亏,我们都不孤独,徐龙森和我的相识,源于他读到我一篇文章,当看到我写"当代中国艺术家必须是思想家,而且,小一点都不行。"他拍案大叫:"我一定要认识此人!"这何止是古人说的"缘分"?这是同一个思想"血缘",谁分享真思想之痛、之美,都命中注定会走到一起。

　　上述作品,和流行的"文革波普"的区别,与划分时间段的某某"代"无关,却和艺术家为自己抉择的艺术标准有关。强力如尚扬、丰韵如关晶晶、古雅如何建国、恢宏如曾来德、精美如何多苓、极端如徐龙森,作品内共同显现的,是个性和深度。它们不在理想化别处,因为到处都在自我之内。它们必须拒绝异国情调，因为世界是同一个整体的困境。在今天，谁不是一个文化杂交的混合物？古代当代、东南西北，都在一个人里面，不停互动。唯一的问题是：它们是否在良性互动？质言之，单一文化的"传统"已经失效，全球化的世界，只有一个"大传统"。其中，思想个性和艺术深度，构成一种方程式，令作品全方位、无间隔的"可比"。我们得比自我追问的苛刻；比内涵和形式间的必要性；比作品的完成度。历史也在提示，中文古诗之历久弥新，并非因为其"古老"，恰恰因为其思想、艺术上的深刻，以至经得起无数次重译。这就是标准的证明。相对于病毒般蔓延出国界的人性腐败和品味堕落，我们别无选择，只能把每件作品，变成一个"思想——艺术项目"，冷静而自觉地，把自己建成一座城堡，或用我的话说："一座向下修建的塔"：用质疑自己生命、生存的意义，去抗拒无视思想危机的伪人生；用追问自己创作的理由，去抗拒沦为无聊装饰的伪艺术；用挑战自己的后劲、耐力，证实真艺术的价值，去抗拒玩世不恭和人格分裂的伪价值，哪怕它们正硬通货般四处泛滥。这一再重申的"自己"，是强调：艺术的激情来自自我追问，那和群体化、简单化的情绪无关。一件作品，必须既"深"又"新"、由"深"而"新"、深到不得不新的程度，这构成了真正的"个人美学反抗"。它反抗什么？今天，"文革阴影"轮回成无数时髦词藻，充斥着这个什么都能说、却什么也不意味的世界。人的无奈无力，被突出到极点。艺术正该反抗这掏空每个人的虚无。这是绝境，却也使艺术重新找回了真正理想主义的原点。人格和艺术再次合一，组成一个精神同心圆。通过它，只要是杰作，无论诞生在何时何地，都散发出温暖。我看到，古今中外"个人美学反抗"构成的"大传统"圆心处，两千三百年前，中国诗史第一人屈原的《天问》，连问近两百个问题，从宇宙之初、到神话历史、政治现实、直至诗人自我，层层深化，却无一答案。他深知提问的能量，远大于任何回答。他的血缘仍在流淌。走出"后文革"，中国艺术家别无选择，也得踏上这条远古开端的漫漫长途。

2011年7月11日，完稿于伦敦

附录：杨炼创作及出版年表

创作年表

一九七八——一九七九年：《土地》，诗集。

一九七九——一九八一年：《太阳每天都是新的》，大型组诗。

一九八一年：《海边的孩子》，散文诗集。

一九八二——一九八四年：《礼魂》，大型组诗。

一九八四年：《西藏》，组诗。

一九八五年：《逝者》，散文诗三章。

一九八五年——一九八九年：《𝕐》，长诗。

一九八九年：《面具与鳄鱼》，组诗。

一九九一年：《无人称》，1982—1991短诗自选集。

一九九〇——一九九二年：《鬼话》，散文集。

一九九二年——一九九三年：《大海停止之处》，短诗集。

一九九四年：《十意象》，散文十章。

一九九四年——一九九七年：《同心圆》，长诗。

一九九八年——一九九九年:《十六行诗》,短诗集。

一九九九年:《那些一》,长篇散文。

二〇〇〇年:《幸福鬼魂手记》,组诗。

二〇〇〇年:《骨灰瓮》,长篇散文。

二〇〇一年:《月蚀的七个半夜》,长篇散文。

二〇〇〇——二〇〇二年:《李河谷的诗》,短诗集。

二〇〇三——二〇〇四年:《艳诗》,短诗集。

二〇〇五——二〇〇九年:《叙事诗》,长诗。

二〇一〇——二〇一二年:《饕餮之问》,短诗集。

二〇一三——二〇一五年:《空间七殇》(七组诗)。

出版年表

一九八五年

《礼魂》,诗选,西安,中国青年诗人丛书。

一九八六年

《荒魂》,诗选,上海,上海文艺出版社。

一九八九年

《黄》,诗选,北京,人民文学出版社。

《人的自觉》,论文,成都,四川人民出版社(因故中止)。

《朝圣》,德译诗选,奥地利因斯布鲁克,Hande出版社。

《与死亡对称》,中英文对照诗选并作者朗诵录像,澳大利亚堪
  培拉,澳大利亚国立大学出版社。

一九九〇年

《面具与鳄鱼》，中英文对照诗选，澳大利亚悉尼，悉尼大学东亚丛书，Wild Peony 出版社。

《流亡的死者》，中英文对照诗选，澳大利亚堪培拉，Tiananmen 出版社。

一九九一年

《太阳与人》，长诗，长沙，湖南文艺出版社。

En De Rest Ven De Wereld，中荷对照诗选，荷兰鹿特丹国际诗歌节出版系列。

一九九三年

《诗》，德译诗选，瑞士苏黎世，Ammann 出版社。

一九九四年

《￠》，长诗，台北，现代诗丛书。

《鬼话》，散文集，台北，联经出版事业公司。

《人景·鬼话》，诗文集，北京，中央编译出版社（与友友合著）。

《无人称》，中英对照诗选，英国，Wellsweep 出版社。

《面具与鳄鱼》，德译诗选，德国DAAD丛书，Aufbau 出版社。

一九九五年

《鬼话》，德译散文集，瑞士苏黎世，Ammann 出版社。

《大海停止之处》，中英文对照组诗，英国，Wellsweep 出版社。

《中国日记》，中德文对照诗歌与照片合集，德国，Schwarzkolt & Schwartzkoft 出版社。

一九九六年

《大海停止之处》，德译诗选，德国斯图加特，Schloss Solitude 丛书。

《大海停止之处》，丹麦文翻译诗选，丹麦哥本哈根，Pplitisk Revy 出版社。

一九九八年

《杨炼作品1992—1997》（诗歌卷：大海停止之处；散文、文论卷：鬼话、智力的空间），上海，上海文艺出版社。

一九九九年

《大海停止之处 —— 新作集》，中英文对照诗选，英国，Bloodaxe 出版社。本书获一九九九年度英国诗歌书籍协会推荐翻译诗集奖。

《大海停止之处》，意大利中文对照组诗，意大利佩斯卡拉，Flaiano 国际诗歌奖获奖者丛书。

二〇〇〇年

《死诗人的城》，CD-Rom 并附中英文文本、朗诵及采访，德国路德威格莎芬，Cyperfiction 出版社。

二〇〇一年

《月食的七个半夜》，散文集，台北，联合文学丛书。

《流亡使我们获得了什么？》，德译本，高行健、杨炼长篇对话，德国柏林，DAAD丛书。

《流亡使我们获得了什么？》，意大利文译本，高行健、杨炼长篇对话，意大利米兰，Medusa出版社。

《YI》，中英文对照长诗，美国洛杉矶，Green Integer出版社。

《河口上的房间》，中法文对照诗选，法国圣拿萨尔，M.E.E.T.出版社。

二〇〇二年

《幸福鬼魂手记》，英译诗选，香港，Renditions Paperback丛书。

《面具与鳄鱼》，中法文对照诗选，法国第戎，Virgile Ulysse Fin De Siecle出版社。

二〇〇三年

《幸福鬼魂手记——杨炼新作1998—2002》（诗歌、散文、文论集），上海，上海文艺出版社。

《杨炼作品1992—1997》（诗歌卷：大海停止之处；散文、文论卷：鬼话、智力的空间），上海，上海文艺出版社。（再版）。

二〇〇四年

《大海停止之处》，法译诗选，法国巴黎，Caracteres出版社。

《流亡使我们获得了什么？》，法译本，高行健、杨炼长篇对话，法国巴黎，Caracteres出版社。

《大海停止之处》，意大利、英、中文对照诗选，意大利米兰，
Libri Scheiwiller 出版社。

二〇〇五年

《幸福鬼魂手记》，日文翻译诗选，日本东京，思潮社。

《同心圆》，英文翻译长诗，英国，Bloodaxe 出版社。

《大海停止之处》，低地苏格兰文翻译诗选，苏格兰爱丁堡，
Kettillonia 出版社。

《水手之家》，"水手之家"诗歌节文献本，六种原文对照英译，
杨炼主编并序，英国，Shearsman 出版社。

《YI》，中英文全文朗诵长诗《𠔾》，一套四张 CD，澳大利亚悉尼，
Joyce 出版社。

二〇〇六年

《幻象中的城市》，英译诗文集，新西兰奥克兰，奥克兰大学出
版社(AUP)。

二〇〇八年

《艳诗》，诗集，山东，《谁》诗刊。

《骑乘双鱼座 —— 五诗集选》，中英文对照诗选，英国，
Shearsman 出版社。

二〇〇九年

《艳诗》，诗集，台北，倾向出版社。

《一座向下修建的塔》，文论集，凤凰出版社。

《李河谷的诗》，中英文对照诗选，英国，Bloodaxe出版社。

《幸福鬼魂手记》，德译诗文集，德国，Suhrkamp出版社。

二〇一〇年

《雁对我说》，诗、散文、文论自选集，香港，明报月刊出版社（世界当代华文文学精读文库）。

《雁对我说》，诗、散文、文论自选集，新加坡，青年书局（世界当代华文文学精读文库）。

《幸福鬼魂手记》，法译诗文集，法国巴黎，Caracteres出版社。

二〇一一年

《叙事诗》，长诗，北京，华夏出版社。

二〇一二年

《唯一的母语——杨炼：诗意的环球对话》，对话集，上海，华东师范大学出版社。

《玉梯》，英译当代中国诗选，英国，Bloodaxe出版社（杨炼与英国诗人W. N. Herbert等共同主编）。

二〇一三年

《同心圆》，德译长诗，德国慕尼黑，Hanser Verlag出版社。

《叙事诗》，中文长诗，台北，联经出版公司。

《眺望自己出海》，中文诗选，台北，秀威资讯科技股份有限公司。

《大海停止之处》，中文、斯洛文尼亚文对照诗选，斯洛文尼亚，

Beletrina 出版社。

《大海的第三岸》，中英诗人互译诗选（中英文对照），英国，Shearsman 出版社（杨炼、英国诗人 W. N. Herbert 主编）。

《大海的第三岸》，中英诗人互译诗选（中英文对照），上海，华东师范大学出版社（杨炼、英国诗人 W. N. Herbert 主编）。

البحــر يتوقّف حيث〔大海停止之处〕，2014，大马士革—贝鲁特，Dar Attakwin 出版社。阿拉伯译文诗选。

二〇一四年

《饕餮之问》，精选组诗、诗歌新作及译诗集，南京，江苏文艺出版社。

二〇一五年

《周年之雪》，诗文选，北京，作家出版社。

《杨炼创作总集1978—2015》（九卷本），诗、散文、文论、对话、翻译精选，上海，华东师范大学出版社。

《发出自己的天问》，诗文集，台北，秀威资讯科技股份有限公司。

图书在版编目（CIP）数据

杨炼创作总集：1978～2015. 第7卷，雁对我说：思想、文论选/杨炼著.
--上海：华东师范大学出版社，2015.11
　ISBN 978-7-5675-4321-8

Ⅰ．①杨… Ⅱ．①杨… Ⅲ．①中国文学-当代文学-作品综合集 Ⅳ．①I217.2
中国版本图书馆CIP数据核字（2015）第273115号

华东师范大学出版社六点分社

企划人 倪为国

杨炼创作总集1978—2015（卷七）
雁对我说：思想、文论选

著　　者　　杨　炼
策划编辑　　王　焰
责任编辑　　倪为国　古　冈
责任校对　　王寅军
封面设计　　何　旸

出版发行　　华东师范大学出版社
社　　址　　上海市中山北路3663号　　邮编 200062
网　　址　　www.ecnupress.com.cn
电　　话　　021-60821666　　　　　行政传真　021-62572105
客服电话　　021-62865537　　　　　门市（邮购）电话　021-62869887
地　　址　　上海市中山北路3663号华东师范大学校内先锋路口
网　　店　　http://hdsdcbs.tmall.com

印　刷　者　　上海盛隆印务有限公司
开　　本　　890×1240　1/32
插　　页　　1
印　　张　　13.625
字　　数　　280千字
版　　次　　2022年12月第1版
印　　次　　2022年12月第1次
书　　号　　ISBN 978-7-5675-4321-8/I·1456
定　　价　　78.00元

出版人　　王　焰